HEYNE
BÜCHER

FASZINATION DES BÖSEN

Mit einem Vorwort von Alice Cooper

Herausgegeben von Jeff Gelb

Deutsche Erstausgabe

WILHELM HEYNE VERLAG
MÜNCHEN

HEYNE ALLGEMEINE REIHE
Nr. 01/9106

Titel der englische Originalausgabe
SHOCK ROCK

Redaktion: Werner Bauer

Printed in Germany 1994
Umschlaggestaltung: Atelier Ingrid Schütz, München
Gesamtherstellung: Elsnerdruck, Berlin

ISBN: 3-453-07557-9

Danksagung

Die Liste ist ziemlich lang, aber dieses Buch wäre ohne die Inspiration durch folgende Personen und Institutionen nicht zustande gekommen:

The Beach Boys

Jimi Hendrix

Janis Joplin

Led Zeppelin

Genesis

Tangerine Dream

Vangelis

Kate Bush

AC/DC

WBBF

WNCR

KPRI

KGB

Radio & Records

Mick Garris

Inhalt

Alice Cooper
Vorwort 10

Jeff Gelb
Einführung 13

Stephen King
Verdammt gute Band haben die hier 17

F. Paul Wilson
Bob Dylan, Troy Jonson und die Speed Queen 64

David J. Schow
Überdosis 82

Nancy A. Collins
Vargr-Regel 90

Ronald Kelly
Blut ist im Schuh 102

Don D'Ammassa
Dead Beat Society 115

Graham Masterton
Voodoo 130

Paul Dale Anderson
Frühlingsgefühle 147

Michael Garrett
Ein Song für meinen Feind 154

Brian Hodge
Requiem 162

R. Patrick Gates
Heavy Metal 177

Rex Miller
Bunky 183

Bill Mumy und Peter David
Die schwarze '59er 196

Richard Christian Matheson
Groupies 216

Michael Newton
Motorradrocker 221

Mark Verheiden
Bootleg 232

Ray Garton
Abartiger Auftritt 240

John L. Byrne
Versteckt vor aller Augen 259

Thomas Tessier
Der Liebe verfallen 273

John Shirley
Flammende Telepathen 286

Biographische Notizen zu den Autoren 309

Quellenverzeichnis 314

Vorwort

Solange ich mich erinnern kann, habe ich es genossen, mich von Horror erschrecken zu lassen. Denn zuerst bekam ich's mit der Angst, und dann konnte ich darüber lachen. Die meisten Horrorfilme sind so: Erst machen sie dir angst, und dann lachst du. Es ist wie bei der Achterbahn: Du springst drauf, und du weißt, du wirst dich zu Tode erschrecken. Aber du wirst die ganze Zeit lachen.

Ich habe mir auch immer gern Horrorfilme angesehen. Ich sehe mir heute noch alles an, was rauskommt, und ganz besonders mag ich die schlechten Filme – ich laufe mir die Hacken ab, um sie in irgendwelchen Videoläden aufzutreiben.

Ich habe Horror immer gemocht. Ich hatte als Kind eine wahre Sintflut an Comics – TALES FROM THE CRYPT, all die ganz großen. Sie haben mir nicht besonders viel Angst eingejagt. Aber ich fand Gefallen an dem Ideenreichtum hinter den Stories. Ich war fasziniert davon, wie es den Schriftstellern gelang, ihren Stories einen Knalleffekt à la O. Henry zu geben. Wie zum Beispiel die Fernsehshow THE TWILIGHT ZONE. Diese Sendungen fand ich herrlich.

Die meisten Songs, die ich schreibe, haben eine Twilight-Zone-Ironie – keine normalen Love-Stories, sondern verzerrt, ungefähr so, wie David Lynch Filme macht. Die Leute lieben eine überraschende Pointe.

Das ist es, was ich als Alice Cooper erreichen wollte. Als ich meine musikalische Karriere begann, war jedermann ein Rockheld. Ich wollte jemanden auf der Bühne sehen, der eine Kombination aus Dracula und Joker darstellte – ein Held mit einer dunkleren Seite. Und die Zuschauer erwarten das jetzt auch; sie sind enttäuscht, wenn sie Alice Cooper nicht als den bösen Jungen zu sehen bekommen.

Aber Alice muß auch für seine Sünden bestraft werden, und darum gibt es bei mir auf der Bühne immer noch die Guillotine oder irgendeine andere Art von Exekution. Auf der Bühne spielt sich eine Moralgeschichte ab: Alice wird bestraft, aber er kommt immer wieder zurück, stärker als je zuvor. Tatsächlich habe ich diese Methode schon vor FRIDAY THE 13TH oder HALLOWEEN entwickelt. Ich werde immer wieder getötet, und ich komme immer wieder zurück. Jetzt ist der Held der böse Junge.

Als ich damit anfing Songs zu schreiben, gab es keine Freddy Kruegers. Dann kam Alice Cooper, und er war nicht nur sexuell verwirrend, sondern bewarf die Leute auch mit Blut und Eingeweiden. Das war furchtbar! Ich wollte Alice nie auf dem Broadway sehen; ich wollte, daß er eine Sideshow blieb. Es gibt nichts Gruseligeres als eine gute Sideshow!

Horror ist eines der vorherrschenden Themen in meinen Songtexten. Mit »The Ballad of Dwight Fry«, »I Love the Dead« und »Sick Things« habe ich versucht, in jedes Album Horrorelemente einzubringen. Die ganze Platte WELCOME TO MY NIGHTMARE orientierte sich am Horror. Ich habe den kleinen Jungen gespielt, der nicht aus einem Alptraum aufwachen konnte.

Stephen King und Clive Barker gehören zu meinen liebsten Horrorautoren. Ich trage für gewöhnlich immer und überall ein paar Horrorromane mit mir herum. Ich bin sogar ein Tatverdächtiger in einem Horrorroman namens GHOUL von Michael Slade. Aber ich bin immer wieder aufs neue überrascht, wenn es einem Buch gelingt, mir Angst einzujagen. Es ist toll, wenn es geschieht – ich denke dann, Mann, da bin ich ihnen wirklich auf den Leim gegangen.

Als Lyriker ist es, glaube ich, noch schwerer, die Leute zu erschrecken. Ich muß es in Reimen tun, mit nur sehr wenigen Worten, und gebunden an Musik. Wie jeder andere Horrorautor oder -darsteller will ich den Schock so lange wie möglich aufrechterhalten. Meinen Zuschauern sollen nachher noch die Haare zu Berge stehen. Aber ich will nicht, daß sie nach Hause gehen, ihre Katzen umbringen und sie dem Teufel opfern.

Rock und Horror geben eine perfekte Ehe ab. Beide sind auf Effekthascherei bedacht, unzart und herausfordernd, obwohl manche Bands es wirklich zu weit treiben – all diese satanischen Geschichten, die übers Ziel hinausschießen.

Eines Morgens wachte ich auf, und zwei Mädchen saßen vor meinem Haus. Sie trugen Schwarz, und auf meiner Türschwelle stand ein Kasten. Ich erwartete einen Kuchen oder etwas in der Art, also öffnete ich den Kasten, und darin lag ein *Herz*. Es stammte von einem Verkehrstoten. Diese Mädchen, die sich weiße Hexen nannten, hatten einem toten *Hund* das Herz herausgerissen und boten es jetzt mir an, um das Böse abzuwehren. Ich sagte ihnen, daß ihr ›Geschenk‹ nichts mit dem zu tun habe, worum es Alice Cooper geht.

Zwischen Horror und dem wirklichen Leben muß es ein Gleichgewicht geben. Es macht mir Spaß, auf der Bühne Alice zu sein, aber manchmal gehe ich auch gern in meinen Jeans irgendwo in ein Einkaufszentrum. Ich bin Elvis ein paarmal begegnet. Dieser Bursche hätte alles darum gegeben, wenn er einfach mal hätte rausgehen können, um mit einem Haufen anderer Jungs eine Partie Poolbillard zu spielen, aber er war in seiner eigenen kleinen Welt gefangen. Michael Jackson kommt langsam auch in solch eine Situation. Er ist so groß geworden, daß er keine Freiheit mehr hat. Also *das* kann einem *wirklich* angst machen!

Alice Cooper

Einführung

Zu meinen liebsten Kindheitserinnerungen gehört folgendes: Ich liege auf meinem Bett, lese ein Comic und höre dabei Bobby ›Boris‹ Pickett auf unserem lokalen Top-40-Radiosender »Monster Mash« spielen. Der Himmel für einen Zwölfjährigen! Rockmusik und Horror waren zwei Unterhaltungsformen meiner Kindheit, die mich nie enttäuscht haben. Es waren aufregende, unvorhersehbare, verbotene Freuden – von den Eltern weder verstanden noch gewürdigt. Was ihren Reiz für einen Heranwachsenden beträchtlich erhöhte.

Der Rock'n'Roll hat sich für seine Songthemen schon lange vor Michael Jacksons Zombie-Hommage THRILLER dem Horror zugewandt. In meiner Jugend gab es »Flying Purple People Eater«, »I Put a Spell on You«, »Haunted House« und »Ghost Riders in the Sky« (Was für ein überwältigendes Bild das heraufbeschworen hat!). Das waren ganz einfache Songs, häufig Eintagsfliegen – unschuldige Verbeugungen vor den billigen Horrorfilmen der fünfziger und sechziger Jahre. Gängige Drive-in-Kost für die lusthungrigen Teenager, die den letzten Rest ihres Taschengeldes für Singles ausgaben.

Ich wurde älter, kam in die Zwanziger, und der Horror entwuchs ebenfalls den Kinderschuhen. Eine neue Generation von uns Horrorfans rekrutierten Filmemachern fing an, sich im Filmgeschäft einen Namen zu machen. Und die Kost, die sie uns zu schmecken gaben, war entschieden finsterer als das, was sie als Teenager in ihren lokalen ›Creature Feature‹-Fernsehsendungen zu sehen bekommen hatten. Romero, Cronenberg, Hooper, Carpenter und andere haben eine ernsthaftere Seite des Horrors erforscht als ihre Vorgänger. Horrorromane mit einem neuentdeckten Zielbewußtsein tauchten auf. Richard Matheson oder Stephen King pflanzten einen Anflug von Horror mitten in Vorstadthäuser. Häuser wie das, in dem ich aufgewachsen bin.

In der Zwischenzeit dehnte auch die Rockmusik ihre musikalischen und thematischen Grenzen aus. Ich wußte, daß sich etwas veränderte, als die Rolling Stones, die immer Vorreiter neuer Entwicklungen gewesen waren, »Sympathy for the Devil« sangen. Die Musik hatte ihre Unschuld verloren, und die Liedertexte atmeten nicht länger den Humor Halbwüchsiger. Der Horror war für die Rockmusik zu einem ernsthaften Thema geworden. Ein Thema, das es auszuloten galt.

Das war die Geburtsstunde der Heavy Metal-Musik. Black Sabbath war meiner Erinnerung nach die erste einer Legion von Bands, die versuchten, ihren Zuschauern Angst einzujagen. Plötzlich beschäftigten sich Rockbands aller Arten auf schwärmerische Weise mit dem Teufel: AC/DC nahm den »Highway to Hell«, Blue Oyster Cult sang »Don't Fear the Reaper«, Savoy Brown hatten ihren »Hellbound Train«. Die schrägen Mini-Epen von Genesis waren krankhaft, beängstigend intensiv und surrealistische musikalische Extravaganzen. Vieles von dem, was Kiss und Alice Cooper in den siebziger Jahren gemacht haben, war von Horrorthemen geprägt. Pink Floyd experimentierte mit Feedback und Elektronik, um überirdische, science-fiction-artige Echoeffekte zu erzielen; der Höhepunkt dieser Entwicklung war ihr Klassiker DARK SIDE OF THE MOON. Instrumentalbands wie Tangerine Dream produzierten unter anderem auch Arbeiten von der Länge ganzer Alben, die wie Soundtracks für nichtexistente Horrorfilme wirkten.

In den achtziger Jahren wurde ein beinahe endloser Strom von Heavy Metal-Bands groß – Bands, die vom Radio gemieden wurden, deren düstere Themen jedoch großen Anklang bei einem eifrigen jungen Publikum fanden. Es gab zwar eine Kontroverse um die vermeintliche Absicht und Metaphorik einiger dieser Songs, aber die meisten benutzten den Horror lediglich als Aufhänger – einfach eine Methode, um die Zuschauer mit einem bewährten Thema zu ›packen‹ und ihre Aufmerksamkeit zu fesseln.

In den neunziger Jahren blühten in der Rockmusik weiterhin Horrorthemen, obwohl nur wenige Horrorautoren versucht haben, diese beiden Elemente miteinander zu verbinden. Nach meiner letzten Zählung haben weniger als ein halbes Dutzend Horrorromane den Versuch unternommen, Rock und Horror thematisch zu verschmelzen. Ich frage mich, warum. Als lebenslänglicher Fan des Horrors und ebenso lebenslänglicher Veteran der Musikindustrie (zuerst im Radio und dann bei einer Handelszeitschrift der Musikindustrie), bin ich es müde geworden, auf weitere Arbeiten zu warten, die die beiden kombinieren.

Als ich anfing, darüber nachzudenken, eine Rock'n'Roll Horror-Anthologie herauszugeben, fragte ich mich, ob irgend jemand sonst meine Begeisterung für diese Idee verstehen würde. Glücklicherweise war es kein Problem, Schriftsteller auf meiner Wellenlänge zu finden. Die Stories, die meinen Briefkasten überfluteten, waren leidenschaftlich, tiefempfundene Exkursionen in den Horror, und ihre Urheber offensichtlich Liebhaber der Rockmusik. Sie haben eine einzigartige Sammlung geschaffen, bestimmt die erste Horroranthologie, die beinahe nach einem eigenen Soundtrack ruft. Während du nun diese zwanzig Original-Stories liest, kannst du das Erlebnis noch verbessern, wenn du Rockmusik auflegst, die du am liebsten magst.

Also, stell deine Anlage an, lehn dich zurück und lies selbst, daß Rock'n'Roll – und Horror – immer ganz in deiner Nähe sind.

Jeff Gelb

STEPHEN KING

Verdammt gute Band haben die hier

1

Als Mary aufwachte, hatten sie sich verirrt. Sie wußte es, und Clark wußte es auch, obwohl er es zuerst nicht zugeben wollte; er stellte seinen ›Bin stinkesauer‹-Gesichtsausdruck zur Schau, bei dem sein Mund immer kleiner wurde, bis man dachte, er würde ganz verschwinden. Und ›verirrt‹ würde Clark schon gar nicht sagen; sie hatten ›irgendwo eine falsche Abzweigung genommen‹, so würde er sich ausdrücken, und auch das nur widerwillig.

Sie waren am Tag zuvor von Portland aufgebrochen. Clark arbeitete für eine Computerfirma – einen der Branchenriesen –, und es war seine Idee gewesen, daß sie sich etwas von Oregon ansehen sollten, abgesehen von dem freundlichen, aber anonymen Vorort von Portland, der Software City genannt wurde. »Sie sagen, daß es hier draußen im Hinterland wunderschön ist«, hatte er zu ihr gesagt. »Möchtest du es dir ansehen? Ich habe eine Woche Zeit, und die ersten Gerüchte über die Übernahme machen bereits die Runde. Wenn wir uns das wahre Oregon nicht ansehen, werden die letzten sechzehn Monate, glaube ich, nichts weiter als ein schwarzes Loch in meiner Erinnerung.«

Bereitwillig hatte sie sich darauf eingelassen (die Schule war vor zehn Tagen zu Ende gegangen, sie mußte keinen Ferienunterricht geben, und sie waren immer noch nur zu zweit... aber keineswegs, weil sie es nicht versucht hätten), hatte das angenehm ziellose Catch-as-catch-can-Flair der Reise genossen und darüber vergessen, daß spontane Ferienausflüge häufig so endeten – die Urlauber verirrten sich auf einer Nebenstraße, die durch den zugewucherten Arsch der Welt führte. Und mit zweiunddreißig Jahren war sie ein bißchen zu alt, es als das große Abenteuer zu sehen, wenn man sich verirrte. Ihre Vorstellung von einem schönen Urlaub war ein Motelzimmer mit Bademänteln auf den Betten und einem Föhn im Badezimmer.

Gestern war es herrlich gewesen, die Landschaft so atemberaubend, daß selbst Clark ab und zu in ein für ihn ungewöhnliches ehrfürchtiges Schweigen verfallen war. Sie hatten die Nacht in einem hübschen Landgasthaus westlich von Eugene verbracht, hatten nicht einmal, sondern zweimal miteinander geschlafen (sie war eindeutig noch nicht zu alt, *daran* ihren Spaß zu haben), waren heute morgen Richtung Süden aufgebrochen und wollten in Klamath Falls übernachten. Anfangs nahmen sie den Oregon State Highway 58, und *das* war richtig, aber beim Mittagessen in der Stadt Oakridge hatte Clark den Vorschlag gemacht, sie sollten nicht auf der Hauptstraße weiterfahren, die ziemlich mit Geländewagen und Holzlastern verstopft sei.

»Hm, ich weiß nicht…« Mary schlug den zweifelnden Tonfall einer Frau an, die viele derartige Vorschläge von ihrem Mann zu hören bekommen hat und die Folgen von einigen über sich ergehen lassen mußte. »Ich möchte mich hier draußen nicht verirren, Clark. Sieht reichlich verlassen aus.« Sie klopfte mit einem perfekt manikürten Nagel auf einen grünen Fleck auf der Karte, der die Aufschrift Wildpark Boulder Creek trug. »Das Wort hier heißt *Wild* – übersetzt: ›Keine Motels.‹«

»Ach, komm schon«, sagte er und schob die Reste seines Geflügelschnitzels von sich. Aus der Musikbox sangen Steve Earle and the Dukes »Six Days on the Road«, und draußen, vor den schmutzigen Fenstern, vollführten ein paar gelangweilte Jungs Drehungen und Luftsprünge mit ihren Skateboards. Sie sahen aus, als könnten sie es gar nicht erwarten, die Flatter zu machen und aus Oakridge zu verschwinden, und Mary wußte genau, wie ihnen zumute war. »Ist doch nichts dabei, Baby. Wir fahren auf dem 58er noch ein paar Meilen nach Osten… dann biegen wir nach Süden auf die State Road 42 ab… siehst du sie?«

»Hm-hmm.« Sie sah aber auch, daß der Highway 58 eine dicke rote Linie war, die State Road 42 dagegen nur ein dünner, krakeliger schwarzer Strich. Aber sie war vollgestopft mit Frikadellen und Kartoffelpüree und wollte in dem Zustand nicht mit Clark und dessen Anwandlung von Pioniergeist streiten; eigentlich wollte sie nicht mehr als den Sitz ihres reizenden alten Mercedes zurückklappen und ein Nickerchen machen.

»Dann«, führte er weiter aus, »haben wir diese Straße hier. Sie trägt keine Nummer, daher ist es wahrscheinlich eine Landstraße, aber sie führt direkt bis nach Toketee Falls. Und von dort ist es nur noch ein Katzensprung rüber zur U.S. 97. Na – was meinst du?«

»Daß du uns wahrscheinlich in die Irre führst« sagte sie – eine vorlaute Bemerkung, die sie später noch ziemlich bedauerte. »Aber ich denke, es besteht keine Gefahr, solange du eine Stelle findest, die breit genug ist, daß du die Prinzessin wenden kannst.«

»Amerikanische Überredungsgabe!« sagte er strahlend. Er zog das frittierte Geflügelschnitzel wieder zu sich hin und fing an zu essen, samt geronnener Soße und allem.

»Igitt-i-*gitt*!« sagte sie, hielt sich eine Hand vor das Gesicht und schnitt eine Grimasse. »Wie kannst du nur?«

»Schmeckt gut. Außerdem sollte man das einheimische Essen kosten, wenn man auf Reisen ist.«

»Sieht aus, als hätte jemand einen Mundvoll Rotz auf einen steinalten Hamburger gespuckt«, sagte Mary.

Sie verließen Oakridge in bester Laune, und anfangs war auch alles gut gegangen. Der Ärger fing erst an, als sie von der S.R. 42 ab und auf die unbezeichnete Landstraße fuhren – dabei war Clark so sicher gewesen, daß sie auf der bis Toketee Falls durchbrausen könnten. Anfangs schien alles bestens zu laufen: Landstraße hin oder her, der neue Weg war viel besser als die S.R. 42, die selbst im Sommer voller Schlaglöcher und Frostschäden war. Sie waren sogar ausgezeichnet vorangekommen und hatten abwechselnd neue Cassetten in den Recorder am Armaturenbrett eingelegt. Clark stand auf Leute wie Wilson Pickett, Al Green und die Staple Singers. Marys Geschmack lag in einer vollkommen anderen Richtung.

»Was findest du bloß an diesen ganzen weißen Jungs?« fragte er, als sie ihren derzeitigen Favoriten einlegte – Lou Reeds NEW YORK.

»Immerhin hab ich einen geheiratet, oder nicht?« fragte sie, und darauf mußte er lachen.

Die ersten Vorboten des Unheils kamen fünfzehn Minuten später, als sie zu einer Gabelung in der Straße kamen. Beide Wege sahen gleichermaßen vielversprechend aus.

»Ach du Scheiße«, murmelte Clark, fuhr rechts ran und klappte das Handschuhfach auf, damit er die Karte herausholen konnte. Er studierte sie eine ganze Weile. »*Das* ist nicht auf der Karte.«

»O Mann«, sagte Mary. Sie war gerade am Eindösen gewesen,

als Clark vor der unerwarteten Gabelung rechts ran gefahren war, und jetzt war sie ein bißchen wütend auf ihn. »Möchtest du einen Rat von mir?«

»Nein«, erwiderte er und hörte sich selbst ein wenig wütend an, »aber ich nehme an, ich bekomme ihn trotzdem. Und es *stinkt* mir, wenn du so die Augen verdrehst, falls du es noch nicht weißt.«

»Wie denn, Clark?«

»Als wäre ich ein alter Hund, der gerade unter dem Eßtisch gefurzt hat. Los doch, sag mir, was du denkst. Gib's mir. Das ist deine Chance.«

»Kehr um, solange es noch Zeit ist. Das ist mein Rat.«

»Hm-hmm.«

Er blieb einfach noch eine Weile sitzen und sah abwechselnd zur insektenverklebten Windschutzscheibe hinaus und eingehend auf die Karte. Sie waren fast fünfzehn Jahre verheiratet, und Mary kannte ihn gut genug, um zu wissen, daß er weiterfahren würde... nicht trotz der unerwarteten Gabelung der Straße, sondern *wegen* ihr.

Wenn Clark Willinghams Eier in der Schußlinie sind, macht er keinen Rückzieher, dachte sie und kicherte.

Er sah sie mit einer hochgezogenen Braue an, und sie hatte einen plötzlichen, unbehaglichen Gedanken: Wenn sie *ihn* nach der ganzen Zeit so gut kannte, dann kannte er *sie* wahrscheinlich genausogut. »Ist was?« fragte er mit einer etwas zu dünnen Stimme. In diesem Augenblick – noch *bevor* sie eingeschlafen war, wurde ihr bewußt – war sein Mund kleiner geworden.

Sie schüttelte den Kopf. »Nur geräuspert.«

Er nickte, schob die Brille auf die in ständiger Expansion begriffene Stirn und hob die Karte, bis diese fast seine Nasenspitze berührte. »Nun«, sagte er, »es muß der linke Weg sein, weil der nach Süden Richtung Toketee Falls führt. Der andere führt nach Osten. Wahrscheinlich die Zufahrt zu einer Ranch oder so.«

»Eine Straße zu einer Ranch mit einem unterbrochenen Mittelstreifen?«

Clarks Mund wurde wieder ein bißchen kleiner. »Du würdest staunen, wie gutsituiert manche dieser Farmer sind«, sagte er.

Sie überlegte, ob sie ihn darauf hinweisen sollte, daß die Tage der Pfadfinder und Pioniere vorbei waren, daß sich seine Hoden nicht *wirklich* in der Schußlinie befanden, aber dann beschloß sie, daß sie viel lieber ein kleines Nickerchen in der Nachmittagssonne machen als mit ihrem Mann streiten wollte, besonders nach der tollen Doppelnummer gestern nacht. Und schließlich, *irgendwo* mußten sie ja rauskommen, oder nicht?

Mit diesem tröstlichen Gedanken vor Augen und Lou Reed in den Ohren, der vom letzten großen amerikanischen Wal sang, döste Mary Willingham ein. Zu dem Zeitpunkt, als der unterbrochene gelbe Mittelstreifen der ungekennzeichneten Straße verschwand, schlief sie unruhig und träumte, sie wären wieder in dem Café in Oakridge, wo sie zu Mittag gegessen hatten. Sie versuchte einen Vierteldollar in die Musicbox zu stecken, aber der Münzschlitz war von etwas verstopft, das wie Fleisch aussah.

Einer der Jungs, die draußen auf dem Parkplatz herumgetobt hatten, kam mit seinem Skateboard unter dem Arm und seiner Trail Blazer-Mütze verkehrt herum auf dem Kopf an ihr vorbei.

Was ist denn mit dem Ding hier los? fragte Mary ihn.

Der Junge kam herüber, warf einen flüchtigen Blick darauf und zuckte die Achseln. *Ach, nichts weiter,* meinte er. *Das ist nur der Leichnam von 'nem Typ, der für dich und für viele andere wohl ohne Wert ist. Aber wir haben es hier nicht mit billigem Tand zu tun, wir sprechen von Massenkultur, Honigtörtchen.*

Dann hob er die Hand, kniff sie in die rechte Brust – und das nicht einmal besonders freundschaftlich – und ging seines Weges. Als sie wieder zu der Musicbox zurück sah, bemerkte sie einen feinen Blutfilm, der die Innenseite der Glasoberfläche überzog.

Vielleicht solltest du diesem Lou Reed-Album lieber eine Pause gönnen, dachte sie, während hinter der blutigen Scheibe eine Schallplatte auf den Plattenteller gehoben wurde – als wären ihre Gedanken gelesen worden – und Lou anfing, »Busload of Faith« zu singen.

2

Während Mary diesen zunehmend unangenehmeren Traum hatte, wurde die Straße kontinuierlich schlechter, die schadhaften Stellen wuchsen zusammen, bis es sich nur noch um *eine einzige* Stelle handelte. Das Album von Lou Reed – ein langes – ging zu Ende und fing weiter von vorne an. Clark bemerkte es nicht. Der freundliche Gesichtsausdruck, mit dem er den Tag begonnen hatte, war vollkommen verschwunden. Sein Mund war zur Größe einer Rosenknospe geschrumpft. Wäre Mary wach gewesen, hätte sie ihn dazu gebracht, umzudrehen und meilenweit zurückzufahren. Das wußte er, ebenso wie er wußte, wie sie ihn ansehen würde, wenn sie jetzt aufwachte und diesen schmalen Streifen verfallenden Asphalts sah – den man nur wenn man beide Augen zudrückte noch als Straße bezeichnen konnte –, und den Pinienwald, der sich auf beiden Seiten so dicht an den Weg drängte, daß der brüchige Teerbelag dauernd im Schatten lag. In der Gegenrichtung war kein Auto mehr vorbei gekommen, seit sie die S.R. 42 verlassen hatten.

Er wußte, er *sollte* umkehren – Mary wurde *stinksauer*, wenn er in so eine Scheiße geriet, und vergaß jedesmal die vielen Ausflüge, bei denen er seinen Weg unbeirrbar auf unbekannten Straßen bis zu ihrem Ziel gefunden hatte (Clark Willingham war einer von den Millionen amerikanischen Männern, die fest davon überzeugt sind, daß sie einen eingebauten Kompaß im Kopf haben) –, aber er fuhr weiter, anfangs noch in der Überzeugung, daß sie in Toketee Falls herauskommen *mußten*, aber zuletzt hoffte er es nur noch. Außerdem hatte er keinen *Platz* zum Wenden. Wenn er es ohne eine Ausweichstelle versuchte, würde er die Prinzessin bis zu den Radkappen in einem der sumpfigen Straßengraben versenken, die diesen erbärmlichen Abklatsch von einer Straße säumten... und Gott allein mochte wissen, wie lange sie brauchen würden, einen Abschleppwagen hierher zu bekommen.

Schließlich kam er *doch* an eine Stelle, wo er wenden konnte – eine weitere Gabelung in der Straße –, beschloß aber, es nicht zu tun. Der Grund war einfach: der linke Weg bestand aus einem Schotterpfad, auf dem Gras in der Mitte wuchs. Rechts dagegen war die Straße wieder breit, sauber asphaltiert und mit einem hellgelben Mittelstreifen versehen. Laut dem Kompaß in Clarks Kopf, führte diese Straße schnurstracks nach Süden. Er konnte Toketee Falls förmlich *riechen*.

Zehn Meilen, vielleicht fünfzehn, allerhöchstens zwanzig. Auf keinen Fall mehr.

Er *überlegte* aber immerhin, ob er umkehren sollte. Als er es Mary später erzählte, sah er den zweifelnden Blick in ihren Augen, aber es stimmte. Er beschloß weiterzufahren, weil Mary sich zu regen begann, und er war überzeugt, der unebene Straßenabschnitt voller Schlaglöcher, den sie gerade hinter sich gelassen hatten, würde sie aufwecken, wenn er wendete... und dann würde sie ihn mit ihren großen, wunderschönen blauen Augen ansehen. Nur ansehen. Das würde genügen.

Außerdem, weshalb sollte er eineinhalb Stunden damit vergeuden, daß er zurückfuhr, wo Toketee Falls nur einen Katzensprung entfernt lag? Sieh dir diese Straße an, dachte er. Glaubst du, so eine Straße würde einfach aufhören?

Er legte den Gang der Prinzessin wieder ein, nahm die rechte Straße, und diese hörte doch tatsächlich auf. Nach dem ersten Hügel verschwand der gelbe Mittelstreifen wieder. Nach dem zweiten ging der Asphaltbelag zu Ende, sie befanden sich auf einem ausgefahrenen Feldweg, der dunkle Wald drängte sich auf beiden Seiten noch dichter heran, und die Sonne – das bemerkte Clark jetzt zum ersten Mal – sank jetzt auf der falschen Seite des Himmels abwärts.

Der Asphalt hörte so unvermittelt auf, daß Clark nicht mehr bremsen und die Prinzessin behutsam auf die neue Oberfläche befördern konnte, der harte Aufprall, der die Stoßdämpfer überforderte, weckte Mary. Sie fuhr ruckartig in die Höhe und sah sich mit großen Augen um. »Wo...« begann sie, und dann, wie um dem Nachmittag die Krone aufzusetzen, wurde die rauchige Stimme von Lou Reed immer schneller, bis er den Text von »Good Evening, Mr. Waldheim« mit der Geschwindigkeit von Alvin und den Chipmunks plapperte.

»Oh!« sagte sie und drückte die Eject-Taste. Die Cassette schnellte heraus, gefolgt von einer häßlichen braunen Nachgeburt – Schlingen glänzenden Bandsalats.

Die Prinzessin fuhr in ein fast grundloses Schlagloch, kippte hart nach links und warf sich wieder in die Höhe und hinaus wie ein Klipper, der durch eine Sturmwelle schlingert.

»Clark?«

»Keinen Ton«, sagte er grimmig. »Wir haben uns nicht verirrt, wir haben nur irgendwo eine falsche Abzweigung genommen. In einer oder zwei Minuten wird daraus wieder eine asphaltierte Straße – wahrscheinlich schon hinter dem nächsten Hügel. *Wir haben uns nicht verirrt.*«

Mary, die immer noch durch ihren Traum verstört war, obwohl sie sich nicht mehr genau daran erinnern konnte, hielt das zerstörte

Band auf dem Schoß und trauerte darum. Sie überlegte sich, daß sie eine neue Cassette kaufen konnte... aber nicht hier draußen. Sie betrachtete die düsteren Bäume, die sich mit irgendwie unziemlicher Gier förmlich bis zum Straßenrand zu drängen schienen, und dachte sich, daß es ein langer Weg bis zum nächsten Tower Records-Plattenladen sein würde.

Sie sah Clark an, sah seine geröteten Wangen und den Mund, der kleiner denn je war, und entschied, daß es wirklich klug wäre, nichts zu sagen, zumindest noch nicht. Es wäre besser, einfach still hier zu sitzen und zu hoffen, daß er wieder zur Vernunft kam, bevor dieses klägliche Zerrbild von einer Straße in einer Kiesgrube oder einem Treibsandloch endete.

»Außerdem könnte ich gar nicht wenden«, sagte er, als hätte sie genau das vorgeschlagen.

»Das sehe ich«, antwortete sie neutral.

Er sah sie an, möglicherweise streitlustig, möglicherweise auch nur verlegen und in der Hoffnung, daß sie nicht allzu wütend auf ihn war – zumindest noch nicht –, und dann schaute er wieder zur Windschutzscheibe hinaus. Jetzt wuchs Unkraut auf der Mitte *dieser* Straße, und falls ihnen *nun* ein Auto entgegenkam, würde einer zurückstoßen müssen. Und damit war der Spaß noch nicht zu Ende. Der Boden außerhalb der Spurrillen sah zunehmend unsicherer aus; die verkrüppelten Bäume schienen um die besten Plätze im feuchten Erdreich zu buhlen.

Weder rechts noch links von dem Weg waren Strommasten zu sehen. Fast hätte sie Clark darauf hingewiesen, aber dann überlegte sie sich, daß es besser sein könnte, auch darüber den Mund zu halten. Er fuhr schweigend weiter, bis sie um eine abwärts geneigte Kurve herum kamen. Er hatte wider besseres Wissen die Hoffnung gehegt, sie würden auf der anderen Seite eine Veränderung zum besseren sehen, aber der zugewucherte Feldweg verlief weiter wie gehabt. Wenn überhaupt, dann wurde er noch ein bißchen schmaler und noch ein bißchen undeutlicher und erinnerte Clark allmählich an Straßen in den Fantasy-Romanen, die er so gerne las – von Leuten wie Terry Brooks, Stephen Donaldson und natürlich J. R. R. Tolkien, dem geistigen Vater von allen. In diesen Romanen wählten die Figuren (die meistens kleinwüchsig waren und denen Haare aus ihren spitzen Ohren wuchsen) solche Wege trotz ihrer bösen Vorahnungen, was dann damit endete, daß sie gegen Trolle oder Gnome oder keulenschwingende Skelette kämpfen mußten.

»Clark...«

»Ich weiß«, sagte er und schlug plötzlich mit der linken Hand auf das Lenkrad – eine knappe, hilflose Geste, mit der er lediglich die Hupe betätigte. »Ich *weiß*.« Er hielt den Mercedes an, der mittlerweile die ganze Breite der Straße für sich beanspruchte (Straße? Verdammt, *Feldweg* wäre mittlerweile schon geschmeichelt gewesen), rammte das Automatikgetriebe in Leerlauf und stieg aus. Mary stieg langsamer auf der anderen Seite aus.

Der Balsamgeruch der Bäume war himmlisch, und sie fand, daß die Stille, die von keinerlei Motorenlärm (nicht einmal dem fernen Dröhnen eines Flugzeugs) oder menschlichen Stimmen gestört wurde, etwas Himmlisches hatte... aber auch etwas Unheimliches. Selbst die Geräusche, die sie hören konnte – das *Tu-witt!* eines Vogels im Schatten der Föhren, das Brausen des Windes, das knatternde Rumoren des Dieselmotors der Prinzessin –, betonten nur die Mauer der Stille, die sie umgab.

Sie blickte Clark über das graue Dach der Prinzessin hinweg an und sah ihn nicht mit einem vorwurfsvollen oder wütenden, sondern nur mit einem flehenden Blick an: *Bring uns hier raus, ja? Bitte?*

»Tut mir leid, Liebes«, sagte er, und sein besorgter Gesichtsausdruck trug nicht dazu bei, sie zu beruhigen. »Ehrlich.«

Sie versuchte zu sprechen, aber anfangs kam kein Laut aus ihrem trockenen Hals. Sie räusperte sich und versuchte es noch einmal. »Was hältst du davon, zurückzustoßen?«

Er dachte ein paar Augenblicke darüber nach. Der *Tu-witt*-Vogel konnte noch einen Ruf ausstoßen und bekam von irgendwo her aus dem Wald Antwort –, dann schüttelte er den Kopf. »Nur als allerletzte Möglichkeit. Es sind mindestens zwei Meilen zurück bis zur letzten Gabelung der Straße...«

»Du meinst, da war *noch* eine?«

Er zuckte ein bißchen zusammen und nickte. »Zurückstoßen... nun, du siehst ja, wie schmal die Straße ist und wie schlammig die Straßengraben sind. Wenn wir da reingeraten...« Er schüttelte den Kopf und seufzte.

»Also fahren wir weiter.«

»Ich finde, wir sollten. Wenn die Straße vollkommen im Arsch ist, *muß* ich es natürlich versuchen.«

»Aber dann ist es noch weiter.« Bis jetzt war es ihr gelungen – ziemlich gut, fand sie –, sich einen vorwurfsvollen Tonfall zu verkneifen, aber es fiel ihr zunehmend schwerer.

»Stimmt, aber ich finde die Aussicht besser, voraus eine breite Stelle zum Wenden zu finden, als die, zwei Meilen rückwärts auf diesem Scheißweg zu fahren. Wenn sich herausstellt, daß wir *doch* zurückstoßen müssen, werde ich es in Etappen machen – fünf Minuten zurückstoßen, zehn ausruhen, wieder fünf zurückstoßen.« Er lächelte hohl. »Ein echtes Abenteuer.«

»O ja«, sagte Mary und überlegte sich wieder, daß ihr Ausdruck dafür nicht *Abenteuer*, sondern *Scheißspiel* sein würde. »Bist du sicher, daß du nicht weiterfahren willst, weil du im Grunde deines Herzens glaubst, daß wir Toketee Falls gleich hinter dem nächsten Hügel finden werden?«

Einen Moment schien sein Mund vollkommen zu verschwinden und sie glaubte, Clark würde explodieren. Dann sanken seine Schultern nach unten und er schüttelte nur den Kopf. In diesem Augenblick sah sie, wie er in dreißig Jahren aussehen würde, und das machte ihr noch mehr angst. »Nein«, sagte er. »Ich glaube, Toketee Falls habe ich mir abgeschminkt. Eine der Grundregeln beim Reisen in den Vereinigten Staaten ist, daß Straßen, die nicht auf mindestens einer Seite Strommasten stehen haben, nirgendwohinführen.«

Also war ihm das auch aufgefallen.

»Komm schon«, sagte er und stieg wieder ein. »Ich werde mit aller Gewalt versuchen, uns hier rauszubringen. Und das nächste Mal höre ich auf dich. Versprochen.«

Ja, ja, dachte Mary mit einer Mischung aus leutseliger Heiterkeit und resigniertem Mißfallen. *Das* habe ich alles schon einmal gehört. Aber bevor er den Schalthebel an er Mittelkonsole von Leerlauf auf Fahren ziehen konnte, legte sie ihre Hand auf seine. »Das weiß ich«, sagte sie. »Deine Entschuldigung wird akzeptiert. Sei einfach nur vorsichtig.«

»Worauf du dich verlassen kannst«, sagte Clark. Er schenkte ihr ein knappes, dankbares Lächeln, bei dem sie stolz auf ihre Selbstbeherrschung war, und legte den Gang der Prinzessin ein. Der große graue Mercedes, der in diesem dunklen Wald mehr als fehl am Platze aussah, kroch weiter den schattigen Weg entlang.

3

Sie fuhren laut Tacho noch eine Meile, und nichts veränderte sich... davon abgesehen, daß der Weg noch schmaler wurde. Die verkrüppelten Fichten schienen jetzt bis an das Auto heran zu reichen, wie morbide, neugierige Schaulustige am Schauplatz eines besonders garstigen Unfalls. Wenn der Weg noch schmaler werden sollte, würden sie Zweige an den Seiten entlang kratzen hören können. Der Boden *unter* den Bäumen war derweil von schlammig zu sumpfig geworden; Mary konnte in einigen Senken Flecken stehenden Wassers sehen, in denen Pollen und Fichtennadeln schwammen. Ihr Herz schlug viel zu schnell, und zweimal ertappte sie sich dabei, daß sie an den Nägeln kaute, eine Angewohnheit, die sie eigentlich im Jahr, bevor sie Clark heiratete, endgültig aufgegeben zu haben glaubte. Ihr war klar, wenn sie jetzt stecken blieben, würden sie die Nacht hier draußen in der Prinzessin verbringen. Und es gab Tiere in diesem Wald – sie hatte sie da draußen herumlaufen gehört. Manche hörten sich laut genug an, daß sie Bären sein konnten. Als sie sich vorstellte, sie könnten einem Bären begegnen, während sie ihre hoffnungslose gestrandete Prinzessin betrachteten, mußte sie schlucken.

»Clark, wir sollten lieber aufgeben und versuchen, zurückzustoßen. Es ist schon nach drei Uhr und...«

»Sieh mal«, sagte er und deutete nach vorne. »Ist das ein Schild?«

Sie kniff die Augen zusammen. Vor ihnen stieg der Weg zur Kuppe eines dicht bewaldeten Hügels an. Ein hellblaues Rechteck stand fast auf dem Gipfel. »Ja«, sagte sie und wagte nicht zu hoffen, hoffte aber dennoch. »Ich bin ziemlich sicher, daß es eins ist.«

»Toll!«

»*Vielleicht* steht nur darauf: WENN SIE BIS HIERHER GEKOMMEN SIND, SITZEN SIE ECHT IN DER SCHEISSE.«

Er warf ihr einen komplexen Blick von Heiterkeit und Verdrossenheit zu. »Vielleicht, aber das werden wir herausfinden. Wir fahren auf den Hügel rauf, lesen das Schild, stellen fest, was auf der anderen Seite liegt. Wenn wir nichts Vielversprechendes sehen, versuchen wir zurückzustoßen. Einverstanden?«

»Einverstanden.«

Er tätschelte ihr Bein, dann fuhr er langsam weiter. Der Mercedes fuhr jetzt so langsam, daß sie das leise Rascheln der Gräser in der

Mitte auf dem Unterboden hören konnten. Mary konnte die Worte auf dem Schild jetzt lesen, aber anfangs verdrängte sie sie und dachte, sie mußte sich irren – es war einfach zu verrückt. Aber sie kamen immer näher, und die Worte veränderten sich nicht.

»Steht da wirklich, was ich sehe?« fragte Clark.

Mary stieß ein kurzes, bestürztes Lachen aus. »Ich denke schon. Das kann doch nur ein Witz sein, findest du nicht?«

»Ich weiß nicht. Aber ich sehe noch etwas, das keiner ist. Sieh doch, Mary!«

Sechs bis acht Meter hinter dem Schild – kurz vor der Hügelkuppe – wurde die Straße deutlich breiter und war wieder asphaltiert und mit einem Mittelstreifen versehen. Mary spürte, wie ihr eine große Last von der Seele genommen wurde.

Clark grinste. »Ist das nicht wunderschön?«

Sie nickte glücklich und grinste selbst.

Sie kamen zu dem Schild, wo Clark anhielt. Sie lasen es noch einmal:

Willkommen in
Rock and Roll Heaven, Oregon

HÜBSCHESTES KLEINES STÄDTCHEN
IM NORDWESTLICHEN PAZIFIK!

Jaycees Chamber of Commerce Lions Elks

»Das muß ein Witz sein«, wiederholte sie.

»Vielleicht nicht.«

»Eine Stadt namens Rock and Roll Heaven? Ich *bitte* dich, Clark.«

»Warum nicht? In New Mexico gibt es eine Stadt, die heißt Truth or Consequences, eine in Nevada namens Dry Shark und eine in Pennsylvania namens Intercourse – Geschlechtsverkehr. Warum also nicht Rock and Roll Heaven, Oregon?«

Sie lachte übermütig. Das Gefühl der Erleichterung war bereits überwältigend. »Das hast du erfunden.«

»Was?«

»Intercourse, Pennsylvania.«

»Nein. Ralph Ginzburg hat einmal versucht, eine Zeitschrift mit dem Titel *Eros* von dort zu verschicken. Wegen des Poststempels. Das FBI hat es ihm nicht erlaubt. Ich schwöre. Und wer weiß? Vielleicht wurde die Stadt in den sechziger Jahren von einer Gruppe radikaler Zurück-zur-Natur-Hippies gegründet. Sie sind zum Establishment geworden – Lions Club, Elks, Jaycees –, aber der ursprüngliche Name ist geblieben.« Er war völlig eingenommen von der Vorstellung; er fand sie komisch und merkwürdig rührend zugleich. »Davon abgesehen glaube ich nicht, daß das eine Rolle spielt. Wichtig ist nur, wir haben wieder eine schöne breite Asphaltstraße gefunden, Liebling – *Asphalt*.«

Sie nickte. »Fahr weiter, Madcuff – aber sei vorsichtig.«

»Unbedingt.« Die Prinzessin fuhr auf die Straße, die nicht aus Asphalt bestand, sondern aus einer glatten Verbundoberfläche ohne einen Flecken oder eine Verbindungsnaht, die man sehen konnte. »Vorsicht ist mein zweiter Vorn...«

Sie hatten die Hügelkuppe erreicht, und das letzte Wort blieb ihm im Hals stecken. Er trat so heftig auf die Bremse, daß die Sicherheitsgurte einrasteten, und schaltete das Getriebe wieder in Leerlauf.

»Ach du dickes Ei!« sagte Clark.

Dann saßen die beiden einfach in ihrem Mercedes im Leerlauf, sagten nichts mehr und sahen hinab auf die kleine, auf unheimliche Weise perfekte Kleinstadt Rock and Roll Heaven, Oregon.

4

Diese schmiegte sich wie ein Grübchen in ein kleines, flaches Tal und erinnerte Mary unausweichlich an Bilder von Norman Rockwell und Illustrationen von Currier und Ives. Sie versuchte sich einzureden, daß es nur an der Geographie lag, wie sich die Straße in das Tal hinab wand, wie die Stadt von dichtem, dunkelgrünem Wald umgeben war – Legionen alter, dicker Fichten, die in ungebrochenem Übermaß jenseits der umliegenden Felder wuchsen.

Aber es war mehr als nur die Geographie, und sie vermutete, daß Clark es so gut wußte wie sie auch. Die Kirchtürme zum Beispiel hatten etwas zu Gleichmäßiges an sich – einer am nördlichen Ende des Gemeindeplatzes, der andere am südlichen. Das rote Gebäude mußte das Schulhaus sein, das große weiße mit dem Glockenturm auf dem Dach und der Satellitenschüssel an der Seite das Rathaus. Irgendwie *wußte* man das einfach. Die Wohnhäuser sahen allesamt unvorstellbar sauber und gemütlich aus, die Art von Domizilen, wie man sie in den Schöner-wohnen-Anzeigen von Zeitschriften vor dem Zweiten Weltkrieg wie der *Saturday Evening Post* oder dem *American Mercury* sah.

Eigentlich müßte sich aus dem einen oder anderen Kamin Rauch kräuseln, dachte sie, und nach genauerem Hinsehen stellte sie fest, daß es so war.

»Kehr um«, sagte sie unvermittelt. »Hier ist es breit genug, wenn du vorsichtig bist.«

Er drehte sich langsam um und sah sie an, und sein Gesichtsausdruck gefiel ihr überhaupt nicht. Er betrachtete sie, als wäre er der Meinung, sie hätte den Verstand verloren. »Liebling, was hast du...«

»Es gefällt mir nicht, das ist alles. Es ist zu perfekt.« Sie konnte spüren, wie ihr Gesicht warm wurde, blieb aber trotz der Hitze beharrlich. »Kommt mir vor wie die Dorfversion des Knusperhäuschens, das Hänsel und Gretel gefunden haben, als *die* sich im Wald verirrten.«

Er betrachtete sie auch weiterhin mit seinem patentierten ›Das kann ich nicht glauben‹-Blick, und da wurde ihr klar, daß er die Absicht hatte, da runterzufahren – das war nur ein anderer Teil dieser vermaledeiten Endlosschleife der Männlichkeit, die sie überhaupt erst von der Hauptstraße herunter geführt hatte. Er wollte *erforschen,* bei Gott – und er wollte selbstverständlich ein Souvenir. Ein T-Shirt aus dem hiesigen Drugstore würde genügen, eines auf dem etwas Witziges stand, wie etwa: ICH WAR IN ROCK AND ROLL HEAVEN, OREGON, UND EINE VERDAMMT GUTE BAND HABEN DIE DA.

»Liebling...« begann er mit dieser sanften, zärtlichen Stimme, die für gewöhnlich bedeutete, daß er versuchen wollte, sie für sein Vorhaben einzunehmen oder bei dem Versuch zu sterben gedachte.

»Ach, hör auf. Wenn du mir einen Gefallen tun willst, dann kehr um und bring uns zum Highway 58 zurück. Wenn du das machst, kannst du heute nacht wieder etwas Süßes haben. Meinetwegen auch wieder eine doppelte Portion, wenn du dem gewachsen bist.«

Er stieß einen tiefen Stoßseufzer aus, hielt die Hände am Lenkrad und sah starr geradeaus. Schließlich sagte er, ohne sie anzusehen:

»Sieh über das Tal, Mary. Siehst du die Straße, die auf der anderen Seite bergauf führt?«

»Ja, die sehe ich.«

»Siehst du, wie breit sie ist? Wie glatt? Wie sorgfältig asphaltiert?«

»Clark, das ist kaum...«

»Sieh mal, da fährt sogar ein wirklicher und wahrhaftiger *Bus* darauf.« Er deutete auf einen blauen Bus, der auf der Straße Richtung Stadt rollte, wobei seine Metallhaut heiß im Licht der Nachmittagssonne funkelte. »Das ist auch ein Fahrzeug, das wir auf *dieser* Seite der Welt nicht gesehen haben.«

»Trotzdem meine ich...«

Er nahm die Karte, die auf dem Armaturenbrett gelegen hatte, und als er sich damit zu ihr umdrehte, stellte Mary betroffen fest, daß die fröhliche, einschmeichelnde Stimme die Tatsache verborgen hatte, daß er ernstlich sauer auf sie war. »Hör zu, Mary, und hör gut zu, weil es später Fragen geben könnte. Vielleicht kann ich wenden, vielleicht auch nicht – es ist brei*ter*, aber ich bin nicht so sicher wie du, ob es breit genug ist. Ich finde, der Boden sieht *immer noch* reichlich morastig aus.«

»Clark, bitte schrei mich nicht an. Ich bekomme Kopfschmerzen.«

Er unternahm den Versuch, seine Stimme zu dämpfen. »*Wenn* wir wenden können, sind es zwölf Meilen bis zum Highway 58 zurück, und zwar auf demselben beschissenen Weg, den wir gerade hinter uns haben...«

»Zwölf Meilen ist nicht so viel.« Sie versuchte überzeugt zu klingen, und sei es nur in den eigenen Ohren, aber sie konnte spüren, wie sie weich wurde. Sie war wütend auf sich selbst deswegen, aber das änderte nichts daran. In ihr keimte der schreckliche Verdacht, daß Männer auf diese Weise fast *immer* ihren Willen durchsetzen: In einer Mehr-oder-weniger-Situation war es immer der Mann, der mehr bekam, und in einer Geben-und-nehmen-Situation waren es immer die Typen, die nahmen und die Tussies, die letztendlich gaben. Irgendwann zermürbten ihre ganzen Einwände einen schließlich. Man gab nach, und warum auch nicht? Es war ins Mark von tausend Generationen der Töchter Evas eingebrannt, die sagten: »Ja, Liebster«, und zwar nicht nur, weil ihre Mütter es ihnen anerzogen hatten, sondern weil es fast ein gottverdammter genetischer Imperativ war, wie man blinzelte, wenn jemand so tat, als würde er einen Stein oder Ball nach einem werfen. Alles, was man zu dem Thema wissen mußte, konnte man in den zweieinhalb Minuten lernen, die man brauchte, um Tammy Wynettes Song »Stand By Your Man« zu hören. Das einzige, was das Lied nicht sagte, überlegte Mary, war die Tatsache, daß man am Ende normalerweise an seiner Seite bis zum Hals in der Scheiße steckte.

»Nein, zwölf Meilen sind nicht so viel«, sagte er mit seiner vernünftigen ›Ich habe in dieser Familie die Hosen an‹-Stimme, »aber aber was ist mit den fünfzig, die wir auf uns nehmen müssen, um dieses Waldstück hier zu umfahren, wenn wir wieder auf dem 58er sind?«

»Bei dir hört sich das an, als müßten wir unbedingt einen Zug erwischen, Clark!«

»Ich bin einfach nur sauer, das ist alles. Du wirfst einen Blick auf eine hübsche kleine Stadt mit einem niedlichen Namen und sagst, sie erinnert dich an das Knusperhaus in ›Hänsel und Gretel‹ und du möchtest umkehren. Und die Straße da drüben« – er deutete hin – »führt *Richtung Süden*. Auf dieser Straße sind es wahrscheinlich nicht einmal zehn Meilen von hier bis Toketee Falls.«

»Ich glaube, das hast du auch gesagt, als wir überhaupt erst zu dieser Reise mit dem fliegenden Teppich aufgebrochen sind.«

Er sah sie noch einen Augenblick an, wobei er den Mund wie bei einem Kampf in sich selbst zurückgezogen hatte, dann packte er den Schalthebel. »Scheiß drauf«, fauchte er. »Wir kehren um. Aber wenn wir einem Auto unterwegs begegnen, Mary-Kate, nur einem, werden wir *rückwärts* nach Rock and Roll Heaven zurückstoßen. Also...«

Sie legte ihm zum zweiten Mal an diesem Tag eine Hand auf seine, bevor er den Gang einlegen konnte.

»Fahr zu«, sagte sie. »Du hast wahrscheinlich recht und ich benehme mich albern.« Ins gottverdammte Mark eingebrannt, dachte sie wieder. Entweder das, oder ich bin einfach zu müde zum Streiten.

Sie nahm ihre Hand weg, aber er zögerte noch einen Moment und sah sie an. »Nur, wenn du ganz sicher bist«, sagte er.

Und das war nun wirklich die Krönung von allem, oder nicht? Einem Mann wie Clark genügte es nicht zu siegen; das Ergebnis mußte auch noch einstimmig sein. Sie hatte diese Einstimmigkeit viele Male zum Ausdruck gebracht, auch wenn ihr im Grunde ihres Herzens nicht besonders einstimmig zumute gewesen war, aber sie stellte fest, daß sie ihm dieses Mal seinen Wunsch eben nicht erfüllen konnte.

»Aber ich bin *nicht* sicher«, sagte sie. »Das sage ich dir doch schon die ganze Zeit. *Wahrscheinlich* hast du recht, und *wahrscheinlich* benehme ich mich albern – ich meine, wir wissen alle, daß es keine weibliche Intuition gibt, wir sind heutzutage viel zu aufgeklärt, daß wir an so etwas glauben würden –, aber ich bin *trotzdem* nicht sicher. Tu, was du für richtig hältst, und ich füge mich deiner Entscheidung, aber du wirst schon entschuldigen müssen, wenn ich mich diesmal weigere, meinen kurzen Cheerleader-Rock anzuziehen.«

»Mein Gott!« sagte er. Sein Gesicht stellte immer noch diesen unsicheren Ausdruck zur Schau, mit dem er so untypisch und verabscheuungswürdig knabenhaft aussah. »Hast eine ziemliche Stinklaune, was, Zuckerschnütchen?«

»Kann schon sein«, sagte sie und hoffte, daß er ihr nicht ansah, wie sehr sie dieser Ausdruck verdroß. Schließlich war sie zweiunddreißig und er fast einundvierzig. Sie fühlte sich ein wenig zu alt, für jemanden das Zuckerschnütchen zu sein, und Clark war ein bißchen zu alt, eines zu brauchen.

Dann verzog sich der umwölkte Gesichtsausdruck, und der Clark, den sie liebte – mit dem sie, davon war sie überzeugt, die zweite Hälfte ihres Lebens verbringen konnte –, war wieder da. Und obwohl sie sauer auf ihn war, stellte sie fest, daß sie ihm ein aufrichtiges Lächeln schenken konnte, und das war doch eine große Erleichterung.

5

Der Ort verfügte über kein Randgebiet, es sei denn, man ließ die wenigen Felder gelten, die ihn umgaben. Eben noch fuhren sie eine düstere Allee im Schatten von Bäumen hinab; im nächsten Augenblick erstreckten sich ausgedehnte braune Felder auf beiden Seiten des Autos; im nächsten passierten sie hübsche kleine Häuser.

Der Ort war ruhig, aber alles andere als verlassen. Ein paar Autos fuhren träge auf den vier oder fünf kreuzenden Straßen entlang, die die Innenstadt bildeten, eine Handvoll Fußgänger schlenderten auf den Gehwegen dahin. Clark hob eine Hand und winkte einem dickbäuchigen Mann mit entblößtem Oberkörper zu, der gleichzeitig den Rasen sprengte und eine Dose Olympia trank. Der dickbäuchige Mann, dessen schmutziges graues Haar ihm bis auf die Schultern hing, sah ihnen nach, hob aber selbst die Hand nicht zum Gruß.

Der Main Street war dasselbe unheimliche Norman Rockwell-Ambiente eigen – so ausgeprägt, daß es fast einem Gefühl von déjà vu gleichkam. Die Gehwege lagen im Schatten gehegter und gepflegter Eichen, und das paßte irgendwie wie die Faust aufs Auge. Man mußte das einzige Wasserloch der Stadt nicht sehen, um zu wissen, daß es Dew Drop Inn heißen und im Inneren eine beleuchtete Uhr über der Bar Werbung für das weltberühmte Budweiser Clydesdales machen würde. Die Parkplätze waren schräg; vor dem Cutting Edge drehte sich eine rot-weiß-blaue Barbierstange; Mörser und Pistill hingen über der Tür der hiesigen Apotheke, die Tuneful Druggist hieß – der ›Musikalische Drogist.‹ Eine Tür weiter lag die Tierhandlung mit dem Namen White Rabbit. Alles war so spießig, daß man kotzen konnte. Und am spießigsten war der Gemeindeplatz in der Ortsmitte. Über dem gigantischen Musikpavillon hing ein großes Schild an Drähten. Mary konnte es mühelos lesen, obwohl sie noch hundert Meter entfernt waren. Heute Abend Konzert stand darauf.

Plötzlich stellte sie fest, was sie an diesem Ort *tatsächlich* beunruhigte: Sie hatte sie schon viele Male vorher gesehen, spät nachts im Fernsehen. Es handelte sich um eine weitere Version der ›Merkwürdigen Kleinen Stadt‹, in die die Helden zahlloser Folgen von *Twilight Zone* stolperten.

Sie beugte sich zu ihrem Mann und sagte mit leiser, geheimnisvoller Stimme: »Wir reisen nicht durch eine Dimension des Sehens und Hörens, Clark, sondern des *Geistes*. Schau!« Sie deutete einfach ins Blaue, aber eine Frau, die vor der Western Auto-Filiale in Rock and Roll Heaven stand, sah die Geste und warf ihr einen verkniffenen, mißtrauischen Blick zu.

»Was denn?« fragte er. Er hörte sich wieder gereizt an, und sie vermutete, dieses Mal lag es daran, daß er *genau* wußte, wovon sie sprach.

»Da vorne steht ein Schild! Wir betreten jetzt die Twilight...«

»Ach, hör schon auf, Mary«, sagte er und fuhr unvermittelt in eine freie Parklücke auf halbem Weg an der Main Street.

»Clark!« kreischte sie beinahe. »Was *machst* du da?«

Er deutete zur Windschutzscheibe hinaus auf ein Etablissement mit dem irgendwie gar nicht niedlichen Namen Rock-a-Boogie Restaurant.

»Ich habe Durst. Ich geh da rein und kauf uns eine große Pepsi für unterwegs. Du mußt nicht mitkommen. Du kannst gerne hier sitzen blieben. Sperr alle Türen ab, wenn du willst.« Mit diesen Worten machte er die Tür auf. Aber bevor er die Beine hinaus schwingen konnte, hielt sie ihn an den Schultern fest.

»Clark, bitte nicht.«

Er drehte sich zu ihr um, und sie sah sofort, daß sie sich die Bemerkung über die Twilight Zone besser verkniffen hätte – nicht, weil sie falsch, sondern weil sie *richtig* war. Es war wieder die alte Macho-Nummer. Er hielt nicht an, weil er es okay fand anzuhalten; er hielt an, weil ihm diese kleine Stadt auch angst gemacht hatte. Vielleicht ein bißchen, vielleicht sehr, das wußte sie nicht, aber sie wußte *genau*, er würde erst dann weiterfahren, wenn er sich selbst überzeugt hatte, daß er *keine* Angst hatte, nicht im geringsten.

»Ich hole mir nur etwas Kaltes zu trinken. Dauert nur einen Augenblick. Möchtest du ein Ginger Ale oder so was?«

Sie drückte auf den Knopf, der den Sicherheitsgurt öffnete. »Ich möchte nur eines, nicht allein sein.«

Er warf ihr einen selbstgefälligen Ich-wußte-daß-du-mitkommen-würdest-Blick zu, bei dem sie den Wunsch verspürte, ihm ein paar Büschel seines ergrauenden Haares auszureißen.

»Und außerdem möchte ich dir in den *Arsch* treten, weil du uns überhaupt erst in diese Situation gebracht hast«, sagte sie weiter und sah erfreut, daß sich der selbstgefällige Ausdruck in einen verletzter Überraschung verwandelte. Sie machte die Beifahrertür auf. »Komm schon. Schiff an den nächsten Hydranten, Clark, und dann ziehen wir Leine.«

»Schiff...? Mary, um Gottes willen, wovon *redest* du?«

»*Getränke!*« kreischte sie fast und überlegte sich die ganze Zeit, daß es erstaunlich war, wie schnell ein guter Ausflug mit einem guten Mann sich zum Schlechten wenden konnte. Sie sah über die

Straße und erblickte zwei langhaarige Jungs, die da standen. Sie tranken Olly und studierten sie und Clark. Einer trug einen fadenscheinigen Zylinder. Das Plastikgänseblümchen, das im Hutband steckte, nickte in der Brise. Auf den Oberarmen seines Gefährten wimmelte es von verblaßten Tätowierungen. Mary fand, sie sahen aus wie Typen, die nach der dritten Wiederholung der zehnten Klasse von der High School abgegangen sind, damit sie mehr Zeit damit verbringen können, um über die Freuden von Zugverbindungen und Vergewaltigung ihrer Rendezvouspartnerinnen zu meditieren.

Seltsamerweise kamen sie ihr auch irgendwie bekannt vor.

Sie bemerkten ihren Blick, worauf der mit dem Zylinder feierlich die Hand hob und ihr mit den Fingern winkte. Mary wandte sich hastig ab und sah Clark an. »Laß uns deine kalten Getränke holen und wie der Teufel von hier verschwinden.«

»Klar«, sagte er. »Und du hättest mich nicht anschreien müssen, Mary. Ich meine, ich war direkt neben dir und...«

»Clark, siehst du die beiden Typen auf der anderen Straßenseite?«

»Was für Typen?«

Sie drehte sich um und sah gerade noch, wie der Zylinderträger und der Tätowierte den Frisörladen betraten. Der Tätowierte sah über die Schulter, und Mary war zwar nicht ganz sicher, glaubte aber, daß er ihr zublinzelte.

»Sie gehen gerade in den Frisörladen. Siehst du sie?«

Clark schaute hin, sah aber nur die Tür, die wieder ins Schloß fiel und Sonnenlicht so grell reflektierte, daß einem die Tränen in die Augen traten. »Was ist mit denen?«

»Die sind mir bekannt vorgekommen.«

»Tatsächlich?«

»Tatsächlich. Aber ich kann mir irgendwie schwer vorstellen, daß Leute, die ich kenne, nach Rock and Roll Heaven, Oregon, ziehen würden, um lohnende, gutbezahlte Jobs als Straßenkriminelle anzunehmen.«

Clark lachte schnaubend. »Komm schon«, sagte er und führte sie ins Rock-a-Boogie Restaurant.

6

Das Rock-a-Boogie trug einiges dazu bei, Marys Befürchtungen zu zerstreuen. Sie hatte eine schmierige Kaschemme erwartet, nicht viel anders als die in Oakridge, wo sie zu Mittag gegessen hatten. Statt dessen betraten sie ein luftiges, sonniges Restaurant mit blau gekachelten Wänden, einem sauberen Parkettboden aus Eichenholz und Ventilatoren mit Holzblättern, die sich träge an der Decke drehten. Zwei Kellnerinnen in hellblauen Kunstseideuniformen, die Mary an *American Graffiti* erinnerten, standen neben der Edelstahldurchreiche vom Restaurant zur Küche. Eine war jung – kaum mehr als zwanzig – und auf eine verwaschene Weise hübsch. Die andere, eine kleine Frau mit dichtem, zottigem rotem Haar, hatte einen verbissenen Ausdruck, der Mary schroff und verzweifelt zugleich vorkam... und da war auch noch etwas anderes an ihr: Zum zweiten Mal in ebenso vielen Minuten hatte Mary den deutlichen Eindruck, daß sie jemanden in dieser Stadt *kannte*.

Als sie eintraten, läutete eine Glocke über der Tür, und die beiden Kellnerinnen sahen her. »Hi«, sagte die jüngere. »Komme sofort.«

»Nee, könnte 'ne Weile dauern«, widersprach die Rothaarige. »Wir sind schrecklich beschäftigt. Sehen Sie?« Sie deutete mit dem Arm durch den Raum, der so verlassen war, wie nur ein Kleinstadtrestaurant es sein kann, wenn sich der Nachmittag genau im Gleichgewicht zwischen Mittag- und Abendessen befindet, und lachte herzlich über ihren eigenen Scherz. Ihr Lachen besaß, wie ihre Stimme, einen heiseren, brüchigen Unterton, den Mary mit Scotch und Zigaretten assoziierte. Aber ich kenne diese Stimme, dachte sie. Ich schwöre es.

Sie drehte sich zu Clark um und stellte fest, daß dieser die Kellnerinnen, die ihr Gespräch wieder aufgenommen hatten, wie hypnotisiert anstarrte. Sie mußte ihn am Ärmel zupfen, um ihn auf sich aufmerksam zu machen, und dann noch einmal, damit er ihr zu den Tischen an der linken Seite des Restaurants folgte. Sie wollte, daß sie sich an den Tresen setzten, daß sie ihre verdammten Getränke bestellten und weiterfuhren.

»Was ist denn?« flüsterte sie.

»Nichts«, sagte er. »Glaube ich.«

»Du hast ausgesehen, als hättest du deine Zunge verschluckt oder so was.«

»Einen Augenblick war mir auch genau so zumute«, sagte er, aber bevor sie ihm um eine Erklärung bitten konnte, hatte er seine Aufmerksamkeit der Musicbox zugewandt.

Mary setzte sich an den Tresen.

»Komme sofort«, wiederholte die jüngere Kellnerin und bückte sich dann, damit sie deutlicher hören konnte, was ihre Kollegin mit der Whiskeystimme sagte. Als Mary ihr ins Gesicht sah, vermutete sie, daß sie eigentlich gar nicht besonders interessierte, was ihre ältere Kollegin zu sagen hatten.

»Mary, das ist eine tolle Musicbox!« sagte Clark, der sich entzückt anhörte. »Nur Sachen aus den Fünfzigern. Die Moonglows... die Five Satins... Shep and the Limelites... LaVern Baker! Herrgott, LaVerne Baker und ihr Song ›Tweedlee Dee!‹ Den habe ich nicht mehr gehört, seit Hector klein war!«

»Spar dein Geld. Wir wollten nur Getränke zum Mitnehmen, weißt du noch?«

»Ja, ja.«

Er kam zum Tresen zurück. Mary zog eine Speisekarte aus dem Ständer neben Salz- und Pfefferstreuern, aber hauptsächlich deswegen, damit sie sein schmollendes Gesicht nicht ansehen mußte. *Hör zu*, sagte dieses Gesicht, *ich habe uns den Weg durch die Wildnis erkämpft, während du geschlafen hast, habe den Büffel getötet, gegen Indianer gekämpft, dich in dieses blitzsaubere Restaurant gebracht, und du willst mich nicht einmal »Tweedle Dee« in der Musicbox spielen lassen. Böse Mommy! BÖÖÖÖÖÖS-Se Mommy!*

Die Speisekarte, sah sie, harmonierte mit den Kunstseideuniformen, der Musicbox aus den fünfziger Jahren und dem allgemeinen Dekor, das man, obwohl bewundernswert dezent, dennoch lediglich als Jahrhundertmitte-Reebop bezeichnen konnte. Der Hot Dog war kein Hot Dog; er war ein Hound Dog. Der Cheeseburger war ein Chubby Checker, der Viertelpfünder-Cheeseburger ein Big Bopper. Spezialität des Hauses war eine belegte Pizza; die Speisekarte versprach: »Alles drauf, außer der (Sam) Cooke!«

»Witzig«, sagte sie. »Papa-oh-mjam-mjam, und so weiter.«

»Was?« fragte Clark, aber sie schüttelte den Kopf.

Die junge Kellnerin kam herüber und nahm den Bestellblock aus der Schürzentasche. Sie schenkte ihnen ein Lächeln, aber Mary fand, es war routinemäßig; die Frau sah müde und kränklich aus. Sie hatte einen Herpes über der Oberlippe, und ihre Augen waren ständig in Bewegung und betrachteten, so schien es, alles in dem Raum, nur nicht die Gäste.

»Kann ich euch helfen, Leute?«

Clark wollte Mary die Speisekarte aus der Hand nehmen. Sie hielt sie außerhalb seiner Reichweite und sagte: »Eine große Coke und ein Ginger Ale. Zum Mitnehmen, bitte.«

»Sie sollten den Kirschkuchen probieren«, rief die Rothaarige heiser herüber. Die jüngere Frau zuckte zusammen, als sie ihre Stimme hörte. »Rick hat ihn gerade gebacken! Sie werden denken, Sie sind gestorben und in den Himmel gekommen!« Sie sah sie grinsend an. »Nun, Sie *sind* im Himmel – in Heaven –, aber Sie wissen, was ich meine.«

»Danke«, sagte Mary, »aber wir haben es wirklich eilig und…«

»Klar, warum nicht?« sagte Clark mit einer nachdenklichen, distanzierten Stimme. »Zwei Stück Kirschkuchen.«

Mary trat ihm gegen den Knöchel – *fest* –, aber Clark schien es gar nicht zu bemerken. Er starrte wieder die Rothaarige an, und sein Mund hing offen wie an einer ausgeleierten Sprungfeder. Die Rothaarige bemerkte seinen Blick eindeutig, aber es schien ihr nichts auszumachen. Ein vages Lächeln umspielte ihre Mundwinkel.

»Zwei Getränke zum Mitnehmen, zwei Stück Kuchen für hier«, sagte die jüngere Kellnerin. Sie schenkte ihnen wieder ein nervöses Lächeln, während ihre rastlosen Augen Marys Ehering, den Zuckerspender und einen der Deckenventilatoren betrachteten. »Möchten Sie den Kuchen à la mode?« Sie bückte sich und legte zwei Gabeln und zwei Servietten auf den Tresen.

»J…« begann Clark, aber Mary sprach rasch und nachdrücklich dazwischen.

»*Nein.*«

Der Kuchen stand unter einer Plastikglocke am Ende des Tresens. Kaum war die Kellnerin in diese Richtung davon gegangen, beugte sich Mary hinüber und zischte: »Warum tust du mir das an, Clark? Du *weißt*, daß ich hier weg will!«

»Diese Kellnerin. Die da hinten steht. Ist sie nicht…«

»Und hör auf, sie anzustarren!« flüsterte Mary nachdrücklich. »Du siehst aus wie ein Junge, der im Klassenzimmer versucht, einem Mädchen unter den Rock zu sehen!«

Er wandte den Blick ab… aber mit äußerster Anstrengung. »Ist sie das Ebenbild von Janis Joplin, oder werde ich verrückt?«

Mary warf der Rothaarigen verblüfft auch noch einen Blick zu. Diese hatte sich etwas abgewendet, um mit dem Imbißkoch zu sprechen, aber Mary konnte immer noch etwa zwei Drittel ihres Gesichts sehen, und das war genug. Sie spürte ein fast hörbares Klick in ihrem Kopf, als sie das Gesicht mit dem Gesicht auf den Hüllen von Schallplatten verglich, die sie noch besaß – Vinylalben, die in einem Jahr gepreßt worden waren, als noch niemand etwas von Sony Walkmen gehört hatte und *Compact Disc* sich wie Science Fiction angehört haben würde; Schallplatten, die sie inzwischen in Pappkartons des Spirituosengeschäfts aus der Nachbarschaft verpackt und in einem staubigen Dachbodenerker verstaut hatte; Schallplatten mit Titeln wie BIG BROTHER AND THE HOLDING COMPANY, CHEAP THRILLS und PEARL. Ihr Gesicht – ihr süßes, bezauberndes Gesicht, das zu früh alt und kantig und verletzt geworden war. Ihr Gesicht.

Aber es war mehr als nur das Gesicht, und da spürte Mary plötzlich, wie sich Angst flatternd in ihre Brust stahl und sich ihr Herzschlag auf einmal leicht und stotternd und gefährlich anfühlte.

Es war die *Stimme*.

Im Ohr ihrer Erinnerung hörte sie Janis' schrillen, anschwellenden Schrei am Anfang von »Piece of My Heart«, und sie verglich diesen Blues-Schrei mit der Scotch-und-Marlboro-Stimme der Rothaarigen, so wie sie ihr Gesicht mit dem anderen verglichen hatte. Und sie wußte ohne jeden Zweifel, wenn die Kellnerin anfangen würde, diesen Song zu singen, würde ihre Stimme identisch mit der Stimme des toten Mädchens aus Texas sein.

Weil sie das tote Mädchen aus Texas *ist*. Glückwunsch, Mary – du hast warten müssen, bis du zweiunddreißig warst, aber jetzt hast du es endlich geschafft; du hast endlich dein erstes Gespenst gesehen.

Sie versuchte, Einwände gegen diesen Gedanken vorzubringen, versuchte darauf hinzuweisen, daß eine Vielzahl von Faktoren, nicht zuletzt der Streß, weil sie sich verirrt hatten, sie dazu verleitete, zuviel in eine zufällige Ähnlichkeit hinein zu interpretieren; aber diese rationalen Gedanken, diese rationale *Stimme*, die normalerweise eine so strenge Kontrolle über ihr Leben ausübte, daß man sie als unbarmherzig bezeichnen konnte, hatte keine Chance gegen die neue Stimme: Sie sah ein Gespenst.

Das Leben in ihrem Körper unterlief einer plötzlichen und drastischen Veränderung. Ihr Herzrhythmus beschleunigte sich vom Schlagen zum Rasen; es fühlte sich an wie eine aufgeputschte Olympialäuferin, die im olympischen Fieber aus den Startblöcken schnellt. Adrenalin wurde erzeugt, das gleichzeitig ihren Magen verkrampfte und das Zwerchfell wärmte wie ein Schluck Brandy. Sie konnte Schweiß in den Achselhöhlen und Feuchtigkeit an den Schläfen spüren. Aber am erstaunlichsten war, wie Farbe in die Welt einzuströmen schien, so daß alles – der Tresen, die Edelstahldurchreiche zur Küche, die kreisenden bunten Farben hinter der Fassade der Musicbox – unwirklich und *allzu* wirklich zugleich wirkte. Sie konnte hören, wie die Ventilatoren über ihr die Luft durchmischten, ein leises, rhythmisches Geräusch wie eine Hand, die über Seide streicht, und das Aroma von altem, gegrilltem Fleisch riechen, das vom unsichtbaren Grill in der Küche aufstieg. Und gleichzeitig spürte sie plötzlich, wie sie um ein Haar das Gleichgewicht auf dem Hocker verlor und beinahe ohnmächtig auf den Boden gestürzt wäre.

Nimm dich zusammen, Frau! ermahnte sie sich hektisch. *Du hast einen Anfall von Panik, das ist alles – keine Gespenster, keine Trolle, keine Dämonen, nur ein altmodischer, durch und durch gehender Anfall von Panik, wie du sie früher schon gehabt hast, vor wichtigen Abschlußprüfungen am College, in der Schule, und damals, bevor du zur PTA sprechen mußtest. Du weißt, was es ist, und du kannst damit fertig werden. Niemand wird hier* bewußtlos *werden, also nimm dich gefälligst zusammen, hast du mich verstanden?*

Sie überkreuzte die Zehen in ihren flachen Turnschuhen und drückte sie so fest sie konnte zusammen, konzentrierte sich auf das Gefühl und benützte es als Anstrengung, sich in die Wirklichkeit zurückzuziehen und weg von diesem allzu grellen Platz, bei dem es sich, wie sie wußte, um die Schwelle zu einer Ohnmacht handelte.

»Liebling?« Clarks Stimme kam aus weiter Ferne. »Alles in Ordnung?«

»Ja, prima.« Ihre eigene Stimme kam aus weiter Ferne... aber sie wußte, sie wußte, wenn sie vor fünfzehn Sekunden versucht hätte zu sprechen, wäre die Stimme noch weiter entfernt gewesen. Sie kniff die überkreuzten Zehen immer noch fest zusammen, hob die Serviette auf, die die Kellnerin dagelassen hatte, weil sie deren Beschaffenheit spüren wollte – sie war auch eine Verbindung zur

Welt, auch eine Möglichkeit, dieses panische und irrationale (es *war* irrational, oder nicht? klar doch) Gefühl zu vertreiben, das sie so fest in seinem Griff hatte. Sie hob die Serviette und wollte sich das Gesicht damit abwischen, als sie feststellte, daß auf der Unterseite etwas mit geisterhaften Kugelschreiberlettern geschrieben stand, die den feinen Zellstoff an manchen Stellen zerrissen hatten. Mary las die Botschaft in krakeligen Großbuchstaben:

VERSCHWINDET, SOLANGE IHR NOCH KÖNNT.

»Mary? Mary? Was ist denn?«

Die Kellnerin – die mit dem Herpes und den rastlosen, ängstlichen Augen – kam mit dem Kuchen zurück. Mary legte die Serviette auf den Schoß. »Nichts«, sagte sie ruhig. Als die Kellnerin die Teller vor ihnen abgestellt hatte, zwang sich Mary, dem Mädchen direkt in die Augen zu sehen. »Danke«, sagte sie.

»Nichts zu danken«, murmelte das Mädchen und sah Mary nur einen Moment an, dann wanderte ihr Blick wieder rastlos durch das Zimmer.

»Wie ich sehe, hast du deine Meinung geändert, was den Kuchen angeht«, sagte ihr Mann, der Dorftrottel Clark. Er hatte ein unvorstellbar überhebliches Lächeln im Gesicht. *Frauen!* sagte dieses Lächeln. *Manchmal reicht es einfach nicht aus, sie zur Tränke zu führen – man muß ihnen auch noch den Kopf ins Wasser halten, damit sie anfangen. Gehört alles zum Job. Es ist nicht leicht, ein Mann zu sein, aber wir tun eben unser Bestes.*

»Sieht wirklich köstlich aus«, sagte sie und staunte selbst über den Tonfall ihrer Stimme. Sie lächelte ihn strahlend an und stellte fest, daß die Rothaarige, die wie Janis Joplin aussah, sie im Auge behielt.

»Ich komme nicht darüber hinweg, diese Ähnlichkeit mit...« begann Clark, da trat Mary ihm wieder so fest sie konnte an den Knöchel. Er sog zischend und unter Schmerzen Luft ein, und seine Augen quollen aus den Höhlen, aber bevor er etwas sagen konnte, drückte sie ihm die Serviette mit der Nachricht in die Hand.

Er neigte den Kopf. Betrachtete sie. Und Mary stellte fest, sie betete – betete, betete wirklich – zum ersten Mal seit vielleicht dreißig Jahren. *Bitte, lieber Gott, laß ihn begreifen, daß es kein Witz ist. Laß ihn begreifen, daß es kein Witz ist, weil diese Frau nicht nur wie Janis Joplin* aussieht, *sondern weil diese Frau Janis Joplin* ist, *und ich habe ein schreckliches Gefühl, was diese Stadt betrifft, ein wirklich schreckliches Gefühl.*

Er hob den Kopf, und da verließ sie der Mut. Sein Gesicht drückte Verwirrung aus, und Verdruß, aber sonst nichts. Er machte den Mund auf, weil er etwas sagen wollte… und dann klappte er ihn immer weiter auf, bis es aussah, als hätte jemand die Bolzen entfernt, die seine Kiefergelenke zusammen hielten.

Mary folgte der Richtung seines Blicks. Der Imbißkoch, der in makelloses Weiß gekleidet war und eine kleine Papiermütze schräg über einem Auge trug, war aus der Küche gekommen und lehnte mit vor der Brust verschränkten Armen an der gekachelten Wand. Er unterhielt sich mit der Rothaarigen, die jüngere Kellnerin stand daneben und betrachtete sie mit einem Ausdruck gelähmter Angst, der fast an Apathie erinnerte.

In ein oder zwei Jahren *wird* es Apathie sein, dachte Mary. Wenn sie nicht hier raus kommt.

Der Koch war fast unglaublich schön – so schön, daß Mary sich außerstande sah, sein genaues Alter zu schätzen. Wahrscheinlich zwischen fünfundzwanzig und fünfunddreißig, aber genauer schaffte sie es nicht. Er kam ihr bekannt vor, genau wie die Rothaarige. Er sah zu ihnen herüber, wobei er ein Paar weit auseinanderliegende blaue Augen mit atemberaubend dichten Wimpern erkennen ließ, lächelte ihnen kurz zu und konzentrierte sich dann wieder auf die Rothaarige. Er sagte etwas, worauf sie rauhes Gelächter ausstieß.

»Mein Gott, das ist Rick Nelson«, flüsterte Clark. »Es kann nicht sein, es ist unmöglich, er ist vor sechs oder sieben Jahren bei einem Flugzeugabsturz ums Leben gekommen – aber er *ist* es.«

Sie machte den Mund auf und wollte sagen, daß er sich irren mußte: sie war bereit, allein die Vorstellung als lächerlich abzutun, obwohl sie selbst inzwischen felsenfest davon überzeugt war, daß es sich bei der rothaarigen Kellnerin um niemand anderen handeln konnte als die seit zehn Jahren tote Bluesröhre Janis Joplin. Bevor sie etwas sagen konnte, kam das Klick wieder – das Klick, das vage Ähnlichkeit in unbestreitbare Identifikation verwandelte. Clark hatte das Gesicht als erster identifizieren können, weil Clark acht Jahre älter war, Clark hatte Radio gehört und *American Bandstand* im Fernsehen angesehen, als Rick Nelson noch Ricky Nelson und Songs wie »Be-Bop Baby« und »Lonesome Town« aktuelle Hits gewesen waren, keine verstaubten Artefakte, die nur noch von den Golden Oldie-Sendern gespielt wurden. Clark hatte es als erster gesehen, aber jetzt, nachdem er sie darauf aufmerksam gemacht hatte, mußte auch sie es eingestehen.

Was hatte die rothaarige Kellnerin gesagt? *Sie sollten den Kirschkuchen probieren! Rick hat ihn gerade gebacken!*

Dort, keine zwanzig Schritte entfernt, erzählte das Opfer eines tödlichen Flugzeugunglücks dem Opfer einer tödlichen Überdosis Drogen einen Witz – und ihren Gesichtern nach zu urteilen wahrscheinlich einen dreckigen Witz.

Die Rothaarige warf den Kopf zurück und bellte wieder ihr heiseres Lachen zur Decke. Der Koch lächelte, wobei die Grübchen an seinen Mundwinkeln auf reizende Weise tiefer wurden. Und die jüngere Kellnerin, die mit dem Herpes und den gequälten Augen, sah zu Clark und Mary herüber, als wollte sie fragen: *Beobachten Sie das?* Sehen *Sie das?*

Clark betrachtete den Koch und die Kellnerin immer noch mit diesem beängstigenden Gesichtsausdruck fassungsloser Erkenntnis, und dabei war sein Gesicht so lang und hager, daß es aussah wie etwas in einem Spiegelkabinett.

Das werden sie sehen, wenn sie es nicht schon gesehen haben, dachte Mary, und dann verlieren wir jede Chance, die wir noch haben, aus diesem Alptraum herauszukommen. Ich finde, du solltest besser das Kommando über die Situation übernehmen, Mädchen, und zwar schnell. Die Frage ist, was wirst du tun?

Sie griff nach seiner Hand, die sie nehmen und drücken wollte, aber dann überlegte sie sich, daß das nicht ausreichen würde, seine verkniffene Miene zu verändern. Statt dessen drückte sie ihm die Eier. Drückte sie, so fest sie sich traute. Clark zuckte zusammen, als hätte ihm jemand einen Stromschlag verpaßt, und drehte sich so schnell zu ihr um, daß er beinahe von seinem Hocker gefallen wäre. Der schlaffe Gesichtsausdruck des Staunens war einem gewichen, den jemand, der nicht wußte, daß Clark gerade von ausnehmend grober Hand die Glocken geläutet bekommen hatte, für gespannte Aufmerksamkeit hätte halten können.

Es wäre ein Fehler, wenn sie versuchen würden, gemeinsam zu gehen – dessen war sie gewiß. Wenn sie hier wieder raus wollten, dachte sie bei sich, würden sie ihren Abgang mit List und Tücke inszenieren müssen... und sie war nicht sicher, ob sie das konnten.

Wenn es Clark nur gelungen wäre, diesen Gesichtsausdruck glubschäugiger Fassungslosigkeit zu unterdrücken! Aber unter den gegebenen Umständen konnte sie ihm dafür nur schwerlich einen Vorwurf machen. Sie würde einfach improvisieren und hoffen müssen.

»Ich habe die Geldbörse im Auto gelassen«, sagte sie. Ihre Stimme hörte sich selbst für sie zu spröde und zu laut an. »Würdest du sie mir bitte holen, Clark?«

Sie sah ihn an, lächelte mit den Lippen und sah ihm konzentriert in die Augen. Sie hatte einmal gelesen – wahrscheinlich in einem völlig bescheuerten Frauenmagazin, während sie darauf wartete, daß ihr Haar frisiert wurde –, wenn man mehr als zehn Jahre mit ein und demselben Mann zusammenlebte, schmiedete man eine telepathische Verbindung mit seinem Partner. Diese Verbindung, befleißigte sich der Artikel weiter auszuführen, kam mächtig gut zupaß, wenn Männe den Boß mit nach Hause brachte, ohne vorher anzurufen, oder wenn man wollte, daß er eine Flasche Amaretto vom Spirituosenhändler und einen Karton Schlagsahne vom Supermarkt mit nach Hause brachte. Jetzt versuchte sie – versuchte mit aller Kraft – eine weitaus wichtigere Botschaft zu schicken.

Geh, Clark. Bitte geh. Ich gebe dir zehn Sekunden, dann komme ich hinaus gerannt. Und wenn du dann nicht am Lenkrad sitzt und den Schlüssel schon im Zündschloß hast, dann, habe ich das Gefühl, könnten wir hier ernstlich in der Tinte sitzen.

Und im selben Augenblick sagte eine tiefere Stimme – möglicherweise die tiefste von allen – schüchtern: *Das ist alles ein Traum, Mary, oder nicht? Ich meine...* es ist *doch einer, oder nicht?*

Clark sah sie stechend an, und in seinen Augen standen Tränen von dem Knuff, den sie ihm verpaßt hatte... aber wenigstens beschwerte er sich nicht darüber. Sein Blick wanderte noch einmal einen Moment zu der Rothaarigen und dem Imbiß-Koch, stellte fest, daß die beiden immer noch angeregt in ihre Unterhaltung vertieft waren (jetzt schien *sie* einen Witz zu erzählen), und wurde wieder auf sie gerichtet.

»Möglicherweise ist sie unter den Sitz gerutscht«, sagte sie mit ihrer zu lauten, zu spröden Stimme, bevor er etwas sagen konnte. »Es ist die rote.«

Nach einem Augenblick des Schweigens – der ewig zu dauern schien – nickte Clark unmerklich. »Okay«, sagte er, und sie hätte ihn für seinen netten, normalen Tonfall küssen können, »aber nicht, daß du mir meinen Kuchen aufißt, während ich weg bin.«

»Wenn du zurück kommst, bevor ich mit meinem fertig bin, keine Gefahr«, sagte sie und schaufelte sich eine Gabel voll Kirschkuchen in den Mund. Sie fand, daß er durch und durch nach nichts schmeckte. Aber sie lächelte. Herrgott, ja. Lächelte wie die Miß New York Apple Queen, die sie einmal gewesen war.

Clark wollte gerade aufstehen, als irgendwo draußen eine Reihe verstärkter Gitarrentöne erklangen – keine Akkorde, nur offene Saitenanschläge. Clark fuhr wie von der Tarantel gestochen herum, und Mary streckte eine Hand aus und hielt ihn am Arm fest. Ihr Herzschlag, der sich gerade so schön normalisiert hatte, setzte wieder zu diesem garstigen, beängstigenden Sprint an.

Die Rothaarige und der Koch – sogar die jüngere Kellnerin, die glücklicherweise nicht wie eine Berühmtheit aussah – blickten beide beiläufig zu den Schaufenstern des Rock-a-Boogie.

»Keine Bange, Schatz«, sagte die Rothaarige. »Sie fangen gerade an zu stimmen. Für das Konzert heute abend.«

»Ganz recht«, sagte der Imbiß-Koch. Er sah Mary mit seinen unvorstellbar blauen Augen an. »Hier in Rock and Roll Heaven findet fast jeden Abend ein Konzert statt.«

Ja, dachte Mary. Logisch. Selbstverständlich.

Eine tonlose und zugleich gottgleiche Stimme hallte über den Stadtpark, eine so laute Stimme, daß sie fast die Fensterscheiben zum Klirren brachte. Mary, die eine Menge Rockkonzerte besucht hatte, konnte sie fast augenblicklich in einen deutlichen Zusammenhang stellen – sie beschwörte Bilder von gelangweilten, langhaarigen Roadies herauf, die auf der Bühne herumliefen, bevor die Lichter ausgingen, sich anmutig zwischen den Wäldern von Verstärkern und Mikros bewegten und ab und zu niederknieten, um zwei Stromkabel miteinander zu verbinden.

»*Test!*« rief diese Stimme. »*Test-Test-Test!*«

Wieder ein Gitarrenton, noch kein Akkord, aber fast. Dann ein Trommellauf. Dann ein schnelles Trompetenriff aus dem Refrain von Lennons »Instant Karma«, begleitet von einem leisen Grollen von Bongos. Heute Abend Konzert, hatte auf dem Norman Rockwell-Schild über dem Norman Rockwell-Stadtpark gestanden, und Mary, die in Elmira, New York, aufgewachsen war, hatte als Kind eine Menge Open Air-Konzerte besucht. Das waren *wirklich* Norman Rockwell-Konzerte gewesen, bei denen die Kapelle (Männer in Uniformen der Freiwilligen Feuerwehr statt der Band-Uniformen, die sie sich nicht leisen konnten) sich durch leicht schräge Versionen von Sousa-Märschen trötete und das lokale Barbershop Quartet (Plus Two) harmonische Stücke wie »Roll On, Shenandoah« und »I've Got a Gal in Kalamazoo« zum besten gab.

Sie hatte das Gefühl, als würden diese Open Air-Konzerte Goya näher stehen als Norman Rockwell.

»Ich bring dir deine Börse«, sagte er. »Iß du deinen Kuchen.«

»Danke, Clark.« Sie schob sich eine weitere Gabel faden Kirschkuchen in den Mund und sah ihm nach, wie er zur Tür ging. Sein Gang bestand aus einem übertriebenen Zeitlupenschlurfen, das ihren fiebrigen Augen absurd und irgendwie gräßlich vorkam: *Ich habe nicht die geringste Ahnung, daß ich mich mit zwei berühmten Toten in diesem Zimmer befinde*, sagte Clarks schlurfender, übertriebener Gang. *Beunruhigt – wer, ich?*

Beeil dich, Clark! wollte sie schreien. Verdammt noch mal, beeil dich!

Die Glocke ertönte und die Tür ging auf, als Clark gerade nach der Klinke griff, und zwei weitere tote Texaner kamen herein. Der eine, der mit der dunklen Brille, war Roy Orbison, der mit der Hornbrille Buddy Holly.

All my exes come from Texas – meine Bosse stammen alle aus Texas –, dachte Mary panisch und wartete darauf, daß sie ihren Mann festhalten und wegzerren würden.

»'tschuldigung, Sir«, sagte der Mann mit der dunklen Brille höflich, und anstatt Clark zu ergreifen, trat er beiseite und machte ihm Platz. Clark nickte, ohne etwas zu sagen – Mary war plötzlich davon überzeugt, daß er nichts sagen *konnte* – und trat in den Sonnenschein hinaus.

Ließ sie hier drinnen allein mit den Toten. Und dieser Gedanke schien völlig logisch zu einem anderen, noch grauenhafteren zu führen: Clark würde ohne sie weiterfahren. Dessen war sie plötzlich gewiß. Nicht weil er es wollte, und ganz sicher nicht, weil er ein Feigling war – diese Situation ging weit über die Frage von Tapferkeit oder Feigheit hinaus, und sie vermutete, daß sie beide nur deshalb nicht schlotterten und auf den Fußboden sabberten, weil alles so schnell geschehen war –, sondern weil er einfach außerstande sein würde, etwas anderes zu *tun*. Das Reptil, das auf dem Grund seines Gehirns lebte, das über den Selbsterhaltungstrieb zu bestimmen hat, würde einfach aus seinem Schlammloch herausgekrochen kommen und das Kommando übernehmen.

Du mußt hier raus, Mary, sagte die Stimme in ihrem Verstand – die Stimme ihres eigenen Reptils –, und der Tonfall dieser Stimme machte ihr angst. Sie klang vernünftiger als sie klingen dürfte, wenn man die Situation bedachte, und Mary hatte eine Ahnung, daß diese vernünftige Argumentation jeden Augenblick Schreien des Wahnsinns weichen würde.

Mary nahm einen Fuß von der Stange unter dem Tresen, stellte ihn auf den Boden und versuchte, sich dabei im Geiste schon für die Flucht zu wappnen, aber bevor sie sich bereit machen konnte, wurde ihr eine schmale Hand auf die Schulter gelegt und sie sah in das lächelnde, wissende Gesicht von Buddy Holly.

7

Er war 1959 gestorben, daran erinnerte sie sich aus dem Film, in dem Lou Diamond Philips als Ritchie Valens auftrat (und wenn Buddy hier war, würde der echte Ritchie wahrscheinlich auch irgendwo rumhängen). Mehr als dreißig Jahre waren vergangen, aber Buddy Holly war immer noch der schlaksige Dreiundzwanzigjährige, der wie siebzehn aussah, dessen Augen hinter der dikken Brille zu schwimmen schienen und dessen Adamsapfel auf und ab hüpfte wie ein Affe auf einem Ast. Er trug ein häßliches kariertes Jackett und eine dünne Krawatte. Die Krawattennadel hatte die Form eines großen, verchromten Stierschädels. Gesicht und Geschmack eines Tölpels vom Land, hätte man sagen können, aber der Zug des Mundes war irgendwie zu altklug, zu *dunkel,* und für einen Moment drückte die Hand ihre Schulter so fest, daß sie die harten Polster von Schwielen an den Fingerspitzen spüren konnte – Gitarrenschwielen.

»He, du, Zuckerpuppe«, sagte er, und sie konnte süßlichen Kaugummi in seinem Atem riechen. Ein haarfeiner silberner Riß zog sich zickzackförmig durch das linke Glas der Brille. »*Dich* hab ich hier in der Gegend ja noch nie gesehen.«

Es war unglaublich, aber sie führte eine weitere Gabel Kuchen zum Mund, und ihre Hand zögerte nicht einmal, als ein Stück der Kirschfüllung auf den Teller zurückfiel. Noch unglaublicher war, daß es ihr gelang, die Gabel mit dem Kuchen in ein verhaltenes, höfliches Lächeln einzuführen.

»Nein«, sagte sie. Sie war irgendwie überzeugt, daß sie diesem Mann unmöglich zeigen durfte, daß sie ihn erkannt hatte; wenn er das wüßte, wäre jede noch so winzige Chance dahin, aus diesem Alptraum zu entkommen, die sie und Clark noch hatten. »Mein Mann und ich sind einfach... Sie wissen schon, einfach auf der Durchreise.«

Befand sich Clark in diesem Augenblick auf der Durchreise, hielt sich verzweifelt an sämtliche Geschwindigkeitsbeschränkungen, während ihm Schweiß über das Gesicht lief und seine Augen panisch von der Windschutzscheibe zum Rückspiegel und wieder zurück sahen? Ja?

Der Mann im karierten Sportjackett grinste und entblößte Zähne, die viel zu groß und viel zu spitz waren. »Ich hoffe, daß du und dein Mann zum Konzert heute abend hier bleiben könnt.« Mary stellte plötzlich fest, daß das Auge hinter dem gesprungenen Glas voll Blut war. Als Holly noch breiter grinste und dabei die Augen zu schmalen Schlitzen zusammenkniff, quoll ein Blutstropfen über das untere Lid und rann wie eine Träne an der Wange hinab. »Wir stellen hier eine tolle Show auf die Bühne, Süße. Eine tolle Show. Du würdest es nicht glauben.«

»Davon bin ich überzeugt«, sagte Mary kläglich. Ja, Clark war fort. Sie war ganz sicher. Clark hatte sie hier bei diesen toten Ghulen zurückgelassen, und sie war felsenfest davon überzeugt, daß das Mädchen mit dem Herpes sie demnächst ins Hinterzimmer führen würde, wo ihre eigene Kunstseideuniform und ihr eigener Bestellblock auf sie warteten.

»Nein, Sir, diese Shows sind etwas ganz *Besonderes.*« Der Blutstropfen fiel von seinem Gesicht und landete rosa auf dem Hocker, den Clark erst vor kurzem geräumt hatte. »Bleib hier. Du wirst es nicht bereuen. Richtig, Roy?«

Der Mann mit der dunklen Brille war zum Koch und den Kellnerinnen gegangen. Ein Malteserkreuz hing im offenen V seines Hemdes. Er nickte und lächelte seinerseits strahlend. »Worauffe sich verlassn könn', Ma'am.«

»Ich werde meinen Mann fragen«, hörte sie sich sagen und vervollständigte den Gedankengang im Geiste: *Das heißt, wenn ich ihn je wiedersehe.*

»Tun Sie das, Zuckerpuppe! Tun Sie das!« Dann drückte er ihr unglaublicherweise die Schulter ein letztes Mal, ging weiter und gab den Fluchtweg zur Tür frei. Noch unglaublicher, sie konnte den unverwechselbaren Kühler und die Mercedes Benz-Kühlerfigur immer noch draußen sehen.

Buddy ging zu seinem alten Freund Roy, griff hinter die rothaarige Kellnerin und kniff sie. Sie schrie indigniert auf, und als sie das tat, kam ein Schwall Maden aus ihrem Mund geflogen. Die meisten klatschten zwischen ihren Füßen auf den Boden, aber einige blieben auch an ihrer Oberlippe kleben und wanden sich obszön.

Die junge Kellnerin wandte sich mit einem traurigen, angeekelten Gesichtsausdruck ab und hielt sich schützend eine Hand vor das Gesicht. Und für Mary Willingham wurde die Flucht zu etwas, das sie nicht mehr plante, sondern zu einer instinktiven, entsetzten Reaktion. Sie schnellte wie aus der Pistole geschossen von dem Hocker und lief zur Tür.

»He!« schrie die Rothaarige. »He, Sie haben den Kuchen nicht bezahlt! Und die Scheißgetränke auch nicht! Dies ist kein ›Freß und Flieh‹, du Fotze! Rick! Buddy! Haltet Sie!«

Mary ergriff den Türknauf und spürte, wie er ihr durch die verschwitzten Finger rutschte. Hinter sich hörte sie das Trampeln näherkommender Schritte. Sie ergriff den Knauf wieder, konnte ihn dieses Mal drehen und zog die Tür so heftig auf, daß sie die Glocke darüber abriß. Eine schmale Hand mit Schwielen auf den Fingern packte sie dicht über dem Ellbogen. Aber jetzt drückten die Finger nicht, sie kniffen; sie spürte, wie ein Nerv gereizt wurde und einen dünnen Draht des Schmerzes von ihrem Ellbogen bis hinauf zur linken Seite des Kiefers zog, worauf der ganze Arm taub wurde.

Sie schwang die rechte Faust zurück wie einen kurzen Krocketschläger und traf etwas damit, das sich wie der dünne Schutzschirm des Beckenknochens über der Lende eines Mannes anfühlte. Ein kurzes, gequältes Schnauben ertönte, dann wurde der Griff der Hand lockerer, die ihren Arm festhielt. Mary riß sich los, stürzte zur Tür hinaus, und das Haar stand ihr wie eine geflissentliche Korona der Angst vom Kopf ab.

Sie segnete Clark dafür, daß er geblieben war; sie würden sich später darüber Gedanken machen, wie er sie in dieses Schlamassel hinein gebracht hatte – *wenn* es ein später gab. Und er *hatte* es verstanden gehabt, denn er saß am Steuer und kramte nicht unter dem Beifahrersitz nach der Geldbörse, und er ließ den Motor der Prinzessin in dem Augenblick an, als er sie aus dem Rock-a-Boogie gestürzt kommen sah.

Der Mann mit dem blumengeschmückten Zylinder und sein tätowierter Begleiter standen wieder vor dem Barbierladen und beobachteten ausdruckslos, wie Mary die Beifahrertür aufriß. Sie glaubte jetzt, daß sie den mit dem Zylinder kannte – sie besaß drei Alben von Lynyrd Skynyrd und war ziemlich sicher, daß es sich um Ronnie Van Zant handelte. Kaum war ihr das klar geworden, da wußte sie auch, um wen es sich bei seinem illustren Gefährten handelte: Duane Allman, der ums Leben kam, als sein Motorrad vor zwanzig Jahren unter einen Sattelschlepper gerutscht war. Er holte etwas aus der Tasche seiner Jeansjacke und biß hinein. Es überraschte Mary nicht im geringsten, daß es sich dabei um einen Pfirsich handelte.*

Rick Nelson kam aus dem Rock-a-Boogie gerannt. Buddy Holly folgte ihm dicht auf dem Fuß, und mittlerweile war seine gesamte linke Gesichtshälfte blutüberströmt.

»*Steig ein!*« rief Clark ihr zu. »*Steig in das verdammte Auto ein, Mary!*«

Sie warf sich Kopf voraus auf den Beifahrersitz, er setzte zurück, bevor sie auch nur einen Versuch unternehmen konnte, die Tür zuzuschlagen. Die Hinterreifen der Prinzessin quietschten, blauer Qualm stieg von ihnen auf. Mary wurde mit halsbrecherischer Wucht nach vorne geschleudert, ihr Kopf prallte gegen das gepolsterte Armaturenbrett. Sie tastete hinter sich nach der offenen Tür, während Clark fluchte und den Schalthebel des Automatikgetriebes auf ›Fahren‹ drückte.

Rick Nelson warf sich auf die graue Motorhaube der Prinzessin. Seine Augen leuchteten. Die Lippen waren über unmöglich weißen Zähnen zu einem diabolischen Grinsen gefletscht. Seine Kochmütze war heruntergefallen, das Haar hing ihm als ölige Strähnen und Locken um die Schläfen.

---

* Anspielung auf das Album EAT A TEACH von den Allman Brothers. – *Anmerkung des Übersetzers*

»Sie kommen zu dem Konzert!« schrie er.

»*Verpiß dich!*« schrie Clark zurück. Er fand die Stellung ›Fahren‹ und trat das Gaspedal bis zum Anschlag durch. Der sonst ruhige Dieselmotor der Prinzessin gab ein leises Aufheulen von sich, worauf das Auto nach vorne schoß. Die Erscheinung klammerte sich weiter an der Haube fest, fauchte und grinste zu ihnen herein.

»*Schnall dich an!*« bellte Clark.

Sie griff nach der Schnalle des Sicherheitsgurts und ließ sie einrasten, während sie von panischer Faszination erfüllt zusah, wie das Ding auf der Haube die linke Hand ausstreckte und nach dem Scheibenwischer vor ihr griff. Es zog sich langsam daran hoch. Der Scheibenwischer brach ab. Das Ding auf der Haube sah ihn an, warf ihn über Bord und griff nach dem Scheibenwischer auf Clarks Seite.

Bevor er sich daran festhalten konnte, trat Clark mit beiden Füßen auf die Bremse. Mary wurde nach vorne geschleudert. Der Sicherheitsgurt rastete ein und schnitt ihr schmerzhaft in die Unterseite der linken Brust. Einen Augenblick hatte sie das schreckliche Gefühl von *Druck* in ihrem Inneren, als würden ihre Eingeweide von grausamer Hand in den engen Tunnel ihres Halses geschoben werden. Das Ding auf der Haube wurde heruntergeschleudert und landete mindestens sechs Meter entfernt vor dem Auto auf der Straße. Mary hörte ein sprödes, knirschendes Geräusch, dann bildete Blut ein sternförmiges Muster von Spritzern um seinen Kopf herum.

Sie drehte sich um und sah die anderen auf das Auto zu laufen. Janis, deren Gesicht zu einer Hexenfratze von Haß und Erregung verzerrt war, machte den Anfang.

Vor ihnen richtete sich der Imbiß-Koch so geschmeidig wie eine Marionette ohne Skelett auf. Das gewaltige Grinsen war breiter denn je.

»*Clark, sie kommen!*« schrie Mary.

Er sah kurz in den Rückspiegel, dann trat er das Gaspedal wieder durch. Die Prinzessin fuhr ruckartig an. Mary konnte gerade noch sehen, wie der Mann, der auf der Straße saß, einen Arm hob, um das Gesicht zu schützen, und wünschte sich, sie hätte nicht mehr sehen können, aber da war noch etwas, etwas Schlimmeres: Sie glaubte, daß er hinter dem Schatten seines erhobenen Armes *immer noch* grinste.

Dann erfaßte ihn die Prinzessin und begrub ihn unter sich. Knisternde Geräusche waren zu hören, die sie an Kinder erinnerten, die sich in einem Haufen Herbstlaub wälzen. Sie schlug die Hände auf die Ohren – zu spät, zu spät – und schrie.

»Macht dir keine Gedanken«, sagte Clark. Er sah grimmig in den Rückspiegel. »Er steht auf. Kein Schaden, kein Foulspiel.«

»*Was?*«

»Abgesehen von der Reifenspur auf dem Hemd ist er...« Er verstummte und sah sie an. »Wer hat dich geschlagen, Mary?«

»Was?«

»Dein Mund blutet. Wer hat dich geschlagen?«

Sie strich mit einem Finger über den Mundwinkel, betrachtete die rote Schliere darauf und kostete sie. »Kein Blut – Kirschkuchen«, sagte sie und stieß ein schrilles, verzweifeltes Lachen aus. »Bring uns hier weg, Clark, bitte bring uns hier weg.«

»Worauf du dich verlassen kannst«, sagte er und konzentrierte sich wieder auf die breite und menschenleere Main Street. Mary stellte fest, daß es trotz der elektrischen Gitarren im Stadtpark hier ebenso wenig Strommasten gab wie auf der Straße, die sie hierher geführt hatte, was im Grunde genommen eigentlich gar nicht seltsam war, oder? Wenn man ein Rock and Roll-Gespenst war, bereitete einem das Elektrizitätswerk von Oregon wahrscheinlich das geringste Kopfzerbrechen.

Die Prinzessin beschleunigte wie alle Diesel – nicht schnell, aber mit einer Art unerbittlicher Kraft – und ließ eine dunkelbraune Abgaswolke hinter sich zurück. Mary sah verschwommen ein Kaufhaus, eine Buchhandlung und ein Babywarengeschäft mit dem Namen Rock and Roll Lullabye. Ein junger Mann mit schulterlangen braunen Locken stand vor der ›Rock 'Em and Sock 'Em‹-Billardhalle, hatte die Arme auf der Brust verschränkt und einen Schlangenlederstiefel an die weißgetünchte Fassade gestemmt. Sein Gesicht war auf eine schmollende Weise schön, und Mary konnte ihn gerade noch erkennen: der Lizard King persönlich.

»Das war Jim Morrison«, sagte Clark mit trockener, emotionsloser Stimme.

»Ich weiß. Ich habe ihn gesehen.«

Ja – sie sah es, aber die Bilder waren wie trockenes Papier, das unter einem unbarmherzigen, gebündelten Licht, welches ihr ganzes Denken erfüllte, in Flammen aufzugehen schien; es war, als hätte das Ausmaß ihres Grauens sie in ein menschliches Vergrößerungsglas verwandelt, und ihr war klar, sollten sie jemals hier herauskommen, würde sie keine Erinnerungen an diese eigentümliche Kleinstadt behalten; die Erinnerungen würden Asche sein, die vom Wind verweht wurde. So lief das selbstverständlich. Niemand konnte derart höllische Bilder sehen, derart höllische *Erlebnisse* haben, und geistig gesund bleiben, daher wurde der Verstand zu einem Hochofen und verbrannte ein jedes Bild in dem Augenblick, wenn es erzeugt wurde.

Und darum können sich die meisten Menschen noch den Luxus leisten, nicht an Geister oder Spukhäuser zu glauben, dachte sie. Denn wenn der Verstand auf das Irrationale und Grauenhafte gerichtet wird, so wie man das Gesicht einer Frau der Medusa zuwenden würde, dann vergißt er. Er *muß* vergessen. Und lieber Gott, davon abgesehen, daß ich hier raus will, wünsche ich mir nichts auf der Welt so sehr als zu vergessen.

Sie sah eine kleine Gruppe auf dem Asphaltgelände einer Cities Service-Tankstelle an der Kreuzung am anderen Ende der Stadt stehen. Diese stellten furchtsame, gewöhnliche Gesichter über fadenscheiniger, gewöhnlicher Kleidung zur Schau. Ein Mann im ölverschmierten Mechanikeroverall. Eine Frau in Schwesternkluft – früher vielleicht weiß, jetzt ausgewaschen grau. Ein älteres Ehepaar, sie mit orthopädischen Schuhen und er mit einem Hörgerät so groß wie eine Cocktailtomate in einem Ohr, die sich aneinanderklammerten wie Kinder, die die Befürchtung hegen, daß sie sich in einem großen, dunklen Wald verirrt haben. Mary wußte, auch ohne daß man es ihr ausdrücklich sagte, dies waren die *wirklichen* Bewohner von Rock and Roll Heaven, Oregon... und sie waren Gefangene.

»*Bitte* bring uns hier weg, Clark«, sagte sie. »*Bitte.*« Etwas kam ihr im Hals hoch, sie drückte die Hände auf den Mund und war überzeugt, daß sie reihern mußte. Aber statt sich zu übergeben, stieß sie einen lauten Rülpser aus, der ihr im Hals brannte wie Feuer und nach dem Kuchen schmeckte, den sie gerade im Rock-a-Boogie Restaurant gegessen hatte.

»Es wird alles gut. Wir haben die Stadt fast verlassen. Beruhige dich, Mary.«

Die Straße – sie konnte sie nicht mehr als Main Street betrachten, da der Ortsrand bereits zu sehen war – führte am Feuerwehrhaus von Rock and Roll Heaven linker und der Schule rechter Hand vorbei (selbst in ihrem verängstigten Zustand kam ihr eine Zitadelle des Lernens mit Namen Rock and Roll-Grundschule ungeheuer komisch vor. Drei Kinder standen auf dem Schulhof und beobachteten mit apathischen Blicken, wie die Prinzessin vorbeibrauste. Weiter vorne die Straße eine Biegung um eine Bucht herum, in der ein Schild mit folgender Aufschrift stand: SIE VERLASSEN JETZT ROCK AND ROLL HEAVEN, OREGON. GOOD NIGHT, SWEETHEART, GOOD NIGHT.

Clark raste mit der Prinzessin ohne abzubremsen in die Kurve, und auf der anderen Seite versperrte ein Bus die Straße.

Es war kein gewöhnlicher gelber Schulbus; er flimmerte und waberte in hundert Farben und tausend psychedelischen Schnörkeln, ein zu groß geratenes Souvenir des Sommers der Liebe. Auf den Fenstern drängten sich Abziehbilder von Schmetterlingen und Peace-Zeichen, und noch während Clark aufschrie und auf die Bremse stieg, las sie mit einem fatalistischen Mangel an Überraschung die Worte, die auf der Seite emporschwebten wie übervolle Luftschiffe: The Magic Bus.

Clark gab sich größte Mühe, war aber nicht imstande, rechtzeitig zu bremsen. Die Prinzessin fuhr mit zehn bis fünfzehn Stundenmeilen in den Magic Bus, die Räder blockierten, die Reifen qualmten. Ein hohler Knall ertönte, als der Mercedes den Bus mittschiffs rammte. Mary wurde wieder nach vorne in den Sicherheitsgurt geschleudert. Der Bus erbebte ein wenig auf den Stoßdämpfern, aber das war auch alles.

»Zurückstoßen und wenden!« schrie sie Clark an, aber sie wurde förmlich von der erstickenden Erkenntnis übermannt, daß jetzt alles vorbei war. Der Motor der Prinzessin hörte sich unregelmäßig an, Mary konnte Dampf unter der eingedrückten Haube hervorkommen sehen; er sah wie der Atem eines verwundeten Drachen aus. Als Clark den Schalthebel in den Rückwärtsgang drückte, hatte der Motor zwei Fehlzündungen und ging aus.

Hinter sich konnten sie eine Sirene hören, die näherkam. Sie fragte sich, wer der Dorfpolizist sein würde. Nicht John Lennon, dessen Motto zeit seines Lebens ›Mißtraut der Macht‹ gewesen war, und nicht Morrison, der eindeutig zu den Billardhallen-Bösewichtern der Stadt gehörte. Wer dann? Spielte das im Grunde genommen eine Rolle? Vielleicht, überlegte sie sich, ist es Jimi Hendrix. Das hörte sich verrückt an, aber sie kannte ihren Rock and Roll wahrscheinlich besser als Clark, und erinnerte sich, sie hatte einmal gelesen, daß Hendrix Springer beim 101sten Fliegerregiment gewesen war. Sagte man nicht, daß Ex-Soldaten meistens die besten Gesetzeshüter wurden?

Du verlierst den Verstand, sagte sie sich, dann nickte sie. Klar – warum nicht? »Was jetzt?« fragte sie Clark niedergeschlagen.

Er machte die Tür auf, wobei er sich mit der Schulter dagegen stemmen mußte, weil sie sich ein bißchen im Rahmen verzogen hatte. »Jetzt laufen wir«, sagte er.

»Und wozu?«

»Du hast sie gesehen; möchtest du wie sie *werden?*«

Das brachte einen Teil der Angst zurück. Sie löste die Schnalle des Sicherheitsgurts und machte die Beifahrertür auf. Clark kam um die Prinzessin herum und ergriff ihre Hand. Als sie sich wieder zu dem Magic Bus umdrehten, wurde sein Griff um ihre Hand auf schmerzhafte Weise fester, als er sah, wer dort ausstieg – ein großer Mann im offenen weißen Hemd, dunklen Drillichhosen und mit einer Rundum-Sonnenbrille. Das blau-schwarze Haar war zu einer üppigen und makellosen Bürzelfrisur von den Schläfen zurückgekämmt. Es konnte nicht der geringste Zweifel an diesem unglaublichen, beinahe halluzinatorischen guten Aussehen bestehen; das konnte nicht einmal die Sonnenbrille verbergen. Die vollen Lippen teilten sich zu einem verhaltenen, zynischen Lächeln.

Ein blau-weißer Streifenwagen mit der Aufschrift POLIZEI ROCK AND ROLL HEAVEN kam um die Kurve und hielt zwanzig Zentimeter vor der Heckstoßstange der Prinzessin mit quietschenden Reifen. Der Mann hinter dem Lenkrad war schwarz, aber es war doch nicht Jimi Hendrix. Mary war nicht hundertprozentig sicher, glaubte aber, daß es sich bei dem hiesigen Gesetzeshüter um Otis Redding handelte.

Der Mann mit der Brille und den schwarzen Jeans stand inzwischen direkt vor ihnen und hatte die Daumen in die Gürtelschlaufen gehakt; seine Hände baumelten herunter wie tote Spinnen. »Wie geht's uns'n heuer?« Auch an dem nuschelnden Memphis-Akzent konnt kein Zweifel bestehen. »Möchte euch beiden gern inner Stadt willkommen heißen. Hoffe, ihr könnt 'ne Weile bei uns bleiben. Städtchen sieht nicht besonders aus, aber wir sind gutnachbarlich und kümmern uns um unseren Kram.« Er streckte eine Hand aus, an der drei absurd große Ringe funkelten. »Ich bin der hiesige Bürgermeister. Elvis Presley der Name.«

8

Dämmerung eines Sommerabends.

Als sie den Stadtpark betraten, mußte Mary wieder an die Konzerte denken, die sie als Kind in Elmira besucht hatte, und sie spürte, wie sich ein Stück von Nostalgie und Traurigkeit durch den Kokon des Schocks bohrte, den ihr Verstand und ihre Emotionen um sie herum gewoben hatten. So vieles war gleich... aber so vieles war auch anders. Hier waren keine Kinder, die Wunderkerzen schwenkten; die einzigen anwesenden Kinder, rund ein halbes Dutzend, drängten sich so weit vom Musikpavillon fort, wie sie konnten und sahen sich mit verbissenen, argwöhnischen Gesichtern um. Die Kinder, die sie und Clark bei ihrem fehlgeschlagenen Fluchtversuch auf dem Schulhof gesehen hatten, befanden sich auch darunter.

Und in fünfzehn Minuten oder einer halben Stunde würde hier auch keine fröhliche Blaskapelle spielen – auf der Bühne (die Mary fast so groß wie in der Hollywood Bowl vorkam) waren die Instrumente und Accessoires der größten – und lautesten, wenn man die Verstärker betrachtete – Rock and Roll Band der Welt aufgebaut worden, eine apokalyptische Bebop-Kombination, die voll aufgedreht wahrscheinlich laut genug sein würde, Fensterscheiben im Umkreis von fünf Meilen zu zertrümmern. Sie zählte ein Dutzend Gitarren auf Ständern, dann hörte sie auf zu zählen. Vier vollständige Schlagzeuge... Bongos... Congas... eine Rhythmusgruppe... kreisförmige Erhebungen, auf denen die Background-Sängerinnen stehen würden... ein ganzer stählerner Wald von Mikrofonen.

Im Park selbst waren Klappstühle aufgestellt – Mary schätzte zwischen siebenhundert und tausend –, aber sie glaubte, daß nicht einmal fünfzig Zuschauer anwesend waren, wahrscheinlich weniger. Sie sah den Mechaniker, der jetzt saubere Jeans und ein Perma-Press Hemd trug, neben einer Frau mit gramzerfurchtem

Gesicht sitzen, die wahrscheinlich seine Ehefrau war. Die Schwester saß ganz für sich allein in der Mitte einer langen, leeren Reihe. Sie hatte das Gesicht nach oben gewandt und sah zu den ersten Sternen hinauf, die am Himmel erschienen. Mary wandte sich rasch von der Frau ab; sie dachte, wenn sie dieses traurige, sehnsüchtige Gesicht zu lange ansehen würde, müßte ihr das Herz brechen.

Von den berühmteren Bewohnern der Stadt war momentan nichts zu sehen. Selbstverständlich nicht, die hatten ihr Tagwerk allesamt vollbracht und stecken jetzt hinter der Bühne, wo sie ihre Kostüme anzogen und ihre Einsätze probten. Sich auf die heutige Vorstellung vorbereiteten.

Clark blieb stehen, als er etwa ein Viertel des grasbewachsenen Mittelgangs zurückgelegt hatte. Ein Lufthauch des Abendwinds zerzauste ihm das Haar, und Mary fand, es sah so trocken wie Stroh aus. In Clarks Stirn und um seine Mundwinkel waren Furchen eingegraben, die sie vorher noch nie gesehen hatte. Er sah aus, als hätte er seit dem Essen in Oakridge dreißig Pfund abgenommen. Das war selbstverständlich unmöglich, doch das Wissen änderte nichts an ihrem Eindruck.

Und wie siehst *du* wohl aus, Schönheit? fragte sie sich.

»Wo möchtest du sitzen?« fragte Clark. Seine Stimme klang dünn und desinteressiert – die Stimme eines Mannes, der immer noch glaubt, daß er träumt.

Mary erspähte die Kellnerin mit dem Herpes. Diese saß etwa vier Reihen weiter unten am Mittelgang und trug mittlerweile eine hellgraue Bluse und einen Baumwollrock. Sie hatte sich einen Pullover über die Schulter geworfen. »Dort«, sagte Mary, worauf Clark sie ohne Widerrede in diese Richtung führte.

Sie drehte sich zu Mary und Clark um, und Mary stellte fest, daß ihre rastlosen Augen sich zumindest heute abend beruhigt zu haben schienen, was eine Erleichterung war. Einen Augenblick später stellte sie auch den Grund fest: das Mädchen war geradezu apokalyptisch high. Mary senkte den Kopf, weil sie sich nicht mehr diesem staubigen Blick ausgesetzt sehen wollte – es war, als würde man jemanden ansehen, dessen Hosen runtergerutscht waren –, und dabei bemerkte sie, daß die linke Hand der Kellnerin einen dicken Verband trug. Mary stellte voll vagem Entsetzen fest, daß mindestens zwei Finger der verbundenen Hand fehlten.

»Hi«, sagte das Mädchen. »Ich bin Sissy Thomas.«

»Hallo, Sissy. Ich bin Mary Willingham. Das ist mein Mann Clark.«

»Freut mich, Sie kennenzulernen«, sagte die Kellnerin.

»Ihre Hand...« Mary verstummte, weil sie nicht wußte, wie sie fortfahren sollte.

»Das war Frankie.« Sissy sagte es mit der völligen Gleichgültigkeit von jemandem, der auf dem rosa Pferd die Straße der Träume entlang reitet. »Frankie Lymon. Alle sagen, er war der netteste Kerl, als er noch lebte, und wurde erst gemein, als er hierher gekommen ist. Er war einer der ersten... der Pioniere, könnte man wohl sagen. Das weiß ich nicht. Ob er vorher nett war, meine ich. Ich weiß nur, daß er jetzt gemeiner als Katzenscheiße ist. Mir egal. Ich wünschte mir nur, Sie wären entkommen, und ich würde es jederzeit wieder machen. Außerdem kümmert sich Crystal um mich.«

Sissy nickte zu der Krankenschwester, die nicht mehr die Sterne betrachtete, sondern sie.

»Crystal kümmert sich wirklich gut um einen. Sie flickt einen zusammen, wenn man will – in dieser Stadt muß man keine Finger verlieren, wenn man high werden will.«

»Meine Frau und ich nehmen keine Drogen«, sagte Clark, der sich überheblich anhörte.

Sissy sah ihn einige Augenblicke wortlos an. Dann sagte sie: »Das kommt noch.«

»Wann fängt die Show an?« Mary spürte, wie der Kokon des Schocks sich auflöste, und das Gefühl gefiel ihr ganz und gar nicht.

»Bald.«

»Wie lange dauern diese Konzerte denn?«

Sissy antwortete lange Zeit nicht, und Mary wollte die Frage schon wiederholen, weil sie glaubte, das Mädchen hätte sie entweder nicht gehört oder nicht begriffen, als die Kellnerin sagte: »Lange Zeit. Ich meine, die Show wird um Mitternacht zu Ende sein, das ist immer so, aber trotzdem... dauern sie ziemlich lang. Weil die Zeit hier anders verläuft. Kapiert? *Anders*. Es könnte sein... oh, keine Ahnung. Ich glaube, wenn die Jungs echt in Fahrt kommen, spielen sie manchmal ein Jahr oder noch länger.«

Kalter, grauer Frost kroch über Marys Arm und Rücken. Sie versuchte sich vorzustellen, ein Rock-Konzert über sich ergehen zu lassen, das ein ganzes Jahr dauerte, konnte es aber nicht. Das ist ein Traum, und du wirst wieder aufwachen, sagte sie sich. Aber dieser Gedanke, der so überzeugend zu sein schien, als sie im Sonnenlicht vor dem Magic Bus gestanden und Elvis Presley zugehört hatten, verlor allmählich seine Überzeugungskraft und Glaubwürdigkeit.

»Würde euch sowieso nix nützen, die Straße da lang zu fahrn«, hatte Elvis zu ihnen gesagt. »Führt nirgendwo hin, nur zum Umpqua-Sumpf. Da sind keine Straßen, nur 'ne Menge Treibsand. Und was anderes.«

»Bären«, hatte der Polizist, bei dem es sich um Otis Redding handeln konnte, hinter ihnen gesagt.

»Bären, woll«, stimmte Elvis zu, und dann verzog er die Lippen zu dem allzu wissenden Lächeln, das Mary aus so vielen Fernsehsendungen und Filmen kannte. »Und was anderes.«

Mary begann: »Wenn wir zu der Show bleiben…«

Elvis nickte nachdrücklich. »Die Show! O ja, ihr *müßt* zu der Show bleiben! Wir rocken echt einen los. Überzeugt euch, ob's nich so ist.«

»Das ist nur 'ne nackte Tatsache«, hatte der Polizist bekräftigt.

»Wenn wir zu der Show bleiben… können wir dann wieder gehen, wenn sie vorbei ist?«

Elvis und der Bulle hatten einen Blick gewechselt. »Nun, wissen Sie, Ma'am«, hatte er einstige King of Rock schließlich geantwortet, »wir sind hier ziemlich weit draußen im Hinterland, da isses nich leicht, 'n Publikum herzulocken… auch wenn *alle* hierbleiben, sobald sie uns erstmal gehört haben… und irgendwie haben wir gehofft, ihr würdet selbst auch noch 'ne Weile hierbleiben. Ein paar Shows ansehen und unsere Gastfreundschaft genießen.« Da hatte er die Sonnenbrille auf die Stirn hochgeschoben und einen Moment lang Augenhöhlen entblößt, die gräßlich leer waren – die leeren, nachdenklichen Augenhöhlen eines Totenschädels. Dann waren sie wieder Elvis' dunkelblaue Augen, die sie mit aufrichtigem Interesse betrachteten.

»Ich glaube«, hatte er gesagt, »ihr überlegt euch vielleicht sogar, ob ihr euch nicht hier niederlassen wollt.«

9

Inzwischen standen noch mehr Sterne am Himmel; es war fast völlig dunkel. Über der Bühne wurden orangefarbene Spots eingeschaltet, so sanft wie nachtblühende Blumen, die nacheinander die Mikrofonständer beleuchteten.

»Sie haben uns Jobs gegeben«, sagte Clark mürrisch. »*Er* hat uns Jobs gegeben. Der Bürgermeister. Der wie Elvis Presley aussieht.«

»Er *ist* Elvis«, sagte Sissy Thomas, aber Clark starrte einfach weiter zur Bühne. Er war noch nicht einmal bereit, daran zu *denken*, geschweige denn, es zu hören.

»Mary soll morgen im Schönheitssalon Beauty Bar zu arbeiten anfangen«, fuhr er fort. »Sie hat das Lehrerexamen und einen Titel in Englisch, soll aber die nächste Gott weiß wie lange Zeit als Friseuse verbringen. Dann hat er mich angesehen und gesagt: ›Wassn mit Ihn'n, Sir? Wassn *Ihre* Schpesalität?‹« Clark ahmte den Memphis-Akzent des Bürgermeisters übertrieben nach, und jetzt war endlich doch ein richtiger Ausdruck in den Augen der Kellnerin zu erkennen. Mary dachte, daß es Angst war.

»Sie sollten sich nicht lustig machen«, sagte sie. »Man kann hier Ärger kriegen, wenn man sich lustig macht.« Sie hob langsam die verbundene Hand. Clark sah sie an, seine nassen Lippen bebten, bis sie sie wieder in den Schoß legte, und danach sprach er mit gedämpfterer Stimme weiter.

»Ich habe ihm gesagt, ich bin Experte für Computersoftware, da hat er gesagt, es gibt keine Computer in der Stadt... obwohl se's echt richtig zu schässn wüssn tätn, wennse 'n Ticketron-Outlet oder zwei ham tätn. Dann hat der andere Typ gelacht und gesagt, unten im Supermarkt würden sie einen Lagerarbeiter suchen, und...«

Ein grellweißer Spot ging auf der Bühne an. Ein Mann in einem so ausgeflippten Sportjackett, daß das von Buddy Holly dagegen zahm wirkte, trat in den Lichtkreis und hob die Hände, als wollte er donnernden Applaus eindämmen.

»Wer ist das?« wandte sich Mary an Sissy.

»Ein alter Diskjockey, der eine Menge dieser Shows moderiert hat. Sein Name ist Alan Tweed oder Alan Freed oder so. Wir bekommen ihn kaum je zu sehen, außer hier. Ich glaube, er trinkt. Schläft den ganzen Tag – *das* weiß ich.«

Kaum hatte das Mädchen diesen Namen ausgesprochen, da zerplatzte der Kokon, der Mary beschützt hatte, und ihr letzten Zweifel wurden weggefegt. Sie und Clark hatte es tatsächlich nach Rock and Roll Heaven verschlagen, in den Rock and Roll-Himmel, aber in Wahrheit war es die Rock and Roll-Hölle. Das war nicht geschehen, weil sie beide böse Menschen waren, sondern weil es geschehen *konnte*, so wie Autounfälle und Herzanfälle und Flugzeugabstürze und Krebs. Sie hatten sich verirrt, das war alles; es hätte jedem passieren können.

»*Heute nacht steht uns eine tolle Show ins Haus!*« brüllte Freed enthusiastisch in das Mikro. »*Wir haben J. P. Richardson, den Big Bopper... Marc Bolan von T. Rex, der gerade von einem ausverkauften Gig in der Albert Hall zurückkommt... Jim Croce... meinen Lieblingsstar Johnny Ace...*«

Mary beugte sich zu dem Mädchen. »Wie lange sind Sie schon hier, Sissy?«

»Ich weiß nicht. Man verliert leicht das Zeitgefühl. Mindestens sechs Jahre. Vielleicht auch acht. Oder neun.«

»*Keith Moon von den Who... Brian Jones von den Stones... die niedliche kleine Florence Ballard von den Supremes...*«

Mary kleidete ihre schlimmste Befürchtung in Worte und fragte: »Wie alt waren Sie, als Sie hergekommen sind?«

»*Cass Elliot ... Janis Joplin...*«

»Dreiundzwanzig.«

»*King Curtis... Johnny Burnette...*«

»Und wie alt sind Sie jetzt?«

»*Slim Harpo... Bob ›Bear‹ Hite...*«

»Dreiundzwanzig«, sagte Sissy zu ihr, während oben auf der Bühne Alan Freed weiter Namen über den fast menschenleeren Stadtpark brüllte und die Stars herauskamen, erst hundert Stars, dann tausend, dann mehr als man zählen konnte, Stars, die aus dem Blau gekommen waren – *out of the blue* – und die nun überall im Schwarz – *into the black* – funkelten; er leierte die Namen der Drogentoten, der Alkoholtoten, der Opfer von Flugzeugabstürzen und der Erschossenen herunter; danach alle, die in Swimming Pools gefunden worden waren, und in Straßengräben, wo ihnen Lenksäulen aus der Brust ragten und die Köpfe weitgehend von den Schultern gerissen worden waren; er verkündete die Namen der jungen und der alten, aber überwiegend waren es junge, und als er die Namen Ronnie Van Zant und Steve Gaines aussprach, hörte Mary die Worte eines ihrer Stücke im Kopf widerhallen, das so ging: »Oooh, that smell, can't you smell that smell«, und gewiß, jede Wette, sie *konnte* den Geruch wahrnehmen; selbst hier draußen in der frischen Luft von Oregon konnte sie ihn riechen, und als sie Clarks Hand ergriff, da war es, als ergriffe sie die Hand eines Leichnams.

»*Aaaaaaaaaaaaalll RIIIIIIIIIIIGHT!*« kreischte Alan Freed. Hinter ihm in der Dunkelheit strömten Dutzende Schatten auf die Bühne, manche ließen sich von Roadies mit Taschenlampen den Weg leuchten. »*Seid ihr bereit für die PAAAARTY?*«

Das verstreute Publikum im Stadtpark gab keine Antwort, aber Freed winkte mit den Händen und lachte, als würde ein gigantisches Publikum vor Begeisterung rasen. Das Licht reichte gerade noch aus, daß Mary sehen konnte, wie der alte Mann an den Kopf griff und sein Hörgerät ausschaltete.

»*Seid ihr bereit für den BOOOOOOGIE?*«

Dieses Mal *bekam* er eine Antwort – das dämonische Kreischen von Saxophonen aus den Schatten hinter ihm.

»*Dann los... ROCK AND ROLL WILL NEVER DIE – ROCK AND ROLL WIRD NIEMALS STERBEN!*«

Als die Bühnenbeleuchtung nacheinander eingeschaltet wurde und die Band den ersten Song des langen Konzerts dieser Nacht anstimmte – »I'll Be Doggone« mit Marvin Gaye als Gesangssolisten – dachte Mary: *Das fürchte ich auch. Ganz genau das fürchte ich auch.*

F. Paul Wilson:

Bob Dylan, Troy Jonson und die Speed Queen

Dylan kommt hereinspaziert, und ich breche fast zusammen.

Ich habe die ganze Zeit gewußt, daß es passieren würde. Ich meine, es war einfach unvermeidlich. Aber trotzdem, wenn du dich so mir nichts, dir nichts mit einer Legende im selben Raum wiederfindest, dann bleibt dir einfach die Spucke weg, auch wenn du denkst, du hättest dich bestens darauf vorbereitet.

Meine Band spielt jetzt seit zwei Monaten im *Achten Weltwunder*. Es ist ein Dienstag Mittwoch Donnerstag-Gig, und ich habe dafür gesorgt, daß es in jedem Set einen elektronischen Dylan-Song gibt. In jeder Nacht, in der wir spielen. Die Reaktionen darauf waren gemischt. Schlimmstenfalls Feindseligkeit, bestenfalls widerwillige Toleranz. Elektronische Musik ist ein heikles Thema hier in Greenwich Village im Jahre 1964. All diese Folkies glauben, sie wüßten, was an der Basis läuft, sie halten sich für so radikal und supergescheit; sie werden in Selma für die Rechte der Schwarzen demonstrieren, aber wenn du einen Song von Chuck Berry – einem Schwarzen! – spielst, wirst du ausgebuht, und sie laufen dir in Scharen davon. Spielst du aber die gleichen Akkordfolgen und fast die gleiche Melodie und behauptest, das Ganze sei von Howlin' Wolf oder Muddy Waters oder Sonny Boy Williamson, dann bleiben sie. Daher habe ich, obwohl meine Band elektronische Musik macht, meinen guten Willen gezeigt und die Sets auf Blues und gelegentliche Protestsongs beschränkt.

Langsam aber sicher haben wir uns bei den Einheimischen ein Publikum aufgebaut, und genau das war meine Absicht. Denn je mehr Leute uns hören, um so eher wird Dylan davon erfahren, daß jemand Rockversionen von seinen Songs spielt. Er muß einfach. Greenwich Village ist eine verschworene, geschwätzige kleine Gemeinschaft, und abgesehen vielleicht von den Homosexuellen sind die Folkies so ungefähr die verschworenste und geschwätzigste der verschiedenen Subkulturen in dieser Gegend. Wenn man Dylan von uns erzählt, dann wird er wohl kommen und es mit eigenen Ohren hören wollen. Ich habe meinen Köder ausgeworfen. Es ist alles Teil eines Plans.

Und heute nacht hat er angebissen.

Also stehe ich jetzt hier vorne, mitten in Thems Version von »Baby, Please Don't Go«, meine Stimme wird heiser, und ich stümpere mit dem Riff herum, als ich ihn sehe, aber ich schaffe es, durch den Song zu kommen, ohne mich zum Narren zu machen.

Als ich fertig bin, sehe ich mich um, und für einen Augenblick gerate ich in Panik, weil ich ihn nirgends entdecken kann. Ich suche die Dunkelheit ab. Das *Achte Weltwunder* ist eine von euren typischen West Village-Spelunken, kaum mehr als ein rechteckiger Raum mit dem Podium für die Band am einen Ende, der Bar am anderen und Cocktailtischen überall dazwischen, wo noch Platz ist. Endlich entdecke ich die Silhouette seines Profils gegen die Lichter an der Bar. Er steht da und unterhält sich mit einem Mädchen. Sie hat langes, glattes dunkles Haar und ist tatsächlich noch magerer als er – was nicht viel heißen will, denn es scheint so, als gäbe es 1964 in Greenwich Village nur magere Frauen mit langem, glattem Haar.

Die Band hat sich für die nächste Nummer fertiggemacht, unser »I'm a Man« im Yardbirds-Stil, aber ich drehe mich um und sage ihnen, daß wir »All I Really Want to Do« machen. Sie nicken und zucken mit den Schultern. Solange sie bezahlt werden, ist ihnen scheißegal, was sie spielen. Sie sind nicht in den Plan eingeweiht.

Ich hänge mir meine zwölfsaitige Rickenbacker um und fange mit Jim McGuinns* Eröffnung an. Ich habe mir ausgerechnet, daß das eine ziemlich sichere Sache ist, da mein Netz mir sagt, daß die Byrds jetzt noch nicht als Band zusammen spielen.

Dylan hat einen Tisch ganz hinten im Saal genommen, zusammen mit der mageren Brünetten; er hat sich lässig zurückgelehnt. Er weiß ja nicht, daß dies sein Song ist. Dann fangen wir an zu singen, und ich sehe, wie er sich auf seinem Stuhl aufrichtet. Als wir zu dem dreistimmigen Chor kommen, sehe ich, wie er seinen Drink wegstellt. Es ist keine besonders auffällige Bewegung. Er

---

* 1968 legte McGuinn seinen eigentlichen Vornamen ab und nannte sich so, wie er auch heutzutage noch bekannt ist: Roger McGuinn. *Anm. d. Red.*

versucht cool zu sein, aber ich habe darauf geachtet, und mir fällt es auf.

Kontakt.

Aus meinen Untersuchungen weiß ich, daß ihm die Byrds-Version gut gefallen hat, als er sie zum ersten Mal hörte. Also muß er auch unsere Version mögen, denn sie ist eine getreue Kopie dessen, was die Byrds spielen werden. Und natürlich hat er ihre Version noch nicht gehört, denn sie haben noch keine Aufnahme davon gemacht. Ich würde schrecklich gern ihre Version von »Mr. Tambourine Man« spielen, aber er hat es noch nicht geschrieben.

Es gibt einen ganz passablen Applaus, als wir mit der *Nummer fertig sind,* und ich mache gleich weiter mit einer Byrds-Version von »The Times They Are A-changin'«. Ich rufe mir ins Gedächtnis, daß ich nichts benutzen darf, das später als ANOTHER SIDE OF BOB DYLAN entstanden ist. Unisono beenden wir das Set mit »Chimes of Freedom«, und ich werfe einen Blick auf Dylans verschwommene Gestalt, lächele ihm zu und nicke. Ich sehe ihn nicht zurücklächeln oder nicken, aber er stimmt in den Applaus mit ein.

Ich hab ihn.

Wir spielen unsere Pausennummer, und ich stürze ans andere Ende des Raumes. Doch als ich endlich dort ankomme, ist sein Tisch leer. Ich sehe mich suchend um, aber Dylan ist weg.

»Scheiße!« sage ich zu mir selbst. Hab ihn verpaßt. Ich wollte eine Chance, mich mit ihm zu unterhalten.

Ich gehe auf ein Bier an die Bar, und das Mädchen, das bei Dylan am Tisch gesessen hat, schlängelt sich zu mir herüber. Sie trägt Jeans und drei Hemden. Hier trägt kaum jemand einen Mantel, es sei denn, mitten im tiefsten Winter. Wenn es draußen kalt ist, zieht man einfach über das Hemd, das man sowieso schon trägt, noch eins drüber. Und wenn es noch kälter ist, nimmt man ein Arbeitshemd in Übergröße und wirft es über die ersten beiden.

»Irgendwie hat es ihm gefallen, was du spielst«, sagt sie.

»Wem?«

»Bob. Er war beeindruckt.«

»Wirklich?« Äußerlich bleibe ich so cool wie die sprichwörtliche Hundeschnauze, aber innerlich verspüre ich den Drang, sie bei den

Schultern zu packen und laut zu schreien: »Ja? Ja? Was hat er gesagt?« Statt dessen frage ich: »Wie kommst du darauf?«

»Oh, ich weiß nicht. Vielleicht, weil er sich zu mir umgedreht und gesagt hat ›Ich bin beeindruckt‹, während er euch spielen hörte.«

Ich lache, um nicht laut Hurra zu schreien. »Ja. Das könnte man wohl so auslegen.«

Ich mag sie. Und jetzt, aus der Nähe, erkenne ich sie auch. Sie ist Sally Irgendwas. Ich bin mir nicht sicher, ob irgend jemand ihren Familiennamen kennt. Die Leute aus dem Village nennen sie einfach nur die Speed Queen. Und damit meinen sie keinesfalls, daß sie eine Schnellreinigung betreibt.

Sally ist dünn und zappelig. Und sie hat Schnupfen. Außerdem hat sie große, dunkle Augen, und diese Augen starren mich an.

»Ich war von deinem Kram auch ziemlich beeindruckt«, sagt sie und lächelt mich an. »Ich meine, ich habe absolut nichts übrig für Rock'n'Roll, Mann, mit diesem ganzen Bop-shoo-boppin' und Shoo-be-dooin'. Ich meine, dieser ganze Kram ist doch todlangweilig, Mann. Aber irgendwie mag ich die Beatles. Ich meine, wir haben sie uns angesehen, als sie bei Ed Sullivan waren. Ein ganzer Haufen von uns. Und weißt du, sie waren irgendwie cool. Ich meine, sie standen einfach da und sangen. Keine schmalzigen kleinen Tanzschritte oder irgendwas in der Art. Wenn sie so was gemacht hätten, dann hätten wir sie sofort abgeschrieben. Aber nein. Oh, sie haben sich ein bißchen zum Takt bewegt, vielleicht. Aber meistens haben sie nur gespielt und gesungen. Beinahe wie Folkies. Sah so aus, als hätten sie ihren Spaß dabei. Das fanden wir alle irgendwie spitze.«

Ich kann mich gerade noch davon abhalten, ihr zu sagen, daß sie und ihre Folkiefreunde gerade den Untergang des Folkmusik-Fimmels erleben.

»Ich finde sie auch spitze«, sage ich, wobei ich in die volkstümliche Redeweise der Epoche verfalle. »Und ich prophezeie dir, daß sie die größte Sache werden, die es jemals im Musikgeschäft gegeben hat. Zehnmal größer als Elvis und Sinatra und das Kingston-Trio alle zusammen, Mann.«

Sie lacht. »Na klar doch! Und ich werde Bobby Dylan heiraten!«

Ich könnte ihr sagen, daß er nächstes Jahr Sara Lowndes heiraten wird, aber das wäre dumm von mir. Und außerdem würde sie mir auch nicht glauben.

»Ich bezeichne das, was ich spiele, gern als Folk-Rock«, erkläre ich ihr.

Sie nickt und denkt darüber nach. »Folk-Rock... Das ist cool. Aber ich weiß nicht, ob das in dieser Gegend ankommt.«

»Es wird ankommen«, sage ich ihr, »es wird verdammt gut ankommen. Ich garantiere es.« Sie sieht mich an, lächelt und nickt, kichert beinahe.

»Du bist okay«, sagte sie. »Warum treffen wir uns nicht nach deinem letzten Set?«

»Ich hole dich hier ab«, sage ich.

Es ist Mittwochmorgen, drei Uhr, als wir endlich zurück in meinem Apartment in der Perry Street sind.

»Nette Bude«, sagt Sally. »Zwei Schlafzimmer. Wow.«

»Das zweite Schlafzimmer ist mein Musikzimmer. Da arbeite ich das ganze Material für die Band aus.«

»Toll! Kann ich mal dein Bad benutzen?«

Ich zeige ihr, wo es ist, und sie nimmt ihre große Schultertasche mit hinein. Ich lausche einen Augenblick und höre das Klirren von Glas auf Porzellan und habe eine ziemlich konkrete Vorstellung von dem, was sie da treibt.

»Setzt du dir da drin einen Schuß?« frage ich.

Sie stößt die Tür auf. Sie sitzt auf dem Rand der Badewanne. In ihrer Hand liegt eine Spritze, und um ihren Arm ist eine Art Gummischlauch gebunden.

»Ich versuch's jedenfalls.«

»Was ist es?«

»Meth.«

Natürlich. Sie nennen sie nicht umsonst die Speed Queen.

»Willste auch was?«

Ich schüttele den Kopf. »Nee, nicht meine Marke.«

Sie lächelt. »Du bist ziemlich cool, Troy. Gibt massenweise Typen, die kippen aus den Latschen, wenn sie 'ne Nadel sehen.«

»Nicht ich.«

Ich sage ihr nicht, daß wir in meiner Zeit nicht einmal Nadeln *haben*. Ich wußte, daß es in dem Geschäft, in das ich einsteigen wollte, viele Fixer geben würde. Also habe ich, bevor ich hierher kam, die vielen Spielarten der Sucht in mein Netz eingespeichert.

»Na schön, dann kannst du mir ja vielleicht helfen. Ich scheine hier keine Venen mehr zu haben. Und das ist guter Stoff. Superstark. Zwei Gramm pro Milliliter.«

Ich verberge meine Abscheu und nehme es ihr ab. So ein primitiv aussehendes Ding. Obwohl Aids seine häßliche Fratze noch nicht erhoben hat, finde ich die Nadelspitze ausgesprochen erschreckend. Ich betrachte den Zylinder der Glasspritze.

»Du hast hier einen halben Milliliter. Ein Gramm? Du ballerst dir ein ganzes *Gramm* Speed rein?«

»Je mehr ich nehme, um so mehr brauche ich. Such nach einer Vene, ja?«

Ich reibe meine Fingerspitze über die Innenfläche ihres Armes, bis ich eine längliche Schwellung unter der Haut fühle. Mein Netz sagt mir, daß das die richtige Stelle ist.

Ich sage: »Ich glaube, hier ist eine, aber ich kann sie nicht sehen.«

»Fühlen ist sowieso besser als Sehen«, sagt sie mit einem Lächeln. »Tu's.«

Ich drücke die Nadel durch die Haut. Sie zuckt nicht einmal zusammen.

»Zieh den Kolben ein bißchen hoch«, sagt sie.

Ich mache es und sehe ein winziges Fetzchen Rot in die Glaskammer wirbeln.

»Oh, du bist wunderbar!« sagt sie. »Getroffen!«

Ich drücke den Kolben ganz rein. Im selben Augenblick, als die Kammer leer ist, reißt sich die Speed Queen ihre Aderpresse vom Leib und seufzt.

»O Mann! O Baby!«

Sie schnappt mich und zieht mich auf den Fußboden.

Ich liege vollkommen erschöpft im Bett, während Sally splitternackt durch das Apartment rennt, das Durcheinander beseitigt und mit Mach-2 weiterschnattert. Sie ist grausam dünn, Dachaudünn. Es tut beinahe weh, sie anzusehen. Ich schließe die Augen. Zum ersten Mal seit meiner Ankunft bin ich entspannt. Es ist alles so friedlich. Ich brauche mir keine Sorgen wegen irgendwelcher Geschlechtskrankheiten zu machen, denn ich habe die Routine-Immunisierungen gegen Syphilis und den Tripper bekommen, und sogar gegen Hepatitis B und C und Aids. So ungefähr das Schlimmste, was ich mir fangen kann, sind ein paar Läuse. Ich kann einfach hier liegen und mich wohl fühlen.

Es war schon nicht leicht, hierherzukommen, aber es ist noch schwerer, hier zu bleiben. Ich dachte, ich hätte mich auf alles vorbereitet, aber ich bin niemals auf die Idee gekommen, daß ich einsam sein würde. Einsamkeit ist ein Faktor, den ich nicht einkalkuliert habe. Damit fertigzuwerden war das Allerschlimmste. Die Musik hat mir das eingebrockt. Ich war ein Fan der alten Musik, seit ich mich erinnern kann – wahrscheinlich seit meine Ohren angefangen haben zu funktionieren. Und ich habe ein gutes Ohr. Absolutes Gehör. Setz mich vor ein neues Musikstück, und unter Garantie bin ich in der Lage, es dir Note für Note nachzuspielen, in weniger als einer halben Stunde – in den meisten Fällen brauche ich keine zehn Minuten dafür. Ich kann auch singen, ich kann die meisten Stimmen ziemlich genau imitieren.

Das Dumme ist nur, daß ich keine einzige kreative Zelle in meinem Körper habe. Ich kann alles spielen, das schon gespielt worden ist. Aber ich kann mir nichts eigenes ausdenken. Das ist die Tragödie meines Lebens. Ich hätte ein bedeutendes musikalisches Talent meiner Zeit sein sollen, aber ich bin eine Null, ein Nichts.

Um die Wahrheit zu sagen, ich lege auch gar keinen Wert darauf, ein bedeutendes musikalisches Talent meiner Zeit zu sein. Und damit meine ich nicht, daß mir die Trauben zu hoch hängen. Das, was in meiner Zeit als Musik durchgeht, ekelt mich an. Knopfdruckmusik – das ist der Name, den ich dafür habe. Niemand legt mehr seine Hände auf die Instrumente und ringt ihnen die Noten ab. Die Leute kommen nicht mehr zusammen und *brennen*. Es ist alles so cool, so leidenschaftslos. Läßt mich kalt.

Also bin ich bis hierher zurückgegangen. Verwandte von mir arbeiten im Labor für Zeitsprung. Ich habe ihr Vertrauen gewonnen, ein paar Kniffe gelernt und mich in die sechziger Jahre des 20. Jahrhunderts versetzt.

Kein leichter Entschluß, das kann ich euch versichern. Ich habe nicht nur alles, was mir vertraut war, und jeden Menschen, den ich kannte, zurückgelassen, ich habe auch mein Leben auf Spiel gesetzt. Auf Verfälschung der Vergangenheit steht die Todesstrafe. Aber ich habe mich so elend gefühlt, daß ich das Risiko gern auf mich genommen habe. Lieber sterben bei dem Versuch, mir hier meinen Platz zu schaffen, als dort, wo ich war, ganz langsam zu verfaulen.

Natürlich bestand eine realistische Möglichkeit, daß ich auch im 20. Jahrhundert langsam verfaulen würde. Ich bin kein Narr, ich habe mich da keinen Illusionen hingegeben. Auch wenn ich mich hundert Jahre oder so zurückfallen lassen würde, würde ich dadurch keinen Deut kreativer werden. Ich würde eine Null bleiben, auch in den Sechzigern.

Es sei denn, ich bereitete mich gut vor.

Was ich auch getan habe. Ich habe meine Schularbeiten gemacht, was diese Epoche betrifft. Ich habe studiert, wie sie sich kleideten und wie sie sprachen. Ich habe mich mit einem Cortex-Chip vernetzt, in dem alle wichtigen Biographien und Discographien chiffriert sind – von jedem, der jemand war in Musik und Kunst dieser Zeit. Ich muß nur an den Namen denken, und sofort weiß ich alles über ihn oder sie. So einfach ist das.

Zu schade, daß man das nicht auch mit der Musik machen kann. Die Musik mußte ich mitnehmen. Aber ich war natürlich nicht dumm. Ich habe keinen Punktspieler mitgenommen. Keine technologischen Anachronismen – das wäre ein sicherer Weg, Wellen im Zeitstrom zu schlagen und die Überwachungsteams aufmerksam zu machen. Tu das, und ein Besserungskommando klopft an deine Tür. Nicht mit mir. Ich habe ein ganzes Jahr damit zugebracht, hinter diesen altertümlichen Vinyl-Platten herzujagen – ›LPs‹ nennt man sie hier. Hab auch altehrwürdige Preise dafür gezahlt. Aber das war es wert. Etwas antikes Geld habe ich mir auch gekauft, damit ich hier nicht auf dem trockenen sitze.

Da bin ich nun.

Und ich mache meinen Weg. Es ist hart gewesen, es hat lange gedauert, aber ich habe nur diese eine Chance, also muß ich es richtig machen. Ich habe die anderen Bandmitglieder sorgfältig ausgesucht und ihnen beigebracht, zu spielen, was ich will. Sie brauchen dringend Arbeit, also tun sie, was ich ihnen sage. Insbesondere, da sie alle glauben, ich sei ein Genie, weil ich so verschiedenartige Songs schreibe wie »Jumpin' Jack Flash«, »Summer in the City«, »Taxman«, »Bad Moon Rising«, »Rikki Don't Lose That Number« und so viele andere. Die Leute fangen an, über mich zu reden. Und jetzt hat Dylan mich gehört. Ich hoffe, er wird irgendwann demnächst auch John Hammond mitbringen. Auf die Weise hab ich bei Columbia einen Fuß in der Tür. Und dann wird Dylan das Demo von »Mr. Tambourine Man« *mir* schicken statt an Jim McGuinn.

Danach werde ich niemanden mehr brauchen. Ich werde in der Lage sein, jeden Trend in der Rockmusik vorherzusehen, und ich werde zu den Vorkämpfern all derer gehören, die wirklich zählen.

Bisher ist alles nach Plan verlaufen. Und jetzt habe ich sogar eine nackte Frau, die durch mein Apartment rennt. Endlich fühle ich mich hier zu Hause.

»Wo hast du die denn her?«

Es ist Sallys Stimme. Ich öffne meine Augen und sehe sie über mir stehen. Ich lächele, dann erstarre ich.

Sie hat die beiden ersten Alben der Byrds in der Hand.

»Gib das her!«

»Hey, also wirklich. Woher…«

Ich springe aus dem Bett. Mein Gesichtsausdruck muß ziemlich wild sein, denn sie zuckt vor mir zurück. Ich reiße ihr die Platten aus der Hand.

»Faß ja nie meine Platten an!«

»Hey, is' ja schon gut! Ich dachte nur, ich laß mal was laufen, okay? Ich wollte dir deine Scheißplatten schon nicht klauen, Mann!«

Ich zwinge mich dazu, mich wieder abzuregen. Schnell. Es ist meine Schuld. Ich hätte das Musikzimmer abschließen sollen. Aber ich war so damit beschäftigt, die Band in Schwung zu bringen, daß ich bisher keine Menschenseele hier zu Besuch hatte. Daher bin ich leichtsinnig geworden und habe meine noch gar nicht aufgenommenen ›Antiquitäten‹ nicht weggeschlossen.

Ich lache. »Tut mir leid, Sally. Es ist nur so – das sind Raritäten. Ich bin ein bißchen empfindlich, was diese Dinger betrifft.«

Ich verstecke die Platten hinter meinem Rücken, ziehe Sally nahe zu mir heran und gebe ihr einen Kuß. Sie erwidert meinen Kuß, reißt sich dann plötzlich los und versucht, noch mal einen Blick auf die Platten zu werfen.

»Das würde ich auch sagen«, stellt sie fest. »Ich habe noch nie von diesen Byrds gehört. Ich meine, irgendwie könnte man denken, sie wären eine Jazzgruppe, du weißt schon, wie Charlie Parker oder so. Aber der Titel auf diesem blauem Album da heißt TURN, TURN TURN, und das habe ich irgendwie schon mal Pete Seeger singen hören. Sind die neu? Ich meine, sie müssen ja neu sein, aber das Cover von dem Album sieht so alt aus. Und habe ich richtig gesehen? Steht da ›Columbia‹ auf der Rückseite?«

»Nein«, sage ich, als ich endlich wieder zu Wort komme. »Das sind Importe.«

»Eine neue englische Gruppe?«

»Nein, sie kommen aus Schweden. Und sie sind ziemlich schlecht.«

»Aber dieses andere Album sah so aus, als wären da 'ne ganze Menge von Bobbys Sachen drauf.«

»Unmöglich«, sage ich und spüre, wie sich meine Eingeweide zusammenziehen. »Jetzt komm mal langsam wieder auf den Boden zurück.«

Ich bringe die Alben schnell wieder in das andere Zimmer und verschließe die Tür.

»Du bist wirklich ein komischer Kauz, Troy«, sagt sie mir.

»Warum? Weil ich auf meine Schallplatten aufpasse?«

»Es sind doch nur Platten. Sie sind nicht aus Gold.« Sie lacht. »Und außerdem trägst du auch noch Unterwäsche. Du bist bestimmt der einzige Typ im Village, der Unterwäsche trägt.«

Ich ziehe Sally zurück aufs Bett. Wir machen es noch mal, und schließlich schläft sie in meinen Armen ein. Aber ich kann nicht schlafen. Ich bin zu erschüttert, um auch nur die Augen zu schließen, denn ich mag sie, ich mag sie wirklich. Aber das war verdammt knapp. Ich muß wirklich gut aufpassen, wen ich in mein Apartment mitnehme. Ich darf nicht zulassen, daß irgend etwas mir meinen Plan vermasselt, erst recht nicht meine eigene Unachtsamkeit. Immerhin steht mein Leben auf dem Spiel.

Keine Wellen, das ist der Trick dabei. Ich muß in den Zeitstrom sinken, ohne irgendwelche Wellen zu schlagen. Bob Dylan wird in seinem nächsten Album zur elektronischen Musik übergehen. Genauso, wie er es vorher getan hat, aber *ich* werde derjenige sein, der ihm den Anstoß dazu gegeben hat. »Mr. Tambourine Man« wird nächsten Sommer ein großer Hit sein, so wie es ihm vorherbestimmt ist. Aber wenn die Dinge sich planmäßig entwickeln, wird der Name *meiner* Band auf dem Label stehen, und nicht der Name der Byrds. Keine Wellen. Alles wird so bleiben, wie es war, nur daß im Laufe der nächsten Jahre Troy Jonson sich in die Musikszene hineindrängen und dort zu einer treibenden Kraft werden wird. Er wird Millionen machen, man wird ihn für ein Genie halten. Das Publikum wird ihn ebenso feiern wie seine Künstlerkollegen.

Während ich diesen Gedanken weiterverfolge, werde ich vom Schlaf übermannt.

Direkt am nächsten Abend kreuzt Dylan im *Achten Weltwunder* auf, und zwar mitten in meiner absolut perfekten Imitation von Duane Allman mit »Statesboro Blues«. Perfekt bis hin zu der Coricidin-Flasche auf meinem Slide-Finger. Es herrscht hier schon ein ganz schönes Gedränge, das größte Gedränge überhaupt, seitdem wir angefangen haben zu spielen. Langsam macht es wohl die Runde, daß es sich lohnt, uns zuzuhören. Dylan hat ungefähr ein halbes Dutzend schmuddeliger Typen bei sich. Ich erkenne in seinem Gefolge Allen Ginsberg und Gregory Corso. Was mich auf eine Idee bringt.

»Und das hier ist für die Poeten unter den Zuschauern«, sage ich ins Mikrofon. Dann stürzen wir uns auf Paul Simons »Richard Corey«, nur daß ich Van Morrisons Phrasierung benutze, ihr wißt schon, die mit dem Kichern nach der Bullet-through-his-head-Zeile. Den Rest des Sets bin ich politisch, durchsetze Dylan-Nummern mit ›Originalen‹ wie »American Tune« »Won't Get Fooled Again«, »Life During Wartime« und so weiter.

Ich merke, daß sie beeindruckt sind. *Mehr* als beeindruckt. Ihnen sind die Kiefer runtergeklappt.

Ich schätze, jetzt ist der Zeitpunkt gekommen, einen auf cool zu machen. In der Pause stürze ich mich nicht gleich auf die Bar, sondern schlüpfe hinter die Bühne in die türlose kleine Sintersteinzelle, die man hier euphemistisch als Künstlergarderobe bezeichnet.

Schließlich klopft jemand an den Türpfosten. Es ist ein bärtiger Kerl, den ich heute abend schon in Dylans Gefolge gesehen habe.

»Großartiges Set, Mann«, sagt er. »Wo hast du diese Songs aufgegabelt?«

»Geklaut«, sage ich und sehe ihn dabei kaum an.

Er lacht. »Nein, im Ernst, Mann. Die waren großartig. Diese ›Southern-Man-Nummer‹ finde ich wirklich gut. Ich meine, die Märsche könnten von mir sein. Und das sagt alles, Mann. Du hast sie selbst geschrieben?«

Ich nicke. »Die meisten. Nicht die Dylan-Nummern.«

Er lacht wieder. Aus dem Glitzern in seinen Augen und seinem ausgesprochen empfänglichen Sinn für Humor schließe ich, daß er an seinem Tisch da hinten ein wenig Gras geraucht hat.

»Richtig! Und wo wir gerade von Dylan sprechen, Bobby möchte mit dir reden.«

Ich entschließe mich dazu, mich ein wenig paranoid aufzuführen.

»Er ist doch nicht sauer, oder? Ich meine, ich weiß, daß das seine Songs sind und so weiter, aber ich dachte, ich versuche mal, sie ein bißchen anders zu spielen. Du weißt schon, ich will nicht, daß er mich vor Gericht schleppt oder so...«

»Hey, es ist cool«, sagt er. »Bobby fährt voll drauf ab, wie du sein Zeug spielst. Er will dir einfach nur einen Drink spendieren und mit dir drüber reden, das ist alles.«

Ich widerstehe dem Drang, die Arme hochzureißen.

»Okay«, sage ich, »das kann ich verkraften.«

»Na klar, Mann. Und er möchte auch mit dir über ein paar seltene Platten reden, die du haben sollst.«

Plötzlich bin ich eiskalt.

»Platten?«

»Yeah, er sagt, er hätte von ein paar ausländischen Scheiben gehört, die du hast. Mit 'n paar von seinen Songs drauf.«

Ich zwinge mich zu einem Lachen und sage: »Oh, er muß mit Sally gesprochen haben! Du weißt, wie das mit Sally so geht. Die Speed Queen war total high, als sie sich meine Schallplatten angesehen hat. Das war nicht Musik, was sie entdeckt hat, das war eine Platte aus Irland von Dylan *Thomas*, der seine Sachen vorgelesen hat. Ich glaube, unsere alte Sally ist schon ziemlich hinüber. Ihr Gehirn weicht langsam auf.«

Er nickt. »Yeah, es war wirklich Sally. Sie sagt, du behandelst diese Dinger wie pures Gold, Mann. Sie müssen irgendwie wertvoll sein. Aber das, was Dylan interessiert, ist etwas anderes. Sie hat einen Song mit ›Tambourine‹ im Titel erwähnt. Und er sagt, daß er selbst mit etwas in der Art herumexperimentiert hat.«

»Im Ernst?« Meine Stimme klingt wie ein Krächzen.

»Yeah. Deshalb will er unbedingt mit dir reden.«

Ich bin sicher, daß er das will. Aber was soll ich sagen?

Und dann fällt mir ein, daß ich Sally in meinem Apartment alleingelassen habe. Sie wollte noch eine Weile da rumlungern und dann für die späteren Sets herkommen.

Jetzt ist es soweit. Ich kriege Panik. Obwohl ich weiß, daß ich das Musikzimmer abgeschlossen habe, bevor ich gegangen bin, verspüre ich diesen Drang, in meine Wohnung zurückzurennen.

»Hey, ich will auch mit ihm reden, wirklich. Aber ich habe hier erst noch eine andere Angelegenheit zu erledigen. Mein Manager wird gleich mal kurz vorbeischauen, und das ist unsere einzige Chance, uns zu unterhalten, bevor er sich auf den Weg zur Westküste macht. Also sag Mr. Dylan, daß ich gleich nach dem nächsten Set zu ihm rüberkomme. Sag ihm, er soll das nächste Set noch aushalten – es ist die Warterei wert.«

Der Typ zuckt mit den Schultern. »Okay, ich sag's ihm. Ich weiß allerdings nicht, ob er besonders begeistert davon sein wird.«

»Tut mir leid, Mann. Ich habe keine andere Wahl.«

Sobald er weg ist, flitze ich durch die Hintertür und laufe zur Perry Street. Ich muß Sally aus dem Apartment schaffen und sie nie wieder reinlassen. Vielleicht schaffe ich es sogar, rechtzeitig zum *Achten Weltwunder* zurückzukehren, um einen Drink mit Dylan zu nehmen. Ich kann ihn leicht davon überzeugen, daß der angebliche Dylan-Song auf meiner ausländischen Schallplatte ein Produkt von Amphetamin-Wahnsinn ist – jeder hier im Village weiß, daß Sally, wenn sie dieses Zeug nimmt, vollkommen die Kontrolle über sich verliert.

Ich ramme den Schlüssel in die Tür meines Apartments, ich höre etwas, das ich nicht hören will, etwas, das ich unmöglich hören *kann*. Aber als ich aufschließe...

»Mr. Tambourine Man« spielt auf dem HiFi.

Ich stürme in das zweite Schlafzimmer, das Musikzimmer. Die Tür steht offen, und Sally tanzt im Zimmer herum. Sie ist bestürzt, als sie mich sieht und zieht ihre Kleines-Mädchen-auf-dem-Trip-Nummer ab.

»Hey, hallo Troy. Ich habe den Schlüssel gefunden und konnte nicht widerstehen, weil ich unbedingt diese ulkigen Platten von dir hören wollte. Und ich liebe sie, ich liebe sie wirklich. Aber ich habe noch nie von diesen Byrds-Knaben gehört, obwohl einer von ihnen Crosby heißt und irgendwie so aussieht wie ein Sänger, den ich letztes Jahr in einem Club zu fassen kriegte, nur, daß sein Haar damals kürzer war, und ich habe diesen ›Tambourine‹-Song noch nie gehört, aber er ist ganz bestimmt von Dylan, obwohl er ihn meines Wissens noch nie gesungen hat, also muß ich ihn unbedingt danach fragen. Und ich habe etwas entdeckt, daß eigentlich noch ulkiger ist, ich meine *wirklich* ulkig, weil ich mir ein paar von diesen Copyright-Daten auf den Platten angesehen habe – du weißt schon, dieser kleine Kreis mit dem noch kleineren Buchstaben ›c‹ in der Mitte? – Und irgendwie, Mann, liegen ein paar davon in der *Zukunft*, Mann, ist das nicht irre? Ich meine, irgendwie steht 1965 auf dieser hier und 1970 auf der da drüben, und es ist so, als hätte irgend jemand eine Zeitmaschine, wäre damit in die Zukunft gereist und hätte die hier wieder mitgebracht oder so. Ich meine, es ist doch irre, oder was?«

Ein Zorn, wie ich ihn bei mir noch nie erlebt habe, schießt durch mich hindurch. Er raubt mir meine Stimme. Ich möchte ihr am liebsten an die Gurgel gehen. Wenn sie in meiner Reichweite wäre, würde ich es tun, aber zu ihrem Glück hüpft sie im Zimmer herum. Ich rühre mich nicht vom Fleck. Ich balle die Fäuste und lasse meine Gedanken rasen.

Wie komme ich da wieder raus? Sally hat gestern einen Blick auf ein paar von meinen Alben geworfen und anschließend den Tag damit zugebracht, in dieser ganzen gottverdammten Stadt darüber zu tratschen, wie selten diese Platten sind und wie einzigartig. Und nach diesem Abend weiß ich ganz genau, worüber sie morgen reden wird: Dylan-Songs, die noch nicht geschrieben worden sind, Gruppen, die noch nicht existieren und, was das Allerschlimmste ist, Alben mit Copyright-Daten in der Zukunft!

Wellen… Und ich habe mir Sorgen gemacht wegen kleiner Wellen im Zeitstrom, die mich verraten könnten. Sallys Zunge wird ganze *Wellenberge* aufwerfen. *Flutwellen!*

Das komplette Szenario läuft vor meinem inneren Auge ab: Das Gerede verbreitet sich, Dylan wird immer neugieriger, Columbia Records macht sich Sorgen um eventuelle Raubkopien, Rechtsanwälte werden hinzugezogen, in der *Voice* erscheint ein Artikel, und dann folgt das Unvermeidliche – ein Besserungskommando klopft mitten in der Nacht an meine Tür, ich werde betäubt, in meine eigene Zeit zurückgebracht, und dann heißt es Lebewohl, Musikkarriere. Lebewohl, Troy Jonson.

Sally muß weg.

Die Kaltblütigkeit dieses Gedankens schockiert mich, aber entweder Sally oder ich. Darauf läuft es hinaus. Sally oder ich. Was bleibt mit anderes übrig?

Ich entscheide mich für mich.

»Bist du sehr sauer?« sagt sie.

Ich schüttele den Kopf. »Ein bißchen ärgerlich vielleicht. Aber, ich denke, es ist okay.« Ich lächele. »Es ist schwer, dir etwas abzuschlagen.«

Sie wirft sich in meine Arme und drückt mich an sich. Meine Hände gleiten hinauf zu ihrem Hals, umschließen ihn und rutschen dann wieder hinab. Ich kann's nicht.

»Hey, sag mal, was machst du eigentlich schon wieder hier, Mann? Mußt du nicht spielen?«

»Etwas hat mich... abgelenkt.«

»Also, Troy, Darling, wenn du erledigt bist, bist du bei mir genau richtig. Ich weiß, wie man das wieder hinkriegt.«

In diesem Augenblick weiß ich, wie ich es mache. Kein Blut, kein Schmerz, keine Schweinerei.

»Vielleicht hast du recht. Vielleicht könnte ich wirklich etwas Auftrieb gebrauchen.«

Ihre Augen hellen sich auf. »Spitzenmäßig! Ich hatte im Badezimmer schon alles vorbereitet, aber ich konnte keine Vene finden. Komm mit.«

»Aber ich will, daß du auch etwas nimmst. Es macht keinen Spaß, allein auf die Reise zu gehen.«

»Hey, ich bin doch schon total high. Kurz bevor du gekommen bist, habe ich mir einen Haufen Black Beauties reingezogen.«

»Ja, aber du kommst schon wieder runter. Das merke ich doch.«

»Glaubst du wirklich?« Ihre Augenbrauen kräuseln sich nachdenklich. Dann lächelt sie. »Okay. Ein bißchen mehr wäre wirklich cool – besonders, wenn es ein direkter Schuß ist.«

»Von einer guten Sache kann man nie genug kriegen, richtig?«

»Richtig. Du setzt mir den Schuß? Wie gestern abend?«

Genau die Worte, die ich hören wollte.

»Da kannst du dich drauf verlassen.«

Während Sally ihre Aderpresse festzieht und »Mr. Tambourine Man« vor sich hin summt, nehme ich ihre größte Spritze und fülle sie ganz mit der Methadrin-Lösung. Ich finde die Vene bereits beim ersten Versuch. Sie ist schon so hinüber, daß sie die Größe der Spritze erst bemerkt, als ich schon das meiste in ihr drin habe.

Sie versucht, ihren Arm wegzuziehen. »Hey, das sind ja zehn verdammte Milliliter!«

Ich bin cool. Ich bin mehr als cool. Ich bin innerlich eiskalt. Tödlich kalt.

»Ja, aber sie war nicht voll. Ich habe nur einen einzigen Milliliter eingefüllt.«

Ich ziehe sie vom Toilettensitz. »Also los, komm mit.«

»Was ist mit dir, Troy? Ich dachte, du wolltest...«

»Später. Ich mach's im Club. Ich muß wieder zurück.«

Während ich ihre Habseligkeiten zusammenpacke und sorgfältig meine Fingerabdrücke von der Spritze und den Flaschen abwische, sackt sie an der Badezimmertür zusammen.

»Ich fühle mich nicht besonders gut, Troy. Wieviel hast du mir gegeben?«

»Nicht viel. Also los, laß uns gehen.«

Irgend etwas passiert gleich – zwanzigtausend Milligramm Methamphetamine in einer einzigen Dosis müssen einfach eine katastrophale Wirkung haben – und was immer das ist, ich will nicht, daß es in meinem Apartment passiert.

Ich dränge sie auf die Straße und bin froh, daß meine Wohnung im Erdgeschoß liegt; ich fände es gräßlich, zusehen zu müssen, wie sie sich jetzt mit irgendwelchen Treppen abmüht. Wir gehen einen halben Block weit, da umklammert sie mit beiden Armen ihre Brust.

»Scheiße, das tut weh! Troy, ich glaube, ich kriege einen Herzinfarkt!«

Als sie anfängt zu würgen und zu zittern, ziehe ich sie in eine Seitengasse. Eine Katze springt irgendwo aus dem Schatten; die Gasse stinkt nach Abfall. Sally zittert und fällt auf die Knie.

»Bring mich in ein Krankenhaus, Troy«, sagt sie mit einer schwachen, krächzenden Stimme. »Ich glaube, diesmal hab' ich's übertrieben.«

Ich knie mich neben sie und kämpfe gegen den Drang, sie die paar Häuserblocks bis zur Notaufnahme vom St. Vinzenz-Krankenhaus zu tragen. Statt dessen halte ich sie in meinen Armen. Sie zittert furchtbar.

»Ich bekomme keine Luft mehr!«

Das Zittern wird immer schlimmer. Sie zuckt am ganzen Körper und wirft mich damit fast um; dann liegt sie still, fast ohne zu atmen. Noch ein Krampf, heftiger als der letzte, Würgelaute entringen sich ihrer Kehle. Dann liegt sie wieder still, aber diesmal atmet sie nicht mehr. Ein letztes Zittern, und Sally, der Speed Queen, ist endgültig zum Stillstand gekommen.

Während ich da neben ihr hocke und sie noch immer in meinen Armen halte, fange ich an zu schluchzen. So habe ich es nicht geplant. So sollte es nicht sein, auf gar keinen Fall. Friede und Liebe und Harmonie, das sollte es sein. Nur Woodstock und kein Altamont. Musik, Gelächter, Geld. Das hier gehört nicht zu meinem Plan.

Ich rappele mich taumelnd auf und kotze in den Mülleimer. Ich fange an zu laufen. Ich sehe mich nicht nach ihr um. Ich kann es nicht. Ich stolpere auf die Hauptstraße hinaus und renne zum *Achten Weltwunder*, die Tränen laufen mir übers Gesicht.

Der Eigentümer und die Jungs in der Band machen mir einen riesigen Krach, weil ich das nächste Set verzögert habe. Ich schaue ins Publikum und sehe, daß Dylan nicht mehr da ist. Aber es ist mir egal. Was soll's. Die nächsten drei Sets sind das reinste Chaos. Die schlechtesten, die ich je gemacht habe. Der Rest der Nacht verschwimmt im Nebel. Sobald ich fertig bin, mache ich mich auf den Heimweg, im Laufschritt.

Die Perry Street ist voll von Polizisten und zuckenden roten Lichtern. Ich brauche nicht zu fragen, warum. Ekel vor mir selbst steigt in mir auf, bis ich mich wieder übergeben möchte. Ich gelobe mir, morgen als allererstes diese Schallplatten in ein Sicherheitsschließfach zu bringen, damit so etwas nie wieder passieren kann.

Ich sehe niemanden an, während ich durch die Seitengasse gehe, aus Angst, daß die Leute die Schuld aus meinen Augen leuchten sehen. Aber ich bin überrascht, Charlie, meinen Vermieter, an der Vordertreppe des Apartmenthauses stehen zu sehen.

»Hey, Jonson«, sagt er. »Wo zum Teufel sind Se gewesen? Die Polizei sucht Se schon überall!«

Ich friere auf der untersten Stufe fest.

»Ich habe gearbeitet – die ganze Nacht.«

»Schh, was für 'ne Nacht. Zuerst nimmt die Braut da 'ne Überdosis und stirbt en paar Straßen weiter, und jetzt das hier! Jedenfalls, die Polizei is bei Ihnen drin. Besser, Sie gehn rein und sprechen mit denen.«

So gern ich auch weglaufen würde, ich tu' es nicht. Ich kann da immer noch rauskommen. Jemand hat uns wahrscheinlich zusammen gesehen, das ist alles. Ich kann da rauskommen.

»Ich weiß nichts von einer Überdosis«, sagte ich. Es ist so eine

Art Übung, ich schätze, ich werde das noch ziemlich oft wiederholen müssen, bevor die Polizisten verschwinden.

»Nee, das doch nich!« sagt Charlie. »Wegen Ihre Wohnung. Vorn paar Stunden ist bei Ihnen eingebrochn worn. Ich dachte, ich hör Glas splittern, also komm ich runter, um nachzusehn. Die sin durch das hintere Fenster bei Ihnen reingekommen, aber ich hab se verschreckt, bevor se viel zu fassn gekricht ham.« Er grinst und haut mir auf die Schulter. »Sie sin mir was schuldig, Junge. Wie viele Vermieter machen schon gleichzeitig den Wachtpostn?«

Ich fange an, mich zu entspannen. Ich setze ein Lächeln auf, während ich an ihm vorbei die Treppe hochgehe.

»Sie sind der Beste, Charlie.«

»Weiß ich doch. Die hams zwar geschafft, mit Ihre Anlage und den Platten abzuhaun, aber, hey, da könnse sich ja was Neues besorgen, is ja kein Problem.«

Ich drehe mich zu Charlie um. Ich fühle die ganze Welt, das ganze Gewicht der Zeit selbst auf mich einstürzen. Ich kann es nicht verhindern. Es kommt ungebeten, ohne Vorwarnung. Charlie fallen beinahe die Augen aus dem Kopf, als ich ihm mein Lachen förmlich ins Gesicht schreie.

DAVID J. SCHOW

Überdosis

»Christus auf einem Moped«, dachte Nicky, »gleich springt er.«

In zwanzig Metern Entfernung stimmte Jambone, von einem taubenblauen Punktstrahler wie festgenagelt, das Geheul eines Todesengels an und schnellte himmelwärts empor, eine Hand zwischen den Beinen, in der anderen Hand ein drahtloses Mikro. Alle Schwänze in Hab-Acht-Stellung.

»Er dreht durch«, dachte Nicky, »gleich macht er einen Spagat.«

Es war infam, lüstern. Es *schmerzte* Nicky zu sehen, wie Jambone einen perfekten Spagat hinlegte – es *schmerzte* zu sehen, wie die Geräte des Sängers von der Bühne hinunterkrachten. Nicky zuckte zusammen.

Es *schmerzte*, daran zu denken, daß gerade eben all ihre Sicherheiten den Bach runtergegangen waren. Jambone hatte es *versprochen*, oh, wie sehr hatte er es versprochen...

Die hypersauberen Teenies, die ihre Karten auf dem schwarzen Markt gekauft hatten, sogen alles begierig auf. Sie sagten ›Nein‹ zu Drogen, zu Sex, zu allem, und die Musik war das einzige, was ihnen noch blieb, um ihre leeren Gehirnwindungen zu füllen.

Die Musik dröhnte wie ein Militärtransporter, der in einem Fußballstadion eine Bruchlandung machte. Nur lauter. Selbst wenn man die Stinger-Raketen und die sturzbesoffenen Fans mitzählte. Nickys strategischer Hochsitz lag direkt hinter den HiFi-Verstärkern. Gegenüber konnte er gerade eben noch den Hallenmanager ausmachen, der knietief im CO_2-Nebel stand. Er schien das Ganze überhaupt nicht komisch zu finden. Dieser ernste kleine Lackaffe hatte doch tatsächlich einen *Klemmblock* in der Hand. Um Himmels willen. Er kaute auf einem Bleistift herum und schwitzte. Er hatte Wachspfropfen in den Ohren, wie man wußte, und Nicky hätte geschworen, daß er zusehen konnte, wie dem Burschen langsam die Haare ausfielen, während die Musik weiterhämmerte.

Der Klemmblock diente dazu, eine Schätzung des Schadens zu skizzieren, der dem Stadion entstehen würde.

»Das ist es«, dachte Nicky, »kritzel drauflos, El Fucko. Wir werden uns hier jedenfalls austoben.«

Die Bedingungen ihres hastig ausgehandelten Friedensabkommens sahen folgendes vor: Wenn das Hallenmanagement der Metal-Band Gasm gestattete, ihre planmäßige 90-Minuten-Show zu überschreiten, damit Jambone die Zugaben geben konnte, auf denen er bestanden hatte, dann würde in der Morgendämmerung an dieser Stelle immer noch ein Gebäude stehen. »Okay«, dachte Nicky. Soweit war alles in Ordnung. Gasm war wieder auf die Bühne zurückgetrabt, Applaus und Geschrei waren fast körperlich spürbar gewesen, so daß es ihnen beinahe die Haare vom Kopf geblasen hätte. Sie hatten ihre letzten Trümpfe gezogen, »Calling All Cops« (das Stück mit der Sirene hat noch immer jedes Publikum auf Trab gebracht). Dann kam noch »Hard Machine« und ihr Wahnsinnscover von »Hi-Heel Sneakers«. Die Band war von der Bühne gerannt, dann wieder zurückgehechtet, so daß die Schweißtropfen nur so spritzten, und sie hatten noch »Chain Saw« und »Too Big to Hide« gespielt.

»Das war's«, hatte Nicky gedacht. Jambone zog jetzt seine Glanznummer ab. Kein Jazz mehr für die Massen. Danach blieb ihm nur noch übrig, sich die Kehle aufzuschlitzen und in die Menge zu springen. Das oder noch eine Zugabe.

Aber die zahlenden Kunden rochen den Braten und waren keineswegs bereit, das einfach zuzulassen. Sie hatten Jambone in der Hand, genau wie Jambone sie in der Hand hatte. Wenn er sie reizte, antworteten sie mit Lust. Wenn er fluchte und mit den Füßen aufstampfte, überschütteten sie ihn mit Kerosin.

Der Hallenmanager war langsam so weit, den Strom abzustellen. Nicky konnte in den Zuckungen des Mannes lesen wie in den Klauseln eines Vertrags.

Jetzt gab es kein Halten mehr. Wild um sich schlagend, bewegte sich die Masse in Sturmwellen auf die Bühne zu, drängte vorwärts gegen die Barrikaden und Rausschmeißer, und was als leises Plätschern begonnen hatte, entwickelte sich langsam zu einer gefährlichen Brandung. Es würde genauso gedankenlos sein wie ein Erdrutsch, so zielstrebig wie eine Schwade Wanderameisen.

Gewalt. Nicky *dachte* das nicht, er *wußte* es. Mehr als ein Jahrzehnt harter Tourneen hatte ihn darauf abgerichtet, so etwas instinktiv zu wissen. Auch er funktionierte wie ein Instrument –

zwar nicht in musikalischer Hinsicht, aber dennoch unentbehrlich für Gasm.

Nicky sah zu, wie Hi Fi sich breitbeinig hinstellte und sich über ihre Baßgitarre hermachte. Es war eine lange, glatte Fender-Fretless, so groß wie sie selbst. Das Mädchen steckte in einem blauen Lederoverall, der ihr fast die Luft abschnürte. Nicky hätte sie endlos anstarren können. Und nicht nur das, sie war auch eine verdammt gute...

Nicky schlug sich an den Kopf, als versuche er, endlich aufzuwachen. *Zum Teufel damit!* Das hier könnte unsere letzte Show sein.

Die Abmachung war, daß die Band die Musik machte und Nicky die Kopfschmerzen bekam. Jetzt wurde er langsam ein bißchen sauer, weil er seinen Teil erledigt hatte... Und die Band war drauf und dran, ihm und seinem erstklassigen Verhandlungsgeschick in den Rücken zu fallen. O diese überspannten Rock'n'Roller.

Der Prozeßhagel, der sie während der '89er Tour verfolgt hatte, schoß ihm durch den Kopf. Heiliger Bimbam! Diese Nacht konnte das Ende bedeuten. Das Kribbeln auf seiner Haut kam nicht von der Musik, sondern von dem neuen und irgendwie ekelerregenden Gefühl einer Vorahnung. Die PA-Anlage stand auf einer Rampe, so daß die Band am wenigsten von dem Ansturm mitbekam. Vielleicht war es das Echo, das von der Krümmung seines Schädels dumpf zurückprallte. Böse Gedanken da drin, die von der Musik herumkommandiert wurden. Die Aufgabe all dieser teuren Ausrüstungsgegenstände um ihn herum war es, gigantische Wolken frischer Luft einzuziehen, dieser Luft dann eine Gestalt zu geben und sie in der Halle herumzuwirbeln. Nicky trug für gewöhnlich Kopfhörer. Wenn er irgendwann einmal ebenfalls keine laute Musik mehr mochte, konnte er immer noch Gebrauchtwagen verkaufen.

Der Hallenmanager strich eine Zahl durch und schrieb eine neue hin. O Gott.

Gasm hatte »Killshot« zu einem wilden Chaos verzerrt. Nicky sah, wie Nazi Kurt seinen Marshall auf maximale Lautstärke stellte. Auch Slurpee sah es vom Schlagzeugpodium aus. Schweiß spritzte wie Gischt von seinen flachen Toms auf – und kleine Splitter von seinen Trommelstöcken taten dasselbe. Slurpee hatte einen Köcher mit Ersatzstöcken neben seinem rechten Knie und konnte sich, ohne einen Schlag auszusetzen, ein neues Paar herausgreifen. Slurpee sah Nazi Kurt an, dann sah Double-Ought Slurpee an und kickte *seine* Maschinen hoch, wobei er sein Lead-Instrument von Migräne bis über die Schmerzgrenze hinaus verstärkte. Lyz Ah war gezwungen, ebenfalls aufzudrehen, oder sie wäre verloren. Archie, der Spieler, der Gasm gitarren-heavy machte, tat es ihr gleich. Jambone bekam den Krach über die Monitoranlage mit.

»Damit hätten wir sie alle beisammen«, dachte Nicky.

Lyz Ah, Archie und Double-Ought taten sich zu ihrer berüchtigten Axt-Massaker-Pose zusammen. Die Menge war nicht nur reif dafür, sondern erwartete es regelrecht.

Sie brauchten das als Entschuldigung, um noch verrückter zu werden.

Das Publikum konnte leicht einen längeren Atem haben als die Band, das wußte Nicky. Keine Lüge, aber auch kein Druck. Er trat hastig einen halben Schritt vor, um einen Blick auf Rocky zu werfen, einen mit Kopfhörern ausgestatteten Techniker, der am Mischpult saß. Rote und grüne Leuchtdioden blitzten rechtzeitig auf. Ihr Stromverbrauch war ehrfurchtgebietend. Für jedes Bandmitglied waren hier drei Leute zuständig. Jungs und Mädchen, die sich mit diesem Job mühsam über Wasser hielten und bei jeder Show Blut und Wasser schwitzten. Nicky hatte sie alle einzeln ausgesucht – ausgebuffte Typen, die Camel gleich kartonweise konsumierten und Bimbos im Sechserpack. Aber ihren eigentlichen Rausch, ihre Überdosis, bekamen sie von Adrenalin und Endorphinen, von der Elektrizität des Stoffwechsels.

Nicky atmete heftig aus. Fast zwangsweise schoß die Luft in seine Lungen zurück – getrieben von dem Hurrikan des Sounds. Er kehrte wieder auf seinen Beobachtungsposten zurück.

Jambone und Nicky hatten für alle Gelegenheiten eine Zeichensprache entwickelt. In regelmäßigen Abständen warf der Sänger einen Blick auf den linken Teil der Bühne, um zu sehen, ob Nicky einen Wunsch hatte.

Der Hallenmanager funkelte Nicky wütend an, durch blauen Nebel und den atmosphärischen Strom der Musik hindurch. Als er glaubte, Nickys Aufmerksamkeit erregt zu haben, tippte er auf seine Armbanduhr.

Nickys Drüsen schalteten auf Haß. Rein und unverbrämt. Sein Haß galt nicht Gasm, sondern diesem Publikum von Vampiren. Diesem kleinen Schleimscheißer in seinem Versandhaus-Dreiteiler, der Nicky mit fest zusammengepreßten Lippen böse Blicke zuwarf, wie ein Schuldirektor. »Wie zwei Würmer, die sich ficken, diese Lippen«, dachte Nicky.

Nicky nickte diesen Lakaien der Autorität übertrieben heftig zu.

In diesem Augenblick drehte Jambone sich um.

Ohne den Blick von dem Manager abzuwenden, ballte Nicky seine rechte Faust und hielt sie hoch, damit Jambone sie sehen konnte. Dann umfaßte er das Handgelenk mit seiner Linken.

Jambone begriff, was er wollte.

Jambone wirbelte auf den Zehenspitzen herum, riß seine eigene Faust hoch, dann wieder herunter, und die ganze Band schwenkte wie auf Kommando zu einem anderen Song um, einem ihrer ganz großen: »Never Give In«. Es war Maßarbeit, ein perfekter Übergang, der das letzte aus ihnen herausholte. Und das Publikum war von diesem Wechsel dermaßen verblüfft, daß es während der ersten Takte fast überhaupt nicht reagierte.

Dann brachen sie in Beifall aus. Sie kannten den Text.

»Ihr wollt Nihilismus, Anarchie?« dachte Nicky. Da habt ihr's. Er grinste.

Crescendo-Time für die Kannibalen. Die Rausschmeißer spürten den Druck hinter den Sperrholzbarrikaden und gingen vorsichtshalber in Deckung, als Double-Ought sich durch eine wahnsinnige Improvisation fetzte. Lyz Ah und Hi Fi setzten den Angriff fort; die Masse wollte sie, so wie der Ledersattel einer Harley einen warmen Hintern will. Archie saß rittlings auf dem Rand der Bühne und forderte den körperlichen Kontakt aus dem Abgrund geradezu heraus.

Der Hallenmanager versuchte, sich mit einem seibernden Untergebenen zu beraten. Er konnte sich nicht verständlich machen. Langsam wurde er mindestens so rasend wie die Band.

Nicky fing Rockys Blick auf und riß beide Daumen hoch. Der Techniker bestätigte, setzte sein persönliches Nachrichtensystem in Gang, und binnen weniger Sekunden wußten alle Bescheid, auf die es ankam.

Dreht voll auf. Laßt die Sicherungen durchbrennen. Brecht alle Gesetze. Pustet ihnen das Gehirn aus dem Kopf.

Brennende Geldscheine, Unterwäsche, Stifte, Programmhefte, Münzen, kleine Feuerwerkskörper – alles, was nicht am Boden festgeschraubt war, hagelte auf die Bühne herab. Jambone schnallte seinen Totenkopf-Schurz ab, schnüffelte einmal daran und schleuderte ihn in die tobende Menge. Ein Krawall à la Morrison war so ungefähr das einzige, was jetzt noch übrigblieb.

Nicky sah, wie sich dort, wo der Lendenschurz landete, ein Strudel bildete, ein Piranha, der den Wahnsinn nährte. Unter primitivem Gemetzel wurde der Leckerbissen erbeutet.

Das Konzert hatte die kritische Masse fast erreicht, gemessen in Prellungen und Knochenbrüchen, und vielleicht auch, was endgültige Konsequenzen betraf. Nicky machte sich darüber keine Sorgen mehr. Die ungezügelte Macht seiner Entscheidung hatte eine narkotische Wirkung; der Sturm überflutete seine Sinne. *Laßt die Trommelfelle platzen. Laßt das Blut fließen.*

Laßt uns Geschichte machen, und zwar jetzt.

VTDE: Verdammt, tu's doch einfach.

Jambone war der erste, dem das Echo von Lyz Ahs soeben ausgebrütetem Solo auffiel, als es vom anderen Ende des Stadions widerhallte. Es klang hohl und unnatürlich. Er glotzte. Das Mikro entglitt seinen Fingern und schepperte auf die Bühne. Und es folgte *kein* superverstärktes Scheppern.

Nazi Kurt rutschte aus und fiel vor Überraschung auf den Arsch.

Eine plötzliche totale Stille zischte durch die Halle und legte sich wie ein Leichentuch über die Trommelfelle. Der Absturz war schwindelerregend. Nicky hatte das Gefühl, als versuche er verzweifelt, in einem Vakuum nach Luft zu schnappen. Hi Fi und Archie hämmerten immer noch drauflos, zogen Grimassen, posierten und zerrissen die Saiten, bis sie bemerkten, daß sie null Sound produzierten. Sie brauchten genau zwei Herzschläge lang. Slurpee hörte auf zu trommeln. Er machte ein so dummes Gesicht, daß es fast schon komisch war. Mit Double-Ought war es dasselbe.

Der Hallenmanager spähte durch die Seitenvorhänge. Er preßte sich die Faust aufs Gesicht und ließ den Klemmblock fallen. Selbiger landete mit einem gediegenen, flachen *Ping*, das Archie so erschreckte, daß er sich um ein Haar ebenfalls auf den Hosenboden gesetzt hätte.

Jeder einzelne Vorverstärker, Endverstärker, Power Booster und jeder PA-Lautsprecher war überlastet. Die Schutzsicherungen waren durchgebrannt und die Schaltungen geschmolzen. Die Lautsprecherelemente und die Isolierrohre hatten sich in Pfützen von Chromplasma verwandelt. Drei der Techniker krümmten sich noch immer vor Schmerzen; sie hatten schwere Stromschläge abbekommen. Die Bänder, die mit 38 cm/sec liefen, waren blitzartig zu nutzlosen Plastikfrisbees geschmolzen, als die Anschlüsse zu Schlacke verkochten.

Slurpee legte behutsam seine Stöcke weg. Sachte, geräuschlos. Er hatte schon Tonfrequenzen erlebt, die Glas in tausend Stücke zerspringen ließen, Gummi ruinierten, Menschen bewußtlos machten und Versuchstiere rösteten. Mit dem Handrücken wischte er sich den Schweiß aus den Augen.

Die Halle war übersät von weggeworfenen Kleidungsstücken. Minderwertige Damenunterwäsche, Schmuckstücke aus Metall, Arbeitsanzüge, Jeans, Punkhemden, schmutzige Slips, rückenfreie Tops, Röhrenhosen, Gürtel, Spitze, Lederriemen. Die verlassene Höhle ähnelte einem schlampigen Flohmarkt... oder Nickys Schlafzimmer, dachte er, wenn seine erste Frau darin gewirkt hatte.

Vorurteilslos unter den stapel- und haufenweise rumliegenden Müll gemischt lagen klirrende Bierflaschen, geschmuggelte Drogen, gefälschte Ausweise, geschmuggelte Waffen, Falschgeld und ein paar tausend Ticketschnipsel. Irgendwo da vorn war auch Jambones Piraten-Schurz, gut versteckt in der Kleidung desjenigen, der ihn erstritten hatte.

Aber keine Menschen.

Jambone fluchte laut, und das Echo trug seine Worte wieder zu ihm zurück. Er zuckte angewidert mit den Schultern und stampfte von der Bühne, vorbei an Nicky, dem er lediglich einen giftigen Blick gönnte. Dieser Blick sagte: »Wir haben morgen wieder einen Gig, 400 Meilen von hier entfernt, aber verdammte Scheiße, wie werden wir mit *diesem* gottverfluchten Chaos fertig?«

Niemand sagte ein Wort, nicht einmal der Hallenmanager.

Sie alle schwiegen eingeschüchtert, hatten Angst, irgendein Geräusch von sich zu geben, damit sie nicht auch von der Bildfläche verschwanden. Puff, das Ende.

Nicky ging langsam auf der Bühne nach vorn und setzte sich hin, gleich auf den Rand. Seine Füße baumelten dort hinab, wo die Rausschmeißer in ihren gelben Hemden...

Gewesen waren.

Okay. Punkt 1: Du willst Ruhm, du hast ihn gerade bekommen.

Punkt 2: Ihre Ausrüstung hatte zwei 45 Fuß lange Trucks bis unters Dach ausgefüllt. Jetzt war alles nutzlos und ruiniert. Langsam senkte sich Nickys Kopf auf seine Hände herunter.

Punkt 3: Ihr Publikum hatte die Halle bis unters Dach gefüllt...

Der Hallenmanager hatte sich davongemacht. Wahrscheinlich, um ein Telefon ausfindig zu machen, das nicht zu klebrigem Schrott geschmolzen war.

Nicky hatten die Covers von RIP und ROLLING STONE vorgeschwebt. Nicht die von TIME und NEWSWEEK. Er blieb, wo er war, am Rand der Bühne, bis endlich irgendwann ein paar Männer auf ihn zukamen.

Wie lange hatte er da gesessen? Die Zeit hatte stillgestanden. Wen interessierte das?

Ladies and Gentlemen, Gasm hat das Stadion verlassen.

»Entschuldigung?«

Nicky blickte auf und sah drei Männer in Anzügen. Der Hallenmanager stand in einiger Entfernung hinter ihnen. Die Klatschbasen treten immer ein paar Schritte zurück, wenn es dem Trottel an den Kragen geht. FBI? CIA? Geheimpolizei? Todesschwadron? Wie genau *bestraft* man jemanden für etwas wie das hier?

»Sie *sind* doch Nicky Powers? Sie managen die Band Gasm?«

Nicky bereitete sich geistig auf die Schläge vor. Er gab keine Antwort. Der Anführer schien ängstlich darauf bedacht zu sein, korrekte Angaben zu bekommen. Er klang zögernd.

Nicky erwiderte den offenen Blick des Mannes. In diesem Blick lag keine Drohung. In diesem Blick lag nervöse Anspannung.

»Diese Gentlemen und ich repräsentieren das Verteidigungsministerium der Vereinigten Staaten.«

Nenn es Intuition, aber Nicky wußte blitzartig, daß Gasm ihr nächstes Konzert geben würden, kein Problem. Sie würden keins auslassen. Er lächelte sein allerbestes Geschäftslächeln und stand auf.

Nancy A. Collins

Vargr-Regel

Die Nacht war warm und stickig – keineswegs ungewöhnlich für eine Sommernacht in New Orleans.

Varley blieb stehen, um sein Spiegelbild in einem der Schaufenster näher zu betrachten. Er würde auch in einer Edelkneipe nicht allzu deplaziert wirken, und für diese Musikerlokale war er auf alle Fälle schick genug. Die Schulterpolster seines Jacketts waren dezent, das Revers modisch schmal. Auf seiner japanischen Seidenkrawatte tummelten sich Dutzende von winzigen, handgestickten siamesischen Kampffischen. Er trug eine Karottenhose in anthrazitgrau und zweifarbige Lackschuhe.

Die Mode verlangte jedoch ihren Preis, und Varley zahlte ihn; auf seinem Hemd zeigten sich bereits Schweißflecken, und der Stoff klebte an seinem Rücken. Seine Füße schmerzten, weil die Schuhe drückten, und das mit großer Sorgfalt hergestellte Durcheinander seiner Frisur degenerierte langsam zu dem, was es wirklich war.

Wenigstens mußte er nicht mehr lange leiden; er konnte schon den schweren Baß hören, der drei Häuserblocks entfernt in der Bar hämmerte. Als er sich an ein parkendes Auto lehnte, um einen seiner Schuhe wieder zuzuschnüren, fiel sein Blick auf die Graffiti. Zwei Worte zierten das Bankgebäude auf der anderen Straßenseite:

VARGR-REGEL

Geheimnisvolle Botschaften waren in diesem Teil der Stadt keine Seltenheit, obwohl das Wort ›Vargr‹ für ihn etwas Neues war. Es sah so aus, als fehlten ihm ein oder zwei Vokale. Aber er dachte nicht länger darüber nach und ging weiter.

Die Bar lag in der Nähe der beiden Universitäten Tulane und Loyola, in einem der älteren Geschäftsviertel der Stadt. Nach Einbruch der Dunkelheit verschwanden die Hausfrauen von der Bildfläche, und die Straße gehörte den Studenten auf der Suche nach ihrem nächtlichen Vergnügen. Das Gebäude rechts neben der Bar war schon vor langer Zeit abgerissen worden und versorgte die

Nachbarschaft auf diese Weise mit einem improvisierten Parkplatz und einer Graffiti-Galerie. Im Laufe der vergangenen Jahrzehnte hatte die Bar zwar mehrfach ihren Namen und ihren Besitzer gewechselt, war jedoch immer der Live-Musik treu geblieben.

Die Sache war schon in vollem Gange. Eine Handvoll Tulane-Studenten, die säurebehandelte Calvin Kleins und Polohemden trugen, beäugten eine Meute von Punkabilly-Anhängern, deren kunstvolle Pompadours im feuchten Nachtwind auf und ab hüpften, während ihre Träger langsam um die Ecke schlenderten.

Varley sah, mehr aus einem Reflex heraus als aus echtem Interesse, zu der graffitiübersäten Wand hinüber. Zweimal im Jahr strich der Hauseigentümer die ungeschützte Brandmauer neu an, in der irrigen Annahme, auf diese Weise den Sprühdosen-Artisten einen Strich durch die Rechnung zu machen. Aber auf diese Weise stellte er lediglich eine frische Leinwand für kreativen Vandalismus zur Verfügung.

Soweit er erkennen konnte, hatte die Galerie nichts Neues aufzuweisen: dieselben hingekritzelten Teenagerschwüre von ewiger Liebe, die unvermeidliche ›Klasse‹ schwachsinnigen Gefasels, die Handvoll lokaler Bands, die jede Möglichkeit kostenloser Publicity ausnutzte, das bekannte Logo der Band Who, aufgesprüht in einer unsicheren Handschrift, das Bild eines albern grinsenden Mannes, der eine Pfeife im Mund hatte... derselbe alte Scheiß also. Da bemerkte er plötzlich mitten in dem Durcheinander sich überschneidender Slogans, Namen und Beleidigungen die Worte: ›VARGR-REGEL‹ – geschrieben mit einer Farbe, die aussah wie Blut.

Zwei düster aussehende junge Männer flankierten den Vordereingang. Einer von ihnen präsentierte sich stolz als Irokese; seine Haare standen ihm wie Fahrradspeichen vom Kopf ab, und seine übergewichtigen Arme waren mit Kobras und Rosendornen umwickelt. Er trug eine zerbeulte Lederjacke, deren Ärmel so aussahen, als hätte ein ziemlich großes, unfreundliches Tier daran herumgekaut. Zerfetzte Reste von Leder und Futterstoff hingen wie Knorpelfasern von einem abgenagten Knochen herunter.

Der zweite Punker war kleiner, aber genauso muskulös. Seine dunklen Haare waren ganz kurz geschnitten, und eine lange Stirnlocke von der Farbe ausgeblichener Knochen fiel ihm ins Gesicht. Seine Jeans war so zerlumpt, daß sie nur von den Lederriemen um seine Hüften zusammengehalten wurde. Ebenso wie der speichenhaarige Schlägertyp trug er eine schwarze Lederjacke mit demolierten Ärmeln.

Der kleinere Mann streckte den Arm aus, und seine Handfläche prallte mit einem so harten Schlag gegen Varleys Schulter, daß dieser abrupt stehenbleiben mußte. Unter Varleys Nasenspitze erschienen jetzt drei Finger in der Größe von Wiener Würstchen.

»Wasnlos, Sunder?« knurrte der speichenhaarige Riese. »Dieser Typ da versucht reinzuschleichen, ohne Knete abzudrücken?«

»Nää, ich glaub nicht, daß er die *cojónes* dafür hat, Hew«, erwiderte der kleinere Mann, und seine dunklen Augen forderten Varley trotzig dazu auf, diese Feststellung zu bezweifeln.

Varley errötete, während er eine vom Schweiß feucht gewordene 5-Dollar-Note heraussuchte. Sunder grunzte und gab sie an Hew weiter, der in seiner tätowierten Faust ein unordentliches Bündel zerknitterter Geldscheine hielt. Hew pellte ein paar 1-Dollar-Noten von der Geldrolle ab und drückte sie Varley in die Hand. Sunder trat zur Seite und gab ihm den Weg in den Club frei. Varley konnte ihre Augen in seinem Rücken spüren.

Der Club war dunkel. Die einzige Beleuchtung kam von der Neon-Bierreklame und einem halben Dutzend Bühnenlampen, die wie Fledermäuse aus Metall über der engen Bühne hingen. Das Management behauptete, das Lokal habe eine Klimaanlage, obwohl die dicht an dicht stehenden Körper und die offene Vordertür den Nutzen der eisgekühlten Luft zunichte machten.

Die Band spielte ihr erstes Set. Aber Varley hätte durchaus darauf verzichten können. Das dumpfe Hämmern des Basses und der Trommeln drohte die Füllungen aus seinen Zähnen zu schütteln. Seine Trommelfelle versiegelten sich in einem Akt der Selbstverteidigung.

Die drei Musiker auf der Bühne trugen dieselben zerfetzten Lederjacken wie die beiden Scheusale, die die Tür bewachten. Der Lead-Gitarrist war ein großer, hagerer Junge, mit kurzem, milchweißem Haar und einem straff geflochtenen Zopf, der von seinem Nacken bis zu seinem Gürtel herabhing. Der Baß-Spieler war ein junger Latino mit kurzgeschorenem Haar. Der Drummer schien noch ein halbes Kind zu sein, obwohl Varley wußte, daß er mindestens achtzehn sein mußte, um in einer Bar spielen zu dürfen, in der Alkohol serviert wurde. Sein Kopf war zu einem nackten Schädel rasiert, was ihm ein verwundbares, beinahe babyhaftes

Aussehen gab, trotz der Zigarette, die von seiner Unterlippe baumelte. Dieser glatzköpfige Drummer drosch auf sein Schlagzeug ein wie ein wütender Ehemann auf seine Frau. Die Baßtrommel zierte das Bild eines Wolfes mit offenem Mund und glühenden roten Augäpfeln; irgend jemand hatte Fahrradrückstrahler über die Augen der Kreatur geklebt. Unter dem geifernden Rachen des Wolfes war in schwankenden, tropfenden Lettern das Wort ›VARGR‹ zu lesen.

Varley fühlte sich verraten. Er hatte gehofft, der Sinn dieses Wortes wäre so unerforschlich, daß er ihm für immer verborgen bleiben würde. Statt dessen stellte sich nun heraus, daß es nur der Name einer neuen Punk Band war.

Er stürzte sich auf die Bar; das einzige, was er wollte, waren ein Bier und ein guter Platz am Geländer. Und da würde er dann warten, bis eine passende Kandidatin für eine kleine nächtliche Orgie auftauchte.

Die Bar war überfüllt, und er mußte die Ellbogen einsetzen, um an sein Bier zu kommen. Als er das Glas an die Lippen hob, wurde er von hinten angerempelt, und etwas von dem Bier ergoß sich über sein Hemd. Er drehte sich um, um die Person hinter sich anzufauchen, und stellte zu seinem Erstaunen fest, daß er in sein eigenes Gesicht sah.

Die Illusion war kurz, aber verwirrend genug, um dem Mädchen, das eine Sonnenbrille mit Spiegelgläsern und eine schwarze Lederjacke mit zerkauten Ärmeln trug, die Chance zu geben, an ihm vorbei zur Theke zu schlüpfen. Varley ärgerte sich nicht darüber, daß sie ihn von seinem Platz am Geländer verdrängt hatte; trotz der verspiegelten Gläser, die ihre Augen verbargen, konnte er doch erkennen, daß sie die schönste Frau war, die er je zu Gesicht bekommen hatte.

Ihr Haar war von einem so fahlen Blond, daß es beinahe farblos wirkte, und es sah so aus, als wäre es mit einem Lockenstab gestylt worden. An ihrer linken Schläfe hatte sie sich einen Zopf geflochten, der bis zu ihrem Busen herabbaumelte. Aus irgendeinem Grund fühlte Varley sich an Yul Brynner in DIE ZEHN GEBOTE erinnert. Ihre Lippen und Fingernägel hatten dieselbe dunkle Tönung wie Blut. Sie trug ein tiefausgeschnittenes T-Shirt mit einem Leopardenmuster und eine lederne Fetischhose mit genug Reißverschlüssen für eine ganze Motorradgang. Ihre Füße steckten in roten

Pumps mit Pfennigabsätzen, die jeden normalen Spann deformiert hätten.

Trotz dieser Handicaps bewegte sie sich wie Quecksilber auf einem Teller. Nicht einmal der Schaum auf ihrem Bier schwappte über, als sie sich ihren Weg durch die herumwirbelnden Tänzer bahnte.

Varley vergaß seinen Drink. Er vergaß seinen Platz an der Theke. Seine Welt war plötzlich auf das Mädchen in dem Leopardenhemd zusammengeschrumpft. Sie war es – das Ziel für diese Nacht. Keine andere Frau würde genügen. Es mußte *sie* sein.

Varley hatte schon früher New-Wave-Nutten gebumst. Trotz ihrer zur Schau getragenen Dekadenz waren sie im Herzen doch alle kleinbürgerliche, katholische Schulmädchen.

Das Mädchen mit dem Zopf kehrte zu einem Tisch in der Ecke zurück und ließ ihren eng eingeschnürten Hintern auf einem zerbeulten Barhocker aus rotem Leder nieder. Sie nippte an ihrem Bier und starrte in Richtung Bühne, ohne sie jedoch wirklich zu betrachten.

Varley schlängelte sich durch die Menschenmenge, bis er neben ihr stand. Dann beugte er sich hinunter, um ihr etwas ins Ohr zu flüstern. Sie roch nach Frau. Sein Penis bewegte sich wie ein Tier, das aus dem Winterschlaf erwachte. »Hey, Baby... wie wär's, wenn wir beide irgendwo hingingen, wo uns keiner stört? Ich hab' da etwas Stoff, Eins-A, sag ich dir...«

Sie drehte sich zu ihm um, und er starrte auf das Zwillingsspiegelbild seiner lüsternen Gesichtszüge. Ihr bemalter Mund verzog sich zu einem Lächeln. Es war Varley unmöglich herauszufinden, ob sie empfänglich für sein Angebot war oder ob sie sich über ihn lustig machte. Das Mädchen schürzte die Lippen und hob eine Hand, um ihm übers Gesicht zu streichen. Die Spitze ihres Zeigefingers verharrte einen Augenblick auf seinem Kiefer. Während sie noch immer ihr blickloses Lächeln lächelte, stach sie mit dem Fingernagel in das Grübchen auf seinem Kinn, als versähe sie eine Unterschrift mit einem I-Punkt. Verwirrt hob Varley eine Hand an sein Gesicht. Als er sie wieder wegzog, war Blut an seinen Fingern.

Varley lehnte sich gegen das Waschbecken auf der Herrentoilette, blinzelte in den verschmierten Spiegel und tupfte sein Kinn mit nassem Toilettenpapier ab.

Normalerweise hätte er jedes Mädchen, das ihn blutig kratzte, als ›zu überspannt‹ abgeschrieben und sich nach einem berechenbareren Flittchen umgesehen. Aber aus irgendeinem Grund ging sie ihm einfach nicht aus dem Kopf. Er wußte, daß er noch einen Versuch würde machen müssen.

Die Band hämmerte immer noch drauflos, obwohl ihr verstärkerunterstütztes Gebrüll von der Toilettentür zu einem matten Donnern gedämpft wurde. Das Waschbecken ratterte im Rhythmus der Musik und vibrierte gegen Varleys Hüften. Die Dinge bewegten sich, entglitten seiner Kontrolle. Kontrolle war sein Leben. Er konnte sich nur schwer eine Situation vorstellen, in der er die Dinge nicht mehr in der Hand hatte oder sie wenigstens wieder in die richtige Bahn bringen konnte, so wie er sie haben wollte. Wenn er bloß genug Zeit hätte, würde er auch diese Schönheit in Spiegelgläsern bekommen, bestimmt. Es war alles nur eine Frage der *Zeit*. Er sah sich selbst auf der Fährte eines besonders listigen Beutetieres, und diese Vorstellung gefiel ihm. Es war schon lange her, daß eine seiner Wochenend-Eroberungen es ihm schwergemacht hatte. Er hatte beinahe vergessen, wie es war, um eine Frau *kämpfen* zu müssen. Er lächelte sein fleckiges Spiegelbild an. Er würde sie schon einfangen, und am Ende würden sie einen Sex haben, der alles bisher Dagewesene in den Schatten stellte.

Er brauchte ein paar Sekunden, bevor ihm klar wurde, daß sie ihm auf die Herrentoilette gefolgt war. Zuerst wollte er dem Bild, das der Spiegel zurückwarf, nicht glauben; Jahre der Vernachlässigung hatten einen Schmutzschleier auf seiner Oberfläche hinterlassen.

Sie stand an der Türschwelle, lächelte ihn an, und der Reißverschluß an ihrer Lederjacke war bis obenhin hochgezogen. Varley hielt sich am Waschbecken fest, drehte sich jedoch nicht herum. Sie wußte, daß er sie sah, und sie kümmerte sich nicht darum.

Ein blutrot lackierter Fingernagel berührte den Halsausschnitt ihrer Jacke, zerrte an dem Reißverschluß. Das schwarze Leder teilte sich und entblößte weißes Fleisch. Sie hatte ihr Leopardenhemd nicht mehr an. Das langsame, hohe Fauchen des Reißverschlusses war lauter als Donner.

Ihr Bürste waren perfekt, fest und hart. Trotz ihrer Fülle hingen sie nicht herab. Die Brustwarzen waren rund und rosa, wie die Augen eines weißen Kaninchens. Varley ignorierte den Schmerz in seinen Fingern, als er krampfhaft das Porzellan umklammerte. Er hatte das Gefühl, als seien seine Beine unter ihm verschwunden, und das einzige, was ihn davor bewahrte hinzufallen, war das Waschbecken, an dem er sich festhielt. Er ignorierte das Zittern seiner Muskeln, während der Schweiß durch die Rille seines angespannten Rückens herabrieselte.

Der Reißverschluß wanderte immer tiefer und zeigte ihr zweites Paar Brüste.

Sie saßen direkt unter dem ersten Paar und verdeckten den Spalt zwischen ihren Rippen. Diese Brüste waren kleiner als die ersten; sie ähnelten den Titten eines Mädchens in einer unteren Klasse der High School. Die Brustwarzen und ihr Hof waren jedoch weit größer als die einer Siebtklässlerin.

Zuerst dachte Varley, sie trüge ein Paar ›Scherzbrüste‹ aus Schaumgummi, wie die Transvestiten im Karneval, aber er konnte nirgendwo eine Naht oder etwas in der Art entdecken. Und er hätte schwören können, daß die Brustwarzen, als der Reißverschluß sie entblößt hatte, härter geworden waren.

War es möglich, daß man ihn unter Drogen gesetzt hatte? Hatte sie ihre Fingernägel vielleicht in irgendein unheimliches Halluzinogen getaucht? Das war beinahe so verrückt wie der Gedanke, daß jemand zwei Paar Titten haben könnte, aber wenigstens hielt es ihn davon ab, das Ding im Spiegel für echt zu halten.

Trotz seines Ekels konnte Varley sich nicht dazu bringen wegzusehen. Der Reißverschluß setzte seine Abwärtsbewegung fort. Ein drittes und letztes Paar Brüste erschien über ihrer Gürtelschnalle.

Das dritte Paar war sogar noch kleiner als das zweite; diese Brüste bestanden hauptsächlich aus übergroßen Brustwarzen. Völlig entblößt stand sie, die Hände auf die Hüften gestützt, vor ihm und forderte ihn feixend dazu auf, sich umzudrehen und sie anzusehen. Varley umklammerte das Waschbecken, um zu verhindern, daß er auf dem bepinkelten Fußboden zusammenbrach.

Auf Händen und Füßen kriechend, kam er wieder zu sich; sie war weg. Erleichtert stellte er fest, daß er sich nicht verletzt hatte. Bis auf die Flecken an seinen Knien war er in Ordnung.

Und bis auf die Tatsache, daß sie sechs Titten hatte, verdammt noch mal!

Varley schauderte bei der Erinnerung daran. »Ich muß betrunkener sein, als ich dachte. Sie kann einfach nicht hier gewesen sein«, sagte er sich. Es klang realistisch, plausibel und beruhigend.

Yeah, aber sie hatte trotzdem sechs Titten.

Varley verließ den Kloraum und kehrte auf die Tanzfläche zurück. Die Punkerin saß immer noch an ihrem Tisch. Ihre Jacke stand offen, und sie trug ihr T-Shirt. Obwohl er nicht sicher war, ob sie ihn beobachtete, konnte er doch erkennen, daß sie lächelte.

Das hier wurde ihm langsam zu unheimlich. Viel zu scheißunheimlich. Er wollte sich zudröhnen, sonst nichts. Varley freute sich auf die Wochenenden und auf die Chance, mit Seidenkrawatten und Bettpfosten seine Kontrolle unter Beweis zu stellen. Jetzt wurde diese Kontrolle von einer blondierten Nutte in Fick-mich-Schuhen bedroht. Es ergab einfach keinen Sinn. Varley erzwang sich seinen Weg zur Theke in der verzweifelten Hoffnung, irgend etwas zu finden, das der Erinnerung an sechs Brustwarzen, die in seine Richtung zeigten, ihre Schärfe nahm.

Irgendwo in der Nähe seines sechsten Gin Tonic bemerkte Varley, daß die Band gewechselt hatte. Die Gruppe, die im Augenblick auf der Bühne stand, war zwar genauso laut wie Vargr, trug jedoch Stretchklamotten und hatte längere Haare. Varley sah sich um und suchte die Bar nach dem Mädchen mit den verspiegelten Augen ab.

Seine Schultern sackten zusammen, als er begriff, daß sie nicht mehr da war. Es hingen immer noch viele Frauen an der Theke herum, aber was Varley betraf, waren sie unsichtbar. Ein großes, langbeiniges Mädchen, das aussah, als sei es einem Musikvideo entsprungen, bat ihn um eine Zigarette. Sie ließ keinen Zweifel daran, daß sie Interesse an ihm hatte. Aber Varley konnte sich nicht überwinden, darauf zu reagieren.

Für diese Nacht konnte er genausogut Schluß machen. Er bezahlte seine Drinks und ging zur Tür. Die feuchte Nachtluft schloß sich um ihn wie eine schweißnasse Hand. Varley zerrte an seiner Krawatte, lockerte den Knoten und zog eine Grimasse, als sein Magen anfing, üble Kapriolen zu schlagen.

Am anderen Ende des Häuserblocks lehnte er sich an einen Telegrafenmast, der mit alten Heftzwecken und verblichenen Fetzen von Flugblättern bespickt war, die irgendwelche lokalen Bands ankündigten.

»Vielleicht hätte ich doch besser ein Taxi nehmen sollen...« Er schüttelte sich und kämpfte gegen das Unbehagen in seinen Gedärmen an. Er hatte schon Schlimmeres erlebt und ausgehalten. Wenn er noch drei Häuserblocks schaffte, konnte er entweder die Straßenbahn oder den Bus nehmen. »Lieber Gott, ich werde wohl langsam alt. Daß mich eine Nutte wie die dermaßen umhaut. Diese Scheiße habe ich doch schon in der High School hinter mich gebracht.«

Drei Minuten später taumelte er in eine der schmalen Nebenstraßen und kotzte in eine offene Mülltonne. Ein paar Minuten lang stand er einfach nur da und versuchte, den galligen Geschmack in seinem Mund loszuwerden. Er fühlte sich schwach, und seine Hände zitterten, als er sich mit dem Handrücken über den Mund wischte. »Vielleicht bin ich krank. Grippe oder so was. Vielleicht hab ich mir bei der Arbeit irgendeinen Bazillus gefangen.«

Als er das Knurren hörte, wurde ihm klar, daß er nicht allein in der Durchgangsstraße war. Er mußte einen von diesen halbwilden Hunden überrascht haben, die während der Nacht in dieser Gegend herumstreunten und über ungesicherte Mülltonnen herfielen. Varley warf einen verstohlenen Blick in die Gasse und versuchte, das Tier ausfindig zu machen. Er hatte keine Lust, im Dunkeln über die verdammte Kreatur zu stolpern; das war das letzte, was er jetzt gebrauchen konnte.

Er schob sich zur Hauptstraße hinüber, wobei er versuchte, keine plötzlichen Bewegungen zu machen, die den Hund vielleicht erschrecken konnten. Aus dem Knurren wurde plötzlich ein Jaulen. Varley zögerte eine Sekunde lang. Vielleicht war das Tier verletzt...

»Irgendwelche Probleme, Junge? Wasnlos, hm?«

Er bekam einen Schlag in die Kniekehlen, und irgend etwas stieß ihn gegen eine Mülltonne. Als es an ihm vorbeiging, konnte er an dem Geruch erkennen, daß er von einem Hund umgeworfen worden war.

»Scheiß-Köter...«, murmelte er. Varley blickte auf, und seine Kehle verwandelte sich in einen trockenen Schlauch. Sie waren zu fünft, und ihr Fell glänzte speckig im trüben Mondlicht. Auf den ersten Blick hielt er sie für Hunde, dann sah er, daß ihre Gelenke falsch eingehängt waren. Zwei von den größeren Kreaturen bändigten gerade ein Schäferhundweibchen, während eine dritte ihre mit Klauen versehenen Finger um seine Schnauze legte. Diese Mühe hätten sie sich sparen können; Varley konnte sehen, daß das arme Tier viel zu viel Angst hatte, um sich überhaupt zu bewegen, geschweige denn zu beißen.

Eines dieser Geschöpfe stand aufrecht auf seinen krummen Hinterbeinen und grinste Varley heimtückisch an. Sein Pelz hatte die Farbe verdorbener Sahne, und das Gesicht zeigte eine beunruhigende Mischung von wölfischen und menschlichen Merkmalen. Die verkürzte Schnauze ermöglichte es der Kreatur, in einer verzerrten gutturalen Parodie einer menschlichen Stimme zu sprechen: »Ripper! Deck sie!«

Varley versuchte auf die Füße zu kommen, aber einer aus dem Rudel nagelte ihn fest. Er war kleiner als die anderen, aber seine Stärke war immens. Varley konnte das Kratzen der kurzen, schweineartigen Borsten auf seiner Haut spüren.

Obwohl er nie ein Fan von Horrorfilmen gewesen war, war er ganz sicher, daß die zottigen, krummbeinigen Kreaturen um ihn herum Werwölfe waren. Aber das war unmöglich! Vielleicht hatte er Halluzinationen, und das Ganze entsprang seiner Phantasie. Auch die Möglichkeit, daß er ohnmächtig in einer verlassenen Nebenstraße lag und an hohem Fieber litt, erschien ihm im Augenblick ausgesprochen erstrebenswert.

Zwischen den Beinen des Anführers tauchte aus einem pelzigen Sack ein langer, spitzer Penis auf. Er glitzerte feucht in der trüben Beleuchtung der Gasse. Etwas, das sich wie ein Lachen anhörte, kam von den anderen, als das Monster den verängstigten Hund bestieg.

Er wurde gezwungen zuzusehen, wie die Werwölfe abwechselnd die Schäferhündin vergewaltigten. Wann immer er versuchte wegzuschauen, ergriff das Ding hinter ihm mit seinen pelzigen Klauen seinen Kopf und zog so lange an seinen Ohren, bis er die Augen wieder öffnete. Als sie fertig waren, lag die Hündin mit zuckenden Beinen auf der Seite. Aus ihren Nüstern sickerte das Blut. Varley wußte, daß sie innerlich ziemlich schlimm aufgerissen sein mußte.

Der Werwolf mit dem Pelz wie verdorbene Sahne ging neben der sterbenden Hündin in die Hocke. Wie in einer Parodie auf ihr Leiden ließ er seine Zunge aus dem Mund hängen. Das Ding hinter Varley kicherte. Der Werwolf drehte den Kopf der Schäferhündin mit einer heftigen Bewegung zur Seite und schnappte nach ihrem Hals.

Der kleinere Werwolf riß Varley auf die Füße, wobei er ihm das Handgelenk zusammenquetschte, bis es sich so anfühlte, als sei es in einen Schraubstock eingeklemmt. Als er aufschrie, zog eine der größeren Bestien das Leinentaschentuch aus Varleys Brusttasche und stopfte es in seinen Mund. Der sahnefarbene Werwolf befingerte Varleys Krawatte, grinste ihn an und leckte sich mit einer langen, roten Zunge über die Lippen.

»Hübsche Krawatte.«

Varley war sicher, daß das Ding vorhatte, ihm die Kehle aufzuschlitzen. Er schloß seine Augen fest zu; er wollte nicht, daß das letzte, was er sah, sein eigenes Blut wäre. Er spürte, wie der Windsorknoten sich lockerte, als der Werwolf ihm die Krawatte abnahm.

»Sieh zu, daß es schön fest ist, Ripper.«

Der kleinere Werwolf schnürte schnell und sachkundig Varleys Handgelenke zusammen. Varley hatte genug Ahnung von Knoten, um zu begreifen, daß es ihm unmöglich sein würde, sich rechtzeitig zu befreien, um dem zu entkommen, was sie für ihn auf Lager hatten.

Zwei der größeren Werwölfe nagten inzwischen an dem, was von der Schäferhündin noch übrig war. Sie grinsten Varley an, wobei sie scharfe, gelbe Zähne entblößten, die mit Blut und Knorpel befleckt waren.

»Beeilt euch!« knurrte der Anführer und trat den Größeren gegen seinen haarigen Unterschenkel. Obwohl er mindestens zweimal so schwer war, heulte der größere Werwolf auf wie ein gescholtener Hund.

Varley stöhnte, als seine Entführer ihn die Straße entlangzogen. Scharfe Klauen bohrten sich durch seine Kleider und rissen das Fleisch darunter auf. Er fühlte sich einer Ohnmacht nahe, als der kleinere Werwolf ihm wieder den Arm umdrehte.

Am anderen Ende der Straße parkte ein Volkswagen-Minibus; seine Hintertür stand offen. Es war zu dunkel für Varley, um den Namen zu lesen, der darauf gemalt war, aber er wußte auch so, wie dieser Name lautete. Er hatte es gewußt seit dem Augenblick, in dem er den langen, geflochtenen Zopf gesehen hatte, der dem Anführer der Werwölfe den Rücken hinabbaumelte.

Der sahnefarbene Werwolf hob Varley hoch und warf ihn wie ein Bündel Zeitungen hinten in den Minibus. »Tut mir leid, Schwesterherz«, stellte der Anführer des Rudels mit einem anzüglichen Grinsen fest. »Das Männchen ist uns entwischt. Ich hoffe, damit kommst du über die Runden.«

Das Ding in dem Lastwagen bewegte sich vorwärts. Sein Schnüffeln klang wie das eines Bluthundes. Varley schrie in sein Taschentuch. Eine verdrehte, mit Klauen besetzte Hand streckte sich nach ihm aus und streichelte sein Gesicht. Die Handfläche war trocken und heiß und fühlte sich ähnlich an wie die Boxhandschuhe, die er als Junge besessen hatte.

Das Werwolfweibchen blickte ihn neugierig an, während es träge an seinem mittleren Tittenpaar herumspielte. »Es wird reichen.«

Varley versuchte sich von der weißpelzigen Kreatur, die sich über ihn beugte, loszureißen. Die Tür fiel krachend ins Schloß, und er war im Dunkeln mit dem Werwolfweibchen allein. In dem beengten Raum des Minibusses roch es stark nach Frau. Varley würgte an der Galle, die in seiner Kehle aufstieg, als er spürte, wie er sich in seiner Hose versteifte. Das Weibchen beugte sich vor, und ihr Atem streifte heiß seine Wange.

»Entspann dich, Baby«, knurrte sie, als sie den Reißverschluß an seiner Hose aufzog, und fügte hinzu: »Vargr-Regel.«

RONALD KELLY

Blut ist im Schuh

Ruby Paquette war auf dem Heimweg von der großen Show in Baton Rouge, als die Scheinwerfer eines Autos durch die mondlose Nacht schnitten. Die Lichter brannten so hell wie die leuchtenden Augen einer Dämonenkatze. Sie warfen eine blasse Glut auf den zweispurigen Highway und das sumpfige Dickicht an den Seiten. Ruby drehte sich um und blinzelte in das grelle Licht des langsam näherkommenden Wagens. Das Auto hörte sich an wie ein Raubtier; sein großer Achtzylinder brüllte und grollte, als habe er Appetit auf mehr als nur Öl und Benzin.

Der karmesinrot 58er Cadillac verlangsamte sein Tempo, als die Scheinwerfer ihre kleine, untersetzte Gestalt auf dem geschotterten Seitenstreifen erkennen ließen. Ruby kehrte dem grellen Licht den Rücken zu und ging weiter. Sie blickte stur geradeaus und folgte ihrem eigenen langgezogenen Schatten und der weißgetünchten Begrenzungslinie neben dem Highway. Als das Auto seine Geschwindigkeit zu einem Kriechen drosselte und Anstalten traf, sich langsam neben sie zu schieben, riskierte Ruby einen schnellen Blick über die Schulter. Die Vorstellung einer ausgehungerten Raubkatze wurde von dem Kühlergrill des Caddys noch verstärkt. Ein Maul voller polierter Chromfänge grinste sie heimtückisch an.

»Hey, Süße!« kam die Stimme eines Mannes aus dem Cabriolet. »Kann ich dich irgendwohin mitnehmen? Um diese Uhrzeit sollte eine Schönheit wie du nicht so ganz allein hier draußen rumlaufen.«

Schönheit? Das Wort machte Ruby wütend, besonders wenn es auf sie bezogen wurde. Sie war keine Schönheit, und sie wußte es. Sie war einfach ein unscheinbares Cajun-Mädchen, ein übergewichtiger, aknegeplagter Teenager mit glatt herunterhängenden schwarzen Haaren und monströsen Brillengläsern. Wie konnte der Fahrer dieses teuren Autos nur einen so dummen Fehler machen? Natürlich, er hatte wahrscheinlich ihr Gesicht noch nicht gesehen, aber das war eigentlich auch gar nicht nötig. Ein Blick auf ihren vierschrötigen elefantösen Körper, der die Straße hinunterwatschelte, hätte ihm sagen müssen, daß sie ganz bestimmt keine Schönheit war.

»Nein, danke!« rief sie zurück. »Ich hab's nicht mehr weit.« Sie war sich der Tatsache bewußt, daß der Caddy beinahe stillstand. Zentimeter für Zentimeter kroch er neben ihr her. Sie wandte ihr Gesicht ab und starrte auf das sumpfige Gestrüpp neben der Straße. »Bitte, lieber Gott, mach, daß er einfach weiterfährt. Er soll nicht sehen, was für eine Schreckschraube ich in Wirklichkeit bin.«

»O komm schon, Herzchen«, drängte der Fahrer. Jetzt war er direkt neben ihr. »Erlaub dem alten Reb doch, dich nach Hause zu fahren.«

Die wachsende Vertrautheit der Stimme sowie die Erwähnung seines Namens hatten zur Folge, daß Rubys Magen sich vor Aufregung zusammenkrampfte. Sie sah ihn an und, ja er *war* es. Es war Rockabilly Reb höchstpersönlich!

»Du weißt doch, wer ich bin, oder, Süße?« sagte Reb grinsend und ließ dabei das perlende Lächeln aufleuchten, das im Süden wie auch im Rest des Landes immer berühmter wurde.

»Ja«, sagte Ruby verwirrt. »Sie sind Rockabilly Reb. Ich habe Sie heute nacht im Louisiana Hayride gesehen.«

»Ich habe dich auch gesehen.«

Reb zwinkerte ihr zu – er zwinkerte wirklich *ihr* zu –, der Pfannkuchen-Ruby, wie ihre Schulkameraden sie grausamerweise nannten.

»Dritte Reihe, fünftes Mädchen von links... stimmt's?« fragte Reb.

»Stimmt.« Ruby errötete. Sie spürte, wie die Hitze der Verlegenheit in ihren vollen Wangen aufblühte. Endlich blieb sie stehen, in Gedanken mit der Frage beschäftigt, ob sie diese Begegnung nicht vielleicht träumte. Sie verschränkte ihre dicken Arme vor der Brust und zwickte sich durch ihren Pullover. Nein, es passierte wirklich. Sie unterhielt sich tatsächlich von Angesicht zu Angesicht mit einem echten Rockabilly-Sänger.

»Also, wie sieht's aus, Süße? Darf ich heute nacht den guten Samariter spielen und dich nach Hause bringen? Ich fahre sowieso in diese Richtung.« Rebs makelloses Lächeln war keinen Augenblick lang ins Wanken geraten. Es schien ein Teil seines natürlichen Charmes zu sein. Drei Meilen Sumpf lagen zwischen Baton Rouge und ihrem Zuhause am Flußarm. Ruby blickte nach vorn in die Dunkelheit, dann wieder zurück zu dem träge dahinrollenden Cadillac, aus dem das Angebot gekommen war, sie nach Hause zu bringen, mit Stil und Komfort. Was würde sie sagen – »Nein danke, aber ich möchte lieber laufen?« Das hier war der böse Junge des Rock'n'Roll – der potentielle Erbe des umschwärmten Throns, der verwaist war, seitdem Elvis Presley vor einigen Monaten der Armee beigetreten war. Ihre Mutter hatte ihr für alle Zeiten die eiserne Regel eingehämmert, niemals zu einem Fremden ins Auto zu steigen. Aber sich eine solche einmalige Chance entgehen zu lassen, wäre reiner Wahnsinn. Es geschah schließlich nicht jeden Tag, daß ein pummeliges Mauerblümchen die Gelegenheit bekam, mit einem anerkannten Superstar durch die Gegend zu fahren.

»Okay«, sagte sie. Ruby öffnete die Beifahrertür des Wagens und stieg ein. Die Sitze waren aus weichem, karmesinrotem Leder, genauso wie der Rest der Innenausstattung. Am Rückspiegel baumelte ein paar flauschiger Würfel, tiefschwarz mit hellroten Punkten, die wie winzige Augen durch den dunklen Pelz lugten. Sie ließ sich auf dem Sitz neben dem Fahrer nieder und spürte die Kühle der Polsterung an ihren Oberschenkeln. Das, zusammen mit der trommelnden Vibration des starken Motors des Caddys, löste tief in ihr drinnen ein ausgesprochen ungehöriges Gefühl aus. Dieselbe Erregung, die sie des Nachts verspürte, wenn sie wach in ihrem Bett lag und an Will Knox, den Quarterback der High School, dachte – und an den Augenblick, als sie einmal am Umkleideraum der Jungen vorbeigekommen war und einen flüchtigen Blick auf seinen nackten Körper werfen konnte, kurz bevor sich die Tür schloß.

»Können wir fahren?« fragte Rockabilly Reb.

»Klar«, sagte Ruby. »Eine halbe Meile von hier ist eine Ausfahrt. Ich wohne ein paar Meilen von da entfernt, in den Sümpfen.«

Reb nickte, und das große Cabriolet dröhnte den Highway hinunter. Der Sänger streifte seinen jungen Passagier mit einem kurzen Blick. »Du bist also ein richtiger Backfisch, hm?«

Ruby wurde knallrot. Sie betrachtete ihre Kleider: navyblauer Pullover und Rock, bestickte weiße Bluse, weiße Söckchen und Turnschuhe. Sie wußte, daß dieses Outfit blöd aussah, besonders an einer fetten Kuh wie ihr. »Nein«, stieß sie befangen hervor, »ich ziehe mich nur so an, wenn ich zu einer Show gehe.«

Reb ließ abermals ein Lächeln aufblitzen, das ihr Herz Purzelbäume schlagen ließ. »Du bist also einfach eine Rock'n'Roll-Schönheit, eh?«

Wieder dieser stechende Schmerz, dieser bittere Zorn. »Warum sagen Sie das immer wieder zu mir? Ich bin kein bißchen hübsch. Machen Sie sich lustig über mich?«

Der Sänger schüttelte den Kopf. »Na hör mal, so was würde ich nie tun, Schätzchen. Um nichts in der Welt würde ich einem meiner Fans weh tun. Natürlich, du bist vielleicht keine Marilyn Monroe oder Jane Mansfield, aber du hast deine eigene innere Schönheit, wirklich. Du weißt doch, daß ein Schokoriegel wie Hundescheiße aussieht, wenn du die Verpackung abreißt? Er sieht dann überhaupt nicht mehr appetitlich aus, nicht wahr? Aber wenn du reinbeißt, ist er so köstlich, wie du es dir nur vorstellen kannst. Mit einigen Mädchen ist es dasselbe. Äußerlich sind sie nicht so hübsch, aber unter der Oberfläche sind sie umwerfend schön.«

Rebs simple Erklärung zerstreute ihre Bedenken. Sie schob ihre Schüchternheit für einen Augenblick beiseite und betrachtete den Mann, der neben ihr saß. Er sah ein wenig anders aus als auf der Bühne, umgeben von Jupiterlampen und plärrenden Tonanlagen. Dort oben sah er aus wie ein wilder Adonis, gekleidet in funkelndes Rot, Weiß und Blau, aber hier im Auto wirkte Reb weniger romantisch und mehr als nur ein bißchen erschöpft. Sein blondgefärbtes Haar hing im strähnig auf die Schultern, wie die Fäden von Maiskolben, die unter einer heißen Augustsonne verwelkt waren. Sein mageres Gesicht schien blaß und zerfurcht von der Erschöpfung langer, schlafloser Meilen auf der Straße. Selbst sein Markenkostüm hatte schon bessere Tage gesehen. Aus der Nähe betrachtet wirkte der mit Rheinkieseln besetzte Mantel mit der Rebellenflagge auf dem Rücken langweilig und glanzlos. Und seine roten Wildlederschuhe – das genaue Gegenteil von Carl Perkins' berühmten blauen – sahen abgetragen und rostig aus, wie Blut, das geronnen und zu einer häßlichen braunen Kruste vertrocknet war.

In den dichten Wolken über ihnen grollte der Donner, und sie bekamen ein paar Regentropfen ab. »Sieht so aus, als bekämen wir es mit einem echten Platzregen zu tun«, sagte Reb. Er drückte auf einen Knopf am Armaturenbrett, und das Dach hinter dem Rücksitz begann sich zu bewegen. Langsam entfaltete es sich und schob sich über ihre Köpfe. In dem Augenblick, als Reb die Halterungen des Dachs an der Windschutzscheibe befestigte, brachen sämtliche Schleusen. Enorme Wassermassen stürzten zur Erde und tränkten Süd-Louisiana mit ihrem nassen Zorn.

Reb bog ab, wie Ruby es ihm beschrieben hatte, aber sie waren nur eine Viertelmeile in das schwarze Dickicht des Sumpfes vorgedrungen, als der Regen ihnen endgültig die Sicht nahm. »Ich schätze, wir sollten besser für eine Weile anhalten und den Sturm abwarten. Hab keine Lust, eine falsche Kurve zu machen und als Mitternachtsimbiß für irgendein hungriges Krokodil im Sumpf zu enden.«

»Das kann ich mir vorstellen.« Ruby saß da und zwängte sich in ihrer Schüchternheit an den äußersten Rand des Beifahrersitzes, so weit, wie es die Autotür eben erlaubte.

»Wie wär's mit ein bißchen Musik, um die Zeit rumzukriegen?« Reb schaltete das Radio ein. Sie hörten noch die letzten Takte von Chuck Berrys »Johnny B. Goode«, und als nächstes kam Rockabilly Rebs neueste Single: »Rock'n'Roll-Anatomieunterricht«.

»Ein bißchen Herz, ein bißchen Seele,
ein bißchen Verstand und eine ganze Menge
Rock and Roll…«

»Was für ein Zufall!« Reb lachte.

Ruby saß da und lauschte dem monotonen Trommeln des Regens auf dem Dach und der einschmeichelnden Melodie von Rebs elektrischer Gitarre. Als das Lied vorbei war und die Everly Brothers mit »Bird Dog« begannen, betrachtete Ruby voller Erstaunen den übers ganze Gesicht grinsenden Rocker. »Ich kann immer noch nicht glauben, daß ich wirklich hier bin… direkt neben Ihnen.«

»Nun, du bist es aber, Ruby.« Rebs Lächeln glühte in der Dunkelheit so grün wie die Leuchtanzeige auf dem Armaturenbrett.

Das Mädchen erwiderte sein Lächeln und runzelte dann genauso schnell die Stirn. »Woher wissen Sie, daß ich Ruby heiße? Ich habe es Ihnen nicht gesagt.«

Reb hob die Schultern. »Ich weiß nicht, du siehst einfach aus wie eine Ruby, das ist alles.« Gewandt wechselte er das Thema. »Also, wie hat dir die Show heute abend gefallen?«

»Es war großartig!« Ruby dachte zurück an das dreistündige Louisiana Hayride, das heute große Namen präsentiert hatte wie etwa den stimmgewaltigen Johnny Cash, den klavierspielenden Fats Domino und natürlich Rockabilly Reb. »Aber Sie waren der Beste«, sagte sie ein wenig spröde. »Ich glaube, Sie sind sogar besser als Elvis.«

Reb lachte in sich hinein. »Nun, das ist ein mächtig großes Lob, Schätzchen. Aber ich glaube, ein paar Leute müssen von diesen letzten paar Songs, die ich gesungen habe, ziemlich enttäuscht gewesen sein. Meine Stimme hat mich irgendwie im Stich gelassen. Und mit der Gitarre lag ich auch ein bißchen daneben.«

Ruby erinnerte sich an die letzten beiden Nummern: »High School Honey« und »Bayou Boogie«. Rebs Stimme war ungewöhnlich flach gewesen, und seine normalerweise heißen Gitarren-Licks hatten merkwürdig falsch geklungen. Sie hatte es darauf geschoben, daß er zuviel unterwegs war, von Gig zu Gig, ohne die Zeit, sich zwischendurch auszuruhen.

»Soll ich etwas für dich singen, Ruby?«

Das Mädchen mit den dicken Brillengläsern spürte, wie ihr Herz einen Freudensprung machte. »Klar!« Wieder einmal konnte sie es nicht fassen, daß sie hier war, gestrandet in einem heftigen Regenguß, mit ihrem Idol. Und jetzt würde er auch noch für sie singen!

Rockabilly Reb griff hinter sich und fand seine Gitarre. Es war eine strahlenförmig gemusterte Les Paul Special – ein maßgefertigtes Modell für den linkshändigen Spieler. Er ließ den funkelnden, mit Rheinkieseln besetzten Riemen um seinen Hals gleiten. Das mattgrüne Glühen der Armaturenbeleuchtung spielte auf den straffgespannten Saiten des Instruments, und auf den glitzernden Pailletten seiner grellbunten Jacke. Es tauchte das Innere des Wagens in ein schauriges Licht.

»Tut mir leid, daß ich meinen Verstärker nicht anschließen kann, aber wir müssen eben tun, was wir können. Also, was möchtest du gern hören? Was ist dein Lieblingssong von Rockabilly Reb?«

Ruby lächelte. »Forever Baby«, sagte sie ohne zu zögern.

Reb grinste. »Das ist auch mein Lieblingssong. Also los...« Er fing an, auf der nichtangeschlossenen elektrischen Gitarre herumzuklimpern und produzierte eine Reihe metallischer Akkorde, die man in dem heftigen Regen kaum hören konnte.

»Ruby, Ruby, be my forever, baby...
Ruby, Ruby, be my forever lady...
Ruby baby, tell me, you'll be mine.«

Der Teenager war ein wenig bestürzt. Er benutzte ihren eigenen Namen anstelle des gewohnten. Aber während sie da neben ihm saß und zuhörte, konnte Ruby sich nicht erinnern, welcher Name nun wirklich in den Liedtext gehörte. Manchmal hörte es sich an wie Lucy, manchmal wie Judy oder Trudy. Jedesmal, wenn sie den Song im Radio hörte oder aus der Juke Box in der Stadt, schien es, als besänge Reb ein anderes Mädchen. Aber das war unmöglich. Die Schallplattengesellschaft würde ihm nicht erlauben, verschiedene Versionen desselben Hits zu schneiden und jedesmal einen anderen Namen zu benutzen.

Als er fertig war, lehnte er sich zurück und grinste sein bekanntes Landjungengrinsen. »Ich weiß, ich lag ein bißchen daneben, aber es war eine lange Nacht, und ich bin irgendwie müde.«

»Es war perfekt«, sagte Ruby. »Wissen Sie, ich habe mich immer gewundert, wie Ihre Karriere eigentlich begonnen hat. Bis Anfang des Jahres hatte ich nicht einmal von Ihnen gehört. Und jetzt sind Sie plötzlich ein großer Star, mit allem Drum und Dran.«

»Es war kein leichter Weg, das kann ich dir sagen.« Zum ersten Mal seit er sie aufgelesen hatte, verlor Reb sein Lächeln. »Angetreten bin ich als ein Bursche mit viel gutem Aussehen, aber verdammt wenig Talent.«

»Das kann ich nicht glauben«, sagte sie zweifelnd.

»Nun, das ist bei Gott die ganze Wahrheit, Zuckerpüppchen. Ich habe all die Typen da draußen beobachtet, die eimerweise Schallplatten und Geld machten, und ich fand, es sei an der Zeit, da mitzumischen. Außerdem dachte ich auch, ich hätte eine gute Chance, aber da gab es Leute, die anders darüber dachten. Einmal bin ich rauf zu Sun Records marschiert, und weißt du, was der alte Sam Phillips zu mir gesagt hat?

Er sagte: ›Du hast das richtige Aussehen, Junge, und du bewegst dich richtig. Aber du hast keinen Funken angeborenes Talent. Du kannst nicht Gitarre spielen oder auf dem Klavier herumklimpern oder auch nur eine einzige Note singen, ohne dich dabei wie ein einjähriges Kalb anzuhören, das sich mit seinen Geschlechtsteilen in einem Stacheldrahtzaun verfangen hat.‹ Ich muß zugeben, es war eine verdammt entmutigende Sache, dieser Trip nach Memphis.«

»Aber er hat sich geirrt, nicht wahr?«

»Nein, meine liebste Ruby. Dieser Mann hatte in allen Punkten recht. Ich hatte überhaupt kein Talent. Das einzige, was ich konnte, war hübsch aussehen und grinsen wie ein glücklicher Esel. Ich mußte also der Tatsache ins Gesicht sehen, daß ich es im Musikgeschäft nicht weit bringen würde. Dann, als ich gerade meine Sorgen in einer Spelunke auf der Union Street ertränkte, machte ich die Bekanntschaft meines augenblickliches Managers, Colonel Darker.«

»Sie meinen Colonel *Parker*, nicht wahr? Elvis' Manager?«

»Nein, Darker ist das absolute Gegenteil. Er ist eine ölige kleine Ratte von einem Kerl, aber er hat eine gute Nase fürs Geschäft. Er setzte sich zu mir an die Theke und fragte mich, was für Probleme ich hätte. Ich sagte es ihm, und er machte mir das merkwürdigste Angebot, das ich je gehört hatte. Sagte, er würde einen richtiggehenden Rock'n'Roll-Star aus mir machen, wenn ich ihm meine Seele überschriebe. Zu dieser Zeit fand ich das verdammt komisch. Ich hatte früher schon mal von solchen absonderlichen Abmachungen gehört, aber nur in irgendwelchen schaurigen Radioshows und in diesen Comics, die dann verboten wurden. Na ja, da ich halb betrunken war und außerdem fand, daß ich diese gänzlich unbedeutende Seele von mir ohnehin nicht brauchte, stimmte ich zu. Ich unterzeichnete den Vertrag an Ort und Stelle, und er nahm mich zum Parkplatz mit. Er gab mir die Schlüssel zu diesem apfelroten Cadillac, genauso wie das Kostüm, das du hier an mir siehst, und die Gitarre, die ich im Arm halte. Er sagte mir dann auch noch, was ich tun mußte, um das Talent zu erwerben, ein Star zu sein. Zuerst wollte ich nichts mit der Sache zu tun haben, aber schon bald gewann mein Hunger nach Geld und Ruhm die Oberhand.«

Ruby lief es plötzlich eiskalt den Rücken herunter. »Was... was mußten Sie denn tun?« Irgend etwas tief in ihr verborgen wollte es wissen, während ein anderer Teil von ihr es lieber nicht wissen wollte.

Rockabilly Reb lächelte, und diesmal hatte sein Lächeln etwas Beunruhigendes, etwas, das die ganze Zeit über schon dagewesen war, jedoch versteckt. »Verrat mir eins, Ruby«, sagte er mit einer

Stimme, die kaum noch ein Flüstern war. »Glaubst du, was all diese Höllenfeuerprediger über den Rock'n'Roll erzählen? Glaubst du, daß er verdorben und unsauber ist? Daß es die Musik des Teufels ist?«

»Nein, natürlich nicht«, stammelte Ruby. »Das ist nur dummes Geschwätz. Eine Handvoll frommer Typen redet so. Rock'n'Roll ist einfach Spaß, und das ist alles.«

»Ich fürchte, da irrst du dich, mein Dickerchen. Rock'n'Roll *kann* Spaß sein und völlig sicher. Aber er *kann* auch dunkel und gefährlich sein. Die Erwachsenen, die können spüren, daß da etwas grundlegend Gefährliches an dieser Musik ist. Aber sie können nicht so recht den Finger drauflegen. Meistens wird die Musik von anständigen, gottesfürchtigen Jungen gesungen, wie Elvis, Roy Orbison und Carl Perkins, um nur ein paar zu nennen. Bei Jerry Lee bin ich mir da nicht so sicher. Dieser alte Knabe strahlt eine Bosheit aus, die eine Meile gegen den Wind stinkt.«

Ruby sagte nichts. Sie drückte nur ihren Rücken gegen die Beifahrertür und lauschte seinem Wortschwall. Unbewußt tastete ihre fleischige Hand nach dem Türgriff, aber, und das war wirklich merkwürdig, sie konnte ihn nicht finden. Die Innenverkleidung der Tür war glatt... und sie fühlte sich warm an.

»Ich gehöre zu den ersten wirklich Gefährlichen«, erzählte er ihr. In seinen blaßblauen Augen loderten Wahnsinn und Verzweiflung. »Nicht Gott hat mir mein Talent geschenkt, sondern Satan selbst. Colonel Darker mag Rock'n'Roll, weil er ihn an die Hölle erinnert. All diese schreienden und kreischenden Mädchen, na ja, das ist genau so, wie die Bibel das Fegefeuer beschreibt – Heulen und Zähneknirschen.

Der Colonel, er hat mir Vermögen und Ruhm verschafft... und außerdem Macht. Und wenn sich jemand mir und meinem Erfolg in den Weg stellt, werde ich sauer. Neulich war ich im Norden, zu einem Vorsingen für eine Wintertour mit Buddy Holly, Ritchie Valens und dem Big Bopper. Aber sie haben mich abblitzen lassen. Ich sei ein Hillbilly, zu vulgär, um den Teenagern im Mittelwesten zu gefallen. Nun, sie werden ihren Fehler bald genug einsehen. Ich und der Colonel, wir werden uns eine kleine Überraschung für sie ausdenken. Diese Jungs werden auf die Spitze klettern, nur um zu fallen... und sie werden verdammt hart fallen.«

Ruby glaubte jedes Wort, das er sagte. Sie beobachtete mit wachsendem Entsetzen, wie Rebs Augen ihr natürliches Blau verloren und eine gedämpfte blutrote Färbung annahmen, wie schwelende Kohle, die zwischen lebendem Feuer und sterbender Asche schwankte. Hinter ihrem Rücken suchte ihre Hand weiter nach dem Türgriff, aber immer noch ohne Erfolg.

»Weiß du, woher ich mein Talent habe?« fragte der Rocker. »Die menschliche Seele. Aber nicht von meiner eigenen... nein, meine eigene verdammte Seele hat der Colonel unter Verschluß. Statt dessen benötige ich die Seele eines unschuldigen Mädchens, die wahrhaft schöne Essenz einer unbefleckten Jungfrau. Daraus schöpfe ich die Macht, die ich für meine Musik brauche, für den Rock'n'Roll.«

Genau in diesem Moment bemerkte Ruby, daß das Kopfstück der elektrischen Gitarre nicht so war wie bei anderen Instrumenten. Es war grausam spitz am Ende und rasierklingenscharf geschliffen. Reb ergriff den Gitarrenhals und fing an, ihn zu senken, so daß er auf die Mitte ihrer breiten Brust zeigte. Sie schrie auf und versuchte, das bewegliche Dach des Caddys hochzustemmen, aber ihre Hände schauderten voller Abscheu zurück. Die Unterseite des Daches war klebrig. Sie hatte warmen, nassen Schleim berührt.

»Ich will dir etwas vorsingen«, krächzte Rockabilly Reb.

Dann war die Klinge der Gitarre in ihr, schlitzte ihre Bluse und das Gummigewebe ihres BHs auf, durchdrang anschließend das weiche Fleisch und überwand den Widerstand ihre Brustbeins. Als ihr Herz explodierte, hörte Ruby den Song, den Rockabilly Reb nur ein paar Sekunden zuvor für sie gesungen hatte, aber diesmal kam er mit einer ungezähmten Wildheit, die ihren Ursprung in einem Reich hatte, das der berüchtigte Colonel Darker befehligte.

»RUBY, RUBY, BE MY FOREVER BABY... RUBY, RUBY, BE MY FOREVER LADY... RUBY, BABY, TELL ME YOU'LL BE MINE!«

»Nein!« schrie sie. In wachsender Panik beobachtete sie, wie ihr Blut den Fußraum des Wagens mit großen, träge fließenden Lachen überflutete. Es wurde augenblicklich von Rebs roten Wildlederschuhen aufgesaugt. Die Schuhe schienen ein eigenes Leben zu besitzen; sie pulsierten und blähten sich auf. Dunkle Venen verleibten sich die karmesinrote Flüssigkeit ein. Rebs Kostüm nahm neuen Glanz an und funkelte in einem unheiligen inneren Feuer auf. Sein Gesicht verlor die Blässe, seine Haut wirkte plötzlich gebräunt und robust. Das leblose Haar auf seinem Kopf wurde voller und seine Tönung heller, bis es wie weißglühender Stahl aufloderte.

»SAG'S MIR!« kreischte der Sänger. »SAG'S MIR, RUBY! SAG MIR, DASS DU MIR GEHÖRST!«

Ruby konnte spüren, wie die Saiten der Gitarre in ihrem Körper klirrten, wie der Schall Klänge eines grenzenlosen Schmerzes durch ihre tonnenförmige Gestalt sandte. Sie öffnete den Mund zu einem Protestschrei, aber sie besaß keine Zunge mehr, die ihr furchtbares Entsetzen hätte mitteilen können. Die Vibrationen des höllischen Instruments peinigten ihr Rückgrat, erblühten mit tödlicher Gewalt und erreichten die Kammer ihres Schädels. Es folgte ein kurzer, unglaublicher Druck, und dann brach, wie in einer Explosion, aus Ohren und Mund ihr Gehirn hervor. Sie spürte, wie ihre Augen mit solcher Kraft aus den Höhlen schossen, daß es ihre Brillengläser zerschmetterte.

Rockabilly Rebs dämonischer Song gewann immer mehr an Intensität, und aus ihrem leeren Schädel wurde ein provisorischer Verstärker für die Gitarre. Wellen von sich verdreifachenden Klängen flossen aus den Öffnungen ihres Kopfes und verwandelten das Innere des Cadillacs in eine Konzerthalle für die Verdammten. Dann, als die Ballade zum Ende kam, spürte sie, wie ihre Seele aus ihrem Körper abgesaugt wurde, wie sie durch die Saiten der Gitarre in den hölzernen Leib der Les Paul gelenkt wurde.

Als die Bewußtlosigkeit sie in ihren dunklen, tröstenden Schoß aufnahm, wußte Ruby, daß es keinen Sinn mehr hatte, zu kämpfen. Ihre Lippen formten ein einziges Wort zur Antwort auf Rebs gottlosen Refrain… ein stummes *Ja.* Und obwohl sie weder sehen noch hören konnte, wußte sie, daß die Stimme des Rockers zu einem Triumphgeheul anschwoll und daß sein Grinsen immer breiter wurde; er war beseelt von einer wiederbelebten Macht, geboren aus einem Geist, der nicht sein eigener war.

Colonel Darker hatte recht. Es *war* wie die Hölle. Die Schreie, die sich windenden Körper, die drückende Hitze der Scheinwerfer und die Menschenmenge; all das füllte die Aula der High School wie ein auf einen einzigen Raum beschränktes, dem Wahnsinn verfallenes Fegefeuer. Und sie und Rockabilly Reb standen mitten auf der Bühne, umtost von den tanzenden Flammen jugendlicher Leidenschaft.

Sie ahnte den Colonel in den Seitenkulissen, spürte, daß er die Show verfolgte. Sie verabscheute diesen Mann genauso sehr, wie sie ihren heimtückischen Geliebten verabscheute. Sie spürte seine Augen auf der Menschenmenge ruhen, wußte, daß er das Zucken der jungen Körper genoß und die schrillen Schreie der weiblichen Fans, die zwischen jugendlicher Schwärmerei und fraulicher Lust hin- und hergerissen waren. Einst hatte sie zu ihnen gehört, aber das schien eine Ewigkeit her zu sein. Sie war nicht schön gewesen wie die meisten dieser kreischenden Mädchen, sie hatte die Last eines häßlichen, klobigen Körpers zu tragen gehabt, aber wenigstens war es ein Körper aus Fleisch und Blut gewesen, und nicht einer aus glänzendem Stahl und poliertem Holz, wie der, den sie jetzt besaß.

Rockabilly Reb beendete den Song und blieb vor dem Mikrofon stehen, um sich von der Woge wilder Begeisterungsschreie umspülen zu lassen. Er blickte zu seinem Manager hinüber und gab dem Mann einen Wink. Colonel Darker nickte, und mit einem wölfischen Grinsen auf den Lippen verschmolz er mit den Schatten hinter der Bühne.

»Vielen, vielen Dank«, sagte Reb und brachte die Menge mit einem Aufblitzen seines Lächelns erneut zur Raserei. »Hier ist einer meiner größten Hits, ein Song, den ihr ganz besonders mögt.«

Er begann zu singen.

»Ruby, Ruby, be my forever, baby…
Ruby, Ruby, be my forever Lady…
Ruby, Baby, tell me, you'll be mine.«

Es war ihr Lied, und sie hatte es zu hassen gelernt. Während der vergangen paar Wochen hatte es durch ihren Körper gedröhnt und ihr qualvollen Ekel und Verzweiflung beschert statt der Ekstase einer unsterblichen Leidenschaft. Das Versprechen ewiger Liebe war eine Lüge. Andere hatten vor ihr diesen Song mit ihm geteilt, und es würde andere nach ihr geben. Der Song würde nur so lange ihr gehören, bis eines Tages die Essenz ihrer geraubten Seele wie eine verlöschende Flamme dahinschwand.

Als Rockabilly Rebs flinke Finger ihre strammgespannten Saiten liebkosten, als er die heißen Schläge des Dämons Rock'n'Roll zum

Leben erweckte, konnte sie sich nicht länger zurückhalten. Sie schrie auf, voller Qual und Zorn, in der Hoffnung, daß wenigstens einer von den Teenagern in der Menge den Schrei hören und ihn als Warnung erkennen würde.

Aber ihre Pein traf auf taube Ohren. Wie ein gellendes Aufkreischen des Feedbacks erschien ihr Schrei, bevor das Tosen der Musik ihn dann endgültig verschluckte.

Und die Verdammten rockten weiter.

Don D'Ammassa

Dead Beat Society

Jason entdeckte das Gesicht des Toten, als er sich das Rockvideo zum dritten Male ansah.

Er beugte sich vor und starrte auf den Bildschirm, aber das wohlbekannte Gesicht verschwand beinahe augenblicklich in dem künstlichen Nebel, der den größten Teil des Sets undeutlich machte. Er strich mit einem Finger über die Mattscheibe und bekam einen leichten elektrischen Schlag. Seine Haut kribbelte. Selbst nach dem feurigen Finale, während die letzten Takte der von der Dead Beat Society aufgenommenen Hit-Single »Vergeltung« verklangen, saß er stocksteif da und wartete – auf irgendeine Erklärung für das, was er gesehen hatte, auf die unvermeidliche Genesung seines Realitätssinns oder vielleicht auch auf die beruhigende Gewißheit, daß er sich von einer zufälligen Ähnlichkeit hatte täuschen lassen. Aber zehn Minuten später war er immer noch davon überzeugt, daß Mark Walton oder jedenfalls das Bild von Mark Walton auf dem Videoband vorhanden gewesen war, und zwar als eine der verlorenen Seelen, die ziellos durch die Nebel des leeren Raums trieben. Dem Liedtext zufolge suchten sie in diesen Nebeln nach Erlösung, Trost oder Rache. Es war ein flüchtiger Augenblick, überlagert von leidenschaftlichem Erkennen, aber wegen seiner Kürze nicht minder gewaltig.

Es war natürlich ganz und gar unmöglich. Die Rockmusik hatte Mark bis zu einem Grad gefesselt, der sogar seine jugendlichen Freunde verwirrt hatte. Und einmal hatte er auch Jason geholfen, ein paar Künstlergarderoben in der Sheffield Concert Hall in Providence auszufegen. Aber das war auch schon der Gipfel seiner Kontakte zu einem echten Rockstar. Näher war er keinem von ihnen je gekommen. Es bestand ganz sicher nicht die Möglichkeit, daß er vor seinem Tod mit der Produktion eines Rockvideos zu tun gehabt hatte. Er war vor genau einem Jahr gestorben, nur drei Wochen, bevor sie beide an der Managansett High School ihren Abschluß gemacht hätten. Und ein solcher Coup wäre zu phantastisch gewesen, um ihn für sich zu behalten. Allerdings bestand auch nicht die geringste Wahrscheinlichkeit, daß Mark nicht wirklich tot war, daß der Körper, den man aus dem brennenden Wagen auf dem Breakneck Hill geborgen hatte, nicht seiner gewesen war. Jason wußte das mit absoluter Sicherheit, denn er war dagewesen, war, um genau zu sein, verantwortlich gewesen für Waltons Tod.

»Verfluchter Mist«, flüsterte er gedämpft und lehnte sich in dem übermäßig gepolsterten, aber undichten Sessel zurück, den er in dem Billigladen der Heilsarmee erstanden hatte, als er nach seinem Abschluß in das schäbige, schmutzige, überteuerte Apartment in Providence eingezogen war. Seine Mutter hatte ihm angeboten, er könne auch weiterhin zu Hause wohnen, aber das offenkundige Schweigen seines Vaters war deutlich genug gewesen. Dieses Schweigen hatte auch die letzten Zweifel zerstreut hinsichtlich der Frage, wie willkommen er daheim war. Außerdem brauchte er jetzt, da er aus der Schule war, seine eigene Wohnung, Platz, um sich auszustrecken und das Leben zu genießen.

Dieser Shit ist doch stärker als ich dachte, überlegte er, während er auf den selbstgemachten Joint starrte, der sich auf einem mit den Überresten der gestrigen Pizza beladenen Teller langsam zu Asche verwandelte. Mach mal besser langsam, Jason, sonst wirst du als nächstes noch Vampire und Werwölfe sehen. Er kicherte albern, aber ohne jeden Humor.

Der Zwischenfall hatte in jedoch so weit aus der Fassung gebracht, daß er den ganzen Abend lang fernsah. Er wartete darauf, daß die mißtönenden, atonalen Klänge der Dead Beat Society wieder gespielt wurden und hoffte, daß er diesmal etwas besser sehen konnte. Vergeblich, wie sich herausstellte; das Video wurde an diesem Abend nicht noch einmal gezeigt.

Die Sache war ihm schon beinahe entfallen, als sie sich wiederholte. Es war am nächsten Tag, er stand in der Küche und fischte sich ein kaltes Bier aus seinem kleinen Eisschrank, um eine Fertigsuppe mit Fleischklößchen runterzuspülen, da hörte er die Eröffnung des Gitarrenriffs. Er stieß mit dem Oberschenkel gegen einen Stuhl, als er ins andere Zimmer hetzte, kam dort an, als die Gitarren langsam verstummten, um dem elektronischen Schlagzeug Platz zu machen. Mit jeder Wiederholung des Eröffnungsthemas baute sich ein beinahe beunruhigender Beat auf, zuerst noch abgeschwächt, dann immer lauter, komplexer, mit der Kraft, den Zuhörer in das monotone, aber unwiderstehliche Motiv hineinzuziehen.

Ohne dem Liedtext auch nur die geringste Beachtung zu schenken, wartete er geduldig, während die Instrumente langsam in den Hintergrund traten. Die ersten Sekunden der Schlußstrophe waren schon verstrichen, die Nebelmacher hatten den größten Teil des Sets hinter in Schwaden ziehenden Wolken verborgen, die Dead Beat Society war auf ihrer erhöhten Bühne zu sehen, die ›rastlosen Seelen‹ erschienen und verschwanden in dem darunterliegenden Nebel. Mark Walton trat vor, deutlich sichtbar, sein Kopf wanderte von seiner linken Körperhälfte hinüber zur Mitte des Bildschirms, und für den Bruchteil einer Sekunde sah er Jason in die Augen, bevor er langsam wieder verblaßte. Dann stürzte eine lebendige menschliche Gestalt hervor, die, in Flammen gehüllt, den ganzen Bildschirm ausfüllte – ›die aus der Hölle geborene Rache‹ des Schlußrefrains.

Und das war sogar noch sonderbarer, denn Jason war sich ganz sicher, daß das bekannte Gesicht beim ersten Mal an der gegenüberliegenden Seite des Bildschirms aufgetaucht war, um sich dann langsam von links nach rechts zu bewegen. Diesmal war ›Walton‹ relativ bewegungslos geblieben, und seine Gesichtszüge hatten sich erst dann verwischt, als die brennende Karikatur nach vorn gestürzt war, um den Bildschirm auszufüllen.

Konnte es sein, daß sie zwei verschiedene Versionen desselben Videos geschossen hatten? Es schien unwahrscheinlich.

In Jasons Kühlschrank lag, einfallslos versteckt, ein Päckchen wirklich guten Stoffs (sein Hausmeisterjob in der Konzerthalle warf normalerweise nicht soviel ab, aber sein Onkel war der Manager dort, und eine seiner Untugenden war zweifellos die Vetternwirtschaft, auch wenn er für Jason keine übermäßige Zuneigung empfand). Er hatte sich den Stoff für eine besondere Gelegenheit aufgehoben, und im Augenblick waren seine Sinne von nichts Stärkerem umnebelt als dem einen Bier, das er vorhin runtergekippt hatte, direkt nachdem er von der Arbeit nach Hause gekommen war. Also war er ziemlich sicher, daß das, was er gesehen hatte, auch wirklich dagewesen war.

Nur – wie war Mark Walton in ein Rockvideo gekommen, das erst zwölf Monate nach seinem Tod erschien?

Widerwillig gestattete Jason seinen Gedanken, zu der Nacht zurückzukehren, in der er Mark zum letzten Mal getroffen hatte.

Jason hatte zu jener Zeit gedealt – mit minderwertigem Stoff, den er bei ebenso unzuverlässigen Lieferanten aufgriff. Und wenn sein alter Herr dann mal nicht in der Nähe war, verzog er sich in seine Garage, um das Zeug zurechtzuschneiden. Dann packte er es neu ein und verkaufte es hauptsächlich an jüngere Kids, die nichts besseres kannten. Ein paar von den kleinen Arschlöchern wurden schon von dem Gedanken an den Stoff high und brauchten ihn nicht einmal anzuzünden. Er fand, daß er ihnen einen Gefallen tat, indem er sie von dem stärkeren Zeug fernhielt.

Sein Fehler hatte darin bestanden, Mark davon zu erzählen, was er tat und die Qualität seiner Ware kosmetisch ein wenig aufzupolieren.

»Wie schnell kannst du mir etwas von dem guten Stoff besorgen? Ich brauche ihn dieses Wochenende.«

Zuerst hatte Jason gar nicht verstanden, wovon Walton sprach. Sie waren mehr zufällig miteinander befreundet, hauptsächlich verbunden durch ihr gemeinsames Interesse an Rockmusik und ihre Geringschätzung gegenüber der Verwaltung, dem Lehrkörper und dem größten Teil der Schüler an der Managansett High School.

Etwas von seiner Verwirrung war wohl sichtbar geworden, denn Walton machte einen Schritt nach vorn und drückte ihn gegen das Schließfach. Mit gesenkter Stimme stieß er rasch ein paar Sätze hervor, wobei seine Augen ständig auf der Hut vor möglichen Lauschern waren.

»Ich habe ein heißes Date für Samstagabend, weißt du? Ich glaube, ich kann das Weib aufs Kreuz legen, wenn ich sie vorher ein bißchen auftaue, du weißt schon. Aber das wird wohl auch nötig sein.«

Jason zwinkerte verständnisvoll. »Na klar.« Er ließ es sich nicht nehmen, sich verschwörerisch umzusehen. »Paß auf. Komm heute abend so gegen sieben runter zum Friedhof. Ich werde dasein. Aber es wird dich einiges kosten.«

»Ja?« Walton schien nicht weiter beunruhigt zu sein. »Wieviel?«

Jason nannte einen Preis, bei dem der andere Junge die Augenbrauen hochzog, aber er machte keinen Rückzieher. »Abgemacht. Aber sieh zu, daß es wirklich guter Stoff ist.«

»Oh, das ist es, Mark. Es ist das beste.«

Das war es nicht. Genaugenommen entsprach das Zeug nicht einmal seinem eigenen, ziemlich trostlosen Standard. Er hatte erst vor kurzem seinen angeblich ungeschnittenen Vorrat durchgesehen, und er vermutete, daß dort, wo der Stoff herkam, reichlich damit herumgepanscht wurde, noch bevor er selbst den Prozeß in Gang setzte. Das, was übrig blieb, würde nicht ausreichen, um gleichzeitig Waltons Ansprüchen Genüge zu tun und eine andere Lieferung fertigzustellen, die er für den nächsten Tag versprochen hatte – es sei denn, er wurde sehr kreativ.

»Ach Scheiße«, sagte er laut, »er wird so scharf darauf sein, eine Nummer zu schieben, daß er es überhaupt nicht merkt. Wahrscheinlich hat er sowieso noch nie irgendwelchen guten Stoff gehabt.«

Walton besaß unglücklicherweise mehr Erfahrung mit Drogen, als Jason erwartet hatte, und er war unzufrieden. Sonntagnachmittag standen die beiden neben Waltons Wagen, ein wenig abseits von der Straße, im Lincoln Woods-Staatspark. Jason versuchte die Dinge wieder glattzubügeln, während Walton mit jedem Augenblick wütender wurde. Als Walton schließlich ausholte und ihm voller Zorn ins Gesicht schlug, reagierte Jason ohne nachzudenken. Er wich zurück, bückte sich, und griff nach dem ersten Gegenstand, der ihm in die Hände fiel, einem faustgroßen Stein. Immerhin war Walton acht Zentimeter größer und dreißig Pfund schwerer als er.

Vielleicht hatte Walton Jasons Manöver mit einem ängstlichen Rückzug verwechselt. Jedenfalls machte er wieder einen Schritt nach vorn. »Du wirst mich nicht noch mal bescheißen, du Arschloch!« Der Zorn trübte Jasons Sicht, als er aufstand, seine behelfsmäßige Waffe von der Taille aus hochschwang und auf Waltons Kiefer zielte. Aber der größere Junge duckte sich ein wenig, und der Stein traf ihn direkt an der linken Augenhöhle. Er stürzte zu Boden, als hätte ihn ein Pistolenschuß getroffen. Bewußtlos lag er da, Blut strömte aus der aufgerissenen Haut, und Jason sah einen zerschmetterten Augapfel.

Es war gar nicht so schwer, ihn zurück ins Auto zu schaffen, und er hatte auch keine großen Gewissensbisse, als er ein paar Augenblicke später durch das offene Fenster griff und den Motor anließ, um den Wagen und seinen ahnungslosen Passagier den Breakneck

Hill hinunterrasen zu lassen. Zu seiner Enttäuschung tat ihm das Gefährt nicht den Gefallen, während seiner Abfahrt in Flammen aufzugehen, und er sah sich gezwungen, den bewaldeten Berghang hinunterzuklettern und sein Feuerzeug zu benutzen, um eine Pfütze ausgelaufenen Benzins anzuzünden. Dann flüchtete er durch den Wald, bevor irgend jemand auftauchen konnte, um der Sache nachzugehen.

Er erfuhr nie, ob Walton den Absturz überlebt hatte, nur um anschließend zu verbrennen. Es schien auch nicht wirklich eine Rolle zu spielen.

In der Nacht, in der er Walton zum ersten Mal auf dem Video gesehen hatte, träumte er, daß er ein Konzert der Dead Beat Society besuchte, und das Publikum hatte aus Tausenden von Mark-Walton-Klonen bestanden. Sie alle hatten ihn statt der Musiker angesehen, ihn, Jason Van Oort. Und sie hatten ihn mit ihren Blicken durchbohrt. Wie festgenagelt von ihren Augen, war er unfähig zu reagieren, als der Raum in Flammen aufging, Flammen, die in Windeseile die sitzenden Gestalten einhüllten, die ihre Gesichtszüge schmolzen, um die nackten Schädel unter dem Fleisch zu offenbaren.

Erschrocken wachte er auf, blinzelte kurz und rappelte sich dann auf, um eine kleine, in seinen Laken schwelende Flamme zu löschen. Obwohl er sich nicht daran erinnern konnte, hatte er sich wohl, bevor er zu Bett ging, eine letzte Zigarette angesteckt.

Jason hatte keine vernünftige Erklärung und war nicht bereit, eine übernatürliche zu akzeptieren. Aber ohne daß er sich dieser Entscheidung bewußt gewesen wäre, hörte er auf, sich Videos anzusehen. Sein Job brachte ihm mittlerweile genug Geld, um sich einen wirklich guten CD-Spieler leisten zu können und einen ganzen Stoß CDs dazu. Außerdem gab es immer noch das Radio. Schon nach wenigen Tagen verspürte er nicht länger den Drang, sobald er nach Hause kam, den Fernseher einzuknipsen. Er stellte sogar zu seiner eigenen Überraschung fest, daß ihm »Vergeltung« gut gefiel; der Song war schon zwei Wochen nach seinem Erscheinen auf Platz eins geklettert.

Er hatte den Song schon Dutzende von Malen gehört, als er zum ersten Mal das Flüstern vernahm.

Es war ein undeutliches Geräusch, ein Säuseln, das unter dem Bereich lag, in dem die Töne noch deutlich hörbar sind. Zuerst hielt er es einfach für ein Rauschen auf der Platte, eine schlechte Aufnahme, die der Radiosender nicht durch eine bessere ersetzt hatte. Aber als der Song sich seinem Ende näherte, seine letzten Takte zu einem Crescendo anschwollen und abrupt abbrachen, war er zu der Überzeugung gelangt, daß es sich tatsächlich um gesprochene Worte handelte, Worte, die in die harmlosen Klänge eingestreut waren. Einmal dachte er sogar, er hätte seinen Namen gehört.

Die Nebengeräusche waren auch das nächste Mal da, als er »Vergeltung« hörte, und bei jeder weiteren Gelegenheit danach. Er war sich niemals ganz sicher, was da gesagt wurde, ganz gleich, wie sorgfältig er zuhörte, aber mit jeder Wiederholung wuchs seine Überzeugung, daß es sich nicht nur um Zufallsgeräusche handelte, daß da eine verborgene Botschaft lauerte, die darauf wartete, entziffert zu werden.

Er beschloß, sich eine CD von dem Song zu kaufen und sich ihn zu Hause anzuhören, wo er den Baß und die Höhen einstellen konnte. Er wollte versuchen, ein wenig Klarheit in diese krause Angelegenheit zu bringen.

Das zweite Album der Dead Beat Society, *Melody Drama*, kletterte bereits in den Charts nach oben, wobei ihm die Popularität des bereits als Single erschienen Hits sehr zustatten kam. Jason hatte keine Schwierigkeiten, in den Auslagen von Raspberry's Stereo-Shop einen ganzen Stapel davon zu entdecken. Das Bild auf dem Cover zeigte einen Schnappschuß aus dem Video »Vergeltung«. Oben standen die Musiker mit ausgestreckten Armen, und unten tauchte ein halbes Dutzend umherirrender Seelen aus dem Nebel auf.

Eines der Gesichter war unzweifelhaft das von Mark Walton.

»Hey, du da, alles in Ordnung mit dir?«

Jason sah sich desorientiert nach dem Mann an seiner Seite um. »Was? Was ist los?« Dem Aussehen nach war sein plötzlicher Begleiter etwa Mitte zwanzig, und seine Kleidung entsprach einem gedämpften Punk-Stil. »Du hast echt mies ausgesehen. Ich dachte, du wärst vielleicht krank oder so was.« Eine Zigarette hing ihm streitlustig aus dem Mund. Ihr Ende glühte rot, und Jason spürte, wie sein Blick sich auf diese langsam dahinkriechende Flamme konzentrierte.

»Nein. Scheiße, nein.« Er zwang sich, so etwas wie Haltung anzunehmen. »Ich war irgendwie in Gedanken versunken und hab dabei alles um mich herum vergessen.« Er wandte sich ab und machte dem Gespräch ein Ende. Einen Augenblick später zuckte der andere Mann mit den Schultern und ging weiter.

Er kaufte sich ein Exemplar der CD, wobei er es sorgfältig vermied, das Bild anzusehen. Voller Erleichterung darüber, daß die Taschen von Raspberry's nicht durchsichtig waren wie die von Record City.

Trotz seiner relativ hochwertigen Ausrüstung mußte er relativ viel herumexperimentieren, bevor es ihm gelang, das Flüstern wesentlich besser hörbar zu machen. Und selbst dann konnte er lediglich ein paar Bruchstücke erkennen, Bruchstücke, die beinahe wie Antworten auf den Liedtext selbst wirkten.

»Ein ungesungener Song« sang die Dead Beat Society am Ende der ersten Strophe, und ein verwehtes Flüstern fügte hinzu: »Ein ungelebte Leben«. Die Schlußzeile der nächsten Strophe lautete: »Ein Leben voller Resignation«, und im Anschluß daran hieß es: »Hallo, Jason«. Ganz zum Schluß, nach der letzten Liedzeile: »Vergeltung kann sehr süß sein« kam dann noch: »Man sieht sich wieder«.

Verstört stellte er den CD-Spieler ab und warf einen verstohlenen Blick auf den Fußboden, auf die Stelle, wo er das Cover hatte hinfallen lassen.

Das allzu bekannte Gesicht starrte durch den Nebel, lächelnd, aber ohne jeden Humor.

An die Tage, die nun folgten, konnte Jason sich später nur undeutlich erinnern. Er versuchte, sich soweit wie möglich mit Drogen zu betäuben. Aber in seinen Träumen herrschte weiterhin Unruhe. Und dort nahm auch die Anklage gegen ihn leidenschaftliche Gestalt an. Obwohl er in der Konzerthalle ziemlich viel allein arbeitete und beim übrigen Aufsichtspersonal nicht einmal besonders beliebt war, fragten ihn einige Leute, ob er sich wohlfühle – zufällig war auch sein Onkel darunter, der darauf bestand, daß Jason sich ein paar Tage freinahm (bei voller Bezahlung natürlich).

Jason stellte fest, daß er es nicht länger ertragen konnte, Radio zu hören; es bestand immer die Möglichkeit, daß der nächste Song »Vergeltung« wäre oder irgendein anderes Stück von der Dead Beat Society. Und er wollte nicht noch einmal über dieses

Flüstern nachdenken. Er hatte *Melody Drama* noch nicht aus dem CD-Spieler genommen, wollte es sich aber auch nicht mehr anhören. Nie mehr. Das Cover hatte er schon in den Mülleimer geworfen.

Nach zwei Tagen fand er, daß er wieder zu seiner Arbeit zurückkehren sollte. Er zwang sich zu duschen, sich zu rasieren, seinem Haar ein halbwegs manierliches Aussehen zu geben und sich mit seinen ungebügelten, unregelmäßig gewaschenen Kleidern so ordentlich wie nur möglich anzuziehen. Aber irgend etwas in seinem Gesichtsausdruck schien seine Kollegen aus der Fassung zu bringen, obwohl es nichts Offenkundiges war, nichts, wogegen sie hätten protestieren können. Nach kurzer Zeit bekam er die Aufgabe, die Poster vorn im Schaukasten auszuwechseln.

Das war auch die Gelegenheit, bei der er erfuhr, daß die Dead Beat Society für zwei Konzerte in der Sheffield Concert Hall engagiert war – und das in nur drei Wochen. Jason war plötzlich besessen von der Gewißheit, daß dort seine Antworten lagen. Wenn ihm nur die richtigen Fragen einfielen.

Die Zeit bis zum Konzert verging mit traumartiger Langsamkeit. Und als es Jason eines Samstagnachmittags bewußt wurde, daß es nur noch ein paar Stunden dauern würde, bis die Dead Beat Society ankam, lag ein gewisses Maß an Überraschung in dieser Erkenntnis.

Normalerweise war es dem Wartungspersonal ausdrücklich verboten, den Bühnenbereich zu betreten, solange die Künstler sich dort aufhielten. Aber Jasons Beziehungen hatten es ihm gestattet, diese Regeln von Zeit zu Zeit zu brechen, obwohl stillschweigend vorausgesetzt wurde, daß er sich in dieser Hinsicht sehr diskret verhielt. Heute abend war es ihm egal, welche Konsequenzen sein Verhalten haben würde; er hatte jedenfalls die Absicht, in den Kulissen zu sein, wenn die Gruppe auf die Bühne kam.

Er wartete, bis er sicher war, daß die Musiker sich bereits in ihren Garderoben hinter der Bühne aufhielten, bevor er sich an die Arbeit machte. Er trug zur Tarnung einen überquellenden Mülleimer bis zu der Stelle, an der er warten wollte. Dort herrschte ein wüstes Durcheinander von selten gebrauchten Requisiten, Ausrüstungsgegenständen für die Musikanlage und anderem Krimskrams, der sich dort hinten angesammelt hatte. Er war vor den

Blicken des Publikums verborgen, verdeckt von dem Vorhang, den baulichen Vorrichtungen für die Lichtschienen und anderen von oben herabhängenden Utensilien. Als er sicher war, daß niemand ihn beobachtete, schlüpfte er hinter ein Gestell für Verlängerungskabel und kauerte sich dort zusammen, um auf den richtigen Augenblick zu warten. Ohne daß es ihm bewußt gewesen wäre, nickte er ein und träumte von menschlichen Gestalten, die durch Feuer tanzten.

Um ihn herum wurden die letzten Vorbereitungen für die Abendvorstellung getroffen. Niemand bemerkte ihn, wie er da in sich zusammengesunken in den Kulissen hockte. Genauso wenig, wie er irgend jemanden bemerkte.

»Du sagst, du hast auf mich gewartet. Nun, ich bin's wert, daß man auf mich wartet.«

Die Eröffnungszeile von »Kalte Liebe« holte Jason mit einem Schock zurück in die Wirklichkeit. Er schlug mit beiden Armen um sich, völlig desorientiert, bevor ihm wieder einfiel, wo er sich befand und warum. Als er sich endlich so weit erholt hatte, daß er aus seinem Versteck hervorlugen konnte, arbeiteten sich die Dead Beat Society gerade durch den Refrain. »Dein heißes Blut paßt nicht zu meiner... eiskalten Liebe.«

Schon bildete sich eine knöchelhohe Nebelschicht auf der Bühne. Sie stieg langsam von den Nebelmaschinen unter der Bühne auf, kräuselte sich um die Füße der Musiker, ergoß sich über die Seitenränder und machte gerade rechtzeitig halt, bevor sie die Sitze in der ersten Reihe erreichte.

Jetzt, da der Moment gekommen war, wurde Jason klar, daß er nicht die geringste Vorstellung davon hatte, was er als nächstes tun sollte. Irgend etwas hatte ihm gesagt, daß er unbedingt eine Begegnung mit den Dead Beat Society herbeiführten mußte. Er mußte herausfinden, was es mit Mark Waltons geisterhafter Anwesenheit in dieser Gruppe auf sich hatte. Aber wie? Sollte er auf die Bühne stürzen und ihnen Anschuldigungen ins Gesicht schreien bezüglich irgendwelcher übernatürlicher Mächte, oder sollte er mit ein wenig mehr Diplomatie zu Werke gehen? »Entschuldigung mein Herr, aber könnten Sie mir sagen, wie es angeht, daß in Ihrem Video ein Toter auftritt?« Klar, das könnte er tun. Als die letzten Takte von »Kalte Liebe« verklangen, war Jason einer Panik ziemlich nahe. Warum hatte er nichts geplant für diesen Moment?

Es folgte »Starre Gefühle«, die erste Single der Band. Ein bescheidener Erfolg, der aber binnen weniger Wochen angesichts des folgenden, millionenfach verkauften Hits der Gruppe, »Beglichene Schulden«, verblaßte. Zu eben jenem Song leiteten sie jetzt über. Der instrumentale Schlußteil setzte sich mit einem Material fort, das auf keinem ihrer Alben zu finden war. Vielleicht eine freie Improvisation, dachte Jason. Wie meistens bei ihrer Musik, dominierte auch hier der unermüdliche, erfindungsreiche Rhythmus des Schlagzeugers, eines hermaphroditischen Typs, der rein zufällig John Tapper hieß und von dieser ganzen atypisch verschwiegen Gruppe am wenigsten Ähnlichkeit mit einem Einsiedler hatte. Die Keyboards spielten einen schrillen Kontrapunkt, der den Beat umwogte, während die drei Gitarristen einem Thema nach dem anderen hinterherjagten. Manchmal spielten sie unabhängig voneinander, fanden sich aber immer wieder zusammen zu einem regelmäßigen, einheitlichen Anschwellen der Lautstärke, bei dem das Publikum jedesmal in einen kleinen unangemessenen Beifallssturm ausbrach. Der Nebel breitete sich immer weiter aus und durchdrang dann sogar die Seitenkulissen. Der Bühnenmanager hatte die Beleuchtung so eingerichtet, daß die dahinfließenden Schwaden besonders hervorgehoben wurden. Grelle Spots betonten die Köpfe und Oberkörper der Musiker, wie sie sich über der aufgewühlten, erdgebundenen Nebelwolke wiegten.

Die Musik stürzte zu einem abrupten Ende ab, und das Publikum brach explosionsartig in Rufe, Schreie und den traditionelleren Applaus aus. Der künstliche Nebel floß in noch größeren Mengen aus den Maschinen, und die Bühnenarbeiter in den Kulissen wichen davor zurück. Jason machte sich die schützende Tarnung zunutze, um sich etwas näher an die Musiker heranzuwagen; keiner vom Personal blickte in seine Richtung, als er vortrat.

Tiefer in den Nebel hinein.

Der Aufruhr im Saal erstarb langsam, während die Mitglieder der Dead Beat Society bewegungslos dastanden, ohne auf die offensichtliche Huldigung zu reagieren. Sie waren eine seltsame Gruppe. Es fehlte ihnen eine dynamische Bühnenpersönlichkeit, aber sie übten unzweifelhaft ein beträchtliches Maß an charismatischer Macht auf ihr Publikum aus. Als jedoch die Zeit verging und das Schweigen immer offensichtlicher wurde, wurden ihre Fans langsam unruhig, und aus der Dunkelheit erklang ungeduldiges, verwirrtes Flüstern. Jason drängte sich weiter vor. Fast war er nahe genug, um von der Bühne aus gesehen werden zu können.

Ohne Vorwarnung platzten die Dead Beat Society plötzlich mit den ersten Akkorden von »Vergeltung« heraus. Mit der linken Hand hielt er sich in dem herabhängenden Vorhang fest. Seine Knöchel umklammerten den schweren Stoff, und seine Nägel bohrten sich in die Oberfläche hinein. Nebel bauschte sich auf und trieb nach allen Seiten ab. Die Band hatte die Lautstärke absichtlich gesenkt, so daß sich die Zuschauer gezwungenermaßen still verhielten und sich unbewußt vorbeugten, um den Text besser verstehen zu können.

»Ein ungesungener Song«, flüsterten sie in die Dunkelheit.

Direkt hinter Jason flüsterte jemand leise: »Ein ungelebtes Leben.«

Er schloß seine Hand noch fester um den Stoff, spürte den harten Rand seiner Fingernägel in der Handfläche, trotz des schweren Vorhangs. Als die zweite Strophe begann, beobachtete er weiterhin die Musiker auf der Bühne, unwillig oder unfähig, sich umzudrehen und nachzusehen, wer oder was vielleicht hinter ihm war.

»Ein Leben voller Resignation«, hauchten die Dead Beat Society.

»Hallo, Jason.« Und diesmal berührte etwas seine Schulter.

Während er sich noch immer weigerte, den Vorhang, diesen letzten Anker in der physischen Welt loszulassen, drehte er sich langsam auf dem linken Fuß um und wandte sich der kaum sichtbaren Gestalt zu, die schemenhaft hinter ihm aufragte. Die Signallichter von der Bühne richteten wenig gegen die Dunkelheit aus, und der Nebel stand jetzt schulterhoch, unglaublich dick und klebrig. Gewiß war unter der Bühne etwas nicht in Ordnung; dies war etwas ganz anderes als die Wirkung, die die Crew in der Vergangenheit für gewöhnlich hatte erzielen können.

»Vergeltung kann sehr süß sein«, hörte man die Schlußzeile des Refrains, und der Unbekannte trat vor, nahe genug, so nah, daß Jason seinen einstigen Kameraden erkennen konnte.

»So sieht man sich wieder«, sagte Mark Walton lächelnd.

Jason ließ den Vorhang los und taumelte zurück, hinaus auf die Hauptbühne. Die Dead Beat Society waren gerade mitten in einer innovativen Jam Session, bei der sie wieder einmal von der Plattenversion abwichen. Sie bauten eine Variation nach der anderen auf; alle umspielten das Originalthema, aber keine stimmte vollkommen damit überein. Die Bandmitglieder schienen Jason nicht zu beachten, und es gab auch keinen Anhaltspunkt dafür, daß seine Anwesenheit vom Zuschauerraum aus bemerkt worden war.

Noch immer lächelnd, folgte ihm Walton.

Das Entsetzen, das Jason bewegungsunfähig gemacht hatte, zerbrach, und er rannte taumelnd vor der näherkommenden Gestalt davon. Er verschwendete keinen Gedanken daran, was für ein Spektakel das vielleicht geben würde. Fast umgehend verhedderten sich seine Füße in den Elektrokabeln, die zu den riesigen Verstärkern führten; auf den Metallgehäusen stand das stilisierte, bereits zu einem bekannten Markenzeichen gewordene ›DBS‹. Er riß die Hände hoch, um seinen Fall zu dämpfen, als sein Kopf in der Nebelbank versank.

Jason schlängelte sich über den Boden, völlig blind in dem allumfassenden Nebel. Mit Fußtritten befreite er sich von dem Stromkabel und rappelte sich wieder auf. Die instrumentale Hintergrundmusik ging weiter.

Er hatte jetzt erst recht die Orientierung verloren. Der Nebel schwand etwa in Augenhöhe, die Oberfläche hob und senkte sich dabei mit regelmäßig wiederkehrenden kleinen Wellen. Jason hatte die Dead Beat Society aus den Augen verloren, obwohl er ihre Musik noch immer hören konnte. Seltsamerweise schien sie von allen Seiten zu kommen, als ob er mitten in die Band hineingestolpert wäre, aber ihre kreideweißen Kostüme konnte er nirgendwo entdecken.

Um genau zu sein, konnte er auch das Publikum nicht sehen. Oder die Kulissen. Oder irgendeinen andern identifizierbaren Bezugspunkt. Die Bühnenbeleuchtung wirkte diffus, dezentralisiert. Und ihm war nicht recht klar, wo das Licht herkam. Und irgendwo, verborgen von alldem, war Mark Walton.

Jason zwang sich dazu, in Bewegung zu bleiben. Mit den Händen tastete er unsicher die Umgebung ab, um Zusammenstöße zu vermeiden. Er setzte einen Fuß vor den anderen und zählte jeden seiner Schritte, während er sich in einer mehr oder weniger geraden Linie weiterbewegte. Wenn er nur das Ende der Bühne finden konnte oder irgendeinen anderen konkreten Bezugspunkt, konnte er feststellen, wo er sich befand und entfliehen. Davon war er überzeugt. Aber noch lange, nachdem er wußte, daß er mindestens die doppelte Länge der aufgebauten Bühne zurückgelegt haben mußte, war er immer noch von Nebel umgeben.

Und die Dead Beat Society waren immer noch bei ihrer ins Unvorstellbare ausgedehnten Jam Session.

Gerade, als er den Zustand völliger Verzweiflung erreichte, begann der Nebel zurückzuweichen. Es gab keine klare Grenzlinie, aber mit jedem weiteren Schritt nach vorn sanken die klebrigen Dunststreifen, sanken von seinen Schultern hinunter über seine Brust bis zur Taille. Dann auf Hüfthöhe, und schließlich stand der Nebel unter seinen Kniekehlen. Es war unglaublich dunkel, und er konnte nichts deutlich erkennen, aber irgendwie wußte er instinktiv, daß vor ihm das Publikum war, daß er sich endlich auf etwas zubewegte, statt von etwas weg.

Der Nebel wirbelte um seine Fußknöchel, als er gegen eine Barriere prallte.

Es war so, als sei er in einen Schild aus Plexiglas gelaufen, weich und kühl, wenn man ihn anfaßte, ohne besondere Merkmale, beinahe, aber nicht ganz durchsichtig. Diese Barriere erstreckte sich von rechts nach links und so weit nach oben, wie Jason mit ausgestrecktem Arm fassen konnte. Hinzu kam noch, daß ihn ein seltsames, elektrisierendes Gefühl überkam, wenn er den Schild berührte. Etwas Unheimliches, aber doch Vertrautes. Etwas, von dem er wußte, daß er es erkennen sollte.

»Scheiße, nein!« Er riß seine Hände weg, als hätte er sich verbrannt. »Verdammt, das ist unmöglich, Mann!« Es war dasselbe Gefühl, das er gehabt hatte, als er den Fernsehschirm berührt hatte. Beim ersten Mal, als ihm Mark Waltons Gesicht dort aufgefallen war. Nur, daß er selbst sich diesmal auf derselben Seite wie der Nebel befand.

»Oh, da bist du ja, Jason. Ich habe mich schon gefragt, wo du abgeblieben bist.« Mark Walton tauchte aus seiner Deckung auf; einen Arm hatte er von sich gestreckt. »Ich hab da was für dich, Kumpel. Es ist Zeit für die Abrechnung. Vergeltung.«

Und als die Dead Beat Society von den Instrumentalvariationen zum Refrain der letzten Strophe von »Vergeltung« übergingen, funkelte eine winzige Flamme in Mark Waltons Faust auf und erinnerte Jason an die brennende Gestalt, deren Opferung den Höhepunkt des Videos bildete. Des Videos von genau diesem Song.

»Vergeltung *kann* sehr süß sein«, flüsterte Walton.

Graham Masterton

Voodoo

Ich sah Jimi, wie er in dem Laden von S. H. Patel, dem Zeitungshändler an der Ecke der Clarendon Road verschwand; sein Gesicht war aschgrau. Ich sagte zu Dulcie: »Wahnsinn, das ist Jimi«, und folgte ihm in den Laden, daß die Türklingel nur so klirrte. Mr. Patel häufte die *Evening Standards* zu Stapeln auf und begrüßte mich mit den Worten: »Der *New Musical Express* ist noch nicht da, Charlie.« Aber alles, was ich tun konnte, war den Kopf zu schütteln.

Vorsichtig wanderte ich an den Regalen mit Zeitungen, Süßigkeiten für Kinder und witzigen Geburtstagskarten entlang. Ich konnte Mrs. Patels Fernseher hören, der irgendwo hinten im Geschäft gerade die Titelmelodie von *Nachbarn* spielte. Ein muffiger Geruch von Manila-Briefumschlägen, kandierten Shrimps und Fenchel lag in der Luft.

Ich ging um die Regale herum; Jimi stand neben dem Gefrierschrank und sah mich mit großen Augen an, nicht verschmitzt und lustig, so wie er früher war, sondern beinahe verwundert, abwehrend. Sein Haar war kraus wie immer, und er trug die gleiche ärmellose Afghanenjacke, die gleiche purpurfarbene, weit ausgestellte Samthose – und sogar den gleichen Irokesen-Halsschmuck. Aber seine Haut sah ganz weiß und staubig aus, und er jagte mir wirklich Angst ein.

»Jimi?« flüsterte ich.

Zuerst sagte er überhaupt nichts, aber da war eine große Kälte um ihn herum, und diese Kälte kam nicht nur von dem Gefrierschrank mit seinen Zuckererbsen und Karotten und Original-Beefburgers.

»Jimi... ich dachte, du bist tot, Mann«, sagte ich zu ihm. Ich hatte seit mehr als fünfzehn Jahren niemanden mehr ›Mann‹ genannt. »Ich war wirklich total davon überzeugt, daß du tot bist.«

Er schnüffelte, räusperte sich, und in seinen Augen lag noch immer dieser verletzte Blick. »Hallo, Charlie«, sagte er. Er klang heiser und unnahbar und irgendwie gehemmt, genauso wie er damals geklungen hatte, in jener Nacht, als ich ihn zum letzten Mal sah, am 17. September 1970.

Ich hatte solche Angst, daß ich kaum sprechen konnte, aber Jimi war so sehr derselbe geblieben, daß ich mich auf unheimliche Weise beruhigt fühlte – als wäre es noch immer 1970, als hätte es die letzten zwanzig Jahre nie gegeben. Ich hätte glauben können, daß John Lennon noch lebte, daß Harold Wilson noch Premierminister war, und daß Frieden und Liebe herrschten bis in alle Ewigkeit.

»Ich habe versucht, wieder in diese Wohnung zu kommen, Mann«, sagte Jimi.

»Was? Was für eine Wohnung?«

»Monikas Wohnung, Mann. In Lansdowne Crescent. Ich habe versucht, wieder da reinzukommen.«

»Warum, zum Teufel, willst du denn wieder dahin? Monika wohnt da nicht mehr. Na ja, jedenfalls weiß ich nichts anderes.«

Jimi rieb sich das Gesicht, und zwischen seinen Fingern schien Asche hindurchzurieseln. Er sah verwirrt aus, verängstigt, als könne er nicht mehr klar denken. Aber schließlich hatte ich ihn oft in diesem Zustand gesehen, wenn er high war und wirres Zeug redete. Immer ging es dann um einen Planeten, auf dem alles ideal war, den göttlichen Planeten der Höchsten Weisheit.

»Wo, zum Teufel, bist du *gewesen*?« fragte ich ihn. »Hör mal, Dulcie ist draußen. Du erinnerst dich doch an Dulcie? Laß uns irgendwo einen Drink nehmen.«

»Ich muß in diese Wohnung rein, Mann«, beharrte Jimi.

»Warum denn?«

Er starrte mich an, als hätte ich den Verstand verloren. »Warum? Scheiße! Darum, verdammt noch mal.«

Ich wußte nicht, was ich tun sollte. Hier stand Jimi nun einen Meter vor mir und unterhielt sich mit mir, ganz real, obwohl Jimi jetzt seit zwanzig Jahren tot war. Ich habe nie seine Leiche gesehen, und ich bin auch nicht bei seiner Beerdigung gewesen, weil ich mir die Fahrt nicht leisten konnte. Aber warum sollten die Presse und seine Familie behauptet haben, er sei tot, wenn es gar nicht stimmte?

Monika hatte ihn gefunden, auf dem Bett, kalt, mit vom Erstickungstod purpurn gefärbten Lippen. Die Ärzte im St. Mary Abbot's Hospital hatten bestätigt, daß er schon bei der Ankunft tot gewesen war. Er hatte erbrochen und war daran erstickt. Er mußte einfach tot sein. Aber da stand er nun, ganz wie in den alten psychedelischen Tagen, »Purple Haze« und »Voodoo Chile« und »Are You Experienced«.

Die Ladenklingel ertönte. Es war Dulcie, die mich suchte. »Charlie?« rief sie. »Na mach schon, Charlie. Ich könnte sterben für einen Drink.«

»Warum kommst du nicht mit und trinkst etwas mit uns?« fragte ich Jimi. »Vielleicht können wir uns dann etwas ausdenken, wie du wieder in die Wohnung kommst. Vielleicht können wir herausfinden, wer der Makler ist und mit ihm sprechen. Courtney wird es wahrscheinlich wissen. Courtney kennt hier jeden.«

»Ich kann nicht mit euch kommen, Mann, unmöglich«, sagte Jimi ausweichend.

»Warum nicht? Wir treffen uns mit Derek und den anderen, unten am Bull's Head. Sie würden sich wirklich freuen, dich zu sehen. Hey – hast du gelesen, daß Mitch deine Gitarre verkauft hat?«

»Gitarre?« fragte er, als könne er mich nicht verstehen.

»Deine Strat, die, die du in Woodstock benutzt hast. Er hat um die 180 Riesen dafür bekommen.«

Jimi ließ ein trockenes, hohles Schniefen hören. »Muß in diese Wohnung rein, Mann, das ist alles.«

»Na schön, aber laß uns zuerst mal was trinken.«

»Unmöglich, Mann, das geht nicht. Ich sollte hier überhaupt niemanden sehen. Nicht einmal dich.«

»Was willst du denn jetzt machen?« fragte ich ihn. »Wo wohnst du?«

»Ich wohne nirgends, Mann.«

»Du kannst bei mir wohnen. Ich habe jetzt ein Haus in der Clarendon Road.«

Jimi schüttelte den Kopf. Er hörte nicht einmal zu. »Ich muß in diese Wohnung rein, das ist alles. Keine andere Wahl.«

»Charlie?« rief Dulcie ungehalten. »Was zum Teufel machst du da?«

Ich spürte einen kalten, trockenen Luftzug und drehte mich um. Patels vielfarbiger Plastikvorhang schwang hin und her, aber Jimi war weg. Ich zog den Vorhang zurück und rief: »Jimi!« Aber in dem mit Sesseln vollgestopften Wohnzimmer der Patels war niemand außer einem farbigen, barhäuptigen Baby mit einer Rotznase und einer ältlichen Großmutter in einem limonengrünen Sari, die mich anstarrte; ihre Augen schienen hart wie Steine. Über dem braungekachelten Kamin hing eine grellkolorierte Fotografie der Bhutto-Familie. Ich bat um Verzeihung und zog mich zurück.

»Was zum Teufel ist los mit dir? Ich hab da draußen ewig auf dich gewartet«, sagte Dulcie.

»Ich habe Jimi gesehen«, erzählte ich ihr.

»Jimi wer?« wollte sie wissen. Sie war eine unechte Blondine, hübsch und ziemlich aufgedonnert – und grundsätzlich intolerant. Vielleicht war das der Grund, warum ich sie so sehr mochte.

»Hendrix, Jimi Hendrix. Er war hier, gerade eben.«

Dulcie hörte auf, Kaugummi zu kauen und starrte mich mit offenem Mund an. »Jimi Hendrix? Was soll das heißen, Jimi Hendrix?«

»Ich habe ihn gesehen, er war hier.«

»Worüber redest du eigentlich? Du hast ja nicht mehr alle Tassen im Schrank, Mensch!«

»Dulcie, er war hier, ich schwöre es bei Gott. Ich habe gerade eben mit ihm gesprochen. Er sagte, daß er in Monikas alte Wohnung zurück müsse. Du weißt schon, die Wohnung, in der er...«

»Gee-nau«, höhnte Dulcie. »Die Wohnung, in der er starb.«

»Er war hier, glaub mir. Er war so verdammt nah, daß ich ihn hätte berühren können.«

»Du spinnst«, stellte Dulcie fest. »Aber wie auch immer, ich werde nicht länger warten. Ich gehe jetzt auf einen Drink runter ins Bull's Head.«

»Hör zu, warte«, sagte ich zu ihr. »Laß uns einfach mal zu Monikas Wohnung gehen und nachsehen, wer jetzt dort wohnt. Vielleicht wissen die Leute dort ja, was los ist.«

»Das will ich aber nicht«, protestierte Dulcie. »Du machst dich vollkommen lächerlich. Er ist *tot*, Charlie. Er ist seit zwanzig Jahren tot.«

Aber schließlich standen wir dann doch vor der Wohnung und drückten auf die Klingel. Wir sahen eine Bewegung in den schmuddeligen Tüllgardinen, aber es dauerte lange, bevor wir jemanden zur Tür kommen hörten. Ein kalter, grauer Wind fegte über den halbmondförmigen Straßenzug. Die Fenstergitter waren mit Zeitungen und leeren Chipstüten verstopft, und die Bäume waren kümmerlich und kahl.

»Ich glaube nicht, daß sie überhaupt wissen, daß Jimi Hendrix hier einmal gelebt hat«, bemerkte Dulcie naserümpfend.

Endlich wurde die Tür etwa drei Zentimeter weit geöffnet, und das bleiche Gesicht einer Frau tauchte auf.

»Ja?«

»Oh«, sagte ich, »entschuldigen Sie bitte die Störung, aber ich kenne jemanden, der früher hier gewohnt hat, und er fragt sich nun, ob Sie etwas dagegen hätten, wenn er sozusagen hierher zurückkäme, um sich noch einmal umzusehen. Sie wissen schon, wegen der guten alten Zeiten.«

Die Frau antwortete nicht. Ich glaube nicht, daß sie wirklich verstanden hat, worum es mir ging.

»Es würde nicht lange dauern«, erklärte ich ihr, »bloß ein paar Minuten. Nur wegen der guten alten Zeiten.«

Sie schloß, ohne ein Wort zu sagen, die Tür. Dulcie und ich standen verlassen auf der Türschwelle, unter einem kalten Nord-Londoner Himmel, der die Farbe von Leim hatte.

Eine schwarze Frau in einem abgetragenen Regenmantel von Marks and Spencer's schob einen riesigen klapprigen Kinderwagen über die Straße. Der Kinderwagen war vollgestopft mit Kindern und Einkäufen.

»Und was willst du jetzt machen?« fragte Dulcie.

»Weiß nicht«, sagte ich zu ihr. »Laß uns gehen und endlich etwas trinken.«

Wir fuhren hinunter zum Bull's Head und setzten uns an ein Fenster, von dem aus man über die Themse sehen konnte. Es war Ebbe, und der Fluß daher kaum mehr als ein träges, graues Band in einem breiten Streifen aus schwarzem Schlamm.

Courtney Tulloch war da und ebenso Bill Franklin, Dave Blackman, Margaret und Jane. Plötzlich wurde mir klar, daß ich sie alle schon damals gekannt hatte, 1970, als Jimi noch lebte. Es war ein seltsames Gefühl, als befände man sich in einem Traum.

Ich fragte Courtney, ob er wisse, wer jetzt in Monikas alter Wohnung lebt, aber er schüttelte den Kopf. »Du siehst keins mehr von den alten Gesichtern. Sie sind alle weg, Mann, lange weg. Es ist nichts mehr, wie es mal war. Ich meine, es war immer schon abgewrackt und runtergekommen und all das. Aber jeder wußte doch, wo er dran war, Schwarz und Weiß, Busfahrer und

Hure. Heutzutage drehen diese Kids doch völlig durch. Das reinste Chaos.«

Aber Dave sagte: »Ich weiß, wer diese Wohnung genommen hat, nachdem Monika ausgezogen war. Es war John Drummond.«

»Du meinst *den* John Drummond?« fragte ich ihn. »John Drummond, den Gitarristen?«

»Genau den. Aber er hat nur ein paar Monate lang da gelebt.«

Dulcie sagte: »Du bist heute wirklich ausgesprochen langweilig, Charlie. Kann ich noch einen Drink haben?«

Ich gab noch eine Runde aus: Zitronenlimonade mit Eierlikör für Dulcie, Holsten Pils für mich. Courtney erzählte einen Witz.

Ich hatte überhaupt keine Ahnung davon gehabt, daß John Drummond in derselben Wohnung wie Jimi gelebt hatte. Für meinen Geschmack war John ein besserer Gitarrist gewesen als Jimi – auf jeden Fall, was die Technik anging. Er war immer zielstrebiger gewesen, kreativer. Er hatte die Fähigkeit gehabt, seine Gitarre reden zu lassen, so wie Jimi es getan hatte. Aber die Stimme, die er zum Klingen gebracht hatte, war weniger konfus gewesen als Jimis, weniger wütend, weniger frustriert. Und er hatte niemals ein unsauberes Set gespielt, so wie Jimi es in Woodstock getan hatte. Oder ein so völlig katastrophales, wie Jimi es in Seattle getan hatte, damals, als er zum letzten Mal überhaupt in Amerika ein Konzert gab. John Drummond hatte zuerst mit Graham Bond gespielt, danach mit John Mayall und dann mit seiner eigenen ›Supergruppe‹, den Crash.

John Drummond war mit »Running a Fever« auf beiden Seiten des Atlantiks zur Nummer Eins geworden. Aber dann, ohne Vorwarnung, hatte er sich plötzlich zurückgezogen, mitten in einem Strom von Zeitungsberichten über Krebs oder Multiple Sklerose oder chronische Heroinabhängigkeit. Das war das letzte, was man jemals von ihm hörte. Es war – was? – 1973, 1974 oder irgendwo in der Gegend. Ich wußte nicht einmal, ob er tot oder lebendig war.

In dieser Nacht klingelte in meinem Apartment in der Holland Park Avenue das Telefon. Es war Jimi. Seine Stimme klang brüchig und wie aus weiter Ferne.

»Ich kann nicht lange sprechen, Mann. Ich bin in einer Telefonzelle in Queensway.«

»Ich war bei der Wohnung, Jimi. Die Frau wollte mich nicht reinlassen.«

»Ich muß da aber rein, Charlie. Hab' gar keine andere Wahl.«

»Jimi – ich habe etwas herausgefunden. John Drummond hatte nach Monika diese Wohnung. Vielleicht könnte er helfen.«

»John Drummond? Du meinst diesen jungen Kerl, der immer da herumhing und unbedingt mit den Experience spielen wollte?«

»Genau der. Toller Gitarrist.«

»Er war Scheiße. Alles, was er spielte, war Scheiße.«

»Na komm schon, Jimi. Er war großartig. ›Running a Fever‹ war ein Klassiker.«

Am anderen Ende der Leitung herrschte für lange Zeit Schweigen. Ich konnte den Straßenverkehr hören und Jimi, wie er atmete. Dann sagte Jimi: »Wann war das?«

»Wann war was?«

»Dieser Song, den du da erwähnt hast. ›Running a Fever‹. Wann war das?«

»Ich weiß nicht. Anfang 74, glaube ich.«

»Und er war gut?«

»Er war toll.«

»War er so gut wie ich?«

»Wenn du die reine, ehrliche Wahrheit hören willst, ja, das war er.«

»Hat er sich auch so angehört wie ich?«

»Ja. Was allerdings nicht viele Leute zugeben würden, denn er war weiß.«

Ich sah hinunter auf die Straße. Der Verkehr strömte auf seinem Weg zu Shepherds Bush endlos an meiner Wohnung vorbei. Ich mußte an »Crosstown Traffic« denken, einen Song, den Jimi vor vielen Jahren gesungen hatte.

Jimi sagte: »Wo ist dieser Bursche Drummond jetzt? Spielt er immer noch?«

»Niemand weiß, wo er steckt. Er hatte mit ›Fever‹ einen Nummer-Eins-Hit. Dann verschwand er plötzlich von der Bildfläche. Die Warner Brothers konnten nicht einmal jemanden finden, den sie hätten verklagen können.«

»Charlie«, drängte Jimi heiser, »du mußt mir einen Gefallen tun. Du mußt diesen Burschen finden. Selbst wenn er tot ist und du nur herausfinden kannst, wo sie ihn begraben haben.«

»Jimi, um Himmels willen. Ich wüßte nicht einmal, wo ich da anfangen sollte.«

»Bitte, Charlie, finde ihn für mich.«

Er legte auf. Ich stand noch lange am Fenster, niedergeschlagen und voller Angst. Wenn Jimi nicht wußte, daß John Drummond so gut gespielt hatte – wenn ihm nicht klar war, daß John mit »Running a Fever« einmal die Nummer Eins gewesen war, wo hatte er dann während der vergangenen zwanzig Jahre gesteckt? Wo war er gewesen, wenn nicht tot?

Ich telefonierte mit Nick Cohn, und wir trafen uns in diesem muffigen Club in Mayfair, der auch nachmittags geöffnet hat. Nick hatte die entscheidende Arbeit über die Popmusik der 60er geschrieben, *Awopbopaloopa Alopbamboom*, und er hatte über jeden Bescheid gewußt, einschließlich der Beatles, Eric Burdon, Pink Floyd in ihren UFO-Tagen und natürlich auch über Jimi – und über John Drummond.

Auch er hatte John eine Ewigkeit nicht gesehen, aber vor ungefähr sechs Jahren hatte er eine Postkarte aus Littlehampton an der Südküste bekommen, auf der nichts weiter stand, als daß John versuchte, Körper und Geist wieder zusammenzubringen.

»Er hat nicht genau erklärt, was er damit meinte«, erzählte mir Nick. »Aber so war er immer. Man hatte das Gefühl, daß er immer an irgend etwas anderes dachte. Als versuche er, sich mit etwas auseinanderzusetzten, das in ihm vorging.«

Littlehampton mitten im Winter war schrecklich windig und öde. Der Rummelplatz war geschlossen, die Strandhütten waren geschlossen, und die Indianerkanus hatte man alle in der Mitte des Bootsteiches zusammengebunden, damit sie niemand erreichen konnte. Feiner Sand wehte wie in schmalen Pferdeschwänzen über die Promenade, und alte Dauerlutscherpapierchen tanzten über das in kleinen Büscheln wachsende Seegras.

Ich brachte Stunden damit zu, durchs Stadtzentrum zu laufen und nach John Drummond zu suchen, aber an diesem ersten Nachmittag, der mir wie eine Ewigkeit erschien, sah ich überhaupt niemanden. Es fing an zu regnen – ein kalter, anhaltender Regen –, also klingelte ich an der Tür einer dieser neuzeitlichen, nahe an der See gelegenen Villen im Stil König Edwards und mietete mir für die Nacht ein Zimmer.

Es war nicht besonders einladend, aber es war warm. Außerdem gab es Fish and Chips zum Abendessen. Und so teilte ich mir das kleine Eßzimmer mit zwei Handelsvertretern, einer unverheirateten Mutter, ihrem rotzigen, zappeligen Sohn in groben, schmutzigen Baumwollhosen und einem stoppelbärtigen Colonel im Ruhestand mit ledernen Ärmelflicken auf seiner Jacke und der Angewohnheit, sich auf eine Weise zu räuspern, daß es sich wie eine Gewehrsalve anhörte.

Keine einzige Trommel war zu hören, keine Trauermelodie, als wir in aller Eile seine Leiche zu den Festungswällen trugen.

Am nächsten Morgen regnet es immer noch. Aber nichtsdestotrotz wanderte ich durch die silbergrauen Straßen und suchte nach John Drummond. Ich fand ihn dann rein zufällig, in einem Pub an der River Road. Dort saß er mit einem unberührten Pint McEwan's und einer halbgegessenen Tüte Salz-und-Essig-Chips in der Ecke. Er rauchte ununterbrochen und starrte ins Leere.

Er war dünn, viel dünner als zu der Zeit, als ich ihn das letzte Mal gesehen hatte. Und sein Haar war ergraut und wirr. Er sah ein wenig so aus wie ein altersschwacher Pete Townshend. Seine Kleidung bestand aus einer engen schwarzen Hose und einer riesigen schwarzen Lederjacke mit ungefähr fünfzig Reißverschlüssen und D-förmigen Ringen. Er trug ein Ansteckabzeichen mit dem Bild dreier dahinjagender Beinpaare und der Überschrift ›Running Men Tour 1986‹ darauf.

Ich parkte mein Lagerbier neben seinem und zog mir einen Stuhl heran. Er sah mich nicht einmal an.

»John?« sagte ich ohne große Hoffnung.

Seine Augen flogen zu mir herüber und verengten sich.

»John, ich bin's, Charlie. Charlie Goode, erinnerst du dich nicht mehr an mich?«

»Charlie Goode?« fragte er teilnahmslos. Dann, ganz langsam, so als dränge das Erkennen in sein Bewußtsein ein, wie ein Kieselstein, der in zähflüssigen Sirup fällt, sagte er: »Ch-a-arlie Goode!«

»Stimmt, Charlie Goode! Wie geht's dir denn so, Mann? Ich hab dich nicht mehr gesehen seit... Wann war es, daß ich dich das letzte Mal gesehen habe?«

»Isle of Wight.«

»So war's. Isle of Wight, verdammt.«

Ich hob mein Bier hoch, trank etwas davon und wischte mir mit dem Handrücken über die Lippen. »Ich bin seit gestern auf der Suche nach dir«, erzählte ich ihm.

Er saugte noch einmal an seiner Zigarettenkippe, dann drückte er sie aus. Er sagte nichts, machte nicht einmal den Eindruck, als habe er mich überhaupt gehört.

»Ich bin nicht sicher, warum«, sagte ich und bemühte mich dabei nach Kräften, völlig unbeschwert zu klingen. »Die Sache ist die, Jimi hat mich darum gebeten.«

»Jimi hat dich darum gebeten?«

»Es hört sich blöd an, nicht?« sagte ich mit einem gezwungenen Lachen. »Aber ich habe ihn in Notting Hill getroffen. Er lebt noch.«

John nahm sich noch eine Zigarette und zündete sie mit einem billigen Plastikfeuerzeug an. Jetzt wandte er den Blick keine Sekunde mehr von mir ab.

Etwas ernster fügte ich hinzu: »Er hat versucht, in Monikas alte Bude zurückzukommen. Er hat mir nicht gesagt, warum. Die Sache ist die: Er fand heraus, daß du eine Weile dort gelebt hast, nachdem er – na ja, nachdem er aufgehört hat, da zu sein. Er sagte, ich müsse dich finden. Er sagte, es sei dringend. Frag mich nicht, warum.«

John blies etwas Rauch aus. »Du hast Jimi getroffen, und Jimi hat dir gesagt, daß du mich finden sollst?«

»Genau. Ich weiß, es hört sich blöd an.«

»Nein, Charlie, es hört sich gar nicht blöd an.«

Ich wartete darauf, daß er noch etwas sagen würde – um zu erklären, was da im Gange war – aber er wollte es nicht, oder konnte es nicht. Er saß da und rauchte und trank sein Bier und murmelte hin und wieder: »Jimi hat dich drum gebeten, verdammt.« Oder er sang ein wenig vor sich hin, Fetzen aus alten Songs von Jimi.

Schließlich aber leerte er sein Glas, stand auf und sagte: »Komm mit, Charlie. Du solltest besser wissen, worum es sich hier eigentlich dreht.«

Auf Storchenbeinen und mit krummen Rücken ging er mir voran durch den Regen. Wir überquerten die River Road und bogen in die Arun Terrace ein, wo eine lange Reihe kleiner viktorianischer Cottages stand, jedes versehen mit einem Schieferdach und einer mit Majolika gedeckten Veranda. Die Hecken rochen nach Katzendreck, und nasse Zigarettenpäckchen hatten sich im Gestrüpp verfangen. John drückte das Tor von Nummer 17 auf, ›Der Kaledonier‹ stand daran, und öffnete die Haustür mit seinem eigenen Schlüssel. Das Haus selbst war düster und vollgestopft mit Nippessachen: ein Miniatur-Schiffssteuerrad mit einem Barometer darin, die Gipsbüste eines Arabers mit angegrautem Haar und einem Falken auf der Schulter, eine riesige, häßliche Vase voll mit pinkgefärbtem Pampasgras.

»Mein Zimmer ist oben«, sagte er und ging voran über eine unmöglich steile Treppe, die mit einem roten, reliefartigen Teppich überzogen war. Oben angekommen, öffnete er die Tür zu einem kleinen Wohn-Schlafzimmer – ein einfacher, kalter, britischer Schlafraum mit einer grobgewebten Tagesdecke, einem lackierten Schrank und einer Kochplatte. Der einzige Hinweis darauf, daß dies das Heim eines der besten Rockgitarristen seit Eric Clapton war, war eine glänzende, von Fingerabdrücken übersäte schwarze Fender Strat.

John zog einen vergammelten Korbsessel mit einer eingefallenen Sitzfläche heran. »Mach's dir gemütlich«, forderte er mich auf. Er selbst setzte sich ans Fußende des Bettes und holte wieder seine Zigaretten hervor.

Vorsichtig setzte ich mich hin. Es war ein Gefühl, als nähme ich auf dem Grund eines ausgetrockneten Brunnens Platz. Ich sah John zu, wie er sich wieder eine anzündete und unruhig anfing zu rauchen. Seine Erregung wuchs von Minute zu Minute, und ich bekam nicht heraus, warum.

Nach einer Weile begann er jedoch, in einem tiefen, monotonen Singsang zu reden: »Jimi sprach immer über die Zeit, in der er mit den Flames auf Tour war – vor Jahren, bevor er berühmt oder sonstwas wurde. Direkt nachdem er aus der Luftwaffe ausgeschieden war. Sie spielten irgendwo in Georgia in so einer gottverlassenen Stadt, und Jimi ließ sich mit dieser Puppe ein. Ich werde nie vergessen, was er über sie sagte, ›Sexy bis auf die Knochen‹. Na ja, wie dem auch sei, er verbrachte die ganze Nacht mit ihr, obwohl er dadurch den Bus seiner Band verpaßte, und obwohl diese Puppe verheiratet war und ihm damit in den Ohren lag, daß ihr Mann sie schlagen würde, wenn sie erst wieder zu Hause wäre.

Er erzählte ihr, daß er berühmt werden wolle, und sie sagte: ›Na klar, das läßt sich machen‹. So gegen vier Uhr morgens brachte sie ihn mit dieser unheimlichen alten Frau zusammen, und diese unheimliche alte Frau gab ihm ein Voodoo. Sie sagte, solange er dieses Voodoo füttere, würde es ihm gutgehen. Er würde in der ganzen Welt berühmt werden, und jeder seiner

Wünsche würde in Erfüllung gehen. Aber an dem Tag, an dem er aufhöre, das Voodoo zu füttern, würde das Voodoo sich alles wieder zurückholen, und er wäre nur noch ein Dreck, sonst nichts, einfach nur Dreck.

Aber Jimi wollte den Ruhm mehr als irgend etwas anderes. Er spielte gut Gitarre, aber er wollte brillant spielen. Er wollte so verdammt brillant sein, daß die Leute es nicht einmal für möglich hielten, daß er überhaupt von dieser Erde stammte.«

»Und was passierte?« fragte ich. Der Regen prasselte gegen das Fenster wie eine Handvoll Korinthen.

John blies den Rauch aus der Nase und zuckte mit den Schultern. »Sie gab ihm das Voodoo, und der Rest ist Geschichte. Er spielte mit den Isley Brothers, Little Richard, Curtis Knight. Dann war er berühmt; dann war er tot. Warum, glaubst du, hat er diesen Song ›ÀVoodoo Child‹ geschrieben? Er war ein Voodoo-Kind, das ist alles, und das ist die Wahrheit.«

»John, er lebt noch«, beharrte ich. »Ich habe ihn gesehen, ich habe mit ihm gesprochen, sonst wäre ich nicht hier.«

Aber John schüttelte den Kopf. »Er ist tot, Charlie. Seit zwanzig Jahren tot. Als er berühmt wurde, fing er an, das Voodoo hungern zu lassen. Aber als Vergeltung dafür machte das Voodoo ihn schwach, machte ihn verrückt. Jimi wollte für ein Publikum spielen, aber das Voodoo zwang ihn dazu, eine Musik zu spielen, die jenseits von allem lag, was ein normales Publikum verstehen konnte. Es war jenseits von allem, das selbst große Gitarristen verstehen konnten. Du erinnerst dich an Robin Trower von Procol Harum? Er hat Jimi in Berlin besucht und gesagt, dieser Mann sei umwerfend, aber das Publikum bleibe außen vor. Robin war einer der größten Gitarristen aller Zeiten. Aber auch *er* blieb außen vor. Jimi spielte Gitarre auf eine Art und Weise, die ungefähr hundert verdammte Jahre lang niemand verstehen würde.«

»Also versuchte Jimi, das Voodoo loszuwerden. Aber am Ende wurde das Voodoo ihn los. Das Voodoo hat ihn ausgelöscht, Mann: Wenn du nicht mit mir lebst, dann lebst du überhaupt nicht. Aber du wirst auch nicht sterben. Du bist nichts – du bist absolut gar nichts. Du bist ein Sklave und ein Diener, und so wird es auch bleiben, für immer und ewig.«

»Sprich weiter«, flüsterte ich.

»Es gab für ihn nur einen einzigen Ausweg. Er mußte das Voodoo zurück in diese kleine Stadt in Georgia bringen, wo er es bekommen hatte. Dazu mußte er sein Grab in Seattle verlassen und den ganzen Weg zurück nach England machen. Dann mußte er das Voodoo finden und es zurückbringen. Er mußte es persönlich dieser unheimlichen alten Frau übergeben, und zwar als Geschenk. Denn wenn die Person, der du es zurückgibst, es nicht als Geschenk akzeptiert, ist es immer noch deins, Mann. Immer deins, bis in alle Ewigkeit.«

Ich saß in diesem lächerlichen Stuhl mit seiner zusammengebrochenen Sitzfläche und konnte nicht glauben, was ich da hörte. »Was versuchst du da, mir zu sagen? Daß Jimi sich in eine Art Zombie verwandelt hat? Wie die lebenden Toten?«

John rauchte und wich meinem Blick aus, versuchte nicht einmal, mich zu überzeugen.

»Ich habe ihn gesehen«, beharrte ich. »Ich habe ihn *gesehen*, und er hat mit mir telefoniert. Zombies führen keine Telefongespräche mit dir.«

»Laß dir eins gesagt sein, Mann«, erwiderte John. »Jimi war tot von dem Augenblick an, in dem er dieses Voodoo akzeptiert hat. Genauso wie ich.«

»Was meinst du damit?«

»Soll ich es dir zeigen?«

Ich schluckte. »Ich weiß nicht. Vielleicht ja. Also gut.«

Unbeholfen stand er auf. Er zog seinen schmuddeligen schwarzen Mantel aus und ließ ihn aufs Bett fallen. Dann überkreuzte er seine Arme und zog sein T-Shirt hoch.

Er war weißhäutig und zum Skelett abgemagert, so dünn, daß ich seine Rippen sehen konnte, seine Arterien und sein Herz, wie es unter der Haut schlug. Aber es war sein Magen, der mich am meisten schockierte. Mit dünnen Fäden geflochtenen Haares fest an seinen Unterleib gebunden war eine ziemlich flache, ebenholzschwarze Figur, sehr afrikanisch in ihrer Erscheinung, wie ein kleiner Affe. Die Figur war mit Federn und ungesund aussehenden Überresten von vertrocknetem Pelz geschmückt.

Irgendwie war diese Affenfigur ein Teil von John geworden. Es war unmöglich, herauszufinden, wo die Figur endete und wo John anfing. Johns Haut schien um den schwarzen Kopf herumgewachsen zu sein und umschloß in einem dünnen, durchscheinenden Gewebe die gekrümmten, ebenholzschwarzen Klauen.

John gab mir eine Weile Zeit, es mir genau anzusehen; dann ließ er sein T-Shirt fallen und verdeckte es wieder.

»Ich hab' es unter den Dielenbrettern in Monikas Flur gefunden. Es war ganz und gar in eins von Jimis alten Hemden eingewickelt. Ich bin mir ziemlich sicher, daß Monika keine Ahnung davon hatte. Ich wußte, daß es gefährlich und unheimlich war, aber ich wollte den Ruhm, Mann. Ich wollte das Geld. Ich dachte, ich würde schon damit fertig, genauso wie Jimi geglaubt hatte, daß er damit fertig würde.

Ich trug es eine Weile mit mir herum, locker um die Hüften gebunden, unter meinem Hemd, und fütterte es mit kleinen Bissen und Häppchen, so wie man ein Haustier füttern würde. Als Gegenleistung hat es irgendwie zu mir *gesungen;* es ist schwer zu beschreiben, solange man nicht selbst die Erfahrung gemacht hat. Es hat zu mir gesungen, und alles, was ich tun mußte war, das zu spielen, was es sang.

Aber dann wollte es mehr. Es klammerte sich fester und fester an mich, und ich brauchte es auch näher bei mir, denn wenn es mir näher war, sang es so faszinierende Melodien, und ich wurde besser und besser. Eines Morgens wachte ich auf, und es hatte ein Loch in meine Haut gegraben, und sozusagen seinen Mund in mich hineingezwängt. Es tat weh, aber die Musik wurde noch besser. Ich mußte ihm nicht einmal mehr zuhören, es war direkt in mir drin. Ich mußte es auch nicht mehr mit irgendwelchen Bröckchen füttern, denn was immer ich aß, saugte es gleich in sich auf.

Erst als es anfing, Gewebe direkt von meinem Magen zu nehmen, begriff ich, was da wirklich passierte. Und mittlerweile machte ich eine Musik, mit der niemand mehr etwas anfangen konnte. Mittlerweile war ich so weit von allem entfernt, daß es keine Rückkehr mehr gab.«

Er hielt inne, hustete. »Jimi hat es abgenommen, bevor es in seine Gedärme eindrang. Aber er konnte keinen verdammten Ton spielen ohne es. Es ist eine Sucht, Mann. Es ist schlimmer als irgendeine Droge, die du dir in deinem ganzen Leben vorstellen könntest. Er hat's mit Pillen versucht, mit Saufen und Acid und allem möglichen anderen. Aber solange du nicht selbst nach dem Voodoo süchtig bist, weißt du gar nicht, was das Wort ›Sucht‹ bedeutet.«

»Was wirst du denn jetzt machen?« fragte ich ihn.

»Nichts. Weiterleben.«

»Könntest du es nicht Jimi zurückgeben?«

»Was, und Selbstmord begehen? Das Ding ist ein Teil von mir, Mann. Du könntest mir ebensogut das Herz herausreißen.«

Ich blieb noch eine Weile bei John, und wir redeten über die sechzig Jahre, bis es anfing, dunkel zu werden. Wir sprachen über Bondy am Brighton Aquarium, John Mayall, Chris Farlowe und Zoot Money am All-Nighter in der Wardow Street, wo es einem passieren konnte, daß einem der Schädel eingeschlagen wurde, nur weil man einer Biene, die einem anderen gehörte, einen Blick zugeworfen hatte. Wir sprachen darüber, wie es gewesen war, an kühlen, sonnigen Herbstnachmittagen im Tooting-Graveney-Park zu sitzen und aus einem Transistorradio die Turtles zu hören. Wir sprachen über die Bo Street Runners und Crazy World of Arthur Brown, die Mädchen in den Miniröcken und den weißen Lackstiefeln. Alles vorbei, Mann. Alles verschwunden, wie farbenprächtige, transparente Geister. Damals ist es uns nie in den Sinn gekommen, daß es jemals aufhören könnte.

Aber an einem grauen Abend im Jahre 1970 war ich durch die Chancery Lane gelaufen und hatte die Schlagzeile der *Evening Standard* gelesen: »Jimi Hendrix tot«; und sie hätten da ebensogut schreiben können, unsere Jugend habe für immer die Läden dicht gemacht.

Ich verließ John kurz nach acht Uhr. Sein Zimmer war so dunkel, daß ich sein Gesicht nicht sehen konnte. Die Unterhaltung hörte auf, und ich ging, das war alles. Er sagte nicht einmal auf Wiedersehen.

Ich ging in meine Pension zurück. Als ich durch die Haustür trat, hielt der stoppelbärtige Colonel den klobigen schwarzen Telefonhörer hoch und verkündete schroff: »Es ist für Sie.«

Ich dankte ihm, und er räusperte sich wie ein Maschinengewehr.

»Charlie? Hier ist Jimi. Hast du ihn gefunden?«

Ich zögerte. Dann sagte ich: »Ja. Ja, ich habe ihn gefunden.«

»Und er lebt noch?«

»Wenn man das so nennen kann, ja.«

»Wo ist er, Mann? Ich muß es wissen.«

»Ich bin mir nicht so sicher, ob ich es dir sagen sollte.«

»Charlie – waren wir nicht immer Freunde?«

»Ich glaube schon.«

»Charlie, du mußt mir sagen, wo er ist. Du mußt es einfach.«

In seiner Stimme schwang eine solche Panik mit, daß ich wußte, ich würde es ihm sagen müssen. Ich hörte mich selbst die Adresse runterrattern wie ein Bauchredner. Ich wagte nicht, daran zu denken, was geschehen könnte, falls Jimi versuchen sollte, das Voodoo zurückzubekommen. Vielleicht hätte ich mich um meine eigenen Angelegenheiten kümmern sollen, gleich von Anfang an. Man hört immer wieder, daß es gefährlich sei, sich mit Toten einzulassen. Die Toten haben ganz andere Bedürfnisse als die Lebenden, ganz andere Wünsche. Die Toten sind unendlich viel verzweifelter, als wir es uns überhaupt vorstellen können.

Am nächsten Morgen nach dem Frühstück machte ich mich wieder auf den Weg zu John. Ich klingelte an der Tür, und eine hektische alte Frau mit einer scheckigen Katze auf der Schulter ließ mich ein.

»Nichts als Ärger mit euch Typen«, beklagte sie sich, während sie den Flur hinunterhinkte. »Nichts als Krach, nichts als laute Musik. Hooligans, das ist es, was ihr seid.«

»Entschuldigung«, sagte ich, obwohl ich nicht glaube, daß sie mich hörte.

Ich erklomm die Stufen zu Johns Zimmer. Oben auf dem Treppenabsatz zögerte ich. Ich konnte Johns Cassettenrecorder hören, und ich hörte, daß der Wasserhahn lief. Ich klopfte, zu leise, als daß John mich hätte hören können. Dann klopfte ich wieder, lauter.

Ich bekam keine Antwort. Da war nur das Tröpfeln des Wasserhahns und die Cassette, die »Are You Experienced?« spielte.

»John?« rief ich. »John, ich bin's, Charlie!«

Ich öffnete die Tür. Ich wußte, was passiert war, noch bevor ich ganz verstehen konnte, was ich da sah. Jimi war vor mir hier gewesen.

Johns Torso lag weit aufgerissen auf einer dunkel durchtränkten Tagesdecke; seine Lungen, sein Magen und seine Leber waren, verbunden mit Fettgewebe und weggerissener Haut, in ihrer leuchtend bunten Fülle bloßgelegt. Sein Kopf trieb in dem randvollen Waschbecken, in dem er mit der Bewegung des Wassers auf und ab hüpfte. Von Zeit zu Zeit lugte sein rechtes Auge über den Porzellanrand, um mir einen vorwurfsvollen Blick zuzuwerfen. Seine vom Körper abgetrennten Beine lagen blutig unterm Bett.

Das Voodoo war weg.

Ich verbrachte noch eine Woche in Littlehampton und ›half der Polizei bei ihren Ermittlungen.‹ Sie wußten, daß ich es nicht getan hatte, aber sie hatten den starken Verdacht, daß ich den Täter kannte. Was hätte ich ihnen sagen können – »Natürlich, Officer! Es war Jimi Hendrix!«? Sie hätten mich in eines jener Eastbourner Heime für Geisteskranke eingewiesen, irgendwo hübsch an der Küste gelegen.

Ich habe nie wieder von Jimi gehört. Ich weiß nicht, wie die Toten die Meere bereisen, aber ich weiß ganz sicher, daß sie es tun. Jene einsamen Gestalten, die auf isländischen Frachtschiffen an der Reling stehen und in das schäumende Kielwasser starren. Jene stillen Passagiere der Überlandbusse.

Vielleicht hat er die alte Frau dazu überredet, das Voodoo wieder zurückzunehmen. Vielleicht auch nicht. Aber ich habe das Album-Cover von *Are You Experienced*? in meiner Küche an die Wand geheftet, und manchmal sehe ich es mir an und hoffe, daß Jimi seinen Frieden gefunden hat.

PAUL DALE ANDERSON

Frühlingsgefühle

Statische Elektrizität erfüllte die Nachtluft und gab dem Ganzen etwas Sensationelles, Erregendes, etwas, das ihre Erwartungen noch steigerte. Aus großen Baßlautsprechern dröhnten bekannte Rhythmen und hinterließen eine Gänsehaut auf Bobbys Fleisch.

»Ich kann immer noch nicht glauben, daß sie wirklich *hier* sind«, sagte Lorraine, und ein verträumter Blick umwölkte ihre blauen Augen. »Es ist ihre allererste Tour überhaupt, und sie hätten *überall* hingehen können. Ich fühle mich so besonders, Bobby. Es ist fast so, als wären sie nur hierhergekommen, um für *mich* zu spielen.«

Jeder in der Stadt schien dieses Gefühl zu haben – oder jedenfalls jeder, der über zwölf und noch unter dreißig war. Der halbe Landkreis hatte sich heute nacht hier versammelt, um Rites of Spring in einem öffentlichen Konzert zu hören, und junge Menschen füllten die Parkanlagen, standen Spalier in grünem Gras, zwischen Granitblöcken oder Bäumen – wie verstreuter Abfall nach dem alljährlichen Picknick am Unabhängigkeitstag.

»Warte nur, bis sie erst so richtig berühmt sind und einen großen Namen haben«, sagte Bobby. »Wenn sie erst einmal zu den Superstars gehören, kommen sie bestimmt nicht mehr in diese Gegend, nicht einmal in die Nähe davon.«

»Dann werde *ich* zu *ihnen* gehen«, sagte Lorri, und der Klang ihrer Stimme verriet Bobby, daß sie es tatsächlich ernst meinte.

Eine quälende Eifersucht schnitt ihm ins Herz. Obwohl Rites of Spring in ihrer Band sowohl Männer als auch Frauen hatten, waren doch die meisten der Musiker von rauher Männlichkeit und supersexy.

Spielte es eine Rolle, daß die Band Lorri auf eine Art und Weise erregte, von der Bobby nur träumen konnte? Warum sollte es? Und schließlich hatte er die Absicht, nach dem Konzert die Früchte dieser Erregung zu ernten. Er würde Lorri in sein Apartment mitnehmen und seinen CD-Player so programmieren, daß er die letzte Platte von Rites of Spring unbegrenzt wiederholte, und dann würde er mit ihrem geschmeidigen Körper machen können, was er wollte, bis sie beide satt waren und so erledigt, daß er den Stecker rausziehen mußte. Schon bei dem Gedanken daran, wie es sein würde, Lorris üppige Formen zu bearbeiten, taten ihm die Lenden weh, und er wünschte sich plötzlich, er hätte nicht so enge Jeans angezogen.

»Sie kommen raus!« rief Lorri, als die Musik vom Band anschwoll, um den Auftritt der Band anzukündigen.

Die Aufmerksamkeit richtete sich auf die mondhelle Lichtung, auf der man früher am Tage in aller Eile eine gemietete Bühne aufgestellt hatte. Hinter der Bühne befanden sich zwei riesige Sattelschlepper und ein Wohnmobil, provisorische Umkleideräume für die Band. Ein einziger Scheinwerfer warf sein Licht auf die Mitte der Bühne.

Plötzlich, als der Takt der Musik in eine wilde Ungleichmäßigkeit verfiel, begann dieser einzelne Scheinwerfer in synkopischer Kadenz aufzublitzen und wieder abzublenden. Bobby drehte sich um und versuchte herauszufinden, wie die Beleuchtungstechniker – offensichtlich auf versteckten Arbeitsgerüsten hoch oben in den Bäumen, wo auch anonyme Tonmeister ihre ganz spezielle Art von Magie vollführten – eine so verblüffende Wirkung erzielen konnten. Aber das helle Licht blendete zu sehr, um direkt hineinzusehen, und Bobby mußte die Augen schließen und sich wieder umdrehen.

Lauter Beifall erhob sich aus der Menge, als die Band auf die Bühne sprang. Bobby kämpfte noch immer gegen das Flimmern in seinen Augen und verpaßte das meiste von dem großartigen ersten Eindruck, den die Band auf der Bühne zu machen schien. Als er endlich wieder sehen konnte, waren sämtliche Zuschauer aufgestanden, schrien durcheinander, sprangen auf und ab oder blockierten auf andere Weise seine Sicht.

Dann hörte er ihre Eröffnungsnummer.

Wellen der Erregung durchfluteten jeden Zentimeter seines Körpers. Im Gegensatz zu den Klängen aus einem CD-Player erschütterte ihn diese Live-Musik bis tief in die Seele hinein. Eine krampfartige Ekstase bemächtigte sich seines Körpers und machte ihn beinahe wahnsinnig.

Und er war nicht allein.

Rock'n'Roll im wahrsten Sinne des Wortes – ein Wogen und

Wälzen – erfaßte sie. Sie sahen aus wie religiöse Fanatiker von den Fundamentalisten, die bei einer Erweckungsversammlung ihre Wiedergeburt erfahren; alle in seiner Nähe zuckten und tanzten wie betrunkene Marionetten, die an unsichtbaren Fäden hingen. In dem unheimlichen Licht der vibrierenden Röhrenblitze sah er die Körper um sich herum in einer Position, wenn der Scheinwerfer ausging, und in einer völlig anderen, wenn er wieder aufblitzte.

Was zum Teufel geht da vor? wollte das bißchen, was von seinem Bewußtsein noch übrig war, wissen. Eine kommunistische Unterwanderung vielleicht? War es den Brüdern schließlich doch gelungen, Acid in die städtische Wasserversorgung hineinzuschmuggeln, wie J. Edgar Hoover es einmal befürchtet hatte?

So sehr er es auch versuchte, Bobby konnte seinen Körper nicht unter Kontrolle bekommen. Nichts jagte ihm eine solche Angst ein wie das: die Beherrschung über sich zu verlieren, keine Kontrolle mehr zu haben. Diese Tatsache hatte er erst kürzlich, nachdem er für seinen Psychologiekurs im College Freud gelesen hatte, auf Schuldgefühle zurückgeführt, die ihm eine übereifrige Mutter in der Phase der frühen Sauberkeitserziehung eingepflanzt hatte.

Gott sei Dank funktionierten wenigstens seine Blase und sein Schließmuskel noch!

Aber der Rest seines Körpers reagierte einfach nicht auf irgendwelche bewußten Kommandos. Obwohl er sehen und hören konnte, konnte er weder die Augen schließen noch sich die Ohren zuhalten.

Er hatte das Gefühl, in einem Körper gefangen zu sein, der nicht länger ihm gehörte.

Die Musik hatte von ihm Besitz ergriffen, brachte ihn dazu, Dinge zu tun, die er nicht tun wollte. Seine Hand streckte sich aus und berührte eine der Frauen, die neben ihm tanzten. Es war nicht Lorri, das wurde ihm augenblicklich klar – *wo, verdammt noch mal, war Lorri eigentlich abgeblieben?* – und seine Finger schlossen sich um den obersten Knopf der blütenweißen Bluse dieser Frau. Als hätten sie einen eigenen Willen, öffneten seine Finger den Knopf.

»Aufhören!« befahl er. »Bitte, hör auf!«

Aber seine Finger machten weiter, als könnten sie seine schwache innere Stimme im Geplärr der Baßverstärker nicht hören. Als er damit fertig war, ihr die Bluse aufzuknöpfen, entfernten seine Finger den Stoff von ihren lilienweißen Schultern und machten sich an ihrem BH zu schaffen.

Ihre Hände hatten sich in der Zwischenzeit fleißig mit der Schnalle von Bobbys Gürtel beschäftigt.

Links und rechts legten auch andere Leute ihre Kleider ab, bemerkte Bobby, während das Scheinwerferlicht weiterblitzte. Männer zogen Frauen aus, und Frauen zogen Männer aus – ganz sachte, so als gäben sie sich ungewöhnlich große Mühe, keines der Kleiderstücke zu zerreißen. Nacktes Fleisch tauchte auf, verschwand und kam im Aufblitzen dieses einzigen Scheinwerfers wieder zum Vorschein.

Die junge Frau, die Bobby jetzt auch erkannte – es war Sally Hoogan, ein Mädchen aus der Abschlußklasse seiner High School – öffnete seine Hose und griff hinein. Sie schien ausgesprochen entzückt zu sein, als ihre Hand entdeckte, daß er keine Unterhose trug.

Er versuchte eine Erektion niederzukämpfen, aber seine Bemühungen erwiesen sich als sinnlos. Wie in Übereinstimmung mit dem hämmernden Beat der Musik und den hellen Blitzen des Scheinwerferlichtes hatte er plötzlich das Gefühl, auf Wolken zu schweben. Heißes Blut flutete in seinen Penis, und sein geschwollenes Werkzeug schnellte in die Höhe, als Sally ihm die engen Jeans zuerst bis auf die Knie, dann bis auf die Knöchel hinunterzog.

Sein Ding war noch nie zuvor auch nur halb so groß gewesen. Es stand richtiggehend von ihm ab, und die Haut darüber war so stramm gespannt, daß er einen Augenblick lang glaubte, er würde wie ein zu lange gekochtes Würstchen platzen.

Während Sally innehielt, um sich mit einer einzigen Bewegung von ihrem geschmackvoll geschneiderten Rock sowie von Strumpfhosen und Slip zu befreien, trat Bobby aus seinen Jeans heraus. Socken und Schuhe kamen als nächstes an die Reihe.

Als sie beide nackt waren, wie am Tag ihrer Geburt, stand Bobby einer Frau gegenüber, die er nicht einmal gut genug kannte, um sie mit einem flüchtigen ›Hallo‹ zu grüßen, falls sie sich einmal auf der Straße begegnen sollten. Falls ihr das Ganze so peinlich war wie ihm, so sah man es ihr jedenfalls nicht an.

Er wußte, was als nächstes passieren mußte.

Und das tat es auch.

Sie war schon ganz feucht, als er ohne Vorspiel in sie eindrang, und sie gerieten gemeinsam in Raserei, explodierten gemeinsam im Takt der Musik.

Sekunden später eskalierte die Musik, und er spürte ihre krampfartigen Zuckungen, die den seinen gleichkamen. Er hatte in seinem ganzen Leben niemals etwas ähnlich Intensives erlebt, und als die ersten Spritzer heißer Samenflüssigkeit aus der Spitze seines Penis' schossen, verlor er das Bewußtsein...

Nur um mit einer anderen Frau aufzuwachen, die mit gespreizten Beinen über ihm saß wie ein Cowgirl, das ohne Sattel einen bockigen Mustang zuritt.

Dann konnte er sich an nichts mehr erinnern.

Bis die Musik aufhörte.

»Ich hoffe, ihr hattet genausoviel Spaß heute nacht wie wir«, sagte der Lead-Sänger über Lautsprecher. »Wir werden euch im nächsten Frühling wieder besuchen. Selbe Zeit, selber Ort. Es soll eine Tradition hier in der Gegend werden.«

Dieser einzige Scheinwerfer, der sich auf die Mitte der Bühne konzentrierte, wurde dunkler, verblaßte, erlosch. Bobby blinzelte.

Aber der Sänger war weg.

Ebenso wie die Bühne.

Und die beiden Sattelschlepper.

Und das Wohnmobil.

Gedämpfter Applaus erfüllte das bewaldete Tal. Dann, einzeln und in Paaren, machten sich die Zuschauer auf den Heimweg.

Lorrie, die vollkommen angezogen war – so wie alle anderen, einschließlich seiner selbst, bemerkte Bobby – kam aus der Menge auf ihn zu. Sie bewegte sich langsam und humpelte ein wenig, als täte ihr das Gehen weh.

»War das nicht ein tolles Konzert?« fragte sie.

»Wo bist du gewesen?« wollte Bobby wissen. »Wo bist du hingegangen?«

»Ich kann mich nicht erinnern. Ich glaube, die Musik hat mich so gefangengenommen, ich muß wohl...«

»Was? Was mußt du wohl?«

»Muß wohl getanzt haben.« Sie schüttelte den Kopf und zuckte mit den Schultern. »Du weißt doch, daß ich nicht mehr zu halten bin, wenn ich Rites of Spring höre. Ich kann nichts dagegen tun;

ich muß einfach tanzen. Ich schätze, daher kommt auch mein Muskelkater. Ich muß wie ein Wirbelwind getanzt haben.«

»Du erinnerst dich nicht mehr, oder?« sagte Bobby. »Was ist das letzte, woran du dich erinnern kannst?«

»Ich erinnere mich daran, daß die Band herauskam«, sagte sie, »und ins Scheinwerferlicht trat. Dann...«

»Dann?«

»Die Musik, ich erinnere mich an die Musik.«

»Und?«

»Was soll sonst schon gewesen sein? Ich erinnere mich an die Musik, und die Musik ist alles. Oder?«

»Yeah«, pflichtete Bobby ihr bei.

»Ich bin müde«, sagte sie und bekräftigte ihre Feststellung mit einem Gähnen. »Ich glaube, ich sollte auf direktem Wege nach Hause gehen.«

»Kommst du nicht mehr mit zu mir? Ich dachte, wir könnten etwas reden, vielleicht ein bißchen was trinken...«

»Nicht heute nacht, Bobby. Ich bin zu müde.«

Bobby war enttäuscht, aber er mußte zugeben, daß auch er müde war. Monatelang hatte er geplant, Lorri nach dem Konzert flachzulegen. Er hatte sie verwöhnt, hatte sie zum Essen ausgeführt und soviel Süßholz geraspelt, bis sie einwilligte, allein mit ihm hinzugehen – statt mit mehr als einem Dutzend ihrer Freunde –, und all das, nur um für diesen Augenblick den Weg zu ebnen.

Aber heute nacht war er zu müde und zu kaputt, um sie weiter zu bedrängen, obwohl es vielleicht ganz schön gewesen wäre, über die Dinge reden zu können – und sei es nur, um zu erfahren, was hier in dieser Nacht wirklich passiert war. Vielleicht morgen abend. Für den Augenblick war es schon genug, einfach nur zu spüren, daß er wieder die Kontrolle über seinen eigenen Körper hatte.

Obwohl er sich beim besten Willen nicht mehr daran erinnern konnte, warum ihm diese Kontrolle jemals so wichtig erschienen war.

Über ihren Köpfen verdunkelten dichte Gewitterwolken den ersten Vollmond des Frühlings.

Als die Wolken vorüberzogen, erleuchtete helles Mondlicht noch einmal jeden einzelnen verlassenen Grashalm auf der winzigen Lichtung am Rande des Waldes.

Dann überzog eine schnelle Folge von Regenwolken den Himmel.

Und durch die hohen Bäume blinkten zarte Mondstrahlen, an und aus, an und aus, an und aus.

An und aus.

Bis der Regen kam.

MICHAEL GARRETT

Ein Song für meinen Feind

Lieutenant Burt Bevins steuerte seinen Streifenwagen vorsichtig über die regenglatte Oberfläche eines ländlichen Highways in North Carolina. Sein Partner, Sergeant Mack Isbell, saß neben ihm. Der leichte Sprühregen, der in der Luft lag, wurde in 20-Sekunden-Intervallen von der Windschutzscheibe gekratzt. Es war ein Mittwochvormittag im Oktober, und die toten Blätter des Herbstes flatterten zu Boden. Isbell schüttelte langsam den Kopf und drehte sich zu Bevins um.

»Wir hätten uns den verdammten Wetterbericht anhören sollen, bevor wir hier herausfuhren. Wir hätten den Sturm gut abwarten können.«

Bevins stieß bedächtig den Rauch aus, bevor er antwortete. »Ich weiß nicht. Ich kann klarer denken hier draußen, wo das alles passiert ist.«

Isbell nickte. »Ja, ich wohl auch. Und du meinst wirklich, die Sache hängt irgendwie mit dem Radiosender zusammen, hm?« fragte er wenig überzeugt.

Bevins starrte wütend durch die beschlagene Windschutzscheibe. Auf dem einsamen Highway, der sich wie ein Band durch die Landschaft schlängelte, war weit und breit kein anderes Auto zu sehen. »Wir müssen der Sache nachgehen«, antwortete er. »Es ist die einzige Spur, die wir haben.«

Isbell zog einen Klemmblock unter dem Beifahrersitz hervor und ging seine Notizen noch einmal durch. »Also gut«, fing er an, »wir haben hier zwei separate Tötungsdelikte, beide anscheinend von ein und demselben Täter begangen. Als erstes haben wir da die beiden jungen Leute. Ein Mann, siebzehn Jahre alt, weiß; eine Frau, sechzehn Jahre alt, ebenfalls weiß. Nur ein paar Meilen von hier entfernt am Straßenrand aufgefunden. Beide mit 38er Kugeln im Hinterkopf. Der Motor lief noch, und der Junge hatte diese Single auf dem Schoß liegen, ›Last Kiss‹ von J. Frank Wilson, ein Oldie aus den Sechzigern.«

Bevins nickte. »Weißt du noch, wann dieser Song berühmt war?«

Isbell zündete sich eine Zigarette an und grunzte.

»Es ist schon komisch«, fuhr Bevins fort. »Heute halten wir den jungen Leuten eine Gardinenpredigt über die Texte in den Liedern, die sie mögen, aber als wir selbst in dem Alter waren, haben wir uns auch ein ganz schön morbides Zeug angehört.«

Isbell lachte. »Tja, wenn man so darüber nachdenkt – wie ist dieser Song eigentlich jemals so verdammt populär geworden? Ich meine, um Himmels willen, es ging dabei um zwei Teenager bei einem Rendezvous, und das Mädchen geht dann bei einem Unfall drauf. Wie konnte uns eine solche Scheiße bloß jemals gefallen?«

»Der Teufel soll mich holen, wenn ich's weiß«, antwortete Bevins, während er sich die winzigen Bartstoppeln an seiner Wange kratzte, die dem Rasierapparat am Morgen entgangen waren. »Aber unser Killer hat sich nicht ganz genau an den Liedtext gehalten. Ich meine, diese Kids *sind* nicht bei einem Unfall gestorben. Und beide wurden getötet, nicht nur das Mädchen, wie es in dem Song war.«

»Na ja, klar«, sagte Isbell mit einem gekünstelten Lächeln. »Der Killer konnte es sich wohl kaum leisten, irgendwelche Zeugen zurückzulassen.«

Bevins ignorierte den Sarkasmus seines Partners. »Keine Fingerabdrücke auf der Schallplatte – Scheiße, es gab überhaupt keine brauchbaren Beweise. Alles sauber abgewischt; das Ganze hat wahrscheinlich nur ein paar Sekunden gedauert, dann war es vorbei.«

»Tja, und keine Anzeichen für irgendeine faule Sache bei dem Mädchen«, fügte Isbell hinzu. Bevins nickte. Dann riß er das Steuerrad nach links, als plötzlich ein kleines Reh vor dem Auto auftauchte und den steilen Abhang hinunter zur rechten Seite des Highways hüpfte. Er atmete auf. »Was haben diese Kids überhaupt auf einem dermaßen verlassenen Abschnitt des Highways gemacht?« sagte er mehr zu sich selbst als zu seinem Partner.

»Rumgeknutscht, du Arschloch!« stieß Isbell hervor. »Was zum Teufel hast du denn in dem Alter gemacht?«

Bevins wandte seinen Blick gerade lange genug von der Straße ab, um seinem Partner einen drohenden Blick zuzuwerfen. »Ich habe jedenfalls nie ein Mädchen in Gefahr gebracht, indem ich sie irgendwo in die Wildnis rausgebracht habe, um zu schmusen.«

Isbell lachte. »Ja. Du hast sie nur in Gefahr gebracht, wenn du deinen Hosenstall aufgemacht hast.«

Der Streifenwagen bog um eine Kurve, und die Beamten fanden sich am Schauplatz des ersten Mordes wieder; es war eine der wenigen Stellen entlang des Highways, wo die Straße breit genug war, um einen Wagen zur Seite zu fahren und zu parken. »Gibt's irgendeinen Grund, hier anzuhalten?« fragte Isbell.

Bevins schüttelt den Kopf. »Wir haben diese Stelle schon öfter unter die Lupe genommen, als ich zählen kann. Laß uns zur nächsten fahren.«

Isbell blätterte ein paar Seiten weiter und ging seine Notizen über den zweiten Mord noch einmal durch. »Okay, beim nächsten Mal haben wir also einen Mann, 23 Jahre alt, weiß; tot aufgefunden am Fuß eines Telegrafenmastes. Derselbe Abschnitt des Highways, nur ein paar Meilen weiter entfernt. Und er hat eine 38er Kugel in seinem Kopf, die den Kugeln bei den beiden anderen Morden genau entspricht. Dieselbe Waffe. Sein Motorrad liegt ungefähr zwanzig Fuß tief an einer steilen Straßenböschung. Es liegt auf der Seite, aber der Motor ist abgestellt. Der Schaden an dem Fahrzeug sieht so aus, als sei es über den Rand geschoben worden und dann auf einer Seite hinuntergerutscht. Der junge Mann hat wieder eine Schallplatte auf dem Schoß liegen, diese hier mit Blut und Eingeweiden beschmiert, und es handelt sich um die Platte ›The Leader of the Pack‹ von den Shangri-Las, einem weiteren geschmackvollen Oldie aus unserer Generation.«

Bevins nickte. »Ein anderer Todessong über einen Teenager. Und wiederum war es, anders als in dem Lied, kein Unfall.«

Isbell rülpste, ohne sich dafür zu entschuldigen. »Ich könnt' mir vorstellen, daß es ganz schön schwierig wäre, einen Burschen davon zu überzeugen, daß er seine Harley um einen Telegrafenmast wickeln soll.«

»Du weißt schon, was ich meine«, murrte Bevins. »Der Killer ist kein Perfektionist, sonst hätte er dafür gesorgt, daß das Verbrechen besser zu dem Song paßt – oder er hätte wenigstens versucht, die Sache etwas sorgfältiger zu inszenieren.«

Schließlich tauchte aus der Gegenrichtung doch noch ein weiteres Auto auf; das grelle Licht seiner Scheinwerfer funkelte durch die dünne Nebelschicht. »Der Bursche fuhr eine Harley«, schnaubte Isbell. »Hätte mehr Saft gehabt, wenn er auf einer Honda gesessen hätte – du weißt schon, wie in dem Song von den Beach Boys?«

Bevins stöhnte. »Nun halt mal die Luft an, Isbell.«

Isbell streckte seine kurzen Beine aus und griff abermals unter seinen Sitz, und diesmal zog er einen tragbaren Radiorecorder hervor. »Den hab' ich mir von meiner Tochter geliehen. Dachte, wir könnten uns mal diese Oldie-Show anhören, die morgens auf K-99 läuft. Gibt uns vielleicht was zum Nachdenken.«

»Gute Idee«, stimmte Bevins zu. »In dieser verdammten Karre funktioniert ja rein gar nichts.« Er starrte auf das Polizeiradio, das vom Armaturenbrett herabhing. Isbell hielt das tragbare Radio auf seinem Schoß fest und zog die Aluminiumantenne heraus, die er hin- und herdrehte, bis der Empfang fast einwandfrei war. Gerade lief »Gimme Some Lovin'« von der Spencer Davis Group.

»Zwischen diesen Bergen da wird der Empfang wahrscheinlich schwächer werden«, sagte er.

»Damit können wir wohl leben«, antwortete Bevins. »Wenn wir Glück haben, steht unser Killer immer noch mit diesem Radiosender in Verbindung. Das Labor hat bestätigt, daß die Rillen auf diesen Singles von einem Wiedergabegerät in Rundfunkqualität abgeschliffen worden sind. Und die Jungs aus dem Labor sagen, daß das Logo von K-99 von den Plattenlabels abgekratzt worden ist. Daher kommen also die Singles.«

»Tja, aber wir haben trotzdem noch einiges vor uns«, wandte Isbell ein. »Wie uns der Jockey erzählt hat, haben zu viele Leute Zutritt zu dem Raum, wo sie die alten Platten lagern. Sogar jemand vom Wartungsdienst hätte da was mitgehen lassen können. Und du weißt ja selbst, wie oft die Leute bei solchen Wartungsdiensten wechseln.«

»Was sollen wir denn sonst machen?« hielt ihm Bevins entgegen. »Das ist unsere einzige Hoffnung. Es gibt eine eindeutige Verbindung zu K-99. Das ist doch wenigstens ein Anfang.«

»Ich verstehe«, sagte Isbell, »aber du mußt schon zugeben, daß es ziemlich weit hergeholt ist. Die haben ihre Platten schon seit Jahren nicht mehr inventarisiert. Wir haben also keine Chance herauszufinden, wann gerade diese Oldies verschwunden sind.«

Bevins stieß eine Rauchwolke aus und ignorierte die letzte Bemerkung.

Isbell zuckte schließlich mit den Schultern und blickte stur geradeaus. »Das ist die Stelle, an der der Motorradfahrer ins Gras gebissen hat«, sagte er und zeigte auf den Telegrafenmast vor ihnen. »Willste anhalten?«

Bevins stellte den Scheibenwischer auf eine höhere Geschwindigkeit. »Das hatte ich eigentlich vor, aber bei diesem verdammten Regen habe ich keine Lust dazu. Am besten fahren wir erst mal den Berg rauf und schnappen uns eine Tasse Kaffee an der Tankstelle da. Wenn der Regen nachläßt, können wir ja auf dem Rückweg hier anhalten.«

Jetzt spielten sie »Here Comes the Night« von Them. Isbell summte leise mit, während Bevins tief in Gedanken war. Schließlich sagte Bevins: »Falls der Killer immer noch mit K-99 verbunden ist, wird er sich jetzt, wenn er noch ein bißchen Verstand im Kopf hat, sicher zurückziehen.«

»Ja, aber du setzt voraus, daß der Bursche normal ist. Wer auch immer das getan hat, ist total daneben, wenn du mich fragst.«

Der Radioansager machte irgendwelche Sprüche über die große ›Aktion Geldgeschenke‹ von K-99 und die gelbe Toyota-Limousine des Senders, die Bargeld an Autofahrer verteilt. Bevins richtete sich auf und bemerkte, daß Isbell die Zähne zusammenbiß – sie hatten offensichtlich beide denselben Gedanken. »Von diesem Werbetrick haben sie beim Sender nichts gesagt«, murmelte Bevins. »Da fährt also jemand durch die Gegend und hält Autos und Motorräder an, um Geld zu verschenken.«

Schweigend erwiderte Isbell den Blick seines Partners, dann sagte er: »Kein Mensch wäre mißtrauisch gegenüber einem kanariengelben Toyota, der über und über mit K-99-Aufklebern vollgekleistert ist. Die meisten Leute würden auf der Stelle anhalten, selbst wenn sie nichts davon wüßten, daß der Sender Geld verschenkt. Die meisten Leute würden dem Reklamewagen eines Radiosenders blindlings vertrauen.«

Bevins trat ein wenig zu hastig auf die Bremse und der Streifenwagen schlingerte über das regenglatte Pflaster. »Dieser Hurensohn!« bellte er. »Unsere Verbindung ist vielleicht gerade etwas stärker geworden.« Er langte hinüber, um seinem Partner die Hand zu schütteln, während er langsam Gas gab. »Wir müssen einen Platz zum Wenden finden.« Isbell warf einen Blick aus dem Seitenfenster auf die wachsende Entfernung zwischen sich selbst und dem Tal weit unten. »Zu gefährlich, hier zu wenden. Der Felsvorsprung ist nicht breit genug, und die Straße ist zu kurvig. Könnte einen Unfall mit dem Gegenverkehr geben.«

Bevins nickte und strahlte von einem Ohr zum anderen. »Jetzt müssen wir nur noch herausfinden, wer beim Radiosender Zugang zu dem gelben...« Er hörte mitten im Satz auf, und sein Blick saugte sich am Rückspiegel fest. »Wer weiß, vielleicht müssen wir da gar nicht mehr viel herausfinden«, sagte er.

Isbell drehte sich auf seinem Sitz herum und sah durchs Rückfenster. Ein hellgelber Toyota näherte sich ihnen von hinten. »So ein verdammter Geisteskranker!« sagte er. »Was hat dieser Idiot vor? Will er uns vielleicht anhalten und uns Geld geben? Uns verspotten, wie ein Serienmörder allerersten Ranges? Der Typ ist wirklich ein Idiot!«

Während Isbell weiter aus dem Fenster starrte, verringerte der Toyota mühelos den Abstand zwischen den beiden Autos. »Ich kann nicht erkennen, ob wir uns mit diesem Burschen beim Sender unterhalten haben. Die Windschutzscheibe ist total dicht, und ich kann sein Gesicht nicht sehen.«

»Seine Kumpels müssen ihm was gesteckt haben«, sagte Bevins, während er immer wieder in den Rückspiegel sah. »Ich schätze, wir warten besser ab, bis er etwas tut, bevor wir ihn anhalten. Bis jetzt haben wir nichts Konkretes gegen ihn in der Hand. Wir wissen ja nicht einmal, wer zum Teufel er ist.«

Isbell räusperte sich. »Sieht so aus, als hätte er jetzt sein Autotelefon in der Hand«, sagte er. »Er denkt wahrscheinlich, er wäre ein ganz toller Hecht.«

Bevins zuckte mit den Schultern. »Nicht mehr lange.«

In ihrem tragbaren Radio verklangen gerade die letzten Takte des Songs »Laugh, Laugh« von den Beau Brummels, als der DJ einen Bericht aus dem K-99 Kash Kar ankündigte. »Mach lauter!« stieß Bevins hervor. »Der Mistkerl ist auf Sendung!«

»Ich habe massenweise Geld zu verschenken, und du könntest der nächste sein. Halte einfach die Augen offen, ob du das K-99 Kash Kar irgendwo siehst, und fahr an den Rand, wenn seine Warnblinklichter aufleuchten. Dann warte einfach ab, bis du siehst, was ich für dich in meiner Tasche habe! Ich werde schon in ein paar Minuten mein nächstes Geldgeschenk machen. Aber vorher habe ich noch eine ganz besondere Oldie-Widmung für ein paar Freunde von mir, die mir langsam ein bißchen zu nahe kommen. Wenn sie zuhören, wissen sie, wer gemeint ist –

und wenn nicht, dann verpassen sie einen tollen Gruß aus der Vergangenheit.«

Bevins schluckte hart, als der Toyota vorwärts donnerte und den Polizeiwagen von hinten rammte. »Was zum Teufel...?« murmelte er.

Isbell klammerte sich an seinen Sitz. »Der Bastard wird sich selbst mit umbringen«, keuchte er.

Schweiß perlte über Bevins Augenbrauen. »Vielleicht hat er genau das vor.«

Der Toyota schwenkte auf die falsche Seite der Straße hinüber, als wolle er überholen. »Tritt in die Bremsen!« stieß Isbell hervor. »Tritt in die Bremsen, und laß das Arschloch vorbeifahren!«

»Zum Teufel, das kann ich nicht tun!« sagte Bevins. »Die verdammte Straße ist zu glatt. Wir könnten den Berg hinunterrutschen!«

Isbell kannte die Straße gut. Nur ein kleines Stück weiter wurden die Biegungen und Kurven noch heimtückischer. Er blickte abermals aus dem Seitenfenster. Ein diesiger Nebel hing über dem Tal unter ihnen. Es war ein langer, felsiger Weg hinab.

Plötzlich rammte der Toyota den Streifenwagen von der Seite. Bevins hatte alle Hände voll zu tun, die Kontrolle über den Wagen zu behalten, und betete dabei, daß ein Neunachser aus der nächsten Kurve auftauchen möge, um den Toyota in tausend Stücke zu zerschmettern.

Als sich der Radiowagen ungefähr auf gleicher Höhe mit dem Streifenwagen befand, war auch das große rote K-99-Emblem auf der Seitenfläche des Toyotas deutlich zu sehen. »Erschieß ihn!« schrie Bevin. »Erschieß den verdammten Hurensohn!«

Isbell zog seinen Revolver. Der K-99-Fahrer streckte seinen Mittelfinger aus und schüttelte den Kopf, als Isbell ihn ins Visier nahm. Mit einem plötzlichen Ruck am Lenkrad ließ der offensichtlich wahnsinnig gewordene Fahrer den Toyota direkt in die Seite des Streifenwagens krachen und drängte ihn an den unebenen Straßenrand des Highways. Der Streifenwagen rammte ein gelbes Verkehrsschild, auf dem ein umgekehrtes *S* auf den folgenden, schlangenartigen Straßenabschnitt aufmerksam machte. Der rechte Vorderreifen klatschte in eine große Wasserpfütze und warf eine dunkle, schlammige Woge über den Bergabhang. Dampf zischte aus dem zerborstenen Kühler des Wagens, der bei dem Zusammenstoß mit dem Straßenschild beschädigt worden war.

Bevins umklammerte das Steuerrad noch fester und riß den Wagen zurück auf die Fahrbahn. Das gelbe Auto war jetzt direkt vor ihnen. Der Highway machte auf dem nächsten Stück eine scharfe Kurve. Bevins beschleunigte und rammte den Toyota von hinten, gerade als dieser in die Kurve einfuhr. Der Fahrer verlor die Kontrolle, und der K-99-Wagen schlitterte seitlich über den nassen Asphalt, um schließlich über eine felsige Klippe in die Tiefe zu stürzen. Bevins keuchte und spürte, wie sich ihm der Magen umdrehte, als er den Wagen über den Grat verschwinden sah. Einige Sekunden lang herrschte tödliche Stille, bis der Wagen aufschlug und weit unten am Hang das Geräusch von berstendem Metall explodierte.

Bevins trat auf die Bremse und umklammerte das Lenkrad, als der Streifenwagen in einen großen Felsvorsprung am Straßenrand hineinrutschte. Während Isbells Körper bei dem Aufprall die Sicherheitsgurte auf die Probe stellte, entglitt das tragbare Radio seinen Händen und fiel scheppernd zu Boden.

Jan und Dean sangen gerade »Dead Man's Curve«, *Die Kurve des Toten.*

Brian Hodge

Requiem

Wenn jene Übermenschen nicht mehr da sind, um das Feuer ihres eigenen Lebens zu schüren, ist der Zeitpunkt gekommen, da sich die geheimnisvolle Aura, die sie umgeben hat, zur Mythologie verdichtet. So oder ähnlich waren meine Gedanken, als Doug und ich uns an unserer zweiten hundert Fuß tiefen Felswand in ebenso vielen Stunden abseilten.

Um die Hüften hatten wir Schweizer Sicherheitsgurte geschnallt. Oben auf dem Felsen war ein starkes Seil gesichert und an unseren Gurten befestigt. Um uns herum – Gottes weite Welt. Denn wenn nicht der Allmächtige persönlich ein Auge auf uns hatte, dann wüßte ich nicht, wer sonst es tun könnte. Die Colorado Rockies waren selbst im August völlig verlassen, und es war so kalt wie im Oktober in niedrigeren Höhen. Als wir am Morgen Fort Collins verlassen hatten, waren uns Flanellhemden und Jacken lächerlich erschienen. Ganz anders jetzt, während wir uns im Krebsgang den Granit hinunterarbeiteten.

Mit einem leichten Aufschlag unserer Wanderstiefel landeten wir am Fuß des Felsens, wobei Dougs Landung ein wenig wackeliger war als meine. Ich hatte mich den Unbilden des Bergsteigens leichter angepaßt als er und fragte mich, wie er sich dabei fühlte, von einer fast zwanzig Jahre jüngeren Frau überflügelt zu werden. Allerdings nur, was die Finesse betraf. Die Ergebnisse waren dieselben. Beide unten, beide unversehrt.

Wir brachten unsere Rucksäcke wieder in Ordnung. Zusammen schleppten wir ungefähr siebzig Pfund mit uns herum und eine Aufnahmeausrüstung, die mit allem Drum und Dran ihre viertausend Dollar wert war. Manchmal versuchte ich, das Ganze rational zu betrachten statt mit den Augen eines wehmütigen, hoffnungsvollen Idealisten, und jedesmal hatte ich dann das Bedürfnis, die Expedition abzublasen, bevor wir uns beide wie vollkommene Idioten vorkamen. Statt dessen legten wir unsere Gurte ab und packten sie um. Und wanderten weiter, nach Norden, über eine weite, hügelige Hochebene, die mit wispernden Pinien bedeckt war.

Auf der Jagd nach Phantomen.

»Hast du je darüber nachgedacht, was wir hier oben tun? Ich meine, wirklich *tun*?« Ich hatte das schon seit Stunden fragen wollen, seit Wochen, um genau zu sein, seit dem Tag, an dem Doug auf die Idee gekommen war, und unser Training begonnen hatte: Wandern und Bergsteigen. »Das ganze Unternehmen beruht auf dem Wort irgendeines Eremiten, der wahrscheinlich seit seinem ersten Winter hier oben an einem Einsiedler-Syndrom leidet.«

Doug nickte; der winzige Rubin in seinem Ohrläppchen glitzerte. Er lächelte dieses verkniffene Lächeln, das ihn wie eine Billigausgabe des Marlboro-Mannes aussehen ließ. »Wenn wir zu Hause geblieben wären, wärst du spätestens morgen soweit gewesen, dir die Handgelenke aufzuschlitzen, weil wir nicht wenigstens einen Versuch unternommen hätten.«

Das mit den Handgelenken war vielleicht ein wenig extrem, aber in meinem Herzen wußte ich, daß er recht hatte. *Ich mußte es einfach wissen*. Trotzdem, besser, man bleibt pragmatisch. Vielleicht würde ich mich ein bißchen weniger töricht fühlen, wenn alles, was uns in der heutigen Nacht erwartete, ein spektakulärer Sonnenuntergang war und eine Milliarde Sterne.

»Weißt du, was der Bursche tatsächlich gehört hat?« sagte ich. »Wahrscheinlich kommt irgendein unverwüstlicher Fan jedes Jahr hier hoch, um eine kleine Gedenkfeier abzuhalten. Mit einem Kofferradio.«

»*Und* einem Hologramm?«

In dem Punkt mußte ich mich geschlagen geben.

Wir hatten jeder unseren Grund dafür, hier draußen in den Bergen zu sein. Meiner hatte etwas mit Gefühlen zu tun, der von Doug mit Geld. In meinen Augen war er ein Blumenkind, das in den späten Sechzigern volljährig geworden war, ohne sich zwangsläufig an die damalige Gefühlswelt anzupassen. Er eignete sich gut für die Achtziger und die Zeit danach. Groß und schlaksig, wie man sich einen Pionier vorstellt, mit einem schelmischen, hübschen Gesicht, hatte er die Art von Gesinnung, bei der immer nur Brutto, Netto und Prozentsätze zählten. Ein Musikagent von eigenen Gnaden, ein Clubkonzert-Promotor in der Gegend von Denver. Und ein Bootlegger sondergleichen.

Wo auch immer gerade ein paar Dollar zu machen waren – mit illegalen Aufnahmen oder dem nichtautorisierten Verkauf von

Vorstellungen – versuchte Doug, zur Stelle zu sein. Schmuggelte eine Mikroausrüstung in die Konzerthallen, um von einem akustisch günstigen Platz aus Aufnahmen zu machen. Bestach einen Tontechniker, damit dieser ihn direkt am Mischpult anschloß. Verkaufte illegale Duplikate nicht verwendeter Master Tapes aus den Studios von L.A. nach London. Doug Reece: Dieb von Vorstellungen, Dealer für zahllose Hersteller von heimlichen Bootleg-Alben und Compact Discs überall in den USA bis hin nach Australien.

Ich wußte, daß er das genaue Gegenteil von fast allem verkörperte, das mir heilig war – was ein Nachdenken über seinen Status als gelegentlicher Arbeitgeber und Liebhaber zu einem der schwierigsten Selbsttäuschungsmanöver werden ließ, die ich je zu bewältigen hatte. Aber he, verkauft denn nicht *jeder* ab und zu mal seine Seele für den Rock'n'Roll?

Doug war immerhin loyal gegenüber seinen Freunden, tröstete ich mich. Und er *hatte* sich ein Bein ausgerissen, um mir und meiner Ovation überall in der Nähe von Denver, Boulder und Fort Collins Akustikreservierungen zu verschaffen. Es spielte keine Rolle, daß ich manchmal in einer Bar in den Spiegel sah und darin ein vierundzwanzig Jahre altes Klischee erblickte – dieses große, gertenschlanke Mädchen mit langem Haar, ein Neo-Folkie, der Songs von bitterer Angst und kindlicher Hoffnung spielte. Aber wenigstens war es ehrlich.

Jedenfalls ehrlicher, als sich zum Komplizen eines Bootleggers zu machen. Aber es ist keine Überraschung, was sich besser rentiert. Etwas, das man bedenken sollte, wenn das angestrebte Ziel Los Angeles heißt, wo man mit dem Kopf tapfer gegen die Wand der dort herrschenden Metal-Szene rennen will. Da brauchte man Geld. Und dies hier würde schließlich nicht ewig dauern.

Wir alle verkaufen unsere Seelen. Es hat nur nicht jeder den Mumm, dieser Tatsache ins Auge zu sehen.

Doug und ich zogen mit unseren Lasten weiter, klein und unbedeutend neben den weit entfernten Berggipfeln, grauem Felsgestein bedeckt mit Schnee, der niemals schmolz. Von Gletschern behauen und gemeißelt, als Wind und wilde Tiere noch die einzige Musik waren, die die Erde kannte und keine zwei Refrains einander jemals ganz glichen. Äonenlang. Neidisch dachte ich an diese seit langem verlorene Reinheit.

Am späten Nachmittag hatten wir unseren Bestimmungsort erreicht. Es war eine Art natürliches Amphitheater, eine gewaltige, in einen Bergabhang hineingeschlagene Nische, die in etwa die Form eines Hufeisens hatte. Stufen aus gestreiftem Granit reichten weit hinauf, bis sie mit dem Muttergestein verschmolzen. Überall hier legten turmhohe Pinien und Tannen schweigend Zeugnis ab von der Tatsache, daß, jawohl, dieser idyllische Ort Schauplatz eines Holocausts gewesen war. Dies war der Platz, an dem für mich die Musik gestorben war. Man konnte es an den Narben entlang einer bestimmten Baumreihe sehen, knotige Rinde an allen Stämmen in derselben Höhe, dort, wo sie vor Jahr und Tag aufgeschlitzt worden waren – von einer Klinge, die in Form und Größe genau dem Flügel eines Flugzeugs glich.

Namen hallten in meiner Erinnerung wider. Eine Litanei der Toten. Terence Dobbins. Dylan Price. Ian Smyth-Taylor. Jon Wakefield. Genies, einer wie der andere. Ich vermißte sie wie Brüder, wie Geliebte, wie Väter, wie Freunde, denen man aus ganzer Seele verbunden ist. All das waren sie für mich gewesen, das und mehr.

Grendel, dachte ich. Ruhe in Frieden.

Doug hatte seinen Rucksack auf einem Felsbrocken abgelegt, der die Größe eines halbvergrabenen Volkswagens hatte. Aus den Augenwinkeln sah ich, daß er mich beobachtete, wie ich all das in mich aufnahm, still wie eine Statue und schweigsam wie diese Felsen, die Jahrtausende hatten vorbeiziehen sehen. Er stellte sich hinter mich wie ein Vater, der es mit einem faulen Kind zu tun hatte, und streifte mir meinen Rucksack ab. Er hob das Haar an meinem Nacken hoch – und in einer vollkommen unerwarteten Zurschaustellung von Zärtlichkeit küßte er mich dort.

Ich brauchte es. Aber ach, wenn es doch Terence gewesen wäre. Oder Dylan. Oder Ian, oder Jon. Irgendeine zurückgebliebene Spur ihrer Geister, hervorgelockt aus Felsen und Bäumen und Erde, durch die Ankunft einer Frau, deren Leben sie fast ein Jahrzehnt zuvor so tief berührt hatten. Die immer noch trauerte, wenn sie ihre Alben spielte.

Aber... es war Doug. Nur Doug.

»Kannst du es spüren?« flüsterte ich. »Ich kann fast daran glauben, daß ein Teil von ihnen immer noch hier ist.«

Doug sah von seinem Felsen auf; er hatte seine Aufnahmeausrüstung schon halb aus den Rucksäcken herausgezogen. »Du wirst mir doch jetzt nicht losheulen, oder?«

Soviel zum Thema Zärtlichkeit.

Ich überließ ihn der Montage seiner Geräte und wanderte den Weg entlang, den auch ihr gecharterter Privatjet genommen hatte, als er seinem Schicksal entgegenflog. Schließlich blieb ich genau dort stehen, wo sie zweifellos auf dem Boden aufgeschlagen waren.

Ich schaute zum Himmel hoch und sah einen kreisenden Falken. Sah die Berggipfel nah und fern, die mit Schnee und Blätterwerk bedeckt waren. Pastorale Stille, Disney-Stille. Es war nicht leicht, sich dies als den Schauplatz eines Feuerballs vorzustellen, der das Leben einer Band namens Grendel ausgelöscht hatte.

Unter meinen Füßen waren Piniennadeln, alte Blätter, Kieselsteine und Erdboden – der Mulch von einer Million Jahren. Die Trümmer waren schon längst weggeräumt, aber ich fragte mich, ob man all ihre Leichen gefunden hatte, jeden kostbaren Überrest. Fragte mich, ob ich auf ein ungekennzeichnetes Massengrab getreten war. Fragte mich, ob es ein Sakrileg wäre, meine Jeans auszuziehen und zu versuchen, diese ganz besondere Erde zu lieben, die Erde, die diese Männer vielleicht in sich aufgenommen hatte.

Grendel war nach dem Tier benannt, das Beowulf getötet hatte. Die Band war im London der späten Siebziger großgeworden, ein Phönix aus der Asche der britischen Art Rock-Szene. Ein solches Timing war Fluch und Segen zugleich. Wie Propheten, die überall außer in ihrem eigenen Land Ansehen genossen, fanden sie daheim herzlich wenige Fans. Statt dessen gab es hingebungsvolle Anerkennung auf der anderen Seite des Atlantiks, wo sie von intellektuellen Rockfans und phantasievollen Jugendlichen der Mittelklasse gefeiert wurden, die sich nicht mit dem nihilistischen Punk und seiner minimalistischen Betrachtungsweise identifizieren konnten, die London in einem Blitzkrieg erobert hatten.

Grendel wurde von L.A.'s Toreador Records unter Vertrag genommen, und ich konnte mich immer noch daran erinnern, wie ich 1980 ihr erstes Album aufgestöbert habe: *Here There Be Dragons.* Dieser abschreckende Ausdruck aus grauer Vorzeit wurde auf antiken Landkarten gebraucht, um das Ende all dessen, was den Menschen bekannt war, anzukündigen, den Anfang all dessen, was mysteriös und rätselhaft war. Das Cover des Albums selbst ähnelte einer altertümlichen Landkarte auf ebenso altem Pergament. Und darin? Die Musik olympischer Götter.

Neben der neuesten Gitarren- und Synthesizer-Technologie machten sie unbefangen Gebrauch von Mandoline, Cembalo, Kirchenorgel, Panflöte, Laute, Harfe... Die Mannigfaltigkeit ihrer Musik war geradezu phantastisch. Ihre besondere Vorliebe galt dem Mittelalterlichen, den düster drohenden Mollsequenzen, die ihren Ursprung im Stil des finstersten Mittelalters und der gregorianischen Gesänge hatten. Als Vorboten gotischer Rockmusik waren sie ihrer Zeit entweder weit voraus oder kamen erbärmlich spät – tausend Jahre zu spät. Ein Jahrtausend zuvor hätte man sie wegen ihrer Musik mit Sicherheit als Hexenmeister gebrandmarkt und zum Tod auf dem Scheiterhaufen verurteilt. Aber auch so sind sie verbrannt, nehme ich an.

Ihr zweites Album, *Sympathy for the Beast*, erschien 1981. Es war eine Nacherzählung der Beowulfgeschichte, und zwar aus der Perspektive Grendels. Als nächstes kam dann *Odyssey*, Geschichten über die Reise von Leif Eriksson. Und zum Schluß, im Jahre 1983, kam ihr ehrgeizigstes Projekt heraus, *Scourge*. Die musikalischen Impressionen von Vlat dem Pfähler, aus dessen blutdürstigem Vermächtnis die Dracula-Legende entstand, gehörten zu einer der ausgeklügeltsten Bühnenshows, die je auf einer Tournee gezeigt wurden. Ich habe heute noch den Bericht aus dem *Rolling Stone* über das erste Konzert auf ihrer Scourge in America-Tour, das Papier sorgfältig mit Folie überzogen: Madison Square Garden, 17. Juli 1983.

Die Tournee tobte während der folgenden Wochen durch die Staaten; es war ihre erfolgreichste überhaupt. Diese extravagante Show war die eine einzige Sache, für die ich, glaube ich, wenn es hätte sein müssen, Körper und Seele verkauft hätte, um sie zu sehen. Grendel und seine bizarren Höhenflüge der Phantasie hatten mich durch das High School genannte Fegefeuer der Jugendlichen getragen. Ich war sogar damals schon ein Klischee – ich konnte nicht einmal meine individualistische Einstellung in etwas Originelles umsetzen. Ich war das schlanke, schmalbrüstige Mädchen, dessen Gesicht vom Nachdenken über die schmerzlichen Mysterien des Lebens und der Liebe zu einer düsteren Maske geworden war; das Mädchen, das Gedichte so trüb wie Novemberregen in fleckigen Notizbüchern mit sich herumtrug und Melodien dazu schrieb; das viel Schwarz trug und nicht ausging; das Bücher las und Musik hörte, für die sich sonst niemand interessierte.

Und Grendel hat mich da durchgebracht. Mein Trost in einer Zeit, als Phantasie der einzige Ausweg war. Wenigstens bis zu Beginn meines letzten Schuljahres.

Für die trauernden Fans ging die Wahrheit in einem Dschungel von Gerüchten verloren. Sinnlose Tragödien erzeugen ihre eigenen Mythen. Aber was ausreichend wahrscheinlich erschien, war dies: Zur Zeit ihrer Tournee war Grendel in einen Streit mit Toreador verwickelt, in dem es um Tantiemen ging, und auf beiden Seiten gab es erhitzte Gemüter. Der Plattenkonzern hatte für sie einen Termin in Seattle gemacht, zwei Tage später mußten sie in Denver sein. Mehr als 1.300 Meilen, die mit dem Bus zurückzulegen waren, plus Demontage und Wiederaufbau der Bühne. Sie hätten also keine Zeit gehabt für eine ordentlichen Soundcheck. Und für eine Band, die sich rühmte, überall eine optimale Raumakustik zu haben, war das natürlich ein Unding. Als sie sich beklagten und den Konzern darum baten, einen Charterjet springen zu lassen, lehnte Toreador ihre Bitte ab. Es sollte ihnen eine Lehre sein. Wie konnten sie es wagen, sich so etwas herauszunehmen gegenüber der Hand, die sie fütterte!

Also charterten sie auf eigene Kosten einen kleinen Jet. Aber über den Rockies gerieten sie in einen plötzlich auftauchenden Sturm, der von seinem vorhergesagten Kurs abgewichen war. Und spät in der Nacht gesellte sich Grendel zu Buddy Holly, Ritchie Valens, Lynyrd Skynyrd, Randy Rhoads und Stevie Ray Vaughan. Eine letzte große, blendende Lichtershow. 25. August 1983.

Der 25. August – dasselbe Datum wie der Tag unserer Bergtour. Der dunkelste aller Jahrestage, der Tag, an dem ich den Tod meiner musikalischen Retter betrauerte.

Ich kniete nieder, legte eine flache Hand auf das spärliche Gras. Vielleicht waren sie wirklich hier, warteten im Kreislauf des Jahres, um noch einmal ganz groß rauszukommen, um noch einmal für eine Weile ihren Geistern freien Lauf zu lassen. Ich wollte es glauben. Brauchte den Glauben daran, brauchte ihn mit der ängstlichen Leidenschaft eines Mädchens, das noch immer auf seinen ersten Kuß wartet.

Dann stand ich auf und wanderte den Weg zurück, den das Flugzeug bei seinem Absturz genommen hatte, ging unter den Ästen der Bäume her, die sich im Laufe der Zeit aus eigener Kraft wieder erholt hatten. Doug hatte inzwischen seine Ausrüstung aufgebaut und prüfte noch einmal genau alle Kabelverbindungen nach.

»Wenn es stimmt«, sagte ich, »wie wirst du dann dieses Band erklären?«

Er lächelte, ein Rhett Butler aus dem Jahrzehnt des Egoismus. »Ich werde das Master Tape nehmen und ein bißchen Zuschauerlärm dazumischen. Nach den Songs lasse ich den Applaus anschwellen, du weißt, wie es sich anhört. Grendel live in Concert. Wer schert sich schon darum, wann und wo es aufgenommen wurde?«

Ich tue es, dachte ich. Und jeder andere, der sie geliebt hat. Zuerst, vor ein paar Wochen, hatte es sich wie psychotisches Geschwätz angehört. Doug hatte durch einen Freund davon Wind bekommen, der ein häufiger Gast einer bestimmten einfachen Imbißstube war. Sie lag am westlichsten Zipfel von Fort Collins, im Vorgebirge, wo die Route 14 in die Berge hineinführt, und man bekam dort die besten Zimtbrötchen der Welt. Dort hatte er einen Veteranen aus dem Vietnamkrieg getroffen, der Schwierigkeiten gehabt hatte, sich wieder in das normale Leben einzufügen. Und ein Jahrzehnt nach seiner Heimkehr hatte er beschlossen, daß er in die Berge gehöre – nur um Jahre später nach Fort Collins zurückzukehren, voll von Geschichten über das Überleben und über Geister.

Jedes Jahr gegen Ende August, sagte er. Jedes Jahr, seitdem er dort oben gewesen sei, hätten an diesem Tag die Berge gebebt und die Bäume gezittert. Die Hügel wären vom Klang der Musik erfüllt gewesen. Grendel, tot und auf Tournee, kamen zurück, um ihre letzte Show zu geben.

Delirien posttraumatischer Streßsyndrome vielleicht. Aber weder Doug noch ich hätten es uns je verziehen, wenn wir diese Sache ignoriert hätten.

Wir sprachen wenig, während wir warteten, aßen zwischendurch etwas Trockenobst und ähnliches Zeug, Bergsteigernahrung. Ein Paar mit einer weniger parasitischen Beziehung hätte sich vielleicht von der Einsamkeit und der Umgebung dazu verlocken lassen, die Kleider abzustreifen und miteinander zu schlafen. Aber nicht wir. Unsere Begegnungen schienen auf verschwitzte Badezimmer und schmutzige Laken begrenzt zu sein, eingesperrt in einer Haßliebe, in einem Miasma aus Rauch und Zukunftsangst. Es würde für uns keinen Gipfelrausch geben, niemals. Der Nachmittag ging mühsam vorbei, der Abend quälte sich dahin. Die Sonne ließ sich hinter den westlichen Bergspitzen nieder, der Schnee auf den Gipfeln nahm die Rosa- und Blautönungen neugeborener Babys an, bis sich der Himmel verdunkelte und der Schnee wieder weiß war, wenn auch geisterhaft in dem fahlen Mondlicht.

Selbst wenn Grendel niemals erschienen, wäre diese Nacht kein Verlust.

Aber wenn sie kämen – und sie mußten kommen, ich *wußte*, daß sie kommen würden –, dann würde diese Nacht zu einer Kostbarkeit werden.

Doug und ich lehnten an dem größten der weit verstreut liegenden Felsen, als die Musik begann, kaum hörbar und so leise, daß sie sich geradezu an uns herangeschlichen hatte. Aber meine Ohren ließen sich nicht lange zum Narren halten. Das hier war kein Wind, keine Laune der Bergakustik.

Der Gesang stieg vom Erdboden und von den Felsen empor, zyklisch und mit Überschneidungen. Ich kannte ihn von *Here There Be Dragons...* ein düsterer Trauermarsch. Gesungen in lateinischer Sprache über dröhnenden Synthesizern, ihre Stimmen zigfach überlagert, bis sie wie Dutzende von Stimmen erschienen, wie Hunderte. Ein Requiem, um feierlich das Hinscheiden von Königen zu verkündigen.

Es dehnte sich in die Nacht aus, hallte wider von Felswänden und Berggipfeln, ein jubilierender Orkan, der jeden Zentimeter Fleisch mit Gänsehaut überzog. Wenig später erglühte das Amphitheater in einem geisterhaften unirdischen Licht, das dynamischer war, als es je eine Konzertbühne erlebt hatte; zu diesem Zeitpunkt weinte ich bereits vor Glück.

Ich sah zu Doug hinüber. Seine Augen waren geweitet, sein Kiefer vor Überraschung heruntergeklappt. Aber seine Hände blieben ganz ruhig, während sie über Rotationsteiler, Schalter und Schieber glitten. Er saugte alles mit einem Tonbandgerät auf, das von Batterien und Spannungsumwandlern betrieben wurde. Ringsherum waren auf das Amphitheater gerichtete Mikrophone aufgestellt. Als er sich erst einmal seinen Kopfhörer übergestülpt hatte, wußte ich, daß er nie zuvor einen Sound wie *diesen* gehört hatte.

Ich taumelte ein paar Schritte weiter weg, dann fiel ich auf die Knie. Kein unaufrichtiger Gedanke drängte sich mir auf, kein

Leugnen, keine Erklärungen für Halluzinationen. Nein. Es schien einfach natürlich; es schien *richtig*.

Es war so, als wäre ich in das Foto, das zu dem Bericht im *Rolling Stone* gehörte, hineingetreten. Ich hatte mir jede Einzelheit der Dekoration eingeprägt, jeden noch so kleinen Teil ihrer Bühnenausstattung. Das ganze Amphitheater und das umliegende Gelände waren für eine Rekonstruktion verwendet worden.

Grendels ›Scourge in America‹-Bühne stellte eine zerstörte Landschaft dar. Eingefallene Mauern und stetig brennende Strohdächer, die die Armee von Vlat dem Pfähler mit ihren Fackeln entzündet hatte. Vor dem Hintergrund hoben sich die Silhouetten von Pferden und Reitern ab, die in wilder Flucht davonstürmten. Boulevard der Vernichtung. Und zu beiden Seiten der Stelle, an der die Band spielte, verzweigten sich immer höher werdende Reihen schauerlicher Pfähle, die Vlat seinen Spitznamen gegeben hatten. Während die Musik spielte, machte sich eine Horde in Pelz gehüllter Barbaren mit lässiger Effektivität an ihre Arbeit... befestigte sich windende Körper an spitzen Pflöcken, um sie dann wie Fahnenstangen aufzurichten. Wo sie sich krümmten, wo sie Bühnenblut vergossen. Es hatte alles sehr real ausgesehen, damals ebenso wie heute.

Ich entfernte mich von Doug und stürmte auf das Amphitheater zu. Ihre Musik war von dunkler Majestät, und sie schienen überhaupt nicht zu bemerken, daß ich da war: Terence Dobbins, ein Paganini des zwanzigsten Jahrhunderts, ein Paganini der Gitarre; Dylan Price, Baßgitarre und Lead-Sänger; Ian Smyth-Taylor, ein Hexenmeister der Tasten, ob modern oder altmodisch; Jon Wakefield, der Meisterschlagzeuger.

Die Farben pulsierten, glitten ineinander, lebendig und unheimlich. Die Mitglieder der Band waren schattenartige Silhouetten vor einer roten Hintergrundbeleuchtung, dann spielte jeder von ihnen aus dem Inneren seiner eigenen Pyramide aus kreisendem Blau... weiter und immer weiter.

Ich heftete meinen Blick auf Dylan Price, der gerade davon sang, was jenseits des Randes der Erde lag. Breitbeinig stand er da, und seine schwarze Mähne streifte seine Schultern. Er trug ein Hemd mit einer Peitschenschnur über der Brust und sah so perfekt aus wie auf einem Poster, jeder Zoll der pubertäre Traum, den ich vor zehn Jahren in ihm gesehen hatte. Aus seiner Kehle erscholl die Stimme eines befleckten Engels.

Die Songs flossen dahin, es gab kaum eine Pause. Die Flammen versengten das zerstörte Bühnendorf. Und die Reihen der blutenden Körper vermehrten sich ständig, die riesigen Pfähle neigten sich einander in den merkwürdigsten Winkeln zu, und ihr roh behauenes Holz war dunkel und fleckig.

Nach vierzig Minuten spielten sie einen Song, den ich noch nie gehört hatte. Vor dem Amphitheater in mich zusammengesackt achtete ich genau auf den Text, den Grendel über dem Sound barocker Trompeten aus den Keyboards heraufbeschworen. Ein Artus-Text, irgend etwas über Mordred. Hinter mir konnte ich gerade noch hören, wie Doug einen Freudenschrei ausstieß. *Unveröffentlichte Tracks*. Die Kasse in seinem Kopf klingelte und zeigte eine noch höhere Summe an. Es mußte Musik von dem nie aufgezeichneten fünften Album sein, das Gerüchten zufolge König Artus und die Ritter der Tafelrunde zum Gegenstand hatte.

Glücklicher, glücklicher Doug. Hier, um zu profitieren, mit seinem grenzenlosen Enthusiasmus und seinen Tonbandspulen aus magnetischem Oxyd.

Nach siebzig Minuten gab Grendel den Power Rock auf, um sich einem Konzert, wie es für sie typisch war, zuzuwenden. Terences elektrische Gitarre wich einer akustischen zwölfsaitigen, Dylans Baß machte Mandoline und Harfe Platz. Ian fiel auf dem Cembalo ein, und Jon tauchte hinter seinem Schlagzeug auf, um sich mit einer Flöte hinzusetzen. Die tobenden Flammen oben auf den Mauern und den Strohdächern gingen in ein warmes, freundliches Flackern über. Die Spaliere der gepfählten Leichen lösten sich auf, die barbarische Armee verschwand in den Schatten. Die Musik behielt die Oberherrschaft über das Theater. Feinfühlig, lebendig und sanft. Verschlungene Tonfolgen, in Sonatenform miteinander verwoben. Wenn ihre Kleidung nicht gewesen wäre, hätte man sich Grendel ohne weiteres zur Unterhaltung der Tänzer auf einem Renaissance-Ball vorstellen können.

Sie hatten nicht mehr als eine Minute gespielt, als sich eine erste Panne in diese makellose Vorstellung einschlich. Eifrig über seine Gitarre gebeugt, hatte Terence Dobbins die ganze Zeit über gespielt. Jetzt aber strauchelten seine Finger. Er richtete sich auf, und im Licht der Bühne sah ich, wie Blutstropfen aus seiner Nase sickerten und auf seine Gitarre prasselten. Augenblicke später hatte dieses Phänomen sie alle ergriffen. Blut tropfte aus Augen, Ohren, Nasenlöchern, Fingerspitzen, Mündern. Es ergoß sich über Kleidungsstücke, besprenkelte die Elfenbeintasten des Cembalos, glänzte auf Jons Flöte.

Sie taumelten, alle wie sie da waren, und krümmten sich wie Menschen, die große Schmerzen haben.

Und versuchten tapfer weiterzumachen.

Dylan Price, der auf einem niedrigen Stuhl saß, hob seinen Kopf und wandte seinen Blick von der Mandoline, deren Griffleiste er mit Blut beschmiert hatte, ab. Und zum ersten Mal, seitdem dieses Konzert begonnen hatte, sah er mich an. Er sah nicht einfach rein zufällig in meine Richtung. Er sah *mich an.*

Es gab einmal eine Zeit, da wäre ich ihm, hätte er mich darum gebeten, hinter die Bühne gefolgt, durch das ganze Land, quer über den Globus. Ich würde ihm nicht bis ins Grab folgen, aber darum bat er mich auch nicht. Ich konnte im Bruchteil einer Sekunde erkennen, was er empfand.

Ich kannte diesen gequälten Blick. Hatte ihn in meinen eigenen Augen gesehen, unzählige Male, als ich vierzehn, fünfzehn, sechzehn und siebzehn gewesen war. Als jene Aspekte meines Lebens, die es einzigartig machten, mich lediglich dem Gelächter preisgaben; als meine Seele aufschrie: »Das ist alles, was ich habe, und das ist alles, was ich bin. Also bitte, rüttelt nicht daran!«

Der tote Superstar, voller Hoffnung. Wir hatten mehr gemeinsam, als ich gedacht hatte. Wo auch immer seine Quelle liegt, der Schmerz ist universell.

Mein Idol, mein Retter. Jetzt konnte ich mich endlich revanchieren. Wir hatten uns gerade noch rechtzeitig verständigt. Denn anschließend hatte das Blut Dylans Augen blind gemacht.

Ich rannte vom Amphitheater zurück zu dem Platz, an dem Doug sein Tonbanddeck und die Digitalanzeiger befehligte. Die Ekstase, die sich einige Zeit zuvor auf seinem Gesicht gezeigt hatte, hatte sich in säuerliche Frustration verwandelt.

»Was zum Teufel ist bloß los mit ihnen?« sagte er. Er war zu weit von der Bühne entfernt, um das Blut deutlich sehen zu können. »Sie hören sich zum Kotzen an!«

»Schalt das Band ab, Doug.« Ich streckte meine Hand nach dem Hauptschalter aus, aber er schlug sie zur Seite. Als ich es wieder versuchte, gab er mir einen Stoß, der mich zu Boden warf.

»Doug, *bitte.* Stell es einfach ab. Du bringst sie um.« Ich hatte mich mittlerweile auf die Knie hochgezogen; ich haßte es, betteln zu müssen.

»Ich bringe sie um?« Er lachte ungläubig. »Sie sind doch schon tot!«

»Aber nicht *ganz*, nicht der Teil von ihnen, der die Musik machte. Die Musik kam aus ihren Seelen, nicht aus ihren Körpern. Die Musik ist alles, was sie jetzt noch haben. Das nimmst du ihnen weg. Du nimmst ihnen das einzige weg, was ihnen noch geblieben ist. Du blutest sie aus!«

Doug schüttelte den Kopf und rollte mit den Augen. Aber als ich mich noch einmal auf den Schalter stürzte, wurden diese Augen bösartig. Er drehte sich zu mir um, schlug mich mit dem Handrücken zu Boden und traf mich dabei hart am Auge. Es würde übel anschwellen – soviel stand fest.

Ich rannte ein paar Meter auf das Amphitheater zu, zu dem nächsten der in einer Reihe stehenden Mikrofone, die er aufgestellt hatte. Es war auf ein kleines Metallgestell montiert und auf die Band gerichtet. Ich zerrte das Mikrofon aus seiner Halterung, riß den Ständer und seinen Sockel hoch wie eine Keule.

Und dann legte ich erst richtig los. Unsicher. Aber mit wilder Entschlossenheit.

Doug rannte zu mir herüber, stand zwischen mir und seinem immer weiterlaufenden Cassettendeck, einen Felsbrocken in der Hand. Ich konnte an seinen Augen erkennen, daß er, wenn er mich nicht von meinem Vorhaben abbringen konnte, nicht zögern würde, mich mit Gewalt aufzuhalten. Aber ich konnte nicht zulassen, daß es weiterging, nicht nachdem es in erster Linie die kleinkarierte Gier nach ihren Tantiemen gewesen war, die sie damals getötet hatte. Und so gingen wir, unter den gewaltigen Ästen altersloser Bäume, aufeinander los wie zwei wilde Tiere, die um ein Revier kämpften.

Ich wirbelte herum, Doug warf. Wir beide wurden am Kopf getroffen. In einem Buster-Keaton-Film wäre das vielleicht komisch gewesen. Sein Stein traf mich an der Stirn, eine halbe Sekunde bevor ich spürte, wie der Mikrofonständer seine Schläfe berührte, woraufhin wir beide zu Boden stürzten.

Während das Band weiterlief.

Ich stöhnte, rollte von einer Seite zur anderen, hilflos wie ein halbtotes Kind. Mein Kopf dröhnte, und weißglühende Blitze durchzuckten meinen Schädel nach dem Schlag. Schwellung und Blut hatten das eine Auge blind gemacht. Aber das andere funktionierte gut, und dasselbe galt für meine Ohren.

Während des ganzen Konzertes hatte ich nur über eine einzige Sache nachgedacht: *Könnte ich sie anfassen? Hatten sie einen wirklichen, festen Körper?*

Was die Band betrifft, werde ich es niemals wissen. Aber die barbarische Armee? Die war wirklich genug. In dieser Nacht waren sie jedenfalls echt.

Echt genug wenigstens, um hinter den Bäumen aufzutauchen und einen halb bewußtlosen Doug hochzuheben und ihn zum Amphitheater zu tragen. Ich sah mit einem verschwommenen Auge zu, mit Gliedmaßen, die mich im Stich ließen, die sich nicht in die Richtung bewegen wollten, die ich ihnen wies.

Während das Band weiterlief.

Das Akustikgerät bekam einen Kurzschluß, doch das war in Ordnung. Und während einer kurzen Pause, in der ich nicht länger hinsehen konnte, glaubte ich, Dylan Price zu erkennen, der über mir stand, auf mich herablächelte und sich mit einem durchweichten roten Handtuch das Gesicht abwischte. Aber er schwitzte kein Blut mehr.

Und dann war er weg.

Mein Bewußtsein war kurz davor, seine Arbeit einzustellen. Und ich hatte keine Wahl in dieser Angelegenheit. Aber kurz bevor es geschah, hörte ich noch, wie das Schreien anfing. Vlats Armee bei der Arbeit.

Und dann begann der *wirkliche* Power Rock.

Der Morgen erwacht früh in den Bergen, kalt und klar.

Auch ich erwachte, zitternd vor Kälte, und meine linke Wange war steif geworden unter einer Blutkruste. Ich erhob mich wackelig, und die Welt verschwamm vor meinen Augen, bevor sie langsam wieder deutlicher wurde. Wenigstens hatte ich zur Zeit nur ein Auge, das sich durcheinanderbringen ließ.

Die Luft war ganz still. Da, wo einmal Gitarren und Keyboards erklungen waren, sangen jetzt nur noch der Wind und die Vögel.

Aber es war noch einiges mehr zu entdecken. Das Cassettendeck und die Mikrofone, alles gegen die Felsen geschmettert und pulverisiert. Nach diesem Fund humpelte ich zum Amphitheater hinüber. Weg, alles weg, die ganze prächtige Bühne. Das brennende Dorf, die Instrumente und ihre Herren. Die Spaliere der Pfähle, kopflastig geworden durch die Opfer, die sie trugen. Alle weg. Das heißt, bis auf einen.

Doug hatte immer hinter den Kulissen operiert. Und jetzt? Mitten auf der Bühne.

Er hing acht Fuß hoch in der Luft. Sein Körper verdreht und steif, seine Gliedmaßen verrenkt, und aus seinem Unterleib ragte ein zwei Fuß langer Pflock. Ich empfand keine Freude über seinen Tod, aber auch keine echte Betroffenheit. Vielleicht weil der Tod zwar so natürlich wie das Leben ist, seine Nachwirkungen jedoch so unnatürlich.

Oder vielleicht lag es auch daran, daß Doug selbst so unnatürlich wirkte. Kaum erkennbar. Ein verschrumpelter Beutel aus Knochen und weichem Fleisch. Wieviel vom menschlichen Körper ist flüssig? Wie hoch der Prozentsatz auch sein mochte, aus Doug jedenfalls war das meiste davon herausgelaufen.

Erst nachdem ich seine runzelige, dehydrierte Gestalt angestarrt hatte, ließ ich meinen Blick den Pfahl hinunterwandern, zu der Erde unter ihm. Zu den beiden Dingen, die dort lagen.

Das erste die Bandspulen, eingepackt und unversehrt. Wartend. Ein Geschenk? So verstand ich es jedenfalls. Ein Geschenk, das ohne Profitgier gespielt werden sollte, nur zur Freude.

Und das zweite... ein einfacher Zettel, befleckt mit drei Spritzern dunklen Rots. Dougs Blut, daran hatte ich keinen Zweifel. Nur das Blut und ein paar Worte, aufgeschrieben von einer festen, sicheren Hand.

Tantiemen: voll bezahlt.

R. PATRICK GATES

Heavy Metal

(Mit der Bitte an Edgar Allan Poe, mir zu verzeihen)

WAHRHAFTIG! – nervös – ganz, ganz scheußlich nervös war ich damals und bin es noch; aber warum *wollen* Sie eigentlich behaupten, ich sei verrückt? Der Zwischenfall hat meine Sinne geschärft, nicht zerstört, nicht eingelullt. Vor allem mein Gehör war besonders fein. Ich hörte alle Dinge im Himmel und auf der Erde. Ich hörte viele Dinge in der Hölle, so wie die Musik, die aus dieser infernalischen – aber ich greife mir selbst vor. Hören Sie zu, und sehen Sie, wie gesund, wie gelassen ich Ihnen die ganze Geschichte erzählen kann.

Als das Ganze anfing, war ich ein einfacher Künstler, ein Bildhauer, der sich in seinem Dorfatelier abrackerte. Ich hatte mit Ton begonnen, aber bald festgestellt, daß meine Finger zu groß waren, um dieses unhandliche Zeug zu formen. Meine Stärke entdeckte ich beim Metall – beim Hämmern, Vernieten und Löten; ich kämpfte gegen das Metall, um es dazu zu bringen, sich meinem kreativen Willen zu beugen.

Obwohl ich weit davon entfernt war, mit meiner Kunst finanzielle Erfolge zu erringen, hatte ich doch mit einer kleinen Ausstellung, die ich letztes Jahr in einer Galerie in Soho gemacht habe, bei den Kritikern einen gewissen Beifall gefunden. Vielleicht haben ja einige von Ihnen die Ausstellung gesehen?

Vielleicht auch nicht.

Egal. Ein kleines Erbe, das mir meine Mutter hinterlassen hat, gestattete es mir, mich zwei Jahre lang ganz und gar meiner Kunst zu widmen – unter der Voraussetzung, daß ich sehr sparsam lebte. In diesen zwei Jahren mußte ich es schaffen, sie waren alles, was ich hatte. Also werden Sie verstehen, warum ich so nervös war und warum jede Störung für mich so kostspielig und so ärgerlich war.

Ich arbeitete gerade an einem besonders schwierigen Stück – einem Geflecht aus Kupfer und Eisen. In meiner Phantasie hatte ich eine vage Vorstellung, kaum greifbar, und ich versuchte das Metall dazu zu bringen, sich zu diesem Bild emporzuschwingen. Ich wußte nur eins, das Metall sollte seine Masse transzendieren, sein eigentliches Gewicht hinter sich lassen und zu einem Symbol spiritueller Metamorphose werden.

Ich arbeitete an meinem Amboß – einem echten Schmiedeamboß mit einem Gewicht von 400 Pfund, den ich in einem kleinen Antiquitätengeschäft in Jersey für ein Butterbrot aufgelesen hatte –, als das Wunderbare geschah. Ich bearbeitete gerade ein paar Kupferreste, die ich zu flachen, bandförmigen Röhren hämmern wollte, als mir langsam eine Offenbarung über das Stück kam. Plötzlich fing alles an, sich zusammenzufügen. Wie eine im Bau befindliche Pyramide begann die Idee zu der Skulptur vor meinem inneren Auge zu wachsen.

Es war *phantastisch!*

Es war *wunderschön!*

Es würde das beste Werk sein, das ich je geschaffen hatte!

Wahrhaftig, auch wenn es unbescheiden klingt, es würde das beste Kunstwerk werden, das jemals *irgend jemand* geschaffen hatte. Es würde mich berühmt machen. Es würde mich reich machen. Es...

War plötzlich weg, zerstört von einer plärrenden, kreischenden Kakophonie schreiender Gitarren, dämonischen Gesangs und des winselnden Feedbacks elektrischer Verstärker. Meine größte Idee wurde buchstäblich aus meinem Kopf vertrieben und von einem durchdringenden, grauenvollen Lärm ersetzt, der nichts anderes als Höllenmusik sein konnte.

Ich warf den Hammer weg, Kupferspäne spritzen in alle Richtungen, und machte mich verstohlen auf die Suche nach dem Ursprung des Geräuschs. Es kam von draußen. Ich eilte ans Fenster, sah hinunter, und da war er, der Zerstörer von Ideen, der Ruin meiner Kreativität.

Es hatte die Größe eines Koffers und leuchtete mit Chrom und schwarzem Plastik in der heißen sommerlichen Stadtsonne. Seine Griffe glitzerten feindlich, und sein Lautstärkeranzeiger tanzte spastisch zu dem Getöse, das aus seinen Lautsprechern strömte. Es war die größte Krachmaschine, die ich je gesehen hatte, und mit dieser furchtbaren Gehörfolter, die sie produzierte, war sie gewiß auch die häßlichste.

Ein Verrückter hätte den langhaarigen Jungen, dem dieses Kofferradio der Hölle gehörte, angeschrien. Und ich hätte sicher einen Grund dazu gehabt, da seine infernalische Maschine soeben vielleicht die größte Idee in der ganzen langen Geschichte der Kunst ausgelöscht hatte. Ein Wahnsinniger wäre die Treppe hinuntergerannt und hätte den Jungen angesprochen, hätte nach der Polizei geschrien, hätte den jungen Burschen mit wilden Worten und noch wilderen Taten bedroht.

Das ist es, was ein Verrückter getan hätte. Aber, wie ich bereits sagte, ich war nicht geistesgestört; ich *bin nicht* geistesgestört.

Ich habe dem Jungen nie einen Vorwurf gemacht. Er war das Produkt eines armen Elternhauses – die Mutter Trinkerin, einen Vater gab es nicht. Ich mißgönnte ihm keinesfalls den sinnlosen Ausweg, den er in den jämmerlichen Melodien seiner lauten und primitiven Heavy Metal-Bands suchte. Er hat mir nie etwas getan. Er hat mich auch nie beleidigt.

Es war diese Krachmaschine, die ich haßte. Von diesem Augenblick an genügte schon ihr bloßer Klang, und zwar gleichgültig, ob er von geschlossenen Fenstern und Hintergrundgeräuschen gedämpft wurde, um mir das Blut im Leibe gefrieren zu lassen.

Bedächtig schloß ich das Fenster, obwohl die Temperatur in meinem Atelier bestimmt langsam die 40°-Grenze überstieg. Und verhielt mich so, als sei alles in Ordnung. Aber tief drinnen wünschte ich mir nichts sehnlicher, als diese kreischende Kiste, diesen Zerstörer des Ruhms, zerschmettert zu sehen, verendet in einem Haufen aus Plastik und Metall, Transistoren und Drähten, und das alles säuberlich verteilt über die Eingangsstufen vor meinem Haus.

Ich lag in dieser ersten Nacht bis zum Morgen wach, genauso wie in den folgenden Nächten, und horchte auf das Hämmern des Heavy Metals aus der Krachmaschine, das durch den Fußboden zu mir heraufpulsierte und sogar durch die dicken Mauern drang. Die Mutter des Jungen kippte, pünktlich wie die Uhr, jede Nacht um zehn sturzbetrunken um, und selbst eine Atomexplosion hätte sie nicht aufwecken können. Bis in die frühen Morgenstunden hinein dröhnte dieser entsetzliche Krach, den einige Leute Musik nennen, zu mir herauf. AC/DC krachten gegen die Wände; Poison hämmerten auf den Fußböden herum; Iron Maiden rüttelten an meinem Bett, jede Nacht. Ich konnte nicht einschlafen, bevor die Musik aufhörte, für gewöhnlich kurz vor Morgengrauen. Und ein paar

Stunden später war ich wieder wach und versuchte zu arbeiten, bevor die Kakophonie zurückkehrte, wenn der Junge seinen Stammplatz auf den Eingangsstufen einnahm, um einen weiteren Tag lang die Zeit totzuschlagen.

Nacht für Nacht ging das so, und Nacht für Nacht lag ich wach, starrte die Decke an, und selbst meine Knochen vibrierten. Dennoch waren jene Nächte nicht verschwendet. Ich wälzte mich nicht von einer Seite zur anderen, verfluchte den Lärm oder hämmerte auf den Fußboden, um eine kurze Unterbrechung dieser Folter zu erwirken. Ich rief auch nicht die Polizei, um den Jungen wegen Ruhestörung verhaften zu lassen.

Nein.

Statt dessen schmiedete ich Pläne.

Und genau das ist der Punkt. Sie stellen sich vor, ich sei verrückt. Aber ein Verrückter weiß nichts. Da hätten Sie *mich* sehen sollen. Sie hätten sehen sollen, wie klug ich vorgegangen bin – mit was für einer großen Behutsamkeit – mit was für einer extremen Voraussicht – mit was für einer ungemeinen Heimlichkeit ich zu Werke gegangen bin. Nie war ich freundlicher zu dem Jungen. Wenn ich nach draußen ging, lächelte ich ihm zu und sagte Hallo. Und die ganze Zeit über behielt ich diese verfluchte Kiste im Auge, während sie mich anplärrte, sich mit ihrer ohrenbetäubenden Lautstärke über mich lustig zu machen schien.

Aber ich würde als letzter lachen. Ich würde das Ding in Trümmern sehen. Und zu diesem Zweck nutzte ich meine schlaflosen Nächte und all meine kreative Energie, um eine passende Rache für dieses Musikmonster zu ersinnen.

Seltsamerweise geschah es, während ich fernsah, daß mir der perfekte Plan einfiel.

Ich stelle oft während der Arbeit den Fernseher ein, sehe aber kaum hin, sondern genieße vielmehr das unaufdringliche Hintergrundgeräusch. Eines Tages jedoch, träge vom Schlafmangel und mit dem höllischen Krach von draußen, der immer noch an meine Ohren drang, fand ich mich ziemlich regelmäßig vor dem Fernseher wieder.

Es lief ein Zeichentrickfilm, und während ich ihn mir ansah, traf mich die Idee wie ein heißer Schwall von U-Bahn-Abgasen. Es war ein köstlicher Roadrunner-Zeichentrickfilm. Schlitzohr E. Kojote war hoch oben auf einem Felsen; der Highway, den der Roadrunner entlangsauste, schlängelte sich weit unter ihm dahin. Schlitzohr E. packte einen seiner infamen Do-it-yourself-Baukästen aus. Ich sah voller Faszination zu, während er seine Falle aufbaute, wie dann alles schiefging, so wie es das immer tat, und der Schuß nach hinten losging. Aber das spielte keine Rolle. Ich hatte die perfekte Rache gefunden, und im Gegensatz zu dem komischen herumstümpernden Kojoten würde ich nicht scheitern.

Und jetzt sagen Sie mir ganz ernsthaft: Ist das verrückt?

Ich verbrachte die ganze Nacht damit, mich für den Tag X fertigzumachen. In den Tiefen der Dunkelheit kroch ich zu der Treppe hinunter, Maßband, Notizblock und Taschenrechner griffbereit. Ich maß. Ich schätzte. Ich rechnete. Ich tat das alles mit der akkuraten Präzision, derer ein Verrückter nicht fähig ist. Als dann am nächsten Morgen der Junge wieder seinen Platz auf den Stufen einnahm – Guns'n'Roses schrien aus der Krachmaschine –, da war ich bereit.

Ich hatte ein langes, glattes Brett genommen und es zwischen einer kleinen Trittleiter und dem Fensterbrett so aufgebaut, daß es genau die richtige Neigung hatte und mit der äußeren Kante fest auf dem Fensterbrett auflag. Während der frühen Morgenstunden hatte ich mehrmals 25-Cent-Stücke über das Brett hinunterrollen lassen, bis die Flugbahn genau richtig war. Eine dicke Schicht Wagenschmiere auf der Oberfläche des Brettes, ein paar anstrengende Augenblicke, um meinen Amboß auf die Leiter zu hieven, und *ab geht die Bombe!* Ich würde dieser verdammten Tonmaschine zeigen, was *Heavy Metal wirklich war.* Und schon wäre es um das Ding geschehen!

Können Sie immer noch behaupten, ich sei verrückt? Könnte ein Verrückter so peinlich genau geplant haben, so sorgfältig, so genial?

Aber der Plan ist doch schiefgegangen, sagen Sie?

Ja, das stimmt, aber nicht wegen eines Fehlers von mir. Meine Messungen waren exakt, perfekt, genial. War es etwa mein Fehler, daß der Junge sich ausgerechnet den Tag X dazu ausgesucht hatte, um seine Krachmaschine auf einem anderen Platz als sonst aufzubauen und ihren früheren Platz selbst einzunehmen? Und ist es vielleicht ein Wunder, daß ich, nachdem ich den Amboß aus dem Fenster geworfen hatte und dieser entsetzliche, quälende Lärm ungerührt weiterging, sich mehr denn je über mich lustig machte, daß ich da in einem Anfall von Zorn die Treppen hinuntergeflogen bin und das Ding mit bloßen Händen zertrümmert habe, während ich in den verspritzten Überresten von dem Kopf des Jungen herumrutschte?

War das verrückt?

War es das?

War es das?

REX MILLER

Bunky

»Haalllt, Jenny, Jenny!« Mitch Ryder macht sich auf dem quadrophonen Z-Band breit – o Mann, das bringt keiner so bös' wie Mitch Ryder, hab' ich recht? Jenny hat ihr blaues Kleid an. Jenny geht mal aus. O Schitt, Jim, der Wichser schafft es locker, und ich greife mir das Mikro.

»Halt, Joan! Ans Telefon! Jetzt wird's *rad*, mit Superton!«

Aus dem braven *a cappella* heraus gleich überblenden zu einem Block von Werbespots? Ney, ney, Doctor Jay. Ich schieße die Spots und katapultiere mich direkt in die Vergangenheit. Mitch, jawoll, du warst ja toll, aber Sam, wham-bam, jetzt zeigt dir Jimi mal 'nen Jam. Tiefgründig, voller Geistesblitze. Dies ist die Nacht der lebendig toten Rocker. Finger-Boogie-rama.

»Hol was von Morrison«, sag ich dem Pegelregler. Gefällt es mir hier oder nicht? X-ROQ. Tolle Kiste, Hoss, X-Rock. Exklusivkanal auf dem Z-Band, 250.000 PowerHertz aus Villanueva, Mexiko. »Wart' mal kurz, Knabe, muß mein Log noch nachtragen.«

Ich schaue drauf und sehe SUBMENU TAGHÄLFTE / HOT CLOCK B, und ich brülle durchs Sprechgerät zu Doctor Jay rüber: »He, Bruder, du hast mich auf das verdammte Tagesding gesetzt, du Pimmelkopf, und wir sind auf Hot Clock ›D‹, nicht ›B‹, was ich dir gar nicht gerne sage. Aber davon mal abgesehen ist alles andere hundert Pro perfekt.« Er lacht und korrigiert den Bildschirm.

»War das ›B‹ wie in Bratarsch oder ›D‹ wie in Dödelhirn?« fragt er mich mit metallener Stimme aus der Sprechanlage.

»D... Dussel, wie in Dengel-U-Boot deinen Bumskanal rauf. Oohkay, gut, woll'n mer mal schauen. Überblenden von Hendrix auf Pfuffer, Spot Eins, Übergang, Spot Zwei, ich und dann Chuck Berry.«

Doctor tippt es ein, und ich sehe:

Purple Haze
Puffer (:01)
Spot eins (:29)

Übergang (:2)
Spot zwei (:29)
Ansager
Maybelline

»Ouh, lock mich, Drucksock«, murmel ich in die Kiste, wie ich den Block von mir zusammenzähle. »Macht 61 Sekunden! Weg mit dem Spot-Brecher, und dann sofort auf die Musik.«

»Wir werden dich furchtbar vermissen«, knurrt er. Es geht tak, tak, tak auf den Tasten, und auf dem Bildschirm erscheint:

Purple Maze
Puffer (:01)
Spot eins (:29)
Spot zwei (:29)
Puffer (:01)
Maybelline

Das verdammte Ding hat mich verbessert. Erstaunlich! Ich liebe es. Ist einer von den brandneuen IMPAC-Programmern. Du gibst die Zeitlimits und Werbe-Blickblocks und den ganzen Mist ein, sagst ihm, wie das Programm laufen soll, es optimiert den Ablauf nach den Vorgaben, und du kannst dann essen gehen. Es wüßte schon von alleine, wann es das Sendezeichen vor der Musik einschieben müßte.

Unser Programmschema ist ultrakomplex. So eine Art Hybridmutante zwischen postmodernem Rock und den Top-40-Rennern von früher. Heißt einfach ›rad‹. Zur vollen Stunde gehen wir von den Spots auf *rad*-Maximum, in die echt goldene Rock-Abteilung. Aber die Abstufungen und die Pacing-Komponenten sind sehr verzwickt. Deshalb ist alles gut, was uns hilft, die Kanten und Überhänge abzuschmirgeln. IMPAC hat flexibles Pace-Routing, ist fernbedienbar – und Teufel noch mal, es hat sogar idiotensichere Reservebereiche, die auf die Warntöne ausgerichtet sind.

Tagsüber, wenn dein Log knallvoll ist, brauchst du die Maschine wirklich, aber ich benutze sie auch gern auf dieser Schicht, weil ich dann die Nummern besser nachhalte. Hilft einem auch, die eigenen Ansagen einzuteilen. Wir hatten bei Q-92 die alten MacKenzies, und damit konnte es ziemlich haarig werden. *Rad* ist ein anspruchsvoller Programmtyp, aber der Sound lohnt die Mühe – kapiert?

Vor einem Jahr konnte ich einen parametrischen Equalizer nicht von einer Paranuß unterscheiden, und ein paar Monate später bin ich bei Q-92 voll im Geschirr. Verdammt stark! Dann ruft Ed Bowman an. National-Programmdirektor für Am-West. Suchen eine komplett neue Mannschaft für X-Rock. Ob ich mal ein Band hätte? Scheeeiiiiße! Ob ich mal ein Band hätte? Ob Harvey eine steife Latte hat? Der Rest ist Geschichte.

»Eine Sekunde. Wir kriegen's geregelt.«

»Ich habe Morrison.« Er zeigt mir den Bildschirm.

»Gut so. Boogie für meine Freunde bis zum Erbrechen«, sage ich ihm und stelle den Studio-Monitor ab. Der Verstand ist ein Präzisionsinstrument. Vor einem Jahr stecke ich im Scheißknast. Die großen Macker kommen mit diesem närrischen Plan zu mir. Ich bekomme eine DJ-Ausbildung, ich habe einen Allnight-Gig, spiele Rock'n'Roll und flippe rum. Wenn die Sache erledigt ist, lassen sie mich laufen, ich werde ›vorzeitig entlassen‹ und bekomme noch zwanzigtausend bar auf die Kralle.

Sie bieten mir einen Vertrag an. Ein dicker Kontrakt mit meinem richtigen Namen und einem Decknamen der Gesellschaft. Sieht grundehrlich aus. Keine Einzelheiten. Streng vertrauliche Spionagegeschichte, Geheimsache mit Zugangsbeschränkung. Ob ich nicht mitmachen wolle. Scheiße! Ob Karnickel rammeln? Ich bin da raus.

Der Bursche gegenüber – der hat so'nen Weißennamen wie Chuck Lipshitz oder so was, aber ich schnalle ruck-zuck, daß der bestimmt nicht so heißt. Hat seinen grauen Zwirn an. Hat auch den kleinen Schnitt auf der Backe, vom Rasieren, und all den anderen Weißenscheiß von oben bis unten: Weiß, Angelsachse, Protestant. Ich hör mir diesen Quatsch nur mit halbem Ohr an.

»...senden euch und einige andere Einsatzgruppen in... Verbundoperationen... Verträge bei Sendern der Dye-Kette... Mitternachtsprogramm... Hard Rock... völlige Geheimhaltung...« Und dann kommt er mit den Drohungen. »Wenn du nur einmal dein Maul aufmachst, bist du wieder im Bau.« Kommt mir mit so einem Scheiß.

Teufel auch, ich sage ihm, ich hätte niemals jemanden ans Messer geliefert.

Das sei ihm bekannt, sagt er. Das hätten sie ›berücksichtigt‹, sagt er. So reden die wirklich.

Worum es geht, ist dies: Dieser Einsiedler vom Typ Howard Hughes mit einer Masse Dollars heißt Donald Dye oder Dickie Dye oder so. Hat ganz üble Sachen gemacht. Hat den Arschfick bei der Regierung gemacht. Ist Uncle Sam mit seiner alten Spermaschleuder von hinten gekommen. Hat irgendein Ding mit den Lybiern oder Persern gedreht – was auch immer. Soll jetzt abtreten. Ich sag denen mal als erstes, daß ich kein Totschläger bin. Sie haben sich den falschen Irren rausgesucht. Nein, sagen sie. Ich soll niemanden erledigen. Sie denken sich, daß ich den Knaben, der es tun soll, hineinbringe. Er wird als mein Toningenieur eingeführt. Ich halte den Drecksack auf Sendung, während der Schlag erfolgt.

Soll'n das heißen? Ich sag es ihnen. Was für'ne Art Arschgreiferhandel ist das wohl? Sie erklären es mir. Zeigen mir ein Bild von dem Bubi, mit dem ich arbeiten soll, und schon reimt sich alles zusammen. Himmel, Arsch und Zwirn! Es ist der verdammte Bunky! Hab' das Wahnsinnstier seit hundert Jahren nicht mehr gesehen. Wir haben mal kurz zusammen gesessen, als ich noch ein Kid war, haben in Algoa geschuftet. Will gar nicht von dem ganzen Schwindel und Betrug und Unterschleif erzählen, der mich da reingebracht hat. Will niemandes Auffassungsgabe beleidigen. Man braucht nur zu wissen, daß ich unschuldig war. Scheiße! *Bunky!*

Er sieht immer noch so aus wie früher – fünfhundert Pfund, zwei vierzig groß. Kleine, kalte, schwarze Augen starren aus einem Gesicht heraus, das wie eine Pfanne voller Pizzateig ist. Hartgesottener Killer. Jemand hat mal gesagt, der Wichser hätte für jedes Pfund seines Gewichtes irgendein menschliches Wesen ausgelöscht. Drei, für die ich garantieren kann, hat er jedenfalls damals im Knast erledigt. Und das ist kein leeres Geschwätz. Ein beinharter Todesbote.

»Sie erwarten, daß ich glaube, Bunky würde so was wie einen Ingenieurjob machen? Das ist kompletter Unfug, Meister. Den Mist kannst du sofort vergessen.«

Aber sie sagen, er macht mit. Bunky hat diese Macke mit Tieren. Tatsache ist, daß ich ihn bloß deswegen etwas besser kenne. Ich habe verhindert, daß da im Bullenkloster eine kleine Katze aus dem vierten Stock hinausgeworfen wurde. Wie eine Katze da reinkommen konnte, ist natürlich eine ganz andere Geschichte.

Bunky bringt gern Menschen um, aber Tiere liebt er. Sie haben ihm erzählt, wie Don Dye die Delphine alle fertiggemacht und diesen ganzen Mist, und seitdem ist unser Mann ganz wild darauf, ihn kaltzumachen. Die Sache ist die: Man kann nicht einfach zu diesem Knaben Dye hingehen und ihn erledigen, nicht wahr, weil er wie ein Eremit lebt. Er geht niemals irgendwohin, weißt du, also beispielsweise aus. Niemand bekommt ihn zu Gesicht. Er wickelt seine Geschäfte übers Telefon ab.

Sie erzählen Bunky von Dyes großem Lebensmittelkonzern. Die haben auch Konservenfabriken. Kaufen von den Leuten, die diese Netze und den ganzen Schiet auslegen und die Delphine alle abmurksen, ihnen den Arsch aufreißen und sie dann wieder hineinwerfen, ihre Babys zurück ins Meer werfen ohne die Mamas und den ganzen Mist – und der verdammte Bunky, er wird wild. Mann, er will Dye die Eingeweide rausreißen und sie *fressen*, Jim. Denn so ist er. Es geht ihm zu *Herzen*, weißt du?

Dye hat eine Schwäche – er bumst gerne seine Radiostationen. Das sind seine Spielzeuge, klar? Die einzige Gelegenheit, wo ihn überhaupt einmal jemand zu sehen kriegt, ist, wenn er mit seiner großen japanischen Leibwache während der Spätschicht dort auftaucht und im Produktionsraum herummacht, oder man entdeckt ihn auf der Nachtwache – nur ein Schatten, der durch das Geschäftsbüro geistert. Wie auch immer. Er ist einer von den verdammten *Freaks* – weißt du, so was wie ein Radio-Fan. Das liegt dem Wichser eben im Blut.

Die Jungs, die das Sagen haben, bringen ›Einsatzgruppen‹, immer ein Paar aus Ingenieur und Jockey, in allen seinen Radiobetrieben unter. Wenn Dye irgendwo auftaucht – falls er auftaucht –, ist er erledigt.

Kein Problem, die Teams einzuschleusen. Wenn die erst mal auf Sendung alles richtig draufhaben, dann müssen sie nur noch hingehen und den Jungs oder Mädels, die die Jobs gerade haben, mehr Dollars bieten, und du kennst Uncle Sam. Davon hat er reichlich. Dann – sobald die Leute gekündigt haben –, stehen die Teams vor der Tür, mit Lebenslauf und Probeband. Bei ein paar von den Jobs hängen auch die Gewerkschaften drin, aber auch das gehen sie locker an. Darüber braucht sich Uncle Sam nicht viel Gedanken zu machen.

Als erstes müßte ich zur Jock-Schulung. Dann arbeiten Bunky

und ich zusammen, bis wir alles geregelt kriegen. Dann geht es los. Zwanzig Mille, Mann. Und ich kann *gehen*, wenn es vorbei ist. Scheiße. Warum nicht?

Klar, ich bin doch nicht von gestern, Mann. Ich meine – ich bin ja auch nicht gerade vom verdammten Rübenkarren gefallen. Der ganze Scheiß von einem Einsiedler, von Uncle Sam und den Delphinen. Da hat irgend jemand feuchte Träume gehabt. Da ist mit irgendeinem dieser Langley-Trottel die Phantasie durchgegangen, als er sich einen gewichst hat. Ist zum Verrücktwerden mit diesen Agenten – warum? – du kommst dahinter, daß sie lügen wie gedruckt. Für diese Wichser bedeutet Lügen nicht Lügen, sondern ihren Job machen, kapierst du?

Worum es dabei auch gehen mag – ich weiß, daß ich es nie genau erfahren werde; und was es auch sein mag, es ist bestimmt unheimlich schlimmmmm. Und was immer es ist, es ist jedenfalls besser als das, was ich gerade mache, nämlich im Knast sitzen, die Hosen gestrichen voll, immer in Panik, bloß nicht aufzufallen und dann möglicherweise mit einem Arschloch groß wie ein Papierkorb wieder rauszukommen. Alles andere ist besser als dieser Scheiß. Ich sag mir also, Bruder komm, schwimm mit dem Strom.

Die Chefmacker schicken mich zur Jockschule. Johnny Hitts Schule, Mann. Mal was von Johnny gehört? Ich kannte den Vogel schon, als Gott noch ein junger Mann war. Einer von den Steinzeitwichsern, damals, als es zum ersten Mal Top 40 gab. Er hat Rhythm & Blues und die ersten Rockkonzerte ins Coliseum gebracht, war so eine Art Kreuzung zwischen Alan Freed und dem Typen, der das Fillmore gemanagt hat. Ein En-tre-pe-neur, klar?

Hitt ist ein alter Knabe. Trägt immer eine Baseballkappe von den Yankees und spricht aus den Mundwinkeln.

Ich sag als erstes: »Hey, mein alter Freund, der legendäre Johnny Hitt!« Oder irgendeinen Mist in der Art.

Und er kommt: »Das ist die erste Sache.« Haut mir schon eins in die Eier, verstehst du? Sagt doch nicht mal Guten Tag. »Das ist das Allerwichtigste – weg mit dem leeren Geschwätz. Kein dahergelabertes Zeug. Das ist Kappes. Und ich habe nur ein paar Wochen, um dich auf Vordermann zu bringen. Sprich ordentliches Englisch. Sprich in ganzen Sätzen. Vergiß den Slang. Verstanden?«

»Yeah.« Ich bin doch nicht taub. Aber er sieht mich bloß an, als wolle er sich meine Eier zum Frühstück braten. »Ich verstehe«, sage ich.

Die zweite Sache hat nichts damit zu tun, wie man ein Rock-Jock wird. Er bringt mir all diese Gesten bei. Kopfbewegungen. Hinweise mit der Stimme. Handzeichen. Es sei gut, daß ich überhaupt nichts wüßte, sagt er, so daß er es mir von der Pike auf beibiegen könne.

»Beim Radio gibst du dem Toningenieur so seinen Einsatz.« Er zeigt mit dem Finger. »Und du gibst *deinen* Ingenieur niemals so das Einsatzzeichen.«

Damit kann ich leben, Jim. Niemand kommt bei und steckt Bunky einen Finger ins Gesicht. Außer wenn er will, daß Bunky ihn abbeißt und den Scheiß frißt. Also lerne ich die Zeichen.

Hitt macht meinen Ingenieur. Als der erste Tag zu Ende geht, sind wir mit den Zeichen durch und treiben etwas, von dem ich später erfahre, daß es ›ein sauberes Kontrollpult fahren‹ genannt wird. Ich hab jetzt ein sauberes Pult und ein sauberes Arschloch.

»Dein Mann hat absolut kein Gefühl für's Radio. Offen gesagt bin ich mir auch nicht sicher, ob das bei dir anders ist. Aber du kannst dir genug Technik aneignen, um es vorzutäuschen. Der Hälfte der Leute beim Rundfunk fehlt das Gefühl dafür; es ist also nicht unbedingt erforderlich. Tatsache ist, daß er schneller ist als jeder andere Ingenieur, mit dem ich je zu tun hatte. Er bringt es irgendwie fertig, schneller auf ein visuelles Signal zu reagieren, als ich jemals für möglich gehalten hätte – ohne daß er es irgendwie vorwegnehmen oder vorzeitig in sein Stichwort einfallen würde. Seine Reaktionen sind so schnell, als ob du das Pult selbst bedientest. Natürlich habe ich nicht die geringste Spur einer Ahnung, was dieser ganze fromme Scheiß bedeuten soll.

Er wird niemals die Tonköpfe saubermachen müssen, eine defekte Nadel austauschen, sich um irgendeine verknackte Stelle auf einem Poti kümmern oder einen Hilfstransmitter in Gang bringen. Das alles wird ihm vom Hals gehalten. Er muß einfach nur aussehen wie ein Toningenieur und in der Lage sein, den Anweisungen zu folgen, die Verstärkungspegel zu regeln und das Pult zu bedienen. Ihr habt die Hundewache, so daß ihr euch wegen Werbespots keine Sorgen zu machen braucht. Dein Job ist, wie ein Profi zu klingen und dich mit dem Programmtyp vertraut zu machen.

Die Arbeit, für die ihr beide vorgesehen seid, ist völlig simpel.

Soviel Musik wie möglich. Jede Menge Überblendungen von einem Titel direkt in den nächsten. Das Ganze ist so locker, daß du von der Musik nicht allzuviel verstehen mußt.«

Am zweiten Tag mach ich immer noch kein Jocking. Ich kriege einen Crashkurs in Erster Hilfe für Tontechnik. Einfaches Ersetzen von Halbleiter-Einschubdingern, aber sie haben sofort raus, daß damit bei mir nur die Zeit verschwendet wird. Falls irgendwas zusammenbricht, lassen wir einen Kerl kommen, der es uns repariert. In der restlichen Zeit des Tages werde ich für korrektes *Interfacing* präpariert.

Der dritte Tag wird der härteste. Hitt erklärt mir jetzt echt, wie es gemacht wird. Ich mache meine Klappe nicht ein einziges Mal auf. Ich bin nur damit beschäftigt, die Theorie in mich aufzusaugen:

»Mal einen berühmten Radio-DJ im Fernsehen gesehen?« fragt er mich. »Wenn irgendein Top-Jock ins Fernsehen kommt, geht er unweigerlich ein. Was im Radio wirkt und was beim Fernsehen, das sind ganz unterschiedlich Dinge. Man reagiert auf ein Live-Publikum anders als auf ein Zielpublikum, das man nur im Kopf hat. Viele Jocks machen ihre Sendung für ihren Ingenieur, oder für irgend jemanden im Nachrichtenbüro, aber das kommt bei den Hörern nicht richtig an. Du wirst niemals deinen Ingenieur ansprechen. Du sprichst mit jemandem, den du im Kopf hast. Sie ist zweiundzwanzig. Hat einen Freund. Geht gern aus. Hört Rockmusik.« Er fängt an, diese Maus zu beschreiben, diese sagenhafte Schnepfe, für die ich mir nun vorstellen soll, die Sendung zu machen. Ich kann mich gerade noch beherrschen, zu fragen, ob sie große Milchmaschinen hat.

Am vierten Tag läßt er mich zum ersten Mal sprechen. Ich schwitze, wie ich vor dem Mikrofon sitze, und er läßt mich etwas vorlesen. Irgendeinen Quatsch über die nächste Platte, die ich spielen werde, ›der Untergang der Ella Fitzgerald‹ oder ›Gladys und die Pimpfe‹, oder was für ein Mist es immer sein mag – und ich mache meine Klappe auf, und er sagt, sei still.

»Der Sound ist falsch. Ich erkläre es dir. Du stellst deine Stimme auf Rockabilly ein.« Er sagt mir das, als gäbe er mir damit die Antwort auf die Frage nach dem Geheimnis aller Zeiten.

Ich kann Rockabilly nicht von dem verdammten Rock Hudson unterscheiden, aber ich höre erst mal zu.

»Die Stimme an sich muß warm sein. Vergiß den Mist, den du

gerade produziert hast. Diese Stimmlage wird ›Kotzer‹ genannt, und sie ist unerwünscht.«

Ich versuch es nochmal, versuche, wie ein Ansager zu klingen.

Er sagt: »Nein. Zu weit ins andere Extrem. Das ist Mist aus der Dampfradio-Zeit. Du sollst kein Nachrichtensprecher werden, du wirst ein Rock-Jock. Laß die Stimme natürlicher wirken, den Klang wärmer, mach es sanfter und intimer.«

So geht es weiter. Mach es sanfter, inniger, länger, weißer. Scheeeiiiißee!

Am fünften Tag läßt er mich Song-Einleitungen improvisieren. Was sagt man zu ›Brown Sugar‹ von den Stones? Zu Alices ›Eighteen‹? Zu Bobby Day, Elvis, Black Sabbath, zu allen Arten von Mainstream-Poprock. »Nein« ist ein Wort, das er oft gebraucht, dieser Hitt.

»Du stellt deine *Stimme* auf Rockabilly ein... deine *Worte* auf Soul... aber dein *Ton* ist jazzig. Klar?«

»Nein«, sage ich ihm. Ich verstehe nicht. Er erklärt es auf siebzehn verschiedene Weisen. Zeigt es mir und sagt es mir. Schließlich komme ich ganz langsam dahinter. Die Lage oder das Timbre oder der Klang der Stimme selbst ist so wie bei den Rockabilly-Jocks. Warm, volltönend und tief, ohne gezwungen zu wirken, eine angenehme, geradlinige Sache. Was man *sagt* – das hat Seele. Ein wenig schwarz, wie er es nennt. Und die *Art und Weise*, wie man es sagt, der Ausdruck der Stimme, soll jazzigen Rhythmus und Schwung haben. Jockspeak. Endlich fange ich an, am Ball zu bleiben.

Am Ende der Woche sagt er, mein Sound sei besser. Ich mache es ganz gut. Nicht großartig, aber ganz gut. Übers Wochenende hören wir Mitschnitte von anderen Jockeys: Rockin'Rob Rocket, C. Bruce Badfinger, Lar Boggs und Sweet William Trace. Gary Shapiro drüben in Kalifornien. Die ganz Großen.

Montag wird es zum ersten Mal ernst. So ernst wie ein verdammter Krebs. Hitt läßt mich vormittags ein bißchen ansagen, und dann kommen wieder ein paar von den grauen Zwirnen und falten einen großen Bogen zusammengelegten Papiers auseinander, der aussieht wie ein Plan.

»Das ist ein Grundriß des 1. Stockwerks des Senders, wo Sie hinkommen«, sagt einer von denen. »Unter diesem Studio liegen die Büros nach vorne raus. Sie werden hier in diesem Raum arbeiten.

Ihr Ingenieur wird hier sein.« Er streckt seinen manikürten Zeigefinger aus, und ich überlege mir, wie Bunky den ganzen Quatsch wohl kapieren soll. »Hier ist eine doppeltverglaste Trennwand, und hier die Musikbibliothek. Der Zugang zum Korridor. Treppenschacht. Aufzug. Produktionsraum – dort werden Sie Don Dye vermutlich antreffen, falls er sich während Ihrer Schicht überhaupt jemals zeigt.«

»Was genau tue ich dann?«

»Das ist das Einfachste. Sie tun überhaupt nichts«, verspricht er mir.

Die Zwirne machen weiter mit dem Grundriß. Mit den Alarmanlagen. Mit allem möglichen Mist. Dann kommen sie auf eine andere Besonderheit der Station zu sprechen.

»Sie müssen damit rechnen, daß Sie ständig überwacht werden. Wir wissen, daß es eine jederzeit zuschaltbare Audioüberwachung gibt, die durch eine Anlage im Büro des Betriebsleiters gesteuert wird. Aber wir glauben, daß sie wahrscheinlich auch Kameras installiert haben. Gehen Sie davon aus, daß sie ständig abgehört und beobachtet werden.« Selbst auf der Toilette, würde ich gern fragen.

»Der Reinigungs- und Wachdienst wird immer unter strenger Beachtung der Sicherheitsvorschriften durchgeführt, und während der gesamten Nachtzeit sind keine Besucher zugelassen. Nichts, was Sie sagen oder tun, nicht die geringste Geste oder Silbe, darf jemals darauf hinweisen, daß Sie beide etwas anderes sind als ein Disc Jockey und sein Ingenieur.«

So habe ich mich nicht mehr gefühlt, seit ich mit Home Tyrell zusammen in Pines Juwelenladen eingebrochen bin und die Cops schon auf uns warteten. Es ist so, als ob du irgendwo auf der Straße Football spielst und dich mit einem besonders gelungenen verdeckten Paß mittemang in die Scheiße bringst: du als Quarterback des ersten Blocks unter einer Tonne wütender Gorillas begraben, und Erdbeermus da, wo du früher mal ein rechtes Knie hattest.

In dieser Nacht träume ich, daß ich meine Arbeit liebe, auf einem Pferd ohne Namen in die Wüste reite, daß die Jungfrauen zu den Stränden gehen; Jeremias war ein verdammter Ochsenfrosch, die Pumpe arbeitet nicht, aber du bekommst alles, was du brauchst. Es sitzt mir alles im Nacken. Ich lasse mich tatsächlich auf irgendeine Agentengeschichte mit dem verdammten Bunky ein. Mann, wenn dir das nicht deinen Valentinstag versaut, was dann?

Ich würde ihn bald treffen, versprach Hitt. Drohte er. Wir würden schon miteinander klarkommen. Eines Tages, wie ich an einer offenen Tür vorbeikomme, sehe ich dort seine ›Einsatzhemden‹, maßgeschneiderte XXXL-Hemden so groß wie Fahnen, maßgefertigt mit eingenähten Kevlarbrettern als Schutzpanzer. Ich stellte mir vor, wie er jetzt wohl aussehen mußte, noch größer, härter, gefährlicher – falls das überhaupt möglich war – und kampfgestählt in Vietnam, wie ich hörte.

Wieder hatte ich einen Traum. Diesmal einen realistischen. Ich war in einem Studio, in dem ich zuvor nie gewesen war, und Bunky, so wie er früher aussah, der bediente mein Kontrollpult. Wir sehen ein paar Schatten – riesige, schreckliche Schattenrisse, die sich auf der Wand des Kontrollraums bewegen. Licht und irgendwelche Bewegung in der Produktion, und bevor ich noch blinzeln kann, ist Bunky unterwegs, in Aktion.

Ich erinnere mich, wie ich im besonders lebhaften Mittelteil des Traumes versuche, durch die Tür zu kommen, aber die ist verschlossen. Ich überlege, ob ich den Feuerlöscher durchs Fenster werfen soll, aber ich bin ja im Obergeschoß, und der Lärm könnte Bunky mißfallen, der mich dann umbringen würde.

Was geht ein paar Räume weiter in der Produktion vor? Ich kann nicht nachsehen. Ich muß pinkeln. Die Musik ist gleich zu Ende. Merkwürdigerweise prägt sich mir ein Detail des Traums besonders fest ein: Wir spielen gerade Archie Bell and the Drells, als Don Dye mit seiner Leibwache aus der Nacht kommt. ›Tighten up‹ hämmert aus dem Monitor, laut und bissig, so daß ich die Schreie nicht hören kann.

Das Warnlicht für die Musik leuchtet so hell, als ob ein kleines Geschoß über mir losginge. Ich bin unter die Ansagerkonsole abgetaucht. Hoch über mir ein alter Plattenspieler, unser Reserveteller. Überall Drähte und Kabel. Zitternd hocke ich da im Staub.

Aber der Sender verstummt nicht. Ich höre unser gesungenes Sendezeichen – ein weiteres ärgerliches Detail des Traumes –, während das Band von Kassette auf Standby überblendet. Ich hatte den Stand der Technik ganz vergessen.

Eine Ewigkeit später höre ich, daß sich im Raum etwas bewegt. Ich gefriere und zwinge mein Herz, mit dem Schlagen aufzuhören – nur für ein bis zwei Minuten. Das sanfte Knarren von Leder. Die vorübergleitende Gegenwart einer großen Masse, die sich über den Boden bewegt. Das Öl des Plattentellers tropft auf mich herab.

Mein Atem geht so laut in meinen Ohren. Ich verfluche meine Lungen. Zwei gigantische Bata-Boots, Größe 15 EEEEE, blutbedeckt, hieven sich in mein Blickfeld. Dann sehe ich die noch tropfende Klinge des Kampfmessers und die monströse Pranke, die es hält, und fast tut mein Herz, was ich von ihm verlange. Ich kneife meine Augen im Gebet fest zusammen.

Das nächste Geräusch, das ich höre, ist eins, an das ich mich seit vielen Jahren erinnere. Ein bellender, hustender Lärm fast wie beim Anlassen einer Motorsäge. Es ist das einem menschlichen Lachen ähnlichste Geräusch, das Bunky die Bestie jemals hervorbringt.

Nach einundzwanzig Tagen in Johnny Hitts Kurs komme ich ins Studio und Hitt ist nicht da. Ein Mann, den ich vorher nie gesehen habe, gibt mir einen Umschlag und verschwindet. Drin ist ein Bankscheck über zwanzigtausend Dollar und der lahmste Mist, den man sich vorstellen kann, darüber, daß dies nur ›ein Bereitschaftstest‹ für beispielhafte ›Sicherheitseinsätze im Notfall‹ gewesen sei und dergleichen mehr. Als ob ich plötzlich glauben würde, das Ganze sei nur eine Art Trainingseinheit gewesen.

Es steht auch eine Telefonnummer und ein Name dabei. Ich rufe an, wir drucksen eine Weile herum, und schließlich kommt die Botschaft bei mir an: Schätzen Sie sich glücklich. Sie bekommen das, was man im Rundfunkgeschäft ein ›pay-to-play‹ nennt. Bezahlung dafür, daß man nichts tut. Gibt's was besseres als diesen Mist?

Ich werde daran erinnert, daß meine Eier im Fleischwolf landen, falls ich jemals etwas über dies Fiasko ausflüstere, und daß der Rest von mir in irgendeiner einsamen Einzelzelle verfaulen wird, und daß die nationale Sicherheit blah-blah-blah, und leck mich am Arsch.

Ich verstehe eine Andeutung. Ich bin da weg wie der Roadrunner im Film, Mann. Hab' die Arschlöcher abkassiert, bevor die Tinte trocknen konnte, klaro? Und zum Teufel, ich bin jetzt ein ausgebildeter Spitzenjock, Kleiner. Ich lasse Probebänder aufnehmen, und leck mich doch, ein paar Monate später bin ich bei Q-92 voll im Geschirr! Zieht dir das nicht 'nen Knoten in die Shorts?

»Halt, Joan! Ans Telefon! Hier ist *rad, and bad to the bone!*«

Teufel, ich hätte fast das Wichtigste vergessen. So fünf, sechs Tage, nachdem ich mein Geld bekommen habe, blättere ich durch ein Nachrichtenmagazin und finde unter ›Gestorben‹: Dye, Donald Fornier. Finanzier, Rundfunkpionier, blah-blah. Am Ende des Nachrufs heißt es: ›...an Herzversagen‹.

Ich flüsterte ganz leise ein Wort, und ich brauche dir wohl nicht zu sagen, welches Wort das war, oder?

BILL MUMY UND PETER DAVID

Die schwarze '59er

Ihre nackten Arme glitzerten vor Schweiß, und ihre Hemden klebten ihnen an der Brust. Außerdem war Neil Kalmicks langes, braunes Haar so verfilzt, als spielte er in einer Sauna, während seine Finger über seine Gitarre flogen.

Und niemand kümmerte sich darum.

»Up to the Wire« war der letzte Song in dem Set, und Neil beendete ihn mit einem brandheißen, zweiunddreißig Takte langen Gitarrensolo. Chuck und Gary Wilkes, die schwarze Rhythmusabteilung, spielten, als wären sie nur ein einziger Musiker.

Und niemand interessierte sich dafür.

Dort, auf der Bühne des Chestnut Clubs, war ihr Eröffnungsset eine gloriose Verschmelzung von traditionellem Blues, Heavy Metal und Hardrock gewesen – alles mehr oder weniger gleichzeitig. Sie hatten toll gespielt, und präzise, und gut. Verdammt gut.

Und niemand interessierte sich dafür.

Denn die Menge wartete auf Zip, die großen Stars, eine Glitterrock-Band, viel Theater und nichts dahinter. Aber sie waren diejenigen mit dem Rekordverkauf und dem heißen Video, das fünfmal am Tag auf MTV lief.

Der Applaus für die Eröffnungsnummer, die Neil Kalmick-Band, war höflich, wenn auch ein wenig spärlich. Gewiß nicht lang genug, um sie auf den Gedanken zu bringen, das Publikum *könnte* sie um eine Zugabe bitten. Sie applaudierten gerade lange genug, um nicht rüde zu wirken. Ach, Hollywood. »Danke, daß du dich um alles Wesentliche gekümmert hast, Baby«, sagte Neil zum wahrscheinlich hundertsten Mal in seinem Leben. Pam Sullivan lächelte kurz. Eines ihrer mageren Beine lehnte an Neils schwerem Marshall-Verstärker, der seinerseits an der Wand der schäbigen Künstlergarderobe lehnte. Diesen Raum Künstlergarderobe zu nennen, war ungefähr so, als bezeichnete man einen Sarg als Bungalow. Eine verfilzte, zerrissene, befleckte, versengte Couch stand auf einem gleichermaßen ekelhaften Teppich. Der enge Raum stellte überdies einen luxuriösen, zerbrochenen, schmutzigen, bodenlangen Spiegel zur Schau, und an den vergilbenden Wänden prangten mit den Jahren angesammelte Rock and Roll-Graffiti.

Als Pam Chuck seine sechsundsechzig Dollar gab – seinen Anteil am Verdienst dieser Nacht –, bereicherte Bruder Gary, der bereits ausgezahlt worden war, die tätowierte Wand mit einem Filzstift um das Logo der Neil Kalmick-Band. Dabei warf er Nick ein schiefes Lächeln zu.

»Danke, Pam«, sagte Chuck und drehte sich zu Neil um. »Und dir auch vielen Dank, Mann«, sagte er, wobei er das Geld hochhielt. »Sieh mal, Neil – du schreibst die Songs, du bist der Sänger, der Solist, und du bist unser Aushängeschild. Trotzdem machst du immer mit uns halbe-halbe. Falls du irgendwie pleite sein solltest, dann –«

Neil winkte ab. »So bin ich eben«, sagte er mit leichtem Sarkasmus. Als sie gingen, machten sie schnell die Tür hinter sich zu, damit das halbtalentierte Gehämmer, das Zip auf der Bühne veranstaltete, zumindest ein kleines bißchen weniger irritierend wirkte.

Pam trat hinter ihn und grub ihre Finger in seine Schultern, während er sich daran machte, einen losen Wirbel an seiner Gitarre wieder festzuziehen. »Du warst ganz großartig heute nacht, Lover«, sagte sie zu ihm. Ihr langes, blondes Haar fiel über ihn und verhedderte sich in seinem. »Und deine Zeit kommt schon noch. Du wirst sehen.«

»Hure«, murmelte er.

Ihre Finger hielten inne. »Wie hast du mich genannt?«

»Was?« Er sah zu ihr auf, und sein Blick wurde langsam klar. »Oh,... sorry, Schatz. Ich habe nicht mit dir gesprochen. Darüber habe ich gesprochen«, sagte er und tippte mit dem Finger an den Chromknopf. »Meine B-Saite ist immer wieder rausgerutscht, und ich kriege nicht genug Sustain rein.«

»Hier ist etwas, das dir kraft geben wird«, neckte sie ihn. »Ein Reisebüro will, daß ich für ihre neuen Büros ein paar antike Holland-Truhen nachbaue. Das müßte eigentlich soviel einbringen, daß wir davon für eine Woche nach Hawaii fliegen könnten, wenn ich fertig bin.«

»Das ist ja toll, Pam!« sagte er mit gerade soviel Begeisterung, wie er aufbringen konnte. »Wenigstens einer von uns beiden kommt groß raus.«

»Oh, Neil.« Sie holte ungeduldig Luft. »Ich wollte nicht, daß du…«

Er winkte ab. »Schau, ich freue mich für dich. Wirklich. Wie wär's, wenn ich später zu dir rüberkäme, okay? Geht das in Ordnung?«

»Na klar.« Sie zuckte mit den Schultern. Sie wußte, daß es keinen Sinn gehabt hätte zu versuchen, ihn zu irgend etwas zu überreden, wenn er in dieser Stimmung war. Ein paar Augenblicke nachdem Pam gegangen war, klopfte es an der Tür. Neil drehte sich um, und seine Augen weiteten sich vor Überraschung.

»John Hemly«, stieß er hervor.

Hemly stand vor ihm, genauso abgerissen und widerwärtig wie immer. Er breitete die Arme aus, als wolle er Neil umarmen, blieb jedoch, wo er war. In einer seiner abscheulichen Hände hielt er einen Gitarrenkasten. Als er zu sprechen begann, hatte es den Anschein, als stieße er dabei faulige Luft aus. »Neil«, sagte er. »Es ist jetzt… was, schon Jahre her, daß wir zusammen gespielt haben? Und du hast immer noch einen tollen Sound drauf, Mann.«

Neil wandte sich wieder dem Spiegel zu, dann runzelte er die Stirn. Hemlys Spiegelbild schien merkwürdig zu flimmern. Neils Kopf fuhr herum, aber Hemly war immer noch da, in voller Lebensgröße.

Hemly trat in die enge Garderobe und sprach in diesem merkwürdigen Singsang, den er manchmal benutzte: »Dieser Raum hier stinkt zum Himmel, Kumpel. Du hast was Besseres verdient als so'ne Scheiße.« Er schnalzte mißbilligend mit der Zunge. »Unsere Gruppe war ohne dich nie mehr dieselbe, Neil. Du hast sie zusammengehalten, Mann. Nachdem du weggegangen bist, fiel alles auseinander.«

»Tja, weißt du… ich habe getan, was ich tun mußte, Johnny«, sagte Neil, während er seine Gitarre in ihren abgewetzten Kasten zurücklegte. »Ich mußte mich einfach selbständig machen. Es war an der Zeit.«

»Ich war dein Partner, Mann«, sagte Hemly mit seltsamen Nachdruck. »Das hat etwas für mich bedeutet. Etwas Großes.«

»Es hat auch für mich etwas bedeutet«, gab Neil zurück. »Es hat bedeutet, daß ich mich mit deiner gottverdammten, beschissenen Drogendealerei abfinden mußte, und ich wollte nicht länger ein Teil davon sein. Es hat auch für mich etwas bedeutet. War einfach nur Zeit, das ist alles. Und du weißt es.«

Hemly kam langsam auf ihn zu, und wieder war da dieser verdammte, kurze Augenblick im Spiegel, als es so schien, als sei er nicht ganz da. »Es ist gut, Neil.« Er zündete sich eine Marlboro an. »Scheiße. Du warst der einzige in der Band, der wirklich Talent hatte, Neilo, wir anderen haben nur irgendwelche Sachen von alten Platten geklaut. Du bist ein Original. Und Scheiße, Mann, mach dir keine Sorgen um mich! Ich lebe jetzt wie ein König. Ich verdiene wahrscheinlich das Zehnfache von dem, was du so reinholst. Und ich brauche keine Verstärker mehr rumzuschieben.«

»Ja? Was machst du denn?« fragte Neil.

John Hemly lächelte dünn mit seinen ausgetrockneten, irgendwie unheimlichen Lippen. »Was glaubst du wohl, Mann? Angebot und Nachfrage.« Er hob seinen rechten Zeigefinger an die Nasenlöcher und tippte leicht dagegen, während er ein leises Schnauben von sich gab. Neil starrte ihn durch schmal gewordene Augen an. Dieses seltsame Gruseln, das er schon früher verspürt hatte, wenn er mit Hemly zusammen war, kehrte mit voller Kraft zurück. Neil sagte nichts. Er machte sich daran, die Schlösser an seinem Gitarrenkasten zu schließen.

»Ich habe jetzt ein paar ernsthafte Klienten, Mann«, fuhr Hemly fort. »Erinnerst du dich noch an Vernon Stampede?«

Neil lachte nicht. »Guter Trick, Johnny, Stoff an Vernon Stampede zu verkaufen. Vernon Scheißkerl Stampede. Der Kerl, dem *Billboard* den Titel verlieh: ›Der Rocker, dem es am ehesten zuzutrauen wäre, daß er jemanden umbringt.‹ Der Kerl, den *Rolling Stone* ›die beiden Hälften eines bösartigen Zwillings‹ nannte. Wirklich guter Trick, Johnny, wenn man bedenkt, daß Psycho Stampede sich vor mehr als einem Jahr umbrachte, als er sein Motorrad in einen Schulbus fuhr. Die Autopsie hat ergeben, daß mehr Drogen in ihm drin waren als in einer Apotheke.«

Hemly legte Neil eine Hand auf die Schulter, und das Leder seiner Jacke knirschte. Die Worte zischten aus seinem Mundwinkel. »Vernon Stampede war der verdammt beste Gitarrist auf dieser verdammten Welt, Neilo. Der verdammt beste. Seine Alte wußte, daß er total fertig war, aber sie hat ihn auf dic Straße gesetzt, und er ist nie mehr zurückgekommen. Hat ihr ganz schön zugesetzt, Mann. Mordsmäßige Schuldgefühle. Und da hat es sich nun ergeben, daß seine Alte jetzt eine Kundin von mir ist. Mittlerweile hat sie das Geld, das er ihr hinterlassen hat, durchgebracht. Und jetzt ist sie voll auf dem Herointrip. Ich komme gerade von ihr. Du hättest sie sehen sollen, zitternd und total kaputt. Für ein paar Gramm hätte sie alles getan, Mann. Verdammt noch mal alles.«

»Tja, also, das hört sich wirklich charmant an, Johnny, aber...«

Hemly streckte ihm den Gitarrenkasten, den er mitgebracht hatte, entgegen. »Vernon Stampedes Instrument, Mann. Seine schwarze '59er Gibson Les Paul Custom. Drei P.A.F. Humbucker. ›Das bundlose Wunder‹. Sie hat sie für eine halbe Unze Stoff weggegeben, beschissenen Stoff, sechsmal geschnitten. Sie gehört dir, Neilo. Ich will, daß du sie hast. Es ist mir wichtig. Um zu zeigen, daß ich dir nichts nachtrage.«

Neil starrte in Hemlys eisgraue Augen, und dieser Augenblick kam ihm wie eine Stunde vor. Schließlich legte Hemly den Kasten auf die Couch und bedeutete Neil, ihn aufzumachen, was er auch tat. Ehrfürchtig.

»Wow«, war alles, was Neil zustande brachte. Das wunderbare Instrument erwiderte seinen Blick in ebenholzschwarzem Schweigen.

»Erinnerst du dich an das Solo auf ›Hellbound Howl‹, Mann? Oder an das Stampede-Live-Album *Uncontrollable?*« Er schlug Neil auf die Schulter, und der Musiker zuckte nervös zusammen. »Vernon Stampede würde sich wünschen, daß ein großer Spieler wie du sie bekommst, Neilo. Niemand sonst. All diese großen Riffs, all diese Monstersongs. Sie sind da drin, Mann. Sie sind verdammt noch mal da drin!«

Endlich fand Neil die Kraft, die schwarze '59er hochzuheben. Es war wirklich ein Wunder, was da in seinen Armen lag. »Nicht schwer, so wie die neuen es sind«, murmelte er mit schwacher Stimme. »Was für ein Hals! Und was für ein Sustain ich damit kriegen würde...«

»Kriegen *wirst*. Das Geschäft ist gemacht, Bruder. Ich will nur ein besonderes Dankeschön auf dem Album mit deinen größten Hits dafür.«

»Johnny... sieh mal, ich...«

»Ich muß gehen, Kumpel«, sagte Hemly mit abrupter Endgültigkeit.

Als Hemly hinausging, schien eine besondere Elastizität in seinem Schritt zu liegen. Kurz bevor sich die Tür hinter ihm schloß, warf Neil einen Blick in den Spiegel. Und Hemlys Spiegelbild war in Ordnung. Kein blödsinniges Flackern mehr. Johnnys Erscheinung im Spiegel war vollkommen richtig, und Neil tat die Sache als eine Sinnestäuschung ab. Das Licht mußte ihm wohl einen Streich gespielt haben. Nur... Hemly ließ das seltsamste kleine Lachen hören, als er die Tür hinter sich ins Schloß warf.

»Liebling, ich habe dich noch nie besser spielen hören! Du hast recht, der Ton ist unglaublich«, sagte Pam, während Neil wie im Fieber die schwarze '59er bearbeitete. »Selbst bei einer so niedrigen Lautstärke hört sie sich phantastisch an! Aber, Neil, es ist schon nach drei Uhr morgens. Warum kommst du nicht ins Bett, Liebling? Warum spielst du nicht für eine Weile auf mir?« fügte sie neckend hinzu.

Neil riß sich gerade lange genug von der Gitarre los, um zwei Dinge zu bemerken: seine Finger bluteten, weil er so hart gespielt hatte und Pam stand im Türrahmen ihres Schlafzimmers und trug nichts als ihre Sonnenbräune am Leib. Ihr goldenes Haar, das sie den ganzen Abend über in einem Pferdeschwanz getragen hatte, war jetzt frei und fiel wild um ihre fülligen Brüste. Ihre Brustwarzen hatten sich erwartungsvoll aufgerichtet.

Neil legte die Gitarre in ihren Kasten.

Der Sex war so unglaublich wie das Spiel, wenn auch angeheizt von einer gewaltsamen Dringlichkeit, die nie zuvor dagewesen war. Pam hätte ihn beinahe gebeten aufzuhören. Beinahe.

Neil hatte ihr so zugesetzt, daß sie blaue Flecken davontrug. Und als es vorbei war, schmusten sie nicht miteinander und unterhielten sich auch nicht, wie sonst immer. Neil entschuldigte sich dafür, daß er ihr weh getan hatte. Dann stand er schnell auf und verließ das Zimmer. Als die Sonne aufging, spielte er noch immer auf der schwarzen '59er, ohne jedes Zeitgefühl.

Hinter der Bühne war es genauso voll wie draußen vor dem Theater, wo Hunderte von Teenagern darauf hofften, noch Eintrittskarten zu der ausverkauften Show an Land ziehen zu können.

Seit Elton John 1970 in Doug Weston's Troubador zu einem ›Über-Nacht-Erfolg‹ geworden war, hatte es in der Musikindustrie keinen solchen Aufruhr mehr gegeben. Lediglich elf Wochen, nachdem sie nur eine unbedeutende Eröffnungsnummer für Zip gewesen war, hatte die Neil Kalmick-Band einen wichtigen

Plattenvertrag unterzeichnet und war die Hauptattraktion im Wiltern, einem alten renommierten Theater im Stadtkern von Los Angeles.

Im Publikum scharten sich Berühmtheiten und Hollywoodgrößen aller Arten, die unruhig auf ihren Sitzen hin und her rutschten und auf Tinseltowns neuesten Star warteten. Es war eine ganz bestimmte Sorte von Publikum: Leute, die es nicht abwarten konnten, dich mit Komplimenten zu überhäufen, um dich dann in Stücke zu reißen, sobald du ihnen den Rücken zukehrst. Genau die Art von Gesellschaft, die in einer Show alle zehn Minuten aufsteht, um ihre Anrufbeantworter zu checken; eine Gruppe, die den Anschein erwecken will, zu beschäftigt zu sein, um den ganzen Abend bleiben zu können.

Die nicht Berühmten im Publikum – diejenigen, die ihr letztes Geld für schwarz gekaufte Tickets zusammenkratzten oder auf den billigen Plätzen saßen –, offenbarten ihren Mangel an Chic, indem sie in die Fernsehkameras glotzten und wie Vollidioten winkten, wenn die fahrbaren Kameras über die Menge schwenkten. Sie glaubten, sie kämen auf diese Weise in die Fernsehnachrichten. In Wirklichkeit sollten sie nur auf einem Videoband des Live-Albums der Neil Kalmick-Band zu sehen sein, das an diesem Abend ebenfalls aufgenommen wurde.

Hinter der Bühne war Neil in seiner Künstlergarderobe, die dem Loch im Chestnut Club lediglich darin ähnelte, daß sie beide den Namen ›Künstlergarderobe‹ trugen. Gary und Chuck Wilkes wanderten nervös über den feudalen Teppich aus rotem Samt, vorbei an Körben mit frischem Obst und Telegrammen von allen möglichen Speichelleckern. Neil hatte sich ausgestreckt, blätterte beiläufig einen Stapel von Telegrammen durch und sah völlig entspannt aus. Um seinen Hals hing, wie immer, die schwarze '59er Gibson-Gitarre.

Chuck dagegen sah wieder und wieder auf die Uhr. »Neil! Wir sollten schon vor zwanzig Minuten draußen sein!«

»Wenn sie drauf warten müssen, wollen sie es nur um so mehr.« Er stimmte ein verstärkerloses Riff an. »Sie werden mich lieben.«

»Uns lieben, Baby«, erinnerte ihn Chuck.

»Klar. Uns. Ihr Jungs geht rauf auf die Bühne, checkt eure Geräte durch. Ich komme gleich nach.«

Neil streifte sich ein rotes Cowboyhemd aus Satin über, während die anderen den Raum verließen, und beugte sich über den Spiegel, um sich eingehend zu betrachten. Am Spiegel klebte ein Telegramm von John Hemly. Seine Botschaft war einfach: »Du wirst sie umbringen.«

»Du bist dran, Lover!« kam eine Stimme von hinten und erschreckte ihn.

Er wirbelte zu Pam herum. »Scheiße! Schleich dich nicht so an mich ran!«

»Na schön!« sagte sie überrascht und biß ihn neckisch in sein rechtes Ohrläppchen. »Nervös?«

Er stieß sie grob von sich weg. »Ich bin nicht nervös! Ich brauche keine...« Seine Stimme verlor sich, und dann kicherte er ein kleines Lachen hervor, das irgendwie merkwürdig klang. Sehr merkwürdig, sogar für ihn selbst. Es klang mehr nach John Hemlys bizarrem Glucksen als nach seinem eigenen Lachen. »Ich bin wohl doch ein bißchen nervös. Showtime, hm?«

»Hals und Beinbruch, mein Schöner.« Sie gab ihm einen Kuß, der ihm Glück bringen sollte. Er wäre nicht nötig gewesen.

Auf der Bühne erklangen Neils Soli mit einer beängstigenden, dunklen Leidenschaft. Die schwarze '59er mit ihren drei goldenen Pick-ups glitzerte unter den Bühnenlichtern wie Excalibur. Und sie schien auch dieselbe Macht wie jene mythische Klinge auszuüben, als sie durch das Theater raste.

Die Menge der Hollywood-Größen applaudierte, schrie und stampfte mit den Füßen auf – ganze elf Minuten lang, bevor Neil Kalmick für seine zweite Zugabe auf die Bühne zurückkam.

»Danke. Danke fürs Zuhören«, sagte Neil ins Mikrofon. »Wir werden euch jetzt einen Song spielen, den ich nicht selbst geschrieben habe. Es ist ein alter Vernon Stampede-Song...« Und mit diesen Worten stellte er seine Lautstärke auf einen ohrenbetäubenden Pegel ein und stürzte sich kopfüber in den unglaublich schweren Slide-Gitarren-Riff von »Hellbound Howl«.

Das Haus tobte. Und niemand im Publikum wußte, daß Neil Kalmick noch nie zuvor Slide-Gitarre gespielt hatte.

Außer Gary und Chuck. Sie wußten auch, daß die Band »Hellbound Howl« nie zuvor auch nur geprobt hatte. Und als Neil das Publikum immer weiter mit Stampedes klassischen Gitarrenriffs aufheizte, riß es sie förmlich vom Hocker.

Pam sah aus den Seitenkulissen zu. Sie sah zu, wie Neil sich bewegte, spielte und sang, auf eine Weise, die sie nie zuvor an ihm gesehen hatte. Und es machte ihr angst.

Als Neil noch ein Junge war, hatte er sich *Fantasia* angesehen. Der Teil, der den größten Einfluß auf ihn ausgeübt hatte, war »Night on Bald Mountain« gewesen. Noch Wochen nachher hatte ihn, ob er schlief oder wachte, das Bild des Bergdämons heimgesucht. Er hatte ihn vor sich gesehen, wie er seine karmesinroten Schwingen ausbreitete, mit satanischer Gewalt gestikulierte und die Seelen der Verdammten zu sich befahl, damit sie auf seiner Hand tanzten und sich wanden.

Genauso war es jetzt. Da war etwas in der Musik, die aus seiner Gitarre strömte, etwas Tiefes und Niedriges und Lachendes. Immer war da dieses verdammte Gelächter, das über das Griffbrett lief, rauf und runter, schreiend und heulend, so schnell sich Neils Finger bewegen konnten. Und einen Augenblick lang fühlten sie sich nicht einmal so an wie seine Finger. Sie fühlten sich länger an, schneller, zuversichtlicher, als gäbe es keinen Griff, den sie nicht zustande brächten.

Die Zuschauer reagierten. Die Musik griff nach ihnen und liebkoste etwas, das in ihnen verborgen war, die Saiten der Gitarre brachten in den Seelen der Fans mitschwingende Saiten zum Klingen.

Neil spürte die Macht, die der Dämon besessen haben mußte. Sie bewirkte ein bizarres Schwindelgefühl, einen natürlichen Höhenflug, ein Gefühl der Stärke und Unbesiegbarkeit, das einfach dahinfloß, das einfach kam, wieder und wieder und wieder. Sie tanzten auf seiner Hand, und ihr Leben gehörte ihm. Er konnte es aus ihnen herausquetschen oder konnte sie dem Abgrund der Hölle ausliefern, während die Flammen aufloderten, um ihnen die Haut von ihren ekstatisch zuckenden Körpern zu lecken.

Niemand wäre in der Lage gewesen oder hätte in der Lage sein können, genau den Finger darauf zu legen, was es eigentlich gewesen war, als dann binnen einer Stunde die Polizei ankam, um zu versuchen, Ruhe und Ordnung wiederherzustellen, als die Krankenwagen ankamen, um die neununddreißig Leute, die ernsthaft verletzt waren und den einen Toten, den es gegeben hatte, wegzukarren – wußte niemand, wie es dazu gekommen war.

Niemand hätte sagen können, warum die Leute angefangen hatten, Stühle hochzureißen und durch den Saal zu schleudern oder warum Männer auf ihre Freundinnen losgegangen waren, um sie herumzuschubsen und zu schlagen. Niemand konnte sich einen Reim darauf machen, warum die Leute mit unirdischen Stimmen heulten und kreischten, noch lange, nachdem die Musik verstummt war.

Das einzige, was jeder mit Bestimmtheit wußte, war, daß es ein solches Chaos nicht mehr gegeben hatte seit dem letzten Vernon Stampede-Konzert.

Merkwürdig, aber die Punks auf den billigen Plätzen bekamen ihren Wunsch erfüllt. Einige Filmmeter von den beweglichen Kameras würden in den Abendnachrichten auftauchen.

Es kam auch alles mit auf das Videoband, als Werbung für das Erstlingsalbum *Neil Kalmick-Band Live: Ohne Grenzen*. Der Plattenkonzern lieferte mehr als eine Million Exemplare aus, bevor ein einziger Titel von dem Album im Radio gespielt wurde.

Pam stand in der Tür von Neils Hollywood-Appartement, und die stampfenden Wogen von Vernon Stampedes letztem Album überfluteten sie wie verschmutztes Wasser. Neil saß, in sich zusammengekauert, mit geschlossenen Augen auf dem Fußboden, ganz in die Musik des toten Rockers versunken. Sie war so laut gestellt, daß man wahrscheinlich überall in Malibu jedes einzelne Wort hören konnte.

Sein langes, braunes Haar war strähnig und ungewaschen. Er war unrasiert, und er sah so aus, als hätte er seit Wochen kein Bad mehr genommen. Als Pam sich vor ihn hinstellte und langsam seine widerwillige Aufmerksamkeit gewann, stand er auf und griff instinktiv nach der schwarzen Gitarre.

»Ich dachte, du wärst in New York«, sagte sie.

Er nahm den Kopfhörer ab und schien deutlich verärgert über ihre Anwesenheit. »Gerade zurückgekommen«, sagte er mürrisch.

»Du siehst erschöpft aus.« Sie streckte die Hand nach ihm aus, aber er wich mit schnellen, ruckartigen Bewegungen vor ihr zurück, wie eine Wanze.

»Viel Arbeit. Einfach... du weißt schon, viel Arbeit. Neuer Song.«

Sie legte ihre Hände auf die Hüften. »Was? Hab' ich jetzt nicht mal mehr ganze Sätze verdient?« sagte sie und versuchte, ein wenig von dem alten, neckenden Tonfall in ihre Stimme zu legen.

Aber dieser Ton schien nicht angebracht zu sein. Er warf ihr nur einen finsteren Blick zu.

»Na schön«, sagte sie mit einem Schulterzucken. »Dann arbeite.« Sie drehte sich auf dem Absatz herum und ging.

Neil starrte einen Augenblick lang auf die geschlossene Tür, und ein schwerer, aufwühlender Zorn tobte in seinem Magen. »Huren«, murmelte er, und diesmal hatte es nichts mit einer Gitarre zu tun.

Er schwang die schwarze '59er herum und blieb vor einem bodenlangen Spiegel stehen. Eine Hand fuhr hinunter, schlug eine Saite an, und er ergötzte sich daran, und achtete nicht auf sein Spiegelbild...

Man konnte das Hollywood-Schild von Christine Stampedes Schlafzimmerfenster aus ganz deutlich sehen. Hoch oben in den Beachwood Canyon hineingeschmiegt, konnte man viele Dinge sehen.

Christine Stampede, die die Bürde trug, die Witwe eines toten Rockers zu sein, und gerade mit beschissenem Kokain auf die Reise gegangen war – Kokain, das genauso schlecht geschnitten war wie ihr fransiges rotes Haar –, lag ausgestreckt auf der Couch und konnte nichts sehen, nicht das kleinste bißchen.

Draußen war irgendein Geräusch. Das Fell der Katze sträubte sich beim Klang von Stiefelabsätzen auf mexikanischen Fliesen. Ein paar Sekunden später klingelte es an der Tür.

Ganz in ihrer Welt gefangen, ignorierte Christine das Klingeln. Sie wollte niemanden sehen und mit niemanden zu tun haben. Sie wollte einfach alleingelassen werden, allein mit ihrer Pfeife, ihrem Joint und ihrem beschissenen Kokain. Zu ihrer Zeit hatte sie den besten, reinen peruanischen Schnee gehabt, den man für Geld überhaupt bekommen konnte, und dieser Stoff hier konnte ihm nicht das Wasser reichen. Aber er gehörte ihr. Ganz und gar ihr. Und er war ihre Welt.

Es klingelte noch mal und dann wieder und wieder, und zwischendurch klopfte es. Christine verlor die Beherrschung. »Scher dich hier weg, verdammt noch mal, okay?« ertönte eine ausgetrocknete, geisterhafte Stimme, die nur noch entfernte Ähnlichkeit mit der ihren hatte. Sie ließ ihre Zunge über die unteren Zähne gleiten und stellte geistesabwesend fest, daß ihre Backenzähne locker waren.

Das Klingeln verstummte, und dann gab es ein Geräusch an ihrer Tür. Etwas wurde unter ihr durchgeschoben.

Ihre müden Augen weiteten sich. Es war grün, die Farbe des Geldes. Es *war* Geld. Es war halb zusammengefaltet, aber die Ziffern 100 waren deutlich sichtbar.

»Wo das hergekommen ist, gibt's noch viel mehr«, hörte sie eine männliche Stimme, die ihr irgendwie bekannt vorkam. »Wetten, du kannst es brauchen, Christine?«

Ihr Mund öffnete sich für einen Augenblick, um dem Kerl da draußen, wer immer es auch war, eine höllische Abfuhr zu erteilen. Da war irgend etwas an seiner Stimme, das ihr den Magen umdrehte, das die Warnlichter in ihrem Kopf aufflackern ließ.

Aber da war auch das Geld.

Wenn es echt war, würde es ihre Probleme lösen. Und selbst wenn es nicht echt wäre, wen kümmerte das?

»Okay«, ertönte die Stimme von der anderen Seite nach einem letzten Klopfen. »Du willst also ein Spielchen spielen? Gut so. Ich bin weg, Süße.«

Dieses Klopfen. Eine günstige Gelegenheit, die an ihre Tür klopfte. Das Geld auf dem Fußboden.

Sie ging mit schnellen Schritten durch Zimmer und legte den defekten Türriegel um.

Innerhalb von zwei Minuten würde der Türriegel nicht mehr das einzig Defekte in diesem Zimmer sein.

Er stürmte mit dem Blick eines wildgewordenen Hengstes herein, und sogar in ihrem von Drogen umnebelten Zustand nahm Christine einen Gestank wie von verfaulendem Fleisch wahr. Oder vielleicht auch wie von verfaulenden Seelen. Der Mann schien den Raum nicht eigentlich zu betreten, er umschlang ihn vielmehr.

»Schätzchen... Ich bin wieder daheim.«

Dann folgte ein Lachen wie ein rostiges Scharnier, und bevor sie auch nur ihre Frage: »Wer sind Sie?« herausbringen konnte, spürte sie, wie etwas um ihren Hals schnellte.

»G-Saite«, ertönte eine Stimme tief aus dieser Welle von Dunkelheit. »Dean Markley Unwound. G-Saite, um genau zu sein.«

Sie prallte gegen ihn, kämpfte, schlug um sich und spürte, wie ein warmes Tröpfeln ihren Hals hinunterlief. Und eine Stimme klang an ihrem Ohr, heiß und fanatisch: »Du dreckige Hure. Du blöde, dreckige Hure! Alle wollt ihr immer nur dasselbe, nehmen und nehmen und nehmen... Du Fotze! Nimm das hier! Dreckige Hure...«

Sie zerrte an den Händen. Es waren große Hände, mit langen, kraftvollen Fingern, wie sie sonst niemand auf der Welt hatte. Und auf dem Rücken der rechten Hand waren verblaßte Konturen zu sehen, eine schwarze Gitarre...

Sie versuchte zu flüstern: »O mein Gott«, aber sie konnte es nicht, und selbst wenn sie es gekonnt hätte, hätte Gott verdammt wenig unternommen, außer ihr vielleicht eine Standpauke über das Öffnen von Türen für Fremde gehalten.

Nur dies war kein Fremder. Und dann wurde sie von der Schwärze der Gitarre verschlugen, und die Wärme, die ihren Hals hinunterrieselte und über das Vorderteil ihres Kleides rann, spülte sie mit sich fort.

John Hemly machte seine Tür nicht auf.

Seine wurde eingetreten.

Er rollte sich vom Bett und sah auf, und die Dunkelheit rollte sich über ihn.

»Du hattest recht«, zischte die Dunkelheit. »Deine Seele war mieser, aber er ist der bessere Musiker. Kann ich mehr mit anfangen. Jede Seele kann kaputt gemacht werden, aber der richtige Musiker – so was ist nicht immer leicht zu finden. Du hast mir geholfen, ihn zu finden. Du hast mich ihm gegeben. Das war so verdammt nett von dir. Ich werde mich riesig bei dir bedanken.«

John rappelte sich langsam auf, versuchte die richtigen Worten zu finden. Eine Sekunde später konnte er nicht einmal mehr sein Gehirn finden, als die Gitarre herumwirbelte und das schwarze Instrument und Blut und Schädeldecke durch die Luft flogen.

Als Neil am nächsten Morgen erwachte, mit Nebel in seinem Kopf und einem steifen Rücken, plärrte ihm MTV entgegen. Er lag einfach nur da, in einer verschwommenen Betäubung, und konnte sich nicht einmal daran erinnern, wann er den Fernseher angestellt hatte.

Dann kamen die Rocknachrichten mit dem Bericht über Vernon Stampedes Witwe und ihre brutale Vergewaltigung und Ermordung.

Neil setzte sich auf; er interessierte sich nur schwach dafür – und dann sah er das Blut an seinen Händen...

Seine Hände...

Hände, die größer schienen, als sie es normalerweise waren. Er hatte es darauf geschoben, daß... Er wußte es selbst nicht. Das viele Üben oder irgend etwas ähnlich Lächerliches, das ihm damals wie eine vernünftige Erklärung vorgekommen war...

Und da war diese Tätowierung. Eine schwarze Gitarre, an der Blut klebte.

Es war da. Auf seiner Hand, und in seinem Unterbewußtsein war...

Er hastete zu dem Wandschrank hinüber, in dem er seine Plattensammlung aufbewahrte. Er fummelte sich durch einen dicken Stapel von LPs, während er leise mit sich selbst sprach. Zum ersten Mal fiel ihm auf, wie sehr sein Atem stank und sein Körper, dann fand er endlich die Platte in dem Vinylhaufen, weil die Raubpressung noch nicht auf CD erschienen war...

Das Vernon Stampede-Album *Burnin'*, auf dem Vernon eine Saite am Hals der schwarzen '59er Gibson Les Paul Custom spannte. Beide Hände waren scharf eingestellt und gut beleuchtet. Und da war auch die Tätowierung auf dem Rücken seiner Hand. Er schnellte hoch, daß die Platten nur so durcheinanderflogen, und griff nach der Gitarre. Sie glitzerte und zeigte keine Spur von irgendwelchen Flecken, aber vor seinem inneren Auge konnte er geronnenes Blut auf ihrer Untersaite sehen. Und die G-Saite – o Gott, da war Blut auf der G-Saite. Hände, die sich nicht anfühlten wie seine, fuhren krachend über die Saiten und produzierten einen Sound, der das ganze Appartement erfüllte. Ohne Verstärker entstand ein Geräusch, das dennoch eine ohrenbetäubende Gewalt besaß. Ein Geräusch. Geräusche. Das Geräusch einer Frau, die schrie und das Geräusch eines Mannes, der sich entfernt so anhörte wie John Hemly, der ein panisches Geheul ausstieß und darum flehte, losgelassen zu werden, das alles zu einer gräßlichen Kakophonie verschmolzen. Und über allem lag ein tiefes Baßgelächter, ein gräßliches Lachen, das den Backbeat lieferte.

Neil schrie, während er zum Kamin lief. Als er am Spiegel vorbeikam, sah er nicht hin, denn er wollte es nicht riskieren, dort ein anderes Spiegelbild als sein eigenes zu sehen. Er drückte auf den Knopf, der die Gasbrenner entzündete und warf die schwarze Gitarre in die Flammen.

Sie wollte nicht brennen.

Der Hals streckte sich ihm entgegen, aber die Flammen umgaben den Leib des Instruments, und es wollte und wollte nicht *brennen* Mann. Und als er es aus dem Feuer riß, war das verdammte Ding eiskalt.

Neil hob die Gitarre hoch über seinen Kopf und schmetterte sie gegen die Wand auf den Fußboden. Sie wollte nicht zerbrechen, auch als er nach draußen rannte und mit seinem Jeep über ihren Hals fuhr.

Nachdem er das Instrument in seinen Wagen geworfen hatte, fuhr Neil den dunkelblauen Jeep wie von Sinnen hoch auf den Mulholland Drive. Mit der Gitarre in den Händen stürmte er aus dem Auto, stellte sich auf das Kliff und sah in den Hunderte von Metern unter ihm liegenden felsigen Canyon hinab, wie Satan, der die Abgründe seiner Hölle begutachtete, bevor er den Verdammten dort unten einen Leckerbissen zuwarf. Die Gitarre war über seinem Kopf...

Und plötzlich war Neil Kalmick tot. Und Vernon Stampede hielt die schwarze '59er in seinen Armen und heulte den Himmel an. Er schlug seine Finger, *seine* Finger, über die Saiten und weidete sich an dem Wimmern, das ihnen entstieg.

Das Wimmern von drei Stimmen...

Vernon sprang in den Jeep und legte einen Kavaliersstart hin, wobei die durchdrehenden Räder ihre Spuren hinterließen und den Gestank von verbranntem Gummi. Auf seinem Weg den Hügel hinunter nahm er die Kurven mit schwindelerregender Geschwindigkeit. Er wählte eine Abkürzung durch eine Seitenstraße, schnitt eine Kurve, beschleunigte und fuhr weiter.

Direkt vor sich sah er ein Kleinkind, ein Mädchen mit rotem Haar, das dem wachsamen Blick seiner Mutter entkommen war. Plumpe Arme winkten. Die Kleine war auf die Mitte der engen Straße gestromert.

Vernon trat das Gaspedal durch, heulte auf, als der Jeep vorwärts donnerte, auf sie zuraste, um sie auszulöschen und in einen kleinen, roten Fleck zu verwandeln, bevor sie erwachsen und eine von diesen Huren werden konnte. Eine von diesen kastrierenden Huren, die...

Dann hörte man den Schrei einer Frau, und die Mutter des Kindes sprang aus dem Nichts hinzu, und sie hob das Kind wie einen Fußball hoch und hechtete zur anderen Seite der Straße. Sie stürzte in eine Hecke und schnitt sich Gesicht und Arme an den Ästen auf, wobei sie ihre mittlerweile wimmernde Tochter verzweifelt an sich preßte. Nur einen Sekundenbruchteil, nachdem sie in Sicherheit waren, donnerte der Jeep vorbei und war verschwunden, bevor sie sich auch nur das Nummernschild einprägen konnte. Aber das Gelächter – das würde sie niemals vergessen.

In ihrer Garagenwerkstatt trat Pam Sullivan, Kunstschreinerin von eigenen Gnaden, von der fest installierten Kreissäge zurück. Sie hielt ein Stück Holz hoch, nahm ihre Schutzbrille ab und betrachtete es eingehend mit ihren gut trainierten Augen, um sicherzugehen, daß es auch gerade war.

Sie spürte mehr, daß jemand hinter ihr stand, als daß sie es sah. Sie wirbelte herum.

Er lächelte auf sie herab und schlug auf seiner schwarzen '59er einen Blues-Riff an.

Sie wollte gerade erleichtert aufseufzen, aber der Seufzer blieb ihr in der Kehle stecken. »Neil?« sagte sie. »Neil, bist du okay?«

»Neil treibt sich irgendwo rum«, sagte Vernon. Er machte einen Schritt auf sie zu, und sie trat instinktiv zurück.

Mit leiser, besorgter Stimme fragte sie: »Neil, irgendwas ist nicht in Ordnung mit dir. Was ist los?«

»Huren«, knurrte Vernon. »Immer müssen sie fragen, was nicht in Ordnung ist. Immer wollen sie einem helfen.« Seine Hände begannen zuzudrücken, wie in freudiger Erwartung.

Sie wich schneller zurück und hielt unbewußt das frisch zugesägte Brett zwischen sich und ihn. »Raus hier, Neil«, befahl sie.

Er ging auf sie zu. »Huren geben immer Befehle. Huren saugen einen immer aus, stellen sich zwischen mich und meine Musik!« Er ließ eine Hand auf eine Werkbank krachen, und Pam sah die Axt auf einer Hand, die zu groß war, um Neil gehören zu können. »Sie wollen dich nur runterziehen! Sie wollen dir nur die Eier abschneiden und dich dann damit füttern, um dir zu zeigen, daß sie dazu in der Lage sind!«

Die Worte ›Du machst mir angst‹ erstarben in ihrer Kehle, weil genau das eindeutig seine Absicht war. Die Tür lag auf der anderen Seite der Werkstatt. Pam schleuderte ihm das Brett entgegen und jagte los in Richtung Ausgang.

Stampede schlug das Brett zur Seite und hechtete um die Werkbank herum auf sie zu. Er sprang, packte Pam um die Knie und warf sie zu Boden. Sie krümmte sich. Sie heulte. Er fand es herrlich, wenn sie heulten.

Er drehte sie mit einem Ruck auf den Rücken um, weil er wollte, daß sie es sah, Mann. Er wollte, daß sie es verdammt noch mal kommen sah.

Sie war ziemlich zäh für eine Hure, das mußte er ihr zubilligen. Sie wollte genauso zäh sein wie ein Mann. Das ist alles, was sie immer wollten, zu zeigen, daß sie genauso zäh sein konnten wie Männer. Er würde es ihnen zeigen. Er würde es jeder verdammten Hure auf dieser Welt zeigen.

Seine Daumen bahnten sich ihren Weg hinein in die Falten ihres Halses, direkt unter ihrem Kinn. Sie wehrte sich, aber er hatte ein Knie fest auf ihren Oberschenkeln, und was ihre Hände betraf, die auf seine Arme schlugen, na ja, Hölle auch, die ignorierte er einfach. Seine verdreckten Fingernägel bohrten sich in ihre Haut, und er lachte dieses gräßliche, widerwärtige Lachen.

Sie würgte und gab diese wilden ›Ahack-Ahack-Laute‹ von sich, die auch Christine gemacht hatte, die sie alle machen würden, weil Vernon Stampede wieder da war, er war wieder da, und er strotzte nur so vor Kraft, und...

Ihre Augen rollten zurück. Diese Augen, die Augen, die Neil einmal voller Bewunderung angesehen hatten. Die Augen, in denen Liebe und Verzeihen gestanden hatten, Licht und Schönheit.

Er versuchte, den Gedanken zu verbannen, aber hier war er wieder. Und diese Hände, die gerade noch an ihm gezerrt und nach ihm geschlagen hatten, die Hände, die ihn einmal liebkost hatten, die ihm Vergnügen bereitet hatten. Das Haar, das jetzt voller Sägespäne war, das ihm ins Gesicht gehangen hatte, wenn sie sich träge über ihm bewegte. Die...

Er stieß mit einer Stimme, die teils ihm gehörte, teils einem anderen, einen lauten Schrei aus. Die Gitarre, die schwarze '59er, hämmerte gegen seinen Rücken, stemmte sich gegen den Riemen. Sie bebte vor Hitze und Macht, und Neil wankte durch die Werkstatt und heulte mit Stampedes Stimme. Seine Hände strangulierten die Luft. Die Axt auf seiner Hand war so schwarz wie die Nacht, und das Blut auf der Tätowierung hatte jetzt etwas sehr Reales an sich.

Pam sog gierig die Luft ein. Sie griff sich mit der Hand an die Kehle, hustete und keuchte, als sie das Sägemehl einatmete.

»Ich will sie haben!« heulte Stampede.

»Ich werde sie dir nicht überlassen!« schrie Neil.

»Sie gehört mir! Sie gehören alle mir! *Du* gehörst mir!« sagte Stampede. »Und dein Arsch gehört mir, Junge. Dein Arsch gehört mir, und ich werde dich *kochen* und dich *essen*, denn du kannst mich nicht aufhalten!« Stampedes Hände schoben sich vor Neils Gesicht. »In diesen Händen steckt mehr Talent, als du je haben wirst, Junge! Mehr Wissen! Mehr von *allem*! Mach sie alle! Du weißt, du *willst* es! Mach sie alle! *Mach sie alle!*«

Und Neil wußte, daß er es wollte, Gott helfe ihm, es wallte in ihm auf, drängte sich an die Oberfläche, und da war er schon, der Haß, den Vernon Stampede geschürt hatte, der jetzt voller Leben pulsierte und pochte. Und gleich würde ihr Hals unter seinen Händen sein, *seinen* Händen. Und er drehte sich schon wieder um, um ein zweites Mal nach ihr zu greifen...

Neil sprang mit einem Satz zu der surrenden Kreissäge hinüber.

Stampede brauchte eine Sekunde lang, um zu begreifen, was geschehen würde. Selbst als Neil sprang, konnte Stampede es noch nicht glauben.

Neil hielt sein linkes Handgelenk in die Säge. Die Klinge schnitt ohne das leiseste Zögern hindurch, und das Blut spritzte auf die glatte Oberfläche. Stampede heulte auf. Neil nicht. Er war jenseits von Schreien und Schmerz. Seine linke Hand fiel plumpsend zu Boden, ein nutzloses Stück Fleisch, und Neil machte weiter, hob seine rechte Hand hoch wie zu einem Karateschlag. Die Klinge schnitt durch Knochen und Muskel und Knorpel, und seine rechte Hand platschte hinunter, landete nur wenige Zentimeter neben der ersten.

Die schwarze '59er auf seinem Rücken begann zu zischen und zu schmoren. Neil wand sich, beugte sich vor und ignorierte das Blut, das auf seine Stiefel schoß. Die Gitarre rutschte hinunter und über seinen Kopf, bis sie zu Boden polterte. Die kalte Oberfläche der Gitarre hatte sich aufgeheizt, und die Farbe warf Blasen. Schwirrend zersprang eine Saite nach der anderen, Stakkato, wie Maschinengewehrfeuer. Die schwarze '59er zappelte hilflos auf dem Fußboden herum, direkt neben den Händen, die schon runzelig und schwarz wurden, und sie versuchten tatsächlich, zu der Gitarre zurückzukommen, versuchten nach ihr zu greifen, sie zu berühren, die Saiten zu schlagen, sich wieder mit ihr zu verbinden.

Neil taumelte, die Welt verschwamm vor seinen Augen, aber Pam sah es und machte einen Satz nach vorn, mit den Füßen zuerst, als segelte sie im Endspurt über die Zielgerade. Ihr Fuß traf die schwarze '59er und trat das Instrument zur Seite. Es prallte gegen eine Wand und zersprang in tausend Stücke, mit einer Explosion brennender Luft, die Neils Haut versengte. Die Hände, jetzt außer Reichweite, ballten sich immer wieder krampfhaft zu Fäusten, um dann mit dem Gestank verbrennenden Fleisches schwarz und runzelig zu werden. Binnen Sekunden waren sie völlig verdorrt und hatten größte Ähnlichkeit mit kleinen, verkochten Fleischstücken.

Er hörte einen Schrei, der gleichzeitig irgendwo innerhalb und außerhalb seines Kopfes war. Einen hohen, schwingenden Schrei: »*Huren!*«, während etwas Dunkles und Abscheuliches weggezogen wurde, hineingesogen in die Tiefe und in eine ferne Schwärze, in der es tiefer und tiefer versank, bis es sich schließlich selbst den Blicken seines geistigen Auges entzogen hatte.

Er wandte sich Pam zu, wobei er seine Armstümpfe unter die Achseln schob. Augenblicklich durchtränkte das Blut sein Hemd, und dann fiel er nach vorn und stürzte schwer auf den Boden der Werkstatt. Das Sägemehl wurde dunkelrot.

Obwohl Pam Neil durch den Hintereingang des Krankenhauses nach draußen schob, nützte es ihnen gar nichts. Die Pressehengste fielen über sie her, wobei sie ihnen alle gleichzeitig Fragen entgegenschrien, alle Informationen wollten über den mysteriösen ›Unfall‹ (den die Schmierblätter bereits als Teil eines mißlungenen, gemeinsamen Selbstmordpaktes gemeldet hatten). Sie wollten alles wissen, über die angeblich geplante Vorabendserie, über sein Leben, die Filmgeschäfte, die Buchgeschäfte und darüber, was zum Teufel ein Musiker, der nicht mehr spielen konnte, noch für Möglichkeiten hatte.

»Deine Karriere ist vorbei, Neil«, schrie ein Fernsehreporter. »Wie fühlst du dich?«

Neil dachte darüber nach, was er sagen könnte, aber Pam trat ans Mikrofon und sagte fest: »Seine Karriere ist noch lange nicht vorbei. Wenn Beethoven trotz seiner Taubheit Musik machen konnte, kann Neil auch ohne seine Hände Musik machen. Ich habe viele Ideen…«

»Du?« sagte Neil und sah auf.

Sie lächelte. »*Wir* haben viele Ideen«, sagte sie und ließ ihre Finger durch Neils sauberes, kurzes Haar gleiten. »Und *wir* werden nach wie vor einen großen Einfluß auf die Musikwelt haben. Wir sehen hier eine lebenslängliche Partnerschaft vor uns.« Sie blickte auf ihn herab.

Er sah zu ihr auf, und da stand alles in ihren Augen zu lesen. Sie hatten über nichts gesprochen, aber das war auch nicht nötig gewesen. Sie hatte sich alles zusammengereimt. Alles. Aber sie sagte nichts, weder ihm noch irgendwelchen Freunden noch der Polizei. Sie hatte verstanden. Sie hatte alles verstanden.

»Eine *lebenslängliche* Partnerschaft«, wiederholte sie. »Nicht wahr, Liebster?«

Er sah sie mit dem ordnungsgemäßen Ausdruck von Zärtlichkeit an, mit der ordnungsgemäßen Miene von Ernsthaftigkeit und Glück, die sagte, daß sie zusammensein würden, für immer und ewig...

Seine Armstümpfe pochten.

Und irgendwo ...

Tief, tief in den dunkelsten Regionen seiner selbst war da eine leise Stimme, und die flüsterte, *Huren...*

Aber er hörte nicht zu.

Noch nicht.

RICHARD CHRISTIAN MATHESON

Groupies

Digitalanzeiger: 000. Schneller Vorlauf. Verwischte VHS-Bilder; Gesicht mit Ponyfrisur. 024. Stop.

Vierzehn. Weit aufgerissene Augen.

Make-up, eine schneeweiße Totenmaske. Schmuck, provokativ. Haare, lackschwarz.

F: Warum bist du hier?

A: Nächste Frage.

Ein hinterhältiges Kichern. Ein abweisender Blick.

A: Ich hab's verdient, nehme ich an. Richtig. Ist das die Antwort?

Schneller Vorlauf. 046. Stop. Friedhofsaugen stechen zu, hassen. Eine Zigarette. Zungenspitze kreisend, lockend.

A: Warum sind Sie so versessen auf diese Sache?

F: Ich bin hier, um zu helfen.

A: Kein Mensch hilft anderen Menschen.

Schneller Vorlauf. 057. Stop. Lippen sanft geschwungen, sexuelle Raubgier. Rücklauf. 055. Stop. Rauchschwaden vor einem makaber grausamen Grinsen.

A: Yeah, es ist ihm gekommen. Es ist ihm dabei gekommen, und ich glaube, wenn sie es schon so genau wissen wollen, es ist ihm nachher noch mal gekommen.

F: Er kommt vielleicht ins Gefängnis. Es ist noch nicht vorbei. Also, du warst ein Fan.

A: Vor allem von ihm. Und der Gruppe. Und den Alben. Vor allem von ihm.

F: Er ist ein Wahnsinnssänger.

A: Er hat einen Wahnsinnsschwengel.

Schmutziges Schweigen. Grübchen drücken sich in die Wangen.

F: Deshalb hast du ihm gegeben, was er wollte?

A: Er hat nicht mich drum gebeten. Er hat jemand anderen… Sie wissen schon.

F: Was hat er gesagt? Was hat sie gesagt?

A: Ich hab' ihn nicht gehört… was er zu ihr gesagt hat. Aber…

sie hat es mir im Badezimmer erzählt, und wir waren total aus dem Häuschen, und ich habe ihr gesagt, sie wäre verrückt.

F: Aber du bist drauf eingegangen. Zum Schluß jedenfalls.

A: Offensichtlich.

Der Fußboden ohne Teppich. Ihr Blick geht ins Leere. Die Finger streifen ziellos über Ohrringe, übers Haar.

A: Ich war high. Scheiß-high. Es hat einfach irgendwie angefangen.

F: Hattest du Angst?

A: Ich bin mittlerweile total verrückt, was diese Typen betrifft. Egal, worum's geht. Du verdienst dir das Recht, in ihrer Nähe zu sein.

Das Gesicht verloren in vergangenem Glanz, bußfertig.

A: Ich war gefesselt. Wollte dazugehören oder so was. Dieser eine Typ aus Australien, seine Gruppe war mit INXS auf Tournee, er war ein Scheißkerl, mit einer Atelierkamera. Hat mich mit Drahtsaiten von seiner Gitarre gefesselt. Meine Handgelenke und Fußknöchel... mußte es ihm und seiner Band mit dem Mund besorgen.

Ein freimütiges Schulterzucken.

A: Sie haben mich dann einfach liegenlassen. Ich konnte mich nicht bewegen. Sie haben mich einfach liegen gelassen, damit ich sterbe. Ich hab' fast Wundbrand gekriegt. Die Band ist echt heavy – ich würde Ihnen ja sagen, wer es ist, aber die wären dann stocksauer. Sie haben ein neues Video auf MTV.

Ein Lolita-Gähnen.

A: Also, was halten Sie davon? Die Story gefällt Ihnen? Es gefällt Ihnen, sich vorzustellen, wie ich da ein paar üble Sachen mache, ganz ohne Kleider?

Ein Gedanke. Ein Blick. Das T-Shirt wird hochgehoben, kein Büstenhalter darunter. Perfekte Brüste. Narben – dunkle Hieroglyphen, die Bauch und Brust bedecken.

A: Ich bin sozusagen verliebt in all diese Narben von Männern, die ich gefickt habe. Es ist mein Sammelalbum. Vielleicht wollen Sie auch Ihren Abdruck hinterlassen?

F: Der Schmerz hat dir nie war ausgemacht?

A: Ich wollte mit Männern zusammensein.

F: Den guten Groupies macht der Schmerz nichts aus?

A: Die guten Groupies stehen drauf.

Schneller Vorlauf. 135. Stop.

F: Also, wie hat es angefangen?

A: Ich wußte nicht einmal, was ich da tat. Es ist einfach... Was meinen Sie eigentlich?

F: Beschreib mir, was passiert ist.

A: Was ich getan habe?

F: Yeah.

A: Wir hatten Sex nach ihrem Auftritt. Haben es ihnen mit dem Mund gemacht. Ihm einen geblasen. Ihn uns zusehen lassen. Alles mögliche.

F: Richtig.

A: Dann wollte er etwas anderes. Also, er sitzt da und macht Stoff zurecht, Kokain und irgendwelchen anderen Scheiß. Und er spielt mit seinem Ding rum und... also wollte er, daß wir etwas anderes machten. Also, dann hab ich ihr auf die Titten geschlagen. Total hart.

F: Wie hart?

A: Es waren rote, kleine Striemen... und die Brustwarzen waren hart. Er fand es toll.

F: Hat sie geweint... geschrien?

A: Kommt's Ihnen dabei? Wird Ihr Ding schon hart?

F: Nein.

A: Die Sachen, die ich mit Ihrem Körper anstellen könnte... soviel Geld haben Sie gar nicht, daß Sie irgend 'ne Nutte dazu kriegen könnten. Auch Sie haben Ihr Ding gern bei einem hübschen Mädchen in ihrem hübschen Mund.

F: Ja.

Mikroskopaugen.

A: Also, was wollen Sie wissen?

F: Du hast sie gefesselt.

A: Yeah. Das hat ihr gefallen. Und ihm.

F: Was dann?

A: Ich weiß nicht.

Schweigen. Grabesstille.

F: Du hast sie geschnitten. Womit?

A: Rasierklinge.

F: Wo?

Ein undurchdringlicher Blick.

F: Hattest du Angst?

A: Es war eine Schweinerei. Aber ich hatte keine Angst. Er fand es toll.

F: Und du fandest ihn toll. Also war die Sache in Ordnung.

A: Ich hab' Ihnen doch gesagt, es war ihre Idee. Ich hab' sie in seinem Zimmer getroffen. Ich kannte sie nicht. Ich war ihr noch nie begegnet. Sie war da, um gefickt zu werden. Sie wurde gefickt.

F: Warum bist du wütend?

A: Sie tun gerade so, als wäre es meine Idee gewesen. Ich hab' bloß versucht, ihm zu helfen, damit es ihm kommt. Ich bin ihr vorher nie begegnet.

F: Keine Schuld?

A: Sie war ein verdammtes Groupie. Wir alle müssen es irgend jemandem recht machen.

F: Eine letzte Frage.

A: Also was?

F: Als du... das mit ihr gemacht hast, da hat es ihm tatsächlich gefallen? Es hat ihn nicht gestört?

A: So sind sie eben. Immer unterwegs. Sie sehen alles. Sie verlieren das Interesse. Sie brauchen etwas Neues. Darum geht's. Ihr Interesse wachzuhalten. Und zu beweisen, daß du dabei warst. Etwas zu kriegen – irgend etwas.

F: Ein Stück von ihnen?

A: Yeah.

F: Sogar eine Narbe?

A: Das ist das absolute Autogramm.

Durch einen Bekannten bei der Staatsanwaltschaft, der Eintrittskarten haben wollte, um Jagger am Madison Square zu sehen, bekam ich eine Kopie von dem Mordvideo und nahm sie mit nach Hause.

Ich war fertig mit dem Artikel und hätte ihn eigentlich einreichen können. Das einzige, was mich davon abhielt, war die Tatsache, daß mein Redakteur von TIME auch noch einen Begleitartikel haben wollte. Der Zerfall des Einfühlungsvermögens als moderne Seuche oder irgendeine andere schwachsinnige moralistische Makulatur. Ich hab' gesagt, ich würd's versuchen; mal sehen, ob ich etwas aus dem utopischen Trümmerhaufen herausmeißeln könne. Aber ich wollte es nicht.

Ich hatte ein schlimmes Jahr hinter mir. Habe Kriegsberichte für verschiedene Magazine geschrieben. Bin überall dahin gereist, wo Blut, Schmerzen und Leichen zusammenkamen – Chips in den Casinos der Todesschwadronen.

Habe Kids mit zerstochenen Venen interviewt, in sterbenden Städten, die dieselben Namen trugen wie die Stadt, in der du lebst.

Habe meinen eigenen Vater in einem Krankenhaus sterben sehen.

Ich trank zuviel. Fühlte zuwenig.

Dieser Mord war so voller Zynismus, seine grausamen Formen und Farben stumpften mich nur noch mehr ab.

Um es gleich vorweg zu sagen, ich wollte diesen Artikel nicht schreiben, nicht im entferntesten. Aber, wie sie schon sagte, wir alle müssen es irgend jemandem recht machen. Ich war ihr Voyeur. Die Leser waren meiner.

Wir alle wollten Schmerzen sehen, die nicht die unseren waren.

Ich saß in meinem Appartement und sah mir das Interviewband an, wieder einmal. Ihr Kindergesicht, die traumatisierende Ruhe darin.

Dann legte ich das Mordband auf.

Ich sah es mir an, wie betäubt.

Das andere Mädchen war an das Hotelbett gefesselt, untergegangen unter Bergen von Crack und Huerredura, und wand und krümmte sich, und der Typ, dem ein Pferdeschwanz den Rücken hinunterhing, mastubierte. Das Scheinwerferlicht legte alles offen – knallhart und klar, wie bei einer Autopsie.

Meine Haut wurde kalt, als ich das Band ansah, wieder einmal.

Es war ein professioneller Mordfilm, wenn man einmal von dem obskuren Latinoflitter und der schlechten Bildqualität absah. Die Kameraeinstellung blieb unverändert, und alle paar Augenblicke erschien das Mädchen, das ich interviewt hatte, um die Linse mit schmollendem Lächeln und laszivem Blick zu verführen, während sich gleichzeitig ihre Hand mit der Klinge dem anderen Mädchen näherte, wieder und wieder.

Ich ließ das Band noch einmal ablaufen und versuchte zu verstehen, warum es diesem Mann gekommen war beim Anblick eines blutenden Mädchens, das an ein Bett gefesselt war und schrie. Ich ließ es wieder und wieder laufen und versuchte zu verstehen. Versuchte, den Sinn zu ergründen.

Ich muß es mittlerweile wohl hundertmal gesehen haben.

Michael Newton

Motorradrocker

Freebie Franklin stand auf dem grasbedeckten Randstreifen des Highways 65 im Kreis Yuba und stellte seinen Kragen hoch, um sich ein wenig gegen den Nieselregen zu schützen. Es war zwar nicht kalt, aber er konnte nirgendwo einen Unterschlupf finden, es sei denn, er rannte zurück zu den Bäumen, und das hätte ihn um die Chance gebracht, von irgend jemanden mitgenommen zu werden.

Also scheiß drauf. Ein halbes Dutzend Autos war schon in nördlicher Richtung an ihm vorbeigefahren, seitdem es angefangen hatte zu regnen, aber er würde dem Highway noch eine Chance geben. Nochmal fünfzehn Minuten, plus minus, dann würde er nach Marysville zurückkehren, um sich einen fahrbaren Untersatz zu organisieren.

Er hörte den Lastwagen, bevor er ihn sah. Er kannte das Geräusch von Gummi, das auf regennassem Pflaster heulte, und als der alte VW-Klapperkasten ratternd in Sichtweite kam, hatte er seinen Daumen bereits oben. Zuerst glaubte er, der Regen und das Licht spielten ihm einen Streich, aber dann erkannte er das Werk verwandter Seelen. Ein Friedenszeichen war auf die Hülle des vorne angebrachten Ersatzreifens gemalt, und die Seiten waren mit verblichenen Aufklebeblumen verziert.

Und Freebie wußte, daß der Lastwagen anhalten würde, noch bevor der Fahrer ihn überhaupt bemerkt hatte. Es funktionierte wie eine Sperre: Der Lastwagen verlangsamte sein Tempo, schwenkte auf den Seitenstreifen ein, wo er stand; sein Lächeln war an seinem Platz, und die Tür des Laderraums öffnete sich.

»Paradise?«

»Wohin sonst«, meinte er und krabbelte in das Vehikel hinein. »Ich bin Rachel.« Schlank, brünett, mit grauen Strähnen, die zu übersehen er sich bemühte. »Das ist Sherry. Und da vorn Jeff und Rick.«

Es versetzte ihn in eine andere Zeit zurück, das Haar, die Perlen und das handgearbeitete Leder mit dem Geruch von Gras, der das

Gestern von siebentausend Tagen auslöschte. Er konnte sich gerade noch rechtzeitig fangen, bevor »Boone Franklin« über seine Lippen kam.

»Ich bin Freebie.«

»Schön.«

»He, danke fürs Anhalten.«

»Machst du Witze?« Der Mann hinterm Steuerrad, Jeff oder Rick, konnte seinen Ohren nicht trauen. »Wir Kinder halten zusammen, Mann.«

»Total«, bestätigte Rick oder Jeff vom Beifahrersitz aus.

»Willst du einen Joint?«

Er lächelte Rachel an und kam langsam auf den Geschmack. »Warum nicht?«

Irgendein sauberer kolumbianischer Stoff machte die Runde, und er entwickelte gerade eine angenehm abgeklärte Stimmung, als Sherry fragte: »Es ist für dich nicht das erste Mal, oder?«

»Hm?«

»Die Child, meine ich.«

Er schüttelte den Kopf. »Ich habe sie schon zweimal gehört, als sie auf Tournee waren.«

»Ich mag ihren Sound unheimlich. Warst du früher schon mal im Paradise?«

Boone nahm noch einen Zug und schloß seine Augen. Dann sagte er verschlossen: »Ich war da.«

Zum Teufel, *jeder* war da. Die Leute kamen an diesem August-Wochenende von nah und fern und ergossen sich über das Paradise wie Pilger, die auf ihren Gral zusteuerten. Es war nicht Woodstock – nichts war wie Woodstock oder würde es jemals sein –, aber es war das Beste, was sie in diesem Sommer hatten, und ihre Zeit lief bereits ab. Der Wassermann ging unter. In einem Flammenmeer.

Das Zeitalter von Frieden und Verständnis war zu einem Fieberwahn verkommen, zu einer Epoche von Sucht und Raserei und Bomben auf dem Campus. Harmloses Gras hatte Platz gemacht für Speed und rohe Gewalt, während die Gangs sich einspielten, immer weiter aufdrehten und schließlich das Ruder in der Hand hatten. Star Child war eine Brücke zwischen zwei Welten, vielleicht die erste Übergangsband. Mit ihrer Powermusik kamen sie dem Heavy Metal zuvor, während ihre Liedtexte versuchten, eine haltlos dahintreibende Generation zurück auf die Erde zu bringen und mit den grimmigen Realitäten des Hier und Jetzt zu konfrontieren. Mit Songs wie »Flowers«, »Stone Cold Dreams« und »Blue Steel Lullaby« sprachen sie Kinder an, die auf der Straße aufgewachsen waren und sich mit Betäubungsmitteln gegen die Kälte wappneten.

Reese Stamper an der Lead-Gitarre und Billy Teague am Rhythmusgerät, wo sie mit Liedtexten herumexperimentierten, bis sie den richtigen Dreh gefunden hatten. Dale Clark an den Keyboards, Jerry Knox am Baß und der Träumer Eric Gates am Schlagzeug. Sie kamen im Frühjahr '69 aus dem Nichts und hatten innerhalb eines Jahres drei Heavy-Singles in den Top-10-Charts, die jeden daran erinnerten, daß die Welt zum Kotzen war und daß sich etwas ändern mußte.

Boone Franklin vergötterte sie. Das war vor zwanzig Jahren.

Das Ende war dann im Paradise gekommen, in jeder Hinsicht. Es sollte ein ›Volkskonzert‹ sein, der Auftakt zu einer Tournee, die Star Child neben Jefferson Airplane und den Doors plazieren sollte. Statt Polizisten zu engagieren, die das Ganze vermasselt hätten, holten sie sich eine Motorradbande, ein paar Outlaws, die für Ruhe und Frieden sorgen sollten. Sie arbeiteten für Bier und Gras und bekamen vielleicht noch ein paar Kröten, sofern die Band sie erübrigen konnte. Außerdem regten sie sich nicht übermäßig über ein paar Kids auf, die stoned waren und auf den Gängen tanzten.

Schlechte Karten.

Irgendwie waren die Typen in jenem Jahr ›in‹, bevor sie anfingen, in der Wüste Speed-Labors zu bauen und sich gegenseitig in einem endlosen Revierkampf mit Automatikwaffen abzuschlachten. Sie waren die letzten Freigeister in Amerika, sprach Dr. Gonzo, und falls irgend jemand den geheimnisvollen Nimbus, der sie umgab, hinterfragt hätte, wäre es ihnen ein Vergnügen gewesen, ihm seine verdammten Zähne einzutreten, vielen Dank auch. Immerhin hatten sie schon andere Konzerte abgesichert – darunter einige von Star Child –, und die einzigen Zwischenfälle bei diesen Konzerten waren ein paar Fotografen gewesen, die in Bakersfield versucht hatten, hinter die Bühne zu schlüpfen. Es hieß, sie hätten auch die Sache im Paradise geschaukelt, wenn Axel Cooner nicht gewesen wäre.

Er kam aus San Mateo, hieß es in der Todesanzeige, und Boone hatte sich die Zeit genommen, diesen Punkt nachzuprüfen. Ein Meter achtzig, einhundertsechzig Pfund Lebendgewicht, mit pockennarbigen Wangen, strähnigem Haar und einer Nickelbrille auf der Nase. Die Leute aus dem Leichenschauhaus fanden eine Brieftasche bei der Leiche mit dem Standardschnappschuß einer lächelnden Schauspielerin und einer seit zwei Jahren abgelaufenen SDS-Karte.

Illusionen.

Keiner konnte sich erklären, warum Axel in jener Nacht auf die Bühne stürmte, während Teague und Stamper ihr Duett über »Wings of Fire« schmetterten. Aber als die Leute von der Motorradgang ihn zurückdrängten, zog der arme, stumme Bastard eine Pistole. Von da an hätte ihn nichts mehr retten können – zwanzig, dreißig Schläger und nur sechs Patronen in der Trommel – aber Alex versuchte es nicht einmal. Statt dessen drehte er sich um und rannte weg, ein entscheidender Fehler, wenn man einer Meute hungriger Raubtiere gegenübersteht. Und sie waren dann auch wie der Blitz hinter ihm her.

Durch einen reinen Zufall konnte Boone alles beobachten. Die Rocker gingen mit Stiefeln, Ketten und abgesägten Billardstöcken auf ihn los, wobei sie sich abwechselten, und Cooner bildete als zerlumpte Puppe den Brennpunkt ihres Zorns. Einmal durchbrach er die Umzingelung, bevor er seine Waffe verlor, und fiel taumelnd gegen Boone. Sein Blut ergoß sich noch über Freebies Gesicht und das feine Wollhemd, bevor die Jäger ihn wieder zurückschleiften, um ihr Werk zu vollenden.

Von da an ging es bergab. Uniformen und Dienstabzeichen. Leitartikel und endlose Verhöre, die zu einem fruchtlosen Ruf nach Anhörung durch die kalifornischen Gerichte führten. Star Child ging nirgendwo hin, und die Konzerthallen begannen, ihre Auftritte abzusagen. Die Tournee endete als ein One Night Stand. Sie hielten dennoch achtzehn Monate zusammen, bevor die Risse sichtbar wurden und Billy Teague sich als erster von den anderen trennte. Als es Herbst wurde, war Richard Nixon ein sicherer Kandidat für eine zweite Amtsperiode, und Star Child gehörte der Erinnerung an.

Manchmal erschien es ihm wie gestern.

Der Jubiläumsgang war etwas ganz Natürliches gewesen, inspiriert von Woodstock und dieser ganzen Nostalgieszene, die die sechziger Jahre zu etwas machten, das sie nie gewesen waren. Ein neuer, verbesserter Rückfluß der guten alten Zeit. Die Veranstalter hatten sieben Monate daran gearbeitet, das Paradise davon zu überzeugen, daß die Menschen sich ändern, daß sie eine guten Chance hatten, es diesmal richtig zu machen. Zu spät für Eric Gates – Selbstmord im Suff 1981 – und auch für Billy Teague, der irgendwo in der Versenkung verschwunden war, aber Stamper, Knox und Clark hatten alle unterschrieben. Es sollte eine einmalige Sache sein, mit ein paar neuen Kids am Schlagzeug und in der Backing Group. Aber schließlich konnte man nie wissen, wo der Blitz vielleicht einschlagen würde.

Diesmal, sagte Boone zu sich selbst, machen wir es richtig.

Sie ließen den Regen in Oroville zurück. Überm Paradise hingen nur ein paar vereinzelte Wolken, durch die man den blauen Himmel sehen konnte. Ein vollkommener Tag für einen Neuanfang. Die Stadtväter hatten einen Wachtmeister dazu abgestellt, den Konzertverkehr zu einem Randgebiet im Westen der Stadt zu dirigieren. Auf dem dortigen Rummelplatz hatte man eine Bühne errichtet, Scheinwerfer aufgestellt und das Ganze mit Zuschauertribünen und einem Kettenzaun abgeschirmt. An einem anderen Tag hätten sich hier vielleicht die Einheimischen zusammengeschart, um einem Rodeo oder einem Derby beizuwohnen. Aber der heutige Abend gehörte dem Rock and Roll.

Sie waren nicht die ersten, ganz und gar nicht. Nach dem Aussehen des Parkplatzes zu urteilen, hatten einige der Pilger die Nacht hier draußen verbracht, um sich einen Platz zu sichern, wenn Star Child auf die Bühne kam. Boone war überrascht von all den Schrottkisten – Lastwagen und Käfer und sogar ein altehrwürdiger psychedelischer Bus mit Vorhängen an den Fenstern –, die sich den Platz mit neueren Yuppie-Wagen teilten. Glänzende Volvos brachen den Bann des Déjà-vus.

Bis er die Chopper sah.

Drei davon standen nebeneinander. Sie lehnten, lackiert in einem Regenbogen metallischer Farben, auf ihren Kickständern, mit langen Chromgabeln vorn und den Sitzen für ihre Puppen hinten. Keiner der Fahrer war zu sehen, als Jeff und Rick vorbeifuhren und etwa fünfzig Meter weiter eine Lücke für den Lastwagen fanden. Zufall, sagte sich Boone. Total unmöglich, daß die Mongolen den Nerv hätten, nach all der Zeit hier wieder aufzutauchen.

Nicht nach Axel Cooner.
»Wie lange noch?«
Die Frage kam von Rachel, die dicht neben ihm saß und ihre rechte Hand auf sein Knie gelegt hatte. Er schielte zu Rick und Jeff hinüber, um herauszufinden, ob einer von ihnen sie beobachtete, aber die beiden steckten ihre Köpfe zusammen und machten sich an einem neuen Joint zu schaffen. Boones Timex sagte ihm, daß es halb sechs war.
»Sagen wir, neunzig Minuten, bis sie aufmachen, und dann wartest du noch eine Stunde auf die Show.«
»Zu lange. Ich muß mal für kleine Mädchen.« Rachel stieß Sherry mit dem Fuß an. »Kommste mit?«
Sherry blinzelte und brauchte einen Augenblick, um die Frage zu entschlüsseln. »Nee.«
Rachel zuckte mit den Schultern, wandte sich wieder an Boone und schob ihre Hand auf seinem Bein ein wenig höher. »Willste mir Gesellschaft leisten?« Er schielte wieder zu Rick und Jeff hinüber, bevor sie lächelte und sagte: »So ist es nicht gemeint.«
»Okay.«
Draußen vor dem Lastwagen streckte er seine Beine aus und folgte ihr über den Parkplatz, wobei er voller Bewunderung zusah, wie sich ihr Hintern in seiner verblichenen Jeanshaut bewegte. Vor den Toiletten stand eine Schlange, und er bummelte an den Choppern vorbei, während sie wartete. Noch immer waren keine Motorradfahrer zu sehen, aber aus den drei Maschinen kamen unheilvolle Schwingungen und gruben sich in seinen Schädel ein.
»Fertig.« Er zuckte zusammen, als Rachel ihm auf die Schulter tippte, und die Zeit nahm ihren vorübergehend zum Stillstand gebrachten Fluß wieder auf. »Einen Penny für deine Gedanken?«
»Du würdest nicht viel für dein Geld bekommen.«
»Schöne Maschinen.«
»Wahrscheinlich.«
»Fährst du?«
Boone schüttelte den Kopf. »Kein Gleichgewichtssinn.«
»Du solltest es versuchen. Es ist wie ein Rausch. Der Wind und diese ganze Macht, direkt zwischen deinen Beinen.«
Er lächelte, und seine Maschinen liefen auf Hochtouren.
»Kannst du es spüren?« fragte sie.
»Ich fange langsam an.«

»Laß uns gehen.«

Sie nahm seine Hand und wollte zum Bus laufen, aber Boone blieb stehen.

»Was ist los?«

»Deine Freunde?« Aber das war nicht alles, er sagte ihr nichts von dem Gefühl, daß die Chopper in ihm ausgelöst hatten.

»Ich hab' dir doch gesagt, so ist das nicht gemeint.«

»Trotzdem.«

»Bist du etwa schüchtern? Ich werde ihnen sagen, sie sollen ein bißchen spazierengehen.«

Ein Blick zurück auf die Motorräder, und er schüttelte das Gefühl ab. »Okay, ich bin dabei.«

Sie lachte und legte einen Arm um ihn. »Vergiß es nur nicht wieder.«

Die Eröffnungsnummer war neu, eine jüngere Metal-Band, die mit schwarzer Spitze und Mascara ihre Unerfahrenheit übertünchen wollte, aber Boone ließ sich nicht entmutigen. Sie hatten noch zwei Joints zuwege gebracht, trotz der Uniformen, die an allen strategischen Punkten um die Bühne herum auf Posten standen – keine Hakenkreuze und Ketten diesmal –, und als die Rocker ihre zweite Nummer anschlugen, war ihnen das Knabberzeug ausgegangen.

»Snackbar«, erklärte er Rachel. Er mußte schreien, um sich in dem Getöse verständlich machen zu können.

»Kommste zurück?«

Er küßte sie leicht auf die Wange, drehte sich um und ließ sie kichernd stehen. Es war nicht weit, wenn man die Entfernung nach Metern beurteilte, aber das Gedränge und ein paar Gummibeine verlangsamten Freesbies Tempo. Er hätte es trotzdem geschafft, wenn nicht der Zufall oder irgend etwas anderes seinen Blick in Richtung der Toiletten gelenkt hätte.

Gerade rechtzeitig, um die Motorradrocker hineingehen zu sehen.

Schwarzes Leder unter ärmellosen Overalls, der schwülen Augustnacht zum Trotz. Langes Haar in Pferdeschwänzen und schwere Stiefel mit Stahlspitzen. Die grinsenden Schädel in stilisierten Wikingerhelmen prangten auf ihren Rücken, gekrönt von dem Titel ihres Clubs, unter dem noch ihr Heimatstützpunkt genannt wurde.

Boone sah es ganz deutlich: DIE MONGOLEN – SAN JOSÉ.

Impulsiv und ganz gegen seinen Willen folgte er ihnen in das Gebäude, innerlich darauf vorbereitet, sich umzudrehen und wegzulaufen, falls sie auch nur einen winzigen Blick in seine Richtung werfen sollte. Er war ungemein erleichtert, nur drei alternde Blumenkinder vorzufinden. Zwei der Männer standen an den Pissoirs, und der dritte ließ Wasser ins Waschbecken laufen. Unter der kurzen Trennwand der nächstgelegenen Toilettenbox wurden ein Paar Sandalen sichtbar.

Keine Mongolen. Boone durchsuchte auch die anderen Kabinen – beide waren leer – und zog sich dann benommen zurück. Wenigstens war ihm seine Freßlust vergangen, bezwungen von einem elenden Gefühl in seinen Eingeweiden. Die grollende Musik *klang* nur so wie ein Haufen Motorräder, die mit aufjaulenden Motoren auf den Parkplatz jenseits des zerbrechlichen Kettenzaunes einfuhren.

Boone brauchte dringend Luft und eilte nach draußen, wo er mit einer Gestalt zusammenstieß, die ihm im Weg stand.

»He, tut mir leid, Mann.«

»Macht nichts«, sagte Axel Cooner.

Boone versuchte zu sprechen – wenn schon nichts anderes, dann wenigstens zu sagen: »Ich kenne Sie« – aber seine Stimme gehorchte ihm nicht, während Axel sich wieder umdrehte und in der Menge verschwand. Seine Gedanken wirbelten benommen durcheinander, und diesmal war das Gras nicht dafür verantwortlich. Diesmal steckte kein Trick dahinter. Keine verdammte Sinnestäuschung, keine Spielchen.

Ich kenne Sie.

Und das sollte er auch, denn immerhin hatte das Blut dieses Mannes in dieser gewissen Nacht vor zwei Jahrzehnten seine Wangen befleckt und seine Kleider besudelt. Der Geschmack von Axel auf seinen Lippen, bevor die Schakale ihn hinuntergezogen hatten. Dieser *Tote,* der vor Boones Augen zu etwas wie einem Fleischbrocken zerstampft worden war.

In diesen zwanzig Jahren war nicht ein einziger Tag vergangen, ohne daß sich das Gesicht von Axel Cooner in seine bewußten Gedanken oder seine geheimen Träumen hineingedrängt hätte. Momentaufnahmen von Axel vorher und nachher, obwohl das *Vorher* von verschwommenen Zeitungsfotos kam und sie einander nur *nachher* kannten. Zu spät, viel zu spät, um sich wirklich zu kennen.

Er hatte wie unter Zwang das Leben von Axel Cooner erforscht, hatte aus jeder verfügbaren Quelle noch die winzigsten Kleinigkeiten zusammengesucht, als würde es ihm das Verständnis von Axel irgendwie ermöglichen, auch sich selbst zu verstehen, die verschwendeten Jahre, die hinter ihm lagen. In San Mateo hatte er aus Freunden und Verwandten alles herausgepreßt, was sie über den Toten wußten, und war dann hoffnungslos verwirrt zurückgekehrt. Die Zeitschrift *Barb* hatte ihm bereitwillig einen Vorschuß von fünfzig Dollar für einen ›Insider-Artikel‹ über Alexs letzte Nacht im Paradise gegeben – der Scheck war eine Bestätigung seiner Besessenheit von einem Fremden –, aber er mußte ihn zurückgeben, als er den Abgabetermin um sechs Monate überschritten hatte, dann um ein Jahr, und das alles, ohne ein einziges Wort zu Papier gebracht zu haben.

Es gab einfach nichts, das er hätte sagen können.

Damals nicht, jetzt nicht.

Aber er konnte Axels Spuren folgen. Das wenigstens lag noch immer in seiner Macht.

Boone drängelte sich durch die Menge und erreichte den nächsten Gang, als Star Child auf die Bühne kamen. Die Zuschauer standen und johlten und riefen in Sprechchören: »Rock and Roll!«

Sie hatten die Hände über ihre Köpfe erhoben und klatschten wie Fundamentalisten bei einer Erweckungsversammlung, als ihre Helden anfingen, sich vor eingeschalteten Mikrofonen aufzuwärmen.

Irgendwo im Gedränge tauchte Axel einmal kurz auf. Sein Profil war unverkennbar, trotz der zuckenden Röhrenblitze, in denen Boone sich wie ein Flüchtling aus einem Stummfilm der zwanziger Jahre fühlte. Hinter ihm waren kaum merklich die Deputies verschwunden. An ihrer Stelle standen jetzt zottige Wachhunde, die ihre gewaltigen Brustkörbe, ihre schmierigen Levis' und ihre Tätowierungen zur Schau stellten.

Reese Stamper eröffnete mit »Hell on Wheels«, ein Tribut an dic Motorradrocker, die jetzt Wache standen, und obwohl Boone genau wußte, daß der Backing-Sänger nicht Billy Teague war, hörte der Mann sich doch genau so *an*, gütiger Himmel, ganz genauso.

Diesmal machen wir's richtig.

Er ging hinter Axel her, den Gang hinunter, wo ihm überall Tänzer im Weg standen, die er mit dem Ellenbogen zur Seite schob. Einige von ihnen waren zu stoned, um es zu bemerken, und andere riefen ihm zu: »Immer langsam, Bruder«, während er sie im Vorbeigehen anrempelte.

Axel stürzte auf die Bühne zu, vorbei an Leuten von der Motorradgang. Versessen auf eine Mission, die niemand in der Zeitspanne von zwanzig Jahren hatte enträtseln können. Boone hätte es nicht erklären können, aber diesmal *wußte* er, daß Axel die Waffe in der Hand hatte, noch bevor der Mann seine Hand hob.

Ein kluger Mann lernt aus seinen Fehlern.

Ein paar von den Motorradleuten sahen ihn kommen, sahen die Waffe, und als sie sich in Bewegung setzten, um Axel den Weg abzuschneiden, grinsten sie einander zu. Die anderen traten hinter sie; der Instinkt führte Regie, wenn es ans Töten ging. Cooners Pistole zeigte auf einen Punkt jenseits der ungefähren Verteidigungslinie, in die Richtung der Band.

Boone war mit einem Satz bei Axel, legte einen Arm um seinen Hals und streckte den anderen Arm nach seiner Waffe aus, um sie herunterzureißen. Sein erster Schuß ging in der Musik unter, war verschwendet an die Luft.

Irgendwie drehte sich die drahtige Gestalt in seinem Griff um, und sie standen einander Auge in Auge gegenüber. Ihre Körper drehten sich aneinander, kämpften wie Partner in einem epileptischen Walzer. Boone sah in Axels Augen etwas aufblitzen – Erkennen? Verständnis? –, bevor die Waffe ein zweites Mal losging. Boone sah die Liebe und den Haß dort, alles in einem wilden Durcheinander von etwas Neuem und Tödlichem, als die Kugel sich durch seinen Magen brannte und Blut floß.

Es blieb keine Zeit zu schreien, bevor der am nächsten stehende Mongole Schwung holte wie Wade Boggs vor dem Baseballkorb und mit seinem präparierten Billardstock auf Axel einschlug. Sie fielen beide gleichzeitig. Boone lag zuunterst, und Axel stürzte auf ihn. Dann *durch* ihn, und der schwache, erstickte Schrei, den er von sich gab, klang in seiner Erleichterung beinahe sexuell.

Allein. Keine Spur von Axel, als er seine Augen aufriß und überall um sich herum die Mongolen sah, die ihn aus glasigen, tiefliegenden Augen anstarrten. Einer von ihnen grinste mit einem Mund, der sich von Ohr zu Ohr zu erstrecken schien, und die ganze Meute roch schlimmer, als es jemals irgendwelche Motorradrocker getan hatten.

Boone versuchte, an die Pistole heranzukommen, obwohl er wußte, daß es sinnlos war; ein schwerer Stiefelabsatz zerquetschte seine Hand. Der Schmerz war hell und zart, eine Einleitung zu dem Hauptereignis. Eine Klinge schoß in seinen Körper, irgendwo unterhalb der Taille, und er hatte noch Zeit zu schreien, bevor sich die anderen mit Billardstöcken, Kricketschlägern und Ketten an die Arbeit machten.

»Ich kenne euch!«

Ein kurzer Blick auf Rachel in der Lücke zwischen den Jeansbeinen eines Motorradrockers, mit Axel an ihrer Seite – und irgendwie doch nicht Axel. Verändert.

Ich kenne euch alle.

Er schrie wieder, und die Musik von Star Child begleitete ihn auf seinem Weg.

MARK VERHEIDEN

Bootleg

Die Sonne stand schon tief, als Larry Skase über eine Kiste stieg, aus der leere Coladosen und alte Donuts quollen. Er war auf dem Weg zur Treppe, die zur unteren Ebene der Tauschbörse hinunterführte. Man hatte die Plattenhändler auf das Versorgungsgelände des Campus verbannt, hinter den Tennisplätzen der Schule, von deren Betongrund die Schläge widerhallten. Die Organisatoren wollten sie in angemessenem Abstand zu den alten Damen mit ihren handgeschnitzten Handtuchbehältern und den ängstlichen Straßenreinigungsleuten halten, die die zerbrochenen Antiquitäten ihrer Müllkunst feilhielten.

Offiziell war der Freiluftbasar des College um vier Uhr nachmittags zu Ende, aber die herumlungernden Händler, Hot Dog-Verkäufer und Möchtegern-Unternehmer warteten immer die Dämmerung ab, bevor sie ihre Siebensachen zusammenpackten. Skase machte die Dämmerung nichts aus. Sie war eine *andere* Welt hinter den Kulissen – *seine* Welt. Er war gekommen, um Bootlegs aufzuspüren.

Während er die Stufen hinunterschlenderte, ließ er seine Blicke über die Schallplattenbörse schweifen, zog seine leichte blaue Jacke mit der Aufschrift ›Members Only‹ zu und wünschte, er hätte eine Zigarette. Wenn er einen guten Tag hatte, hätte man Larry gutaussehend nennen können, aber die guten Tage waren selten und wurden immer seltener. Tagsüber machte er seinen Job, die Abende verbrachte er allein, und an den Wochenenden frönte er seiner einzigen Leidenschaft.

Früher hatte Skase die Tauschbörsen und Flohmärkte nach legalen Sammlerstücken abgegrast – Ersatzpressungen, Importe, von Rundfunksendern gesponserte Aufnahmen, nach allem, was sich von der Normalkost aus den Schallplattenläden unterschied. Mit der Zeit hatte allerdings die Aufregung nachgelassen, die sich an solche ›Entdeckungen‹ knüpfte. Selbst die teuren Promos der Plattengesellschaften waren autorisiert, homogenisiert und leicht erhältlich. Wie ein Junkie auf der Suche nach dem nächsten, stärkeren Stoff wollte Larry Skase irgend etwas Neues.

Sein Hobby war ihm zur Frustration geworden, und aus dieser Frustration wurde langsam Wut. Larry nahm es seinen Lieblingsmusikern übel, daß sie seine heißhungrigen Wünsche nicht befriedigten. Es waren selbstsüchtige Bastarde, die meisten von ihnen – sie nahmen sein Geld und seine Zeit und seine Hingabe, gaben aber dafür niemals etwas *Besonderes* zurück. Er hatte einen zu großen Teil seines Lebens in ihre Musik investiert; er *verdiente* es, auch etwas dafür zurückzubekommen.

Durch die Bootlegs bekam er etwas zurück. Sie zu sammeln war ein Weg, die psychische Schuld auszugleichen, den Superstars ein kleines Stückchen ihrer Seele abzuzwacken und tief in sie hineinzuschauen. Gestohlene Mitschnitte, nicht verwendete Zusammenschnitte, schon lange in Vergessenheit geratene Live-Shows – er kaufte sie alle, verschlang sie, *schwelgte* in ihnen. Die Bootlegs brachten ihn seinen musikalischen Göttern näher.

Viele der Bootleg-Händler waren nach einer großen Razzia im mittleren Westen, über die man überall berichtet hatte, wie vom Erdboden verschwunden, aber einige wenige wieselten einer nach dem anderen wieder hervor, so wie rostbraunes Wasser tröpfchenweise aus einem zerbrochenen Wasserhahn rieselt. Sie wirkten irgendwie desperat, diese Händler, gleichzeitig armselig und pathethisch. Rattenhaft wachten sie über ihre wertvollen Kisten, beugten sich darüber, um sie zu sortieren und zu begutachten, und beäugten ihre potentiellen Kunden mit einer unangenehmen Mischung aus Gier und Angst. Irgendwie schienen sie sich erst in dem schwächer werdenden Nachmittagslicht etwas heimischer zu fühlen.

Larry überquerte eine Reihe schmutziger Pappkartons, die mit rissigen, legalen Platten gefüllt waren; er verzog sein Gesicht in übertriebener Verachtung. Nachdem seine Sammlung angewachsen war und sein Geschmack sich klarer artikulierte, zog Skase den alten Vinylplatten fast vollständig die ›importierten‹, illegalen Compact Discs vor. Seine Sammlung gestohlener Träume sollte ewig halten, unzerstörbar, ohne Kratzer, Knaller und Kerben.

Ein fetter Kerl in einem Raiders-Sweatshirt hielt einige Kisten mit verschiedenen Schallplatten feil, die er in den Kofferraum seines alten, blauen Chevy gequetscht hatte. Die bekanntesten Bands machten sich den Platz zwischen einem nicht abgedeckten Reserverad und sechs leeren Öldosen streitig. Es hatte nicht viel Neues auf der Börse gegeben, so daß Skase sich dazu hergab, die wenigen Bootlegs des Mannes kurz zu überfliegen und sich ihre Labels auf Songtitel und Spielzeiten hin durchzusehen.

Skase fing gerade mit der zweiten Kiste an, als sein Blick auf den Lieferwagen fiel, der zwei Parkboxen weiter stand. Da sah er die Augen.

Sie starrten ihn von einer verblaßten Fotokopie herab an, halb versteckt unter einem Stapel ausgefranster Zeitungsausschnitte. Skase wandte sich von dem Chevy ab, starr fixiert von dem Blick dieser Augen.

»Sie sind ein *Sammler*?« fragte ein Mann mit schwarzen Zähnen, der aus dem feuchten Schatten seines zerbeulten VW-Busses hervortrat. Er war dünn und schien nur aus Ellbogen und Knien zu bestehen, wie eine Marionette, der die Füllung fehlte. »Suchen Sie nach etwas *Besonderem*?«

Wie unter Zwang starrte Skase die grauen Augen an. »Kommt drauf an«, sagte er. Ihm war unwohl dabei, mit dem Mann auch nur zu sprechen. »Das meiste von diesem Studiozeugs habe ich. Ich suche seltene Aufnahmen – Sie wissen schon, live und…«

»Sie suchen *Bootlegs*.« Skase überraschte dieses beiläufige Eingeständnis; die meisten Händler umschrieben ihre Ware mit Euphemismen wie ›seltene Importe‹ oder ›spezielle Live-Aufnahmen‹. »Ich habe Sie hier *früher* schon gesehen, auf der Suche nach Ihren Beatles und Stones und Roses.« Er spie die Namen aus, als hätten sie nicht einmal seine Verachtung verdient.

Skase hatte Schwarzzahn ebenfalls schon früher gesehen, immer an der gleichen Stelle. Er hatte seine Waren auf einer verblichen pink- und orangefarbenen Decke ausgebreitet, die sich wie ein verrückter Zauberteppich über den Asphalt zog. Skase ignorierte ihn und seine wertlosen Promos normalerweise, aber diesmal war es etwas anderes.

»Habe nichts von dem Mist von den Plattenfirmen«, fuhr Schwarzzahn fort. »Aber ich habe etwas anderes, das einen Sammler wie Sie interessieren könnte.« Er wischte die staubigen Papiere beiseite, die die grauen Augen bedeckt hatten.

»Jesus«, sagte Skase und prallte zurück. Die Augen waren tot. Es handelte sich um eine anatomische Aufnahme jüngeren Datums vor einem stahl- und chromglänzenden Hintergrund. Der Kopf des Mannes war am Hals vom Rumpf getrennt worden, die Haut umgeschlagen und abgeschält wie bei einer reifen Orange. Die einzelnen

Stränge der Gesichtsmuskeln und die feuchten Sehnen lagen frei, so daß man sie selbst auf dieser unscharfen Kopie erkennen konnte. Das Foto war auf eine einfache, weiße Plattenhülle aufgeklebt und dann mit dünnem, glänzendem Kunststoff eingeschweißt worden, der den toten Augen einen schleimigen Glanz verlieh.

»Sie sagten, daß Sie etwas Besonderes suchten«, sagte Schwarzzahn.

»Ich – ich habe kein Interesse an Schallplatten«, sagte Skase, der nach einem Grund suchte, irgendeinem Grund, um von dort fortzukommen. Ohne nachzudenken überflog er das Cover, auf der Suche nach einem Titel und einem Verzeichnis der Songs. Die Rückseite der Hülle war völlig leer, bis auf ein einziges Wort, das in braunroter Tinte darauf geschmiert war.

»*Ritual?*« fragte Skase. »Von wem ist das? Metallica? Roses?«

Schwarzzahn zog es wieder in den Schatten des alten Lieferwagens. »Ist das wichtig?«

Skases Augen verengten sich. Das Spielchen ›die geheimnisvolle Schallplatte‹ war nicht nach seinem Geschmack, und abgesehen davon *stimmte* da etwas nicht mit diesem dünnen, kleinen Mann. »Was soll sie kosten?« fragte er, in der Hoffnung, der Preis würde zu hoch sein, und er käme – zum Teufel! – endlich weg dort.

Von Schwarzzahn war nichts zu sehen als ein Lichtglanz, der von seinen feuchten Lippen reflektiert wurde. »Für Sie?« sagte er. »Nichts. Nehmen Sie sie mit. Wenn sie Ihnen gefällt, dann kommen Sie im nächsten Monat wieder und geben mir dafür so viel, wie sie Ihnen wert erscheint.«

Skase steckte sich die Platte unter den Arm und sah Schwarzzahn skeptisch an. »Und was, wenn ich nicht wiederkomme?«

Schwarzzahn lachte – mit einem rasselnden, rauhen Laut, der vom Grund seines Brustkastens zu kommen schien. »Ich traue Ihnen«, sagte er, während Skase davoneilte.

Skase warf die Platte auf den Beifahrersitz seines Wagens und setzte sich leichtfertig überhöhter Geschwindigkeit rückwärts aus dem Parkhaus heraus. Das Leichengesicht starrte zu ihm hinauf; sein Mund in offener Position fixiert, der blutige, zahnlose Unterkiefer wie höhnisch vorgestreckt. Während der Fahrt mußte Skase das Gesicht immer wieder anschauen, fast so, als zwänge ihn etwas, das grauenhafte Bild wieder und wieder zu studieren.

Vielleicht entdeckte er es dabei. Vielleicht hatte er es aber auch schon die ganze Zeit über gesehen. Haut und Bindegewebe fehlten dem Schädel zwar fast völlig, aber das, was von den Lippen des Mannes übriggeblieben war, hatte sich nicht zu einem Schrei zusammengezogen, sondern zu einem grotesken, gefrorenen Lächeln.

Skase drehte die Platte herum, so daß das Gesicht nicht mehr zu sehen war, und fuhr weiter.

Er wohnte in dem typischen Apartment im dritten Stock in einer typischen, sonnigen südkalifornischen Vorstadt, die aus nichts als Palmen und heißem Asphalt bestand. Das Haus hatte schon bessere Tage gesehen, aber Skase machte sich nichts aus Annehmlichkeiten dieser Art. Er schlug seine Wohnungstür hinter sich zu, warf seine Jacke über die Rückenlehne seiner grünen Goodwill-Couch im Wohnzimmer und ging sofort an seine Stereoanlage.

Er schlitzte die Plastikhülle von *Ritual* mit seinem Daumennagel auf und blies von oben in die Plattenhülle hinein. Die Pappe roch alt und vermodert. Darauf bedacht, die Platte nur am Rand festzuhalten, schob er sie vorsichtig heraus. Das schwarze Vinyl glänzte im flackernden Leuchtstoffröhren-Licht.

Das Plattenlabel war völlig weiß, und die innere Auslaufrille war glatt – keine eingeprägten Codenummern, noch nicht einmal ein ›A‹ oder ›B‹ zur Bezeichnung der Seiten. Skase ließ die Platte über die Drehachse des Plattentellers gleiten und beobachtete, wie sie zögernd auf der abgenutzten Gummimatte griff. Dann bürstete er mit einem Antistatikpinsel über die Platte. Die elektrische Aufladung ließ die Haare auf seinem Unterarm prickeln.

Genau in diesem Moment fühlte er etwas Dunkles und Kaltes – *da* – im Raum, das genau neben ihm stand. Er drehte sich ruckartig herum, in der ungewissen Erwartung, jemanden vorzufinden, der ihn beobachtete.

Mit einem sanften Summen schaltete sich der Kühlschrank ein. Das Zimmer war leer und dunkel.

Skase vertiefte sich in den Anblick der sich auf dem Plattenteller drehenden Schallplatte. Schwarz auf schwarz bildeten die Rillen konzentrische Kreise, die sich immer tiefer, tiefer und tiefer hinabzudrehen schienen. Skase senkte den Tonarm in die Anspielrille und trat einige Schritte zurück, während eine Explosion von Plastikprasslern durch die Lautsprecher rumpelte. Gott, wie *haßte* er dieses Geräusch. »Gottverdammtes Vinyl«, murmelte er, inzwischen vor dem Equalizer niedergekniet.

Dann hörte er die Stimme. »Willkommen in *meiner* Welt, *Sammler*.

Skase sprang auf und langte in einer Reflexbewegung zum Spieler hin, um die Nadel von der Platte zu schlagen, aber irgend etwas – *hielt* ihn *auf*. Feine Ranken von schwarzem Plastik, fädig wie ein Spinnennetz, wuchsen aus der Mitte der Platte herauf und wanden sich um den Tonabnehmer, so daß die Nadel tief in die Vinylrille hineingezogen wurde. Dünne Wirbel von brechendem Plastik tanzten von der Platte herunter, herausgeschnitten durch den schleifenden Tonabnehmer, und nieselten von der Kante des Plattentellers hinab wie glühende, gelockte Metallspäne von einer Metalldrehbank.

Die Steckdose hinter dem Stereorack pulsierte und dampfte vor Hitze, wurde weich und geschmeidig. Als sie den Schmelzpunkt erreichte, legte sich die weiße Plastikplatte um die Metallstecker des Stromkabels aus dem Plattenspieler und verschweißte sie in einem Klumpen verformten Plastiks mit der Wand.

»Diese Aufnahme ist von uns *allen*«, sagte die Stimme, die wie ein dumpfes Aufeinanderschlagen von Betonblöcken aus den Lautsprechern dröhnte. »Das allerletzte verdammte Bootleg.«

Irgend etwas fegte Skase zur Seite. Es war wie kurz zuvor, aber diesmal *schlug* es ihn, schickte ihn ausgestreckt zu Boden. Er fühlte, wie eine vibrierende Ladung durch die Luft schoß, so als ob Sand über seine Haut scheuerte. Er starrte empor auf die Vitrine, in der seine Stereoanlage untergebracht war. Ihre Messingbeschläge begannen sich zu verwerfen und zu glänzen. Der ganze Raum war plötzlich erfüllt von einer lastenden Gluthitze.

»Die Leute sagen, Rock sei die Musik des Teufels«, fuhr die Stimme fort. »Wir sind immer so verdammt *glattzüngig* und *vernünftig*, wenn wir uns vor unseren Fans rechtfertigen – vor unserem ›Publikum‹ –, aber wer kann schon sagen, daß da wirklich *nichts* dran ist?«

Skase fühlte, wie sich die Haut von seinem Hinterkopf abschälte, wie Schrankpapier, das sich an einem feuchten Tag in Wellen legt. Dünne Rinnsale von Blut bildeten Flecken auf dem Kragen seines Hemdes und nahmen dort durch die Mischung mit der blauen Farbe des Stoffes eine purpurne Färbung an.

»Du dachtest, du könntest uns *kaufen*, was? Uns Stück für Stück *zusammenstehlen*...«

Die Knochen, die Skases Augen umgaben, erweichten, verbogen und weiteten und dehnten sich unter dem Druck, der sich in seinem Schädel bildete. Vor seinen Augen verschwamm alles wie zu den unscharfen Konturen eines Weichzeichners. Zuerst dachte er, der Raum ändere sich, und dann begann er zu schreien.

Der Raum hatte sich nicht geändert. *Er* änderte sich.

Zusammengekrümmt vor entsetzlichen Schmerzen, wälzte er sich zum Stereoschrank hin und starrte auf das graue Cover der Platte – das hautlose, abgeschälte Gesicht, zahnlos und blutig und in furchtbarem Schmerz zusammengezogen. Einen Augenblick später änderte sich die Beleuchtung, und plötzlich sah er sein *eigenes* Gesicht, das sich in den klebrigen Resten der Plastikhülle spiegelte. Er sah dem anderen schon überraschend ähnlich.

»Die *echten* Fans kennen die Wahrheit – sie haben sie immer gekannt. Siehst du, *auch wir* sind Sammler.«

Irgend etwas zog von innen an Skase und riß ihn langsam auseinander. Die Zähne fielen ihm aus dem Kiefer wie abblätternde Farbe von einer verwitterten Fläche und klimperten über den Parkettboden. Während er die Arme ausstreckte, um die Zähne aufzulesen, schwollen die Spitzen seiner Finger auf das Doppelte ihrer normalen Größe an und trieben purpurfarbene und rote Pusteln aus. Die Fingernägel wurden abgeworfen, als seien sie herabtropfendes Wachs und ließen feuchte, rote Fäden zurück, die von seinen Händen herabbaumelten.

»Wir ziehen *Bootlegs* von Seelen, du Arschloch. Und du bist *der nächste.*«

Der Schmerz hatte seinen Körper jetzt zusammengeknickt. Unförmig wie er war, warf er sich gegen seinen Stereoschrank und zertrümmerte dessen gläserne Tür. Die Stimme brach ab und wurde ersetzt durch einen stampfenden, schmerzhaft tiefen Ton. Trotz seiner Schmerzen konnte Skase diesen Ton durch seinen Magen, durch seinen Brustkasten bis in seine Kehle hinein dröhnen hören.

Es war der Klang des reinen, rohen Bösen. Und er hatte ihn in sich.

Er zuckte krampfartig und rutschte auf dem Blut aus, das sich aus seinem Mund und aus seinen Händen ergoß. Die Haut auf seinem Brustkasten begann zu zerspringen, aufzuplatzen wie roter, geschmolzener Fels. Während seine Rippen anfingen, sich abzuspreizen und Knorpel und Fleisch auseinanderzureißen, sah er ein

Aufblitzen von weißem Licht – und dann war wieder diese Stimme da, ein letztes Mal.

»Du wirst jetzt sterben... *chick*... sterben... *chick*... sterben... *chick*...

»*Kratzer*«, sagte Skase, dabei quoll ihm Blut aus den Lippen.

Mit letzter Kraft drückte er den Stereoschrank zur Seite und kippte ihn mit einem Krachen zu Boden. Der Tonabnehmer des Plattenspielers blieb unbeweglich auf der Platte, aber der Verstärker platzte auf wie eine reife Melone.

Skase lag in seinem eigenen Blut und versuchte zu verstehen, was passiert war. Behutsam berührte er seine Wange und strich sich über die überdehnten, zerborstenen Knochen. Sein Gesicht war eine aufgeschwollene Maske, ein Labyrinth aus zerstörten Gefäßen und herabhängendem Fleisch. Aus irgendeinem Grund hatte der Schmerz aufgehört – zumindest im Augenblick.

Er wälzte sich herum und starrte auf die unbeschriftete Platte, die sich immer noch auf dem umgeworfenen Plattenspieler drehte. Er streckte seine zitternden, blutigen Finger aus und berührte das glänzende Vinyl – er zitterte nicht vor Furcht, sondern vor *Erwartung*.

Eine verrückte Art von Zufriedenheit erfüllte ihn. Er hatte den schwarzen Kern seiner Leidenschaft gesehen – mehr noch, er hatte sich fast mit ihm *vereint*. Seine Finger folgten den konzentrischen Vinylrillen und fanden den tiefen Kratzer, der den Bann gebrochen hatte. Er war der Wahrheit so nahe gekommen. Er atmete tief; der von seinen aufgeplatzten Rippen verursachte Schmerz ließ nur ein entstelltes, keuchendes Lächeln auf seinen Lippen zu, als er murmelte:

»Ich möchte doch ums Verrecken gern wissen, ob man das nicht auch auf CD kriegen kann.«

RAY GARTON

Abartiger Auftritt

Bill Wyatt erhob sich abrupt hinter seinem Schreibtisch, als Travis Block unangemeldet sein Büro betrat. Nur zwei Mitglieder der Band waren mit Travis gekommen. Wyatts aufgesetztes Lächeln verschwand.

»Wo ist Elmo?« fragte Wyatt ungeduldig, während sich die drei Männer vor seinem teuren Kirschbaumschreibtisch niederließen.

J.J. White sprach, wie gewöhnlich, langsam, gleichförmig und gedehnt. »In der Stadt. Macht da 'nen Antidrogenspot fürs Fernsehen.«

»Hurensohn!« schnappte Wyatt, schlug mit der Faust auf den Schreibtisch und ließ sich zurück in seinen Sessel fallen.

»Das heißt, daß sein verdammter Verstand völlig ausgekokst ist, bis er herkommt – und ich wollte, daß ihr einen guten Eindruck auf diesen Burschen macht.«

»Was für einen Burschen?« fragte Travis.

»Der Bursche, dessentwegen ich euch herbestellt habe. Wann wird Elmo dort fertig sein?«

Buddy Flat zuckte die Schultern. »Du weißt ja, was passiert, wenn er mit diesen Antidrogen-Typen zusammen ist. Party, Party, Party.«

»Mist. – Okay. Es geht um folgendes.« Wyatt stand auf, kam auf die andere Seite seines Schreibtisches und lehnte sich dagegen. »Also dieser Kerl, Leverett – hm, eh, *Malcolm* Leverett, ja –, hat mich vor einigen Tagen angerufen und mir gesagt, daß er daran interessiert sei, euch Jungs für einen Auftritt zu engagieren. Privat. Ich meine, es gibt keine Tickets zu verkaufen, klar? Nicht wie bei einem normalen Konzert oder so etwas. Sein Auftraggeber – seine Auftraggeber eigentlich, ein ganzer Haufen von Leuten – wollen…«

Die Tür ging auf, und Elmo Carr stürmte herein, breit grinsend, das volle braune Haar zurückgeworfen. Er warf sich in einen Sessel und zappelte ein Weilchen herum, bis er sagte: »Ha, Jungs, wie steht's denn? Tut mir leid, daß ich zu spät komme, aber es lief darauf hinaus, Mist, ich weiß nicht genau, auf *wie* viele Aufnahmen, und dann...«

»Bist du völlig im Arsch, Elmo?« fragte Wyatt.

»Im Arsch?« Er lachte nervös, während er im Sessel herumhüpfte. »Ich bin nicht im Arsch, nein, zum Teufel, nein. Ich bin nicht im Arsch, Mist. Wir haben den ganzen Tag lang eine Aufnahme nach der anderen gemacht. Und dann haben wir...«

»Halt's Maul, Elmo«, sagte Wyatt bestimmt. »Ich will, daß du einfach dein Maul hältst, stillsitzt und versuchst, einen guten Eindruck zu machen.«

»Einen guten Eindruck? Einen guten Eindruck auf wen? Auf wen soll ich einen guten Eindruck...«

»*Hör endlich zu,* verdammt. Auf diesen Kerl, Malcolm Leverett. Er hat diese Auftraggeber. Sehr viele – ich weiß nicht –, vielleicht ein Verein oder so etwas. Hat er mir nicht gesagt. Jedenfalls wollen sie euch für ein Privatkonzert. Euch, kapiert? Er sagte, sie seien an niemand anderem auch nur im geringsten *interessiert.*«

»Mann, laß doch gut sein«, höhnte Travis. »Spielen wir jetzt vielleicht wieder zum Tanz auf? Was *soll* das? Nach vierzehn Alben und ungefähr einem Dutzend Hits machen wir's mal wieder auf irgend'ner verdammten Gesellschaft?«

Wyatt gestikulierte mit erhobenen Händen. »Hört einfach zu. Dieser Kerl sagt – hört ihr zu? – er sagt, daß Geld keine Rolle spielt. *Keine Rolle.*« Er verschränkte die Arme und zog selbstsicher eine Braue hoch. »Da würde ich doch denken, daß das etwas mehr ist als irgendeine verdammte *Gesellschaft*. Klar?«

»Wo soll das sein?« fragte Buddy.

»Das weiß ich noch nicht.«

»Wer sind diese Leute?« fragte Travis.

»Seht ihr, bisher weiß ich *überhaupt nichts*, klar? Leverett wollte euch Jungs treffen. Persönlich.«

Die vier Musiker tauschten Blicke aus.

Elmo, der immer noch in seinem Sessel herumflippte und seine Finger über ein unsichtbares Keyboard auf seinem Schoß tanzen ließ wie ein ergrauender, hyperaktiver Teenager, schnatterte los. »Ja, Mist, Mann. Klingt ganz gut für mich. Weil, wißt ihr, es ist ja nicht so, als ob wir mit unseren Ärschen fett auf den Aufträgen säßen in letzter Zeit, meine ich. Wißt ihr, wir haben...«

»Klingt für mich wie irgendein Mist«, grölte J.J., während er eine

Handvoll Pillen aus seiner Tasche zog. Er nahm einige heraus, stopfte sie in den Mund und steckte den Rest zurück, ging langsam zu Wyatts Barschrank hinüber, schüttete sich ein Glas Jack Daniels ein und trank es in drei großen Schlucken aus.

Wyatt starrte ihn einen Moment lang an und brüllte dann: »Verdammt, J.J., wenn du das machst, während er hier ist, dann verspreche ich dir, daß ich dir deinen Arsch durch die Halskrause schieße, und daß du hier auf deinen verdammten *Händen* rausgehst. Und du!« Er tippte mit einem Finger auf Elmo. »Wenn du nicht aufhörst, auf dem Sessel herumzuklettern wie so ein verdammter Zirkusaffe, dann passiert mit dir *das gleiche*!«

Travis beugte sich stirnrunzelnd vor. »Verbessere mich, wenn ich nicht richtig liege, Billy, aber... arbeitest nicht *du* für *uns*?«

Wyatt schloß seine Augen, rieb sie und nickte.

»Und wieso machst *du* dann hier das Geschrei?«

»Okay, okay, du hast ja recht. Es tut mir leid, daß ich geschrien habe. Ich arbeite *wirklich* für euch. Seit fast zwanzig Jahren. Wir haben eine Menge zusammen durchgemacht, nicht wahr? Glaubt ihr denn, ich wäre so lange bei euch geblieben nach all dem, wenn ich euch nicht wirklich *liebte*, Jungs, hm? Ich frage euch. Nein, wäre ich nicht. Ich wäre statt dessen die ganze Zeit damit beschäftigt gewesen, neue Bands auszugraben, *heiße* Bands. Du hast recht, Travis«, sagte er einlenkend. »Jagged Edge *hat* vierzehn Alben aufgenommen und *hat* ein Dutzend Hits gehabt, und ihr *wart* für eine ganze Reihe von Jahren die absoluten Kings. Aber fällt dir daran etwas auf?« Er hielt ein und sah sie an. »Es ist alles Vergangenheit.. Tja. Tatsache ist, daß es mit euch bergab ging, seit Johnny die Überdosis nahm. Johnny war doch der Liebling der Massen. Der attraktive Johnny, der sinnliche Johnny. Die Kids liebten ihn. Die Presse liebte ihn. *Alle* liebten ihn. Aber als Johnny starb...« Er zuckte die Achseln und schüttelte den Kopf. »Und dann all die Kids, die sich bei dem Konzert eine Überdosis reingezogen haben. Und die, die sechs Monate später in dem Gedränge vor der Bühne zerquetscht worden sind. Und was ist mit dem Knaben, der seinen Vater mit einer Schrotflinte weggeblasen hat, weil der ihm seine Jagged Edge-Alben wegnehmen wollte, hm?«

»Jetzt mach' aber mal halblang, Billy«, sagte Travis. »Wir hatten nichts zu tun mit...«

»Ich weiß, ich weiß. Ihr Jungs habt das nicht getan. Aber für die Medien war es ein gefundenes Fressen. Der Knabe war euer Fan, und seine Mutter behauptete, er sei den Bach runtergegangen, nachdem er sich auf eure Musik verlegt hatte. Und als er schließlich seinen Alten erledigte, war er so vollgepumpt mit Drogen, daß die Polizei sich erst einmal ein Rezept besorgen mußte, um ihn zu verhören. Und, Jungs, ihr seid natürlich dauernd verhaftet worden. Teufel, kaum hatte ich mich umgedreht, mußte ich euch auch schon wieder rausholen. Zweimal im Monat wart ihr in den Schlagzeilen, vielleicht auch öfter. Und bald... bald hat es keinen mehr interessiert.«

Wyatt setzte sich wieder an seinen Schreibtisch und rieb noch einmal seine Augen. »Ja, ich arbeite für euch Jungs, weil ich euch liebe und weil ich will, daß ihr noch einmal hochkommt. Es soll noch mal so sein wie früher. Als ihr Jungs keinen Schiß tun konntet, ohne daß es ganz Amerika interessiert hätte, wie groß der Haufen war. Aber wißt ihr was? Sie kommen nicht wieder, diese Zeiten. Es ist alles anders heute. Ihr braucht euch nur umzusehen, nur in die Nachrichten zu sehen, dann wißt ihr Bescheid. Hört euch doch an, was der Mann im Weißen Haus sagt. Es weht ein neuer Wind, und er weht euch Jungs weg! Was glaubt ihr, warum ich mich dranhalte und euch sage, ihr sollt neue Songs machen, ich meine andere Songs. Die *Time* nannte euch im letzten Jahr ›Die Band, die eine Generation auf dem Gewissen hat‹. Ganz klar, Drogen. Das wart ihr damals, und es war okay so. Habt ihr in der letzten Wochen *Us* gelesen? Euer *Wild Horse* stand auf Platz drei der Ewigen Top-Ten-Rock-LPs. Wußtet ihr das? Aber das ist alles Vergangenheit. Jetzt ist *jetzt,* und ihr habt euch nicht geändert. Ihr schreibt immer noch über Drogen, ihr singt über Drogen, nehmt Drogen und...«

»Mann«, sagte Elmo etwas verärgert, »du weißt doch, was ich gerade *gemacht habe*. Ich hab' gerade so eine verfluchte Antidrogenerklärung im verfluchten Nationalfernsehen gemacht. Und ich hab' keine Lust, hier zu sitzen und...«

»Wenn du eine Antidrogenerklärung abgibst, ist das das gleiche, als ob ein Christ sich ins Fernsehen stellt und sagt, daß Jesus ein Clown war, Elmo. Du *mußtest* es machen, weil sie dich vor drei Monaten geschnappt haben. Also komm mir ja nicht *damit*. Das ist die dritte Erklärung von dir, und du hüpfst hier immer noch rum wie ein verdammter Pingpongball. Und du...« Er zeigte auf J.J. »Du bist ein verreckter *Zombie.* Ziehst dir Tranquilizer rein, als wären es Pfefferminzbonbons. Und ihr beiden – bei euch kann doch der Schwanz nie mehr so hart werden wie die Leber. Verdammt, wir sind alle ungefähr im gleichen Alter. Nur seht ihr Knaben zehn oder fünfzehn Jahre älter aus als ich. Aber keiner von euch hört auf. Und für die da draußen seid ihr Gift, versteht ihr mich, *Gift.*« Er rieb sich übers Gesicht und seufzte hoffnungslos.

»Weißt du, Billy«, sagte Travis und stand auf. »Wenn wir uns hier einen Sermon über...«

»Kapiert ihr denn nicht, daß ich versuche, eure Ärsche zu retten?« brüllte er. »Ich bin euer Agent und Manager, nicht eure Mutter. Aber wenn ich schon nichts für euer Leben tun kann, kann ich doch vielleicht wieder etwas Schwung in eure Karriere bringen. Da ist also jetzt so ein Typ, der sagt, daß Geld keine Rolle spielt. Wißt ihr, was das heißt? Wie lange ist es her, daß ihr euren letzten Auftritt hattet? Ich meine einen wirklich großen, nicht irgend etwas in einer Spelunke in einer miesen Gegend, sondern einen großen Auftritt. Und wie lange ist es her, daß ihr mal eine positive Presse hattet? Irgendeine Schlagzeile, in der nicht das Wort ›verhaftet‹ vorkam? Das könnte es jetzt sein. Das könnte euch wieder ins Gespräch bringen. Das könnte...«

Die Sprechanlage auf seinem Schreibtisch summte, und er schlug auf ihren Knopf. »Ja?«

»Mr. Wyatt, hier ist ein Mr. Leverett, der Sie sprechen möchte«, sagte seine Sekretärin.

Wyatt leckte seine trockenen Lippen und flüsterte. »Bitte, Jungs. Ihr... reißt euch jetzt für ein paar Minuten zusammen und gebt mir die Chance, euch wieder hochzubringen, okay?«

Wieder wurden Blicke ausgetauscht. Dann nickte Travis.

Malcolm Leverett sah aus wie ein großes, rasiertes Stachelschwein. Er war rund, etwas gebeugt, hatte keinen Nacken und wirkte ziemlich verschwitzt. Seine Augen wurden durch die dicken Gläser einer runden, randlosen Brille vergrößert, die auf seiner glänzenden, spitzen Nase saß. Die Aktentasche unter den Arm geklemmt, machte er sich mit angenehmer, aber sehr ruhiger und zitternder

Stimme bekannt, setzte sich dann und faltete seine dicken Hände vornehm über der Aktentasche auf seinem Schoß. Ein bestimmter Geruch haftete ihm an, schwach, süßlich, feucht und etwas unangenehm.

»Wie Mr. Wyatt Ihnen sicherlich erklärt hat, meine Herren«, sagte er in seiner federleichten Stimme und so, als ob seine Worte einstudiert seien, »habe ich einen Klienten, der Ihre Talente für eine private Vorstellung in Anspruch zu nehmen wünscht. Mein Klient vertritt eine große Gruppe von Leuten, die einmütig Jagged Edge für diese Vorführung ausgewählt haben. Sie haben kein wie auch immer geartetes Interesse an irgendwelchen anderen Musikern und haben mich autorisiert, jedes Honorar zu genehmigen, das Sie verlangen.«

Er räusperte sich, drehte seine ineinander verschränkten Finger und zupfte an seiner Nase, während er schnupfte. Seine Brauen zogen sich über seinen vergrößerten Augen immer weiter in die Höhe, und er wartete.

»Wer ist Ihr Klient?« fragte Travis, äußerlich völlig unbeeindruckt.

»Es gehört zu meinen Grundsätzen, die Anonymität aller meiner Klienten zu wahren.«

»Und wofür engagieren Ihre Klienten Sie? Was sind Sie? Ein Anwalt, ein Agent? Was?«

Wyatt wurde hinter seinem Schreibtisch steif, zog tief die Luft ein und schloß seine Augen.

Leverett nahm eine Karte aus seiner Brusttasche, beugte sich vor und übergab sie Travis. Darauf stand nur:

MALCOLM LEVERETT
Vermittler

»Es ist meine Aufgabe«, sagte Leverett, »zwischen zwei oder mehr Parteien zu vermitteln, um Vereinbarungen oder Geschäfte zustande zu bringen. Und ich versichere Ihnen, daß dieses Geschäft völlig legal ist.«

Er blinzelte langsam, neigte seinen Kopf zurück und kräuselte für einen Moment seine Lippen. »Sie müssen nur Ihren Preis nennen.«

Elmo versuchte zwar, in seinem Sessel ruhig zu bleiben und stillzuhalten, aber irgend etwas an ihm zuckte ständig, seine Füße, seine Hände, seine Schulter, sein Bein, und als er jetzt sprach, stotterte er. »Sie m-m-meinen w-w-wir können verlangen, was wir w-w-wollen?«

»Ich habe Anweisungen, Ihren Vorschlag anzunehmen, meine Herren, wie immer er sein wird.«

»Wo soll diese Privatvorführung stattfinden?« fragte Travis.

»Im Chase Coliseum.«

»Oho« sagte Elmo aufgeregt. »Da haben wir mal gespielt, ja, wir haben dort gespielt.«

»Abgebrannt«, sagte J.J. schläfrig.

»Ja, aber es ist wieder aufgebaut worden.«

»Ich hab' nie was darüber gehört, daß das Chase wieder aufgebaut worden ist«, sagte Travis mißtrauisch.

»Der Wiederaufbau ist erst vor sehr kurzer Zeit abgeschlossen worden und hat auch nur sehr wenig Zeit in Anspruch genommen. Mein Klient, eh, hat ihn finanziert.«

Travis beugte sich in seinem Sessel vor und sah den seltsamen Mann mit zusammengekniffenen Augen an. Zu Wyatt gewandt, sagte er ruhig: »Ich würde dich gerne für eine Sekunde allein sprechen.«

Wyatt stand auf und kam mit einem Lächeln um seinen Schreibtisch herum. »Ach nein, Travis, ich glaube nicht, daß das nötig ist. Ich meine, wir sollten...«

»Nein, Billy, einen Moment. Etwas an der Geschichte ist faul. Ich möchte nicht blind in irgendeine Sache hineintappen, verstehst du?«

Dann wandte er sich an Leverett zu. »Was *ist* das für eine Gruppe? Eine politische? Ein Club? Eine Loge? Was?«

»Wie ich schon sagte, ist es mein Grundsatz, die...«

»Nun, es ist *unser* Grundsatz, herauszufinden, wo wir hineingeraten, bevor wir...«

Travis unterbrach Wyatt energisch. »Mr. Leverett macht uns gerade ein Angebot, und ich denke, du solltest...«

»Nein, nein, Mr. Wyatt«, sagte Leverett fast flüsternd, wobei er Travis unverwandt ansah. »Ich verstehe Mr. Blocks Bedenken. Ich glaube, daß es sehr vernünftig ist, möglichst gut über eine Transaktion Bescheid zu wissen, bevor man sich auf sie einläßt. Aber Sie müssen meine Position verstehen, Mr. Block. Ich kann einfach nicht die Identität meines Klienten offenlegen. Ich kann Ihnen allerdings versichern, daß diese Gruppe keine politische Gruppe ist und auch keine offizielle Organisation. Es handelt sich lediglich um eine große Anzahl von Leuten, die ihre Arbeit furchtbar bewundern und Ihre Anwesenheit im Scheinwerferlicht vermißt haben. Sie würden Ihnen gerne ihre Bewunderung ausdrücken, indem sie Ihnen jede verlangte Summe anbieten, um für sie aufzutreten. Ich selbst habe Ihre Arbeit über die Jahre hinweg verfolgt – nicht in dem Maße, wie es diese Leute getan haben, muß ich zugeben –, und mir sind die Probleme, die Sie im Moment haben, bekannt. Die Todesfälle, die schlechte Presse, Ihre Verbindung zu Drogen und die Verhaftungen deswegen. Die Schwierigkeiten, Ihr Publikum nicht zu verlieren.«

»He«, sagte Travis in verärgertem Tonfall, »kommen Sie nicht her und erzählen uns…«

»Bitte.« Leverett hob beschwichtigend seine verschwitzte Hand. »Das soll kein Vorwurf sein. Ich wollte lediglich sagen, daß angesichts Ihres Entwicklungsweges in den letzten Jahren dieses Angebot – diese Gelegenheit – wohl sehr schwer abzulehnen sein wird, wie mir scheint. Ihnen wird die Chance geboten, für ein Honorar, das Sie selbst bestimmen können, vor einem großen Publikum hingebungsvoller, fanatischer Anhänger zu spielen.« Er faltete die Hände wieder auf der Aktentasche, hielt inne und fügte dann hinzu: »Ihre Gage wird Ihnen natürlich im voraus bezahlt, in bar.« Er tätschelte geziert seine Aktentasche.

»Ich glaube, das Problem, das die Jungs damit haben«, sagte Wyatt beschwichtigend und warf Travis einen warnenden Blick zu, »ist, daß es normalerweise nie so läuft. Verstehen Sie, was ich meine? Ich meine, es ist nicht üblich, daß jemand hereinspaziert kommt und sagt: Gut, ich zahle euch, was immer ihr wollt. Es ist etwas… überraschend, wenn Sie mich verstehen.«

»Ja, ich verstehe. Gut. Vielleicht wäre ein Vorschlag hilfreich. Würden, sagen wir…« Er kräuselte die Lippen und blickte für ein Weilchen an die Decke, »zwei Millionen Dollar ein angemessener Anfang sein?«

Alle fünf Männer im Zimmer drehten sich zu Leverett um und starrten ihn stumm an. Selbst J.J. runzelte über einem schweren Augenlid die Braue. Nach langem Schweigen sagte Wyatt: »Wir nehmen an.«

Ihre Schritte hallten auf der weitläufigen Bühne des Chase Coliseums wider.

Ihre Instrumente waren aufgestellt, die Mikrofone bereit, die Bühnenbeleuchtung brannte, aber in dem verdunkelten Zuschauerraum fehlten die Sitze.

»Mensch, wißt ihr«, sagte Elmo, der zu einem unhörbaren Takt hüpfte, »das ist irgendwie, ich meine, wißt ihr, das ist absolut komisch. Wißt ihr, was ich meine? Das ist hier alles neu, und ich habe *keinen Ton* darüber gehört...«

»Ja, ich weiß«, sagte Travis. »Etwas ist hier faul.« Er zog einen Flachmann aus seiner Gesäßtasche und nahm einen gesunden Schluck Whiskey. Dann drehte er sich zu Wyatt um. »Billy, du verschweigst uns doch was. Wer sind diese Leute, daß sie ein ganzes Stadion wieder aufbauen können? Ich meine, dieses verdammte *Chase*. Ohne daß ein Wort darüber in die Zeitung kommt.«

»Ich sag dir, Travis, ich weiß es nicht. Und ganz offen, es ist mir auch egal.«

»Und das da sind unsere«, sagte Travis und zeigte auf die Instrumente. »Wie sind...«

Wyatt sagte: »Mr. Leverett wollte, daß alles für euch bereitsteht, wenn ihr hier ankommt. Ich habe mir deshalb die Freiheit genommen...«

»Was hast du? Das ist – ich weiß noch nicht einmal...«

Unten im Zuschauerraum hörte man Schritte. Als sie lauter wurden, nahm Mr. Leverett langsam aus der Dunkelheit heraus Gestalt an, seine schwammigen Händen vor dem Bauch zusammen gelegt.

»Ich nehme an«, sagte Leverett, »Sie wollen... ja, das machen, was Sie immer vor einer Aufführung machen.«

»Abartiger Auftritt, Mann.« J.J. dehnte die Worte langsam und schüttelte seinen Kopf.

Travis starrte Wyatt nur einen Moment lang an, mit glühenden Augen.

Wyatt zuckte die Achseln.

Zu Leverett gewandt, sagte Travis: »Sehen Sie, wir sind hier zu dem Zeitpunkt erschienen, zu dem wir anscheinend sollten, richtig? Wir wissen noch nicht einmal, wann es hier losgehen soll, weil Sie uns ja nichts erzählen wollten. Und ich...«

»Das Konzert beginnt, wann immer Sie soweit sind«, sagte Leverett ruhig.

Buddy starrte Elmo verständnislos an. Travis hatte sich wieder Wyatt zugewandt. Sein Unterkiefer war herabgesunken. J.J. schüttelte den Kopf und brummte: »Abartiger Auftritt, Mann. Abartiger, beschissener Auftritt.«

»Da sind ja noch nicht einmal Sitze«, schnauzte Travis Leverett an. »Kommen diese Völker in Rollstühlen oder was?«

»Sie wollen keine Sitzplätze haben«, sagte Leverett. »Ich glaube, sie haben vor, viel zu tanzen.«

Elmo lachte. »Ja wo, ich meine, na, wann? Sie... wo *sind* sie, Mann?«

»Sie kommen, sobald Sie spielen.«

Travis' sarkastisches Lachen schallte durch den Saal. Wieder zog er den Flachmann aus der Gesäßtasche, genehmigte sich jetzt aber mehr als nur einen Schluck. Dann wandte er sich zu Wyatt und sagte: »*Field of Dreams*, nicht wahr? Ich habe es gesehen. Könnt mich nicht zum Narren halten. Sag' dir was, Billy. Warum machst du mit dem Pinguin da unten zusammen nicht die Show für die Logenbrüder? Ich bin raus hier.«

Wyatt stellte sich ihm in den Weg und griff nach seinen Armen. »Komm, Travis, mach das nicht. Mach...«

»Ich versichere Ihnen, Mr. Block, sie *werden* kommen«, sagte Leverett und hob seine Stimme. »Aber nicht, bevor Sie angefangen haben zu spielen.«

Elmo war mit einem Satz bei Travis, stieß ihm in die Rippen und zappelte hin und her, während er krächzte: »Was zum Teufel, Mann, weißt du, was ich meine? Ich meine, du weißt, na... Wenn sie uns ein paar Millionen bezahlen, damit wir für, ja, eh, weißt du, Erdklumpen spielen, dann, warum zum Teufel...«

»Abartiger, beschissener Auftritt«, sagte J.J. und nahm seine Gitarre. Er schickte ein grollendes Baßriff in die Dunkelheit. »Trotzdem, klingt gut«, sagte er über die Schulter zu Travis.

»Aber es gibt...« Travis drehte sich wieder zu Leverett um. »Wo ist die Mannschaft, wo sind die Ton...«

»Es ist für alles gesorgt, Mr. Block. Sie brauchen nur zu spielen.«

Travis schüttelte den Kopf, starrte Wyatt an, nahm dann seine Gitarre und sagte: »Wir werden in der *Versteckten Kamera* landen. Ich will dann aber kein Gemecker von euch hören, Jungs. Denn ich habe euch gewarnt.« Er spielte ein paar Riffs, die von den Wänden widerhallten. Buddy ging zu seinem Schlagzeug, und Elmo ließ seine Finger über das Keyboard sausen.

»Okay«, sagte Travis. »Versuchen wir... ›Snakeskin‹.«

Sie stiegen voll in den Song ein. Wyatt seufzte erleichtert und ließ entspannt seine Schultern sinken. Er signalisierte Mr. Leverett, der mit einem steifen Nicken bestätigte, ein Okay.

Mitten im Song brach Travis ab und drehte sich energisch gestikulierend zu den anderen um. »He, *he*!«

Sie brachen ab.

Travis sagte: »Verdammt, Elmo, du hängst hinterher auf deinem...«

In der Dunkelheit brach Applaus aus. Es hörte sich an wie eine kleine Gruppe, die johlte und pfiff.

Erschrocken fuhr Travis herum, so schnell, daß der Hals seiner Gitarre den Mikrofonständer traf. Der verstärkte Sound des hin- und herschwingenden Mikros wummerte durch die Dunkelheit.

Durch die *leere* Dunkelheit.

Sprachlos starrten die vier in den Zuschauerraum. Aber sie sahen niemanden hinter Mr. Leverett.

»Ich *sagte* es ja«, sprach Leverett gemächlich, drehte sich dann nach links herum und entfernte sich allmählich. Er blieb noch einmal stehen und sagte: »Okay, macht weiter.« Im nächsten Moment war er nicht mehr zu sehen.

Elmo brummte: »Aber wir haben nur, na, weißt du, geprobt.«

»Ich sehe niemanden nich da draußen«, sagte Buddy, der unter dem Schatten seiner Hand mit zusammengekniffenen Augen Ausschau hielt.

»Kommt, Jungs«, sagte Travis. »Wir geben ihnen ›Needles and Whims‹.«

J.J. sagte: »*Abartiger*, beschissener Auftritt, Mann.«

Der Song fing mit einer einzelnen Gitarre an, dann kam ein langer, gellender Laut von Travis, dessen raspelnde Stimme wie ein Schwall rostiger Fischhaken die Dunkelheit zerriß.

Wyatt entfernte sich rückwärts gehend schnell von der Gruppe, damit er außer Sicht des Publikums käme... obwohl er das Publikum immer noch nicht sehen konnte. Die Stimmen klangen jung, und es schienen immer mehr zu werden, während die Band jetzt voll in ihrem Song war. Wyatt hatte ihn immer für ihren häßlichsten gehalten, obwohl er mit am besten ankam.

Dann begannen sie sich langsam zu zeigen. Dann zu verschwinden... wieder zu erscheinen... fast außerhalb der Grenzen seines Gesichtsfeldes aus der Dunkelheit heraus und wieder in die Dunkelheit hineinzutanzen. Wenn sie näher kamen, konnte er schlaksige Arme sehen, die sich emporschlängelten und im Takt der Musik zuckten. Schlenkernde Beine und Füße, die auf den Boden stampften. Aber er konnte keine ganze Person erkennen, noch nicht.

Der Song endete, und die nun viel größere Menge draußen in der Dunkelheit begann zu rasen. Wyatt beobachtete, wie die Band den Beifall aufsaugte, sah, wie sie mit der Anerkennung wuchsen. Travis warf ihm einen Blick zu, der zum ersten Mal seit vielen Jahren nicht durch Zorn, Bitterkeit oder Kummer verdunkelt war. Er sah in diesem Augenblick tatsächlich glücklich aus – immer noch zerfurcht und verwüstet von seinen Suchten und Exzessen, aber glücklich.

Sie warteten darauf, daß der jubelnde Applaus nachließ, aber er ließ nicht nach. Er wuchs mit dem Publikum. Die Bewegung in der Dunkelheit wurde dichter. Wyatt hatte immer noch keine Vorstellung davon, was das für Leute waren, die er sich jetzt von der Seite der Bühne aus besah.

Travis drehte sich kurz zur Band um, rief etwas, und sie fielen ein in »Purple Streak in a Night Sky«.

Das Publikum wuchs aus der Dunkelheit heraus. Mit Armen, die es wie Ranken zur Bühne zog, mit Gesichtern, die blasse Blüten waren, mit Mündern, die sich öffneten und schlossen, die riefen und sangen...

Meist junge Leute, so schien es. Vielleicht ältere Schülerjahrgänge? Vielleicht Studenten? Manche schienen erwachsen zu sein, aber das war schwer zu sagen. Sie waren immer noch sehr verschwommen. Alles in allem schien es die gleiche Art Publikum zu sein, das die Band in den schon lange vergangenen Zeiten vor MTV und Talk Radio immer gehabt hatte.

Sie strömten unablässig nach vorne, ins Licht, das von der Bühne fiel, und ihre Stimmen wurden noch lauter, so laut, daß Wyatt auch zu den in mehreren Etagen angeordneten Rängen hinaufsah. Er konnte die Balkone nicht sehen, aber er wußte, daß sie besetzt waren – und daß sie sich plötzlich gefüllt hatten.

Keine widerhallenden Stimmen aus der Eingangshalle.

...

Keine trappelnden Schritte auf dem Betonboden…

Ein Publikum, das einfach schlagartig da war.

Der Song endete. Die Halle erbebte vor Gejohle und Klatschen, das kaum nachließ. Travis hob die Arme über den Kopf und schrie: »Es ist großartig, hier zu sein.«

Das Gebrüll war ohrenbetäubend.

Travis griff das Mikro und schrie noch etwas hinein, aber Wyatt konnte die Worte nicht verstehen. Die Band gab jetzt den Titelsong von »Baba O'Riley«.

Die Menge war zu laut, und das störte Wyatt. Er sah sich nach Leverett um, weil er ihn fragen wollte, wo sie alle so schnell hergekommen waren und wer sie waren, aber der alte Mann war verschwunden.

Er sah wieder auf die Zuschauer hinunter. Sie langten jetzt bis zu Travis hinauf, so als ob sie ihn von der Bühne ziehen könnten. Wyatts Blick verdüsterte sich. Je länger er die Menge betrachtete, desto klarer wurde ihm, daß es *genau* die Art von Publikum war, die sie früher gehabt hatten. Er sah viel langes strähniges Haar dort unten, sogar einige Perlschnüre, die von den Hälsen baumelten oder um die Köpfe gewickelt waren. Es gab weit ausgestellte, schäbige Blue Jeans voller Flicken, mit Friedenssymbolen, mit Blumen, mit Ankhs und mit dem Wort *Love* darauf – in zwei Reihen geschrieben, oben ›LO‹, unten ›VE‹. Und trug dieses langhaarige Wesen ein… es sah aus wie… ja, es war…

»Na«, brummte Wyatt zweifelnd zu sich selbst…

Eine Mao-Jacke.

Während die Band spielte, vereinte sich die Stimme der Menge zu einem pulsierenden Gesang. Wyatt versuchte ihn zu verstehen, konnte es aber nicht, noch nicht.

Travis hatte den Auftritt seines Lebens – alle *vier* hatten das –, das spürte man mit jedem einzelnen Augenblick, an jeder einzelnen Note. Sie waren wieder Stars, nicht ehemalige Stars, keine Schwarz-Weiß-Gesichter in Was-ist-aus-ihnen-geworden-Artikeln oder in den verächtlichen Rückblicken mancher Zeitschriften auf die Drogenkultur. Sie waren wieder ganz oben.

Aber Wyatt fühlte sich nicht wohl dabei. Da war etwas nicht in Ordnung. Etwas anderes noch als das Geheimnis, das Leverett umgab – und wer zum Teufel *war* er überhaupt? Nein, irgend etwas mit dieser Menge stimmte nicht.

Er schaute sich wieder nach Leverett um, lief in die Düsternis der Bühne hinaus und rief den Namen des Mannes. Keine Antwort.

Der Gesang wurde jetzt klarer. Die Menge skandierte: »Wild Horse, Wild Horse.«

Ihr größter Hit, der Titelsong ihres größten Albums, der Song, mit dem sie allen für immer im Gedächtnis bleiben würden... ein Song, der in den Medien jetzt als Drogenhymne bezeichnet wurde oder als ein Liebeslied an die bewußtseinsverändernden Substanzen. Und die Menge wollte ihn unbedingt hören.

»Wild Horse. Wild Horse.«

»Baba O'Riley« näherte sich seinem Ende. Der Sprechgesang des Publikums schwoll immer stärker an. Und Wyatt fühlte sich angespannt. Ein Korkenzieher arbeitete sich durch seine Engeweide, und seine verkrampften Fäuste trommelten nervös auf seine Schenkel. Er wandte sich um, ging einige Schritte in die Dunkelheit hinaus und rief: »Verdammt, Leverett, wo zum Teufel *sind* Sie, Sie Hurensohn?«, sagte sich dann aber, daß es besser wäre, damit aufzuhören, denn trotz allem machten sie ja zwei Millionen Dollar, und der Mann hatte es arrangiert...

Aber Wyatt konnte das Gefühl nicht loswerden, daß irgend etwas in der Luft lag, etwas Schlechtes, etwas...

Der Song war zu Ende.

Travis rief der Band zu: »Geben wir Ihnen, was sie wollen.«

Sie spielten »Wild Horse«. Wyatt ging die Stimme der Menge inzwischen durch Mark und Bein. Er wandte sich ihr wieder zu, seine Augen folgten einem Pfad, der sich in der Menge aufgetan hatte. Er sah, wie jemand aus der Dunkelheit auf die Bühne zuging, ohne Eile, eine irgendwie vertraute Erscheinung mit locker herabhängenden Armen. Wyatt war zumute, als müsse er sich gleich übergeben. Ihm schmerzten Nacken und Schultern vor krampfhafter Anspannung, und sein Herz schlug schneller und schneller gegen die Rippen, während diese Person näherkam und alle Köpfe in der Menge sich drehten, um ihren Weg zur Bühne zu verfolgen.

Travis bewegte sich so, wie er es immer tat, er sang mit Schaum vor dem Mund und machte weit ausladene Bewegungen mit beiden Armen, die die Person einluden herzukommen, mitzutanzen und mitzusingen.

Ohne zu wissen warum, flüsterte Wyatt: »Nein, Travis, tu das nicht, Travis.« Und dann fuhr er herum und holte einmal tief Luft, um nach Leverett zu brüllen.

Aber Leverett stand nur zwei Fuß hinter ihm, die Hände vorne zusammengelegt, mit rotem, ausdruckslosem Gesicht. Wyatt stürzte sich auf ihn, drückte sein Gesicht fast gegen Leveretts und fragte: »Was geht hier vor?«

»Ein Konzert.«

»Nein, ich meine *da unten*. Wer sind diese Leute? Wo kommen sie her, so schnell? Warum sind sie so angezogen? Warum machen sie alle Platz das ... das... für was immer das sein mag?«

»Ich kenne sie nicht, Mr. Wyatt, ich bin nur ein Vermittler.«

Unzufrieden wandte sich Wyatt wieder der Menge zu, während die Person langsam ins Licht trat. Lang und schlank und ohne Hemd; langes, schwarzes Haar, das in Locken auf die nackten Schultern fiel; enge, schwarze Jeans.

»O Gott«, stöhnte Wyatt und schüttelte verwirrt den Kopf.

Elmo erwischte eine falsche Note auf dem Keyboard, stellte das Spiel ein und glotzte.

Travis' Stimme überschlug sich. Seine Gitarre verstummte, und auch J.J. und Buddy hörten auf zu spielen.

Mit weit geöffneten Mäulern glotzten sie in den Zuschauerraum hinab.

Wyatt drehte sich wieder um, packte Leveretts Rockaufschläge und schüttelte ihn. »Was ist das, verdammt noch mal? Ein Witz?« zischte er. »Irgendein beschissener, kranker Witz?«

»Nehmen Sie Ihre Hände weg von mir.« Leveretts Stimme war in der plötzlichen Stille überraschend laut.

Wyatt ließ seine Hände langsam sinken und fuhr herum, als er Travis' trockenen, rauhen Schrei hörte.

»Johnny?«

»He, Travis. Lange her, was?«

Es war Johnnys Stimme, seine Bewegung, sein Gesicht, sein Körper...

Wyatt hastete zu Travis hinüber und sagte: »Kommt, Jungs. Wir gehen. Wir sind hier raus. Das ist Scheiße, das ist ganz große Scheiße. Wir werden...

»He, Billy.«

Wyatt erstarrte und glotzte den Betrüger an.

Das letzte Mal, als er seinen Namen von dieser Stimme gehört hatte, war sie die eines sterbenden Mannes gewesen.

Der Mann lächelte, breitete seine Arme weit aus und sagte: »'Ne Menge Leute, was?«

Die Menge starrte ihn in der Todesstille an.

Wyatt sagte: »Kommt. Ihr alle, Jungs. Wir gehen.«

Travis starrte stumm auf den Mann vor ihnen, und zwar so, wie er starrte, wenn ihm alles zuviel wurde.

»Aber ihr seid noch nicht durch mit dem Song«, sagte der Mann.

Wyatt dachte: Es ist nicht Johnny, ist nicht, ist...

»Das ist unser Lieblingssong.«

Nein, es kann nicht Johnny sein. Er ist dahin. Er ist...

»Wegen dieses Songs haben wir euch kommen lassen.«

Tot. Er ist tot. Ich habe seine Leiche gesehen. Ich habe sie gesehen!

»Deshalb sollten wir unseren Lieblingssong auch zu hören bekommen.«

»Johnny.« Travis stöhnte. »O Gott, Johnny, Johnny. Was bist du? Du solltest eigentlich, ich dachte...« Wyatt grabschte nach Travis und ächzte: »Laß uns machen, daß wir hier rauskommen. Das ist irgendeine Art von...«

Travis stieß Wyatt fort und versuchte, sich seine Gitarre abzunehmen. Aber seine Hände verfingen sich im Gurt; die Gitarre fiel herunter und warf den Mikrofonständer um. Der Rückkopplungseffekt wimmerte durch das ganze Auditorium. Travis ging auf die Knie, um näher an den Mann heranzukommen. Buddy, Elmo und J.J. standen unverändert, wie angefroren, überwältigt und durcheinander.

»Wer bist du?« fragte Travis rauh.

»Mann, komm schon, ich bin Johnny.«

»Was soll das? Wer *sind* all diese Leute?« Er winkte in die Dunkelheit hinaus.

Johnny lachte. »Eure Fans. *Unsere* Fans. Die Leute, die unsere Alben gekauft haben, die zu unseren Konzerten gekommen sind. Die Leute, die uns im ganzen Land von einem Auftritt zum anderen gefolgt sind. Mann, unsere... sie sind unsere Gefolgschaft. Sie folgten mir. Aber hey, bin ich alleine, hm? Ich brauche eine Band, Mann. Deswegen seid ihr Jungs hier.«

Travis musterte die Gesichter, jung und verlassen, mit ihren langen Haare und ihren Perlenketten. Er stieß Wyatt vors Schienbein und zischte: »Beleuchtung. Macht die Scheiß...«

»Nein, Trav, das solltest du noch nicht tun«, sagte Johnny beschwichtigend, so, wie er oft zu den Groupies gesprochen hatte, die hinter die Bühne gekommen waren, während er einen langen, schmalen Finger über die Wölbung einer Brust streichen ließ. »Warum spielt ihr nicht einfach noch etwas? Wenn ihr wollt, komme ich zu euch.«

Travis lachte, aber es war ein kaltes, ängstliches und gereiztes Lachen. Seine Gesichtszüge wirkten bis zum äußersten angespannt, als er zu Wyatt aufsah, dann auf die Füße sprang und schrie: »Die Scheiß-Lichter, Mann. Macht die Scheiß-Lichter an.«

Er stieß Wyatt zur Seite und lief die Bühne hinunter, wo Leverett sich vor ihm aufbaute und sagte: »Mr. Block, Sie wünschen vielleicht zu...«

Travis stieß ihn zur Seite und rief: »Mir aus dem Weg, du verreckte Made.« Er fand eine Reihe von Schaltern und begann, sie aufs Geratewohl umzulegen.

Leverett eilte zu Wyatt hinüber und sagte: »Kann ich Sie einen Moment draußen sprechen?«

»Was, zum Teufel, geht hier vor? Was ist...«

Leverett griff Wyatts Ellbogen und drückte fest zu. »Draußen, Mr. Wyatt.«

Im Zuschauerraum gingen die Lichter an, erst in einer entfernten Ecke, dann genau vor der Bühne, dann in der Mitte.

Buddys Stimme erhob sich zu einem schrillen, lachenden Kreischen, und sein Hocker fiel um. Ein Becken, das er umstieß, krachte zu Boden.

Elmo torkelte im Kreis herum und schrie: »Bringt mich hier raus, ich will hier raus! Wie kommt man, verdammt noch mal, hier raus?«

J.J. glotzte einfach bloß.

Wyatt riß seinen Arm von Leverett los und ließ seine Blicke über das Publikum wandern. Während die Lichter angingen, änderte sich das Aussehen dieser Gesichter.

Die Haut wurde weiß und verschwand an manchen Stellen. Augäpfel ohne Lider starrten aus tiefen Höhlen. Die Haare machten Platz für sich abschälende Skalps. Die Hälse wurden dünner. Lippen fransten aus.

Und sie waren überall, unter der Bühne und darüber. Johnny lächelte zu Wyatt hinauf; zahnlos und hager, die Haut von bläulichem Weiß, sein schönes glänzendes, schwarzes Haar verschwunden.

»O Gott!« schrie Travis. »O Jesus, Gott. O Gott.«

Johnny breitete seine Arme aus, drehte sich zu Travis um und sagte: »Spiel für uns.«

Die Menge erhob ihre Hände; ihre Finger krümmten sich zu Fäusten, bohrten sich als lange, dünne Knochen durch die zerfetzten Fleischreste; die Knochenarme hoben und senkten sich rhythmisch, wühlten die Luft auf, und die Menge schrie wieder: »Wild Horse, Wild Horse.«

Wyatts Magen rumorte, und was immer er enthielt, würde sehr bald zum Vorschein kommen, da sich das Auditorium mit einem ekelerregenden Gestank füllte. Einem dicken, die Kehle zuschnürenden Gestank, der Wyatt an sehr fette, lästige Fliegen denken ließ.

Leverett griff wieder seinen Arm und zog ihn mit überraschender Kraft von der Bühne, an Travis vorbei, der auf Händen und Knien kroch, mit tränenüberströmtem Gesicht, während er auf diesen Ozean von Leichen blickte, die noch ein Lied wollten.

Wyatt wurde gewaltsam enge Betonstufen hinuntergeführt, die von einer Stahltür mit dem Schild ›Ausgang‹ darüber endete. Sein Mund stand noch in wortlosem Schrecken offen, doch jetzt drehte er sich zu Leverett herum und verlangte Erklärungen. Aber statt dessen…

Wyatt schrie vor Entsetzen auf.

Die Hälfte von Leveretts Schädeldecke fehlte. Die linke Seite seines Gesichtes war rohes Fleisch. Nur ein Auge war in dem weißen, schwammigen Gesicht übrig geblieben. Wyatt stotterte: »W-was… ich w-w-weiß… weiß nicht… wie sind Sie…«

Die bessere Hälfte von Leveretts Mund lächelte und sagte: »Mein Sohn hat es getan. Mit einer Schrotflinte. Als ich versuchte, ihm seine Jagged Edge-Alben wegzunehmen.«

Leverett drehte Wyatt herum und zog die Tür auf. »Hier ist kein Platz für Sie, Mr. Wyatt.«

Wyatt fühlte einen Fuß in seinem Hintern und wurde mit einem schweren Tritt in die Nacht befördert. Er landete mit dem Gesicht im trockenen, kühlen Schmutz.

Irgendwoher hörte er Verkehrslärm.

Über ihm flog ein Flugzeug vorbei.

Die Tür war nicht hinter ihm zugefallen, und trotzdem konnte er keine Sprechchöre mehr hören.

Wyatt stand auf. Er drehte sich um.

Lange Zeit starrte er auf die verkohlten, skelettartigen Reste des alten, niedergebrannten Chase Coliseums.

John L. Byrne

Versteckt vor aller Augen

Es war Jax' Idee gewesen, daß sich die Band ›die Werwölfe‹ nannte. Das war seine Art von Humor. Der Name klang einschmeichelnd, sarkastisch und sogar gefährlich. Genau so wie Jax eben.

Sie spielten jetzt seit fünf Jahren in Clubs. Das war eine außergewöhnlich lange Zeit. Sie hätten mit ihrem harten, undisziplinierten Sound eigentlich innerhalb eines Jahres entweder den Durchbruch schaffen oder verschwinden sollen. Aufstieg und Fall waren meist kometenhaft, aber nicht für die Werwölfe. Nein. Für sie war es vielmehr eine einzige Plackerei, immer von einem Tag zum anderen, von Stadt zu Stadt, von Club zu Club. Sie verdienten gerade genug, um ihre Unterkünfte zu bezahlen, ihre Ausrüstung in Schuß zu halten – sie hatten nach drei Monaten die Nummer mit der zerschmetternden Gitarre gestrichen, zu teuer – sich zu ernähren und noch etwas für ihre Freizeit übrigzuhalten. Für Jax Ryker bedeutete das soviel Koks, wie er durch die Nase bekommen konnte und alle Groupies, mit denen seine Zunge fertig werden konnte, wie er es nannte.

Jax war der Lead-Sänger, ein Schreihals mit schriller Stimme, der über genug Dezibel gebot, um den Leuten das Blut aus den Ohren zu treiben, und zwar ganz gleich, ob mit oder ohne Hilfe der schweren Verstärker, die die Gruppe bei jedem Auftritt dabeihatte. Er war stolz auf diese Stimme, die wirkte, als ob Fingernägel über eine Schiefertafel kratzten und der die Werwölfe ihren Sound verdankten. Sie war nicht hervorstechend genug, um sie aus den Gewölben der Clubwelt hinauszukatapultieren, aber doch so gut, daß sie sich hielten, wo andere auf der Straße blieben.

Im Augenblick erlebten sie so etwas wie ein Comeback, wenn man von einer Gruppe, die nie eine große Zeit hatte, davon überhaupt reden konnte. Das hatten sie den Werwolf-Morden zu verdanken. Mit den Grizzly-Morden, die Los Angeles seit einigen Wochen heimsuchten, war ein morbides Interesse an der Gruppe erwachsen. Fünfzehn Opfer hatte es bisher gegeben, von denen so wenig übriggeblieben war, daß man nicht mehr sagen konnte, ob es sich um Männer oder Frauen gehandelt hatte. Die Zeitungen und die Nachrichtensendungen im Fernsehen waren voll davon. Die Presse liebte einen guten, saftigen, blutrünstigen Serienmörder. Und wer immer jetzt am Werk war, ließ Ted Bundy wie einen Sonntagsschüler aussehen. Man sprach nicht nur aus Übertreibung von den ›Werwolf-Morden‹. Die echte Lycanthrophie war zwar weder in Nordamerika noch in Europa und großen Teilen Asiens allgemein bekannt, aber kaum jemand zweifelte daran, daß der Urheber dieser entsetzlichen Metzeleien ein – wie sich die Experten im Fernsehen auszudrücken pflegten – *Lycanthropus veritas*, ein echter Werwolf war.

Und obwohl der letzte bekanntgewordene Werwolf-Mord auf dem kontinentalen Gebiet der Vereinigten Staaten schon vierzig Jahre zurückgelegen hatte, als die Werwölfe diesen Namen für ihre Band auswählten, profitierten sie jetzt – für ihre bescheidenen Verhältnisse – vom Wiederaufleben des Interesses der Öffentlichkeit an solchen Dingen. Jax Ryker störte das nicht im geringsten, so wenig wie alles andere stören würde, wenn es nur die Anzahl ihrer Clubengagements und demzufolge die seiner Verabredungen mit kleinen Mädchen erhöhte.

Er machte sie ohne Rücksicht auf ihr Alter an; sein Feingefühl dafür hatte er vor drei Jahren verloren, als ihn eine aller Wahrscheinlichkeit nach keineswegs Volljährige hinter der Bühne angesprochen hatte, die ihm einen blasen wollte. Sie wollte ihn sofort und auf der Stelle, in dem dunklen, kalten Betonflur, und drohte damit, um Hilfe zu schreien und eine Vergewaltigung vorzutäuschen. Das waren die übelsten viereinhalb Minuten in Jax' neunzehnjährigem Leben gewesen – vielleicht auch nur die übelsten anderthalb Minuten. Nach dem ersten Schrecken zeigte es sich, daß sie es sehr, sehr gut machte. HannsUlrich war innerhalb von Sekunden hoch und startklar, als ihr begabter Mund seine Arbeit erst einmal aufgenommen hatte. Seitdem war Jax weniger besorgt um die Geburtsdaten seiner Spielzeuge. Alle Groupies waren sechsunddreißig, ungeachtet ihrer Geburtsurkunden.

So wie die in der ersten Reihe in dieser Nacht.

Sie spielten in einem Club, der spät aufmachte und spät wieder schloß. Eine Schreckenskiste aus Sinterstein, mit niedrigen Decken, Null Akustik und ohne Ventilation, breit, tief, die Luft zum Schneiden dick von Rauch und Schweiß und den schlingernden Körpern der Teenies. Nicht so voll, wie es ohne die Werwolf-Morde gewesen wäre – die Kehrseite dieser Geschichte war, daß die Kids nachts zu Hause blieben und die Eltern darauf achtgaben, daß ihre unstete Brut im Bett war, wenn sie dort hingehörte. Spärliche Beute heute nacht. Aber Jax hatte einige geeignete Kandidatinnen ausgemacht, feste, kleine Ärsche und stramme Titten, die in dem stampfenden Rhythmus hopsten.

Dann sah er sie.

Sie war allein. Jax behielt sie im Auge, sah keinen Mann, der zu ihr gehörte. Einige versuchten, bei ihr zu landen, während Jax sie beobachtete – sie war nach jedermanns Maßstäben eindeutig aus dem Babyalter heraus –, aber sie ließ alle abblitzen, stand die ganze Zeit einfach nur da, einen Meter vor der niedrigen Bühne, und starrte Jax an. Zweimal suchte er ihren Blick und spürte, wie ein Funke zwischen ihnen übersprang. Ja. Sie war ein *Leckerbissen.*

Jax musterte sie eingehend, während er sang. Sie war groß, schlank, langbeinig, mit vollen Brüsten. Schwarze Lederhosen, eng genug, um ihr Glaubensbekenntnis zu verraten, schwarzes T-Shirt, straff über den Brüsten, Brustwarzen so groß wie die Spitzen von Jax' Finger. Große, dunkle Augen in einem breiten Gesicht mit hohen Backenknochen. Pechschwarzes Haar, das in den Blitzen der Beleuchtung glänzte. Karminroter Lippenstift, volle Lippen. Ab und zu streckte sie die Spitze ihrer Zunge heraus und leckte sich ihre dunklen Lippen. HannsUlrich schlug an.

Sie war noch dort, als die Band mit ihrem ersten Set durch war. Jax warf Jimmy Fish, dem Schlagzeuger, das Mikrofon zu, sprang von der Bühne und ging zu ihr hinüber. Ein paar Teenie-Mäuschen drängten sich dazwischen. Jax machte ihnen klar, daß sie sich verpissen sollten. Er war auf etwas besser abgehangenes Fleisch aus heute nacht. Er pflanzte sich vor dem dunklen Engel auf.

»Hey, Schöne«, sagte er und setzte die Art von Grinsen auf, die nach seinen Erfahrungen die Mädchen auf ihn abfahren ließ. »Weiß dein Alter, daß du heute so ganz alleine aus bist?«

Sie lächelte, weiße Zähne. »Du siehst nicht wie ein Mann aus, der sich an solchen Kleinigkeiten stört.«

Eine Heavy-Metal-Aufnahme röhrte aus der Anlage des Clubs durch die stickige Luft, während die Werwölfe Pause hatten; trotz des Lärms konnte Jax die Frau so gut hören, als ob sie in sein Ohr flüsterte. Ihre Stimme war tief und rauchig. Aus der Nähe sah ihre

Haut so glatt aus wie polierter Marmor. »Tu' ich auch nicht.«, sagte Jax, und ein Grinsen verzog sein schmales Gesicht. Als er den Kopf schüttelte, wippten die langen, kastanienbraunen Löckchen um seine nackten Schultern. Sein T-Shirt hatte er ausgezogen und es während der dritten Nummer in das Publikum geworfen. Jetzt glänzte sein blasser Brustkasten vor Schweiß und fing die Lichter der Blitze auf.

Sie streckte die Hand aus und ließ einen Finger langsam über die innere Wölbung seines rechten Brustmuskels gleiten, spürte die feinen Stacheln auf, wo er sein üppiges Brusthaar rasiert hatte. Sie hob den Finger zu ihrem Mund, leckte den Schweiß ab und legte ihm den Finger wieder auf die Brust, für den zweiten Joint. Hanns Ulrich pochte gegen Jax' Jeans.

»Wie lange mußt du noch bleiben?« fragte sie.

Jax schaute auf die Neonuhr über der Theke zu seiner Rechten. Drei Uhr morgens. Sie sollten eigentlich noch eine Stunde spielen, aber er sagte: »Ich kann gehen, wann du willst, Süße. Willst du irgendwo hin?«

»Ich könnte eine Begleitung nach Haus gebrauchen«, sagte sie. Irgend etwas in ihrer Stimme jetzt, vielleicht Furcht, dachte Jax. Sie hatte Angst, alleine heimzugehen, während der Werwolf-Mörder draußen herumstreifte.

»Sorgt denn dafür keiner?« Das Grinsen lag jetzt nicht nur auf seinem Gesicht, sondern auch in seiner Stimme.

Sie zuckte mit den Schultern. »Ich hatte heute abend Streit mit meinem Freund. Jetzt ist er zu seiner Ex-Frau zurückgegangen. Da geht er immer hin, wenn wir Streit haben, und sie nimmt ihn immer wieder auf, die blöde Kuh.«

»He, ich habe nicht nach deiner Lebensgeschichte gefragt, klar? Du willst, daß ich dich nach Hause bringe. Vielleicht will ich wissen, ob es einen guten Grund gibt, mal so was wie den lieben, kleinen Pfadfinder zu machen.«

Sie lächelte, die Lider über den großen, dunklen Augen halb gesenkt. Die Art von Augen, um die man Zäune errichten sollte, hätte Jax gesagt, damit niemand hineinfällt. »Oh, ich bin sicher, es gibt einen Grund, daß du deine gute Tat tust«, sagte sie. »Milch und Plätzchen für den Pfadfinder.« Sie leckte sich wieder die Lippen.

Jax grinste. Sie zierte sich nicht. So etwas liebte er. Er fing eine

Unterhaltung mit dem anderen Geschlecht lieber mit einem einfachen »Wollen wir bumsen?« als mit diesem ganzen Mist von Wortklaubereien an. Deswegen war er so vernarrt in die kleinen Groupies. Er ließ seine Hosen herunter, und sie fielen auf die Knie.

»Laß mich eben der Gruppe Bescheid sagen, daß ich aussteige«, sagte er. Ihr Gesichtsausdruck änderte sich.

»Oh, ich dachte, du hättest das *Kommando.*« Die Verachtung, die in diesen letzten Worten lag, dachte Jax, hätte sogar für den Bericht einer Senatorenfrau über die Rockindustrie ausgereicht.

»Na gut, sollen sie sich doch einen wichsen«, sagte Jax, legte wieder das Grinsen in sein Gesicht und in seine Stimme und griff nach ihrem nackten Arm. »Wenn ich nicht raufkomme, werden sie schon merken, daß ich weg bin.«

Sie arbeiteten sich durch die tanzenden Teenager, fanden den Ausgang, gingen hinaus auf die Straße. Die Nacht war gerade kühl genug, um Jax' nackte Brust mit einer Gänsehaut zu überziehen. Es wäre besser gewesen, wenn er seine Jacke mitgenommen hätte, diese heiße Lederjoppe mit dem Namen der Band und ihrem zähnefletschenden Symbol in feinen Metallnieten über dem Rücken. Die Frau neben ihm schien die Kälte nicht zu spüren, und Jax wollte sich auch nicht beklagen. Wenn es lief wie geplant, würde ihm später noch warm genug werden.

»Wo wohnst du, Süße?« Er legte seine Hand von ihrem Arm auf ihre andere Schulter und zog sie enger an sich. Die Wölbung ihrer Brust preßte sich gegen seine Seite, fest und hoch. Zu gut, um nur Natur zu sein, dachte Jax, aber mit Silikon hatte er keine Probleme.

»Drei Blocks weiter, dann zwei quer«, sagte sie.

»Alles klar.« Er hob eine Hand, um ein Taxi anzuhalten, aber sie fing sein Handgelenk ab.

»Können wir nicht laufen? Mir ist nach etwas Luft zumute.«

Jax blickte finster. Ihr Körper war eine einzige, langgestreckte, sanfte Wärme an seiner Seite. HannsUlrich ächzte in seinem Gehäuse, aber… ach zum Teufel. Er würde ihr Spiel mitmachen, jetzt. Und sie würde später dafür bezahlen, mit Zinsen.

Sie gingen durch die Dunkelheit der breiten Straße, die durch Pfützen vom schwachen gelben Licht der Straßenlaternen unterbrochen wurde. Ab und zu kam ein Fahrzeug vorbei. Einmal kreuzte in langsamer Fahrt ein Polizeiwagen auf. Sein Fahrer hielt aufmerksam Ausschau. Jax feixte. Der Polizist fuhr weiter.

»Auf der Suche nach dem Werwolf«, sagte die Frau. Sie hatte bisher noch keinen Namen. Nicht, daß Jax das gestört hätte; solange sie über das richtige Zubehör verfügte, war es gleichgültig, wie sie sich nannte.

»Glaubst du, daß es so etwas wirklich gibt, hm?« sagte Jax, so als ob er von der ganzen Sache nicht viel hielte. Natürlich glaubte sie die Geschichten – die Geschichten darüber waren schon alt, die Fakten unbestreitbar –, aber heute nacht war er der große Held, der die kleine Lady durch die dunklen Canyons von Los Angeles heimwärts geleitete. Er würde diese Rolle spielen, bis sie ihn langweilte. Dann... er lächelte und leckte sich, sie unbewußt nachahmend, die Lippen.

»O ja, ich glaube, daß es wahr ist. Mein Großvater kam aus Europa. Er erzählte mir all diese Geschichten, als ich ein Kind war. Über die Werwölfe, die *loups-garous*, wie er sie nannte.«

»Was ist das, so was wie Italienisch?«

»Französisch. Meine Familie ist französisch.« Sie wandte ihm ihren Kopf zu, ihre Augen leuchteten in dem künstlichen Licht. »Ich heiße Antoinette Mercier, für meine Freunde Toni.«

Jax nickte. Er nannte ihr seinen Namen nicht, sie kannte ihn.

Sie gingen von einer Lichtpfütze zur nächsten. »Großvater hat mir alles mögliche darüber erzählt. Darüber, wie die Werwölfe bei Vollmond aus den Wäldern kamen und junge Männer, Frauen und Kinder weggeschleppt haben. Danach fanden die Leute dann einige Wochen lang Leichen um die Dörfer verstreut, auseinandergerissen, blutgetränkt. Bis sie schließlich alle Vermißten wieder beisammen hatten. Dann kam der nächste Vollmond, und es ging wieder von neuem los. Und das schlimmste... Es waren keine Wolfsmenschen wie in den Filmen, sie sahen richtig menschlich aus, manchmal kaum von einem normalen Menschen zu unterscheiden, abgesehen von ihrem Körperhaar und den Augenbrauen. Aber selbst das war schwierig. Der Vollmond *veränderte* sie nicht, er verlieh ihnen nur besondere *Kräfte*.«

Als sie aus dem Lichtkegel traten, sah Jax auf. Der Dunst des trüben Stadthimmels ließ den Mond größer erscheinen, wie eine verschwommene Kupferscheibe dicht über der Skyline. Der letzte Tag des Vollmonds, hatten sie im Fernsehen gesagt. Jax zählte fast die Minuten. Morgen würde der Schrecken ein Ende haben, bis der nächste Vollmond kam.

Toni fröstelte. Jax zog sie näher zu sich heran, er spielte den Helden. Er ließ seine Hand von ihrer Schulter in ihre Flanke wandern und zeichnete dabei die Wölbung ihrer Brust mit den Fingerspitzen nach.

»So hat Grandpère es erzählt«, sagte Toni. »Wir biegen hier um die Ecke.«

Eine schmale Straße mit Wohnhäusern. Jax hatte alte Bilder von Los Angeles gesehen, aus einer Zeit, als diese kleinen Reihenhäuser noch am Stadtrand lagen. Helle, leuchtend rosa Fronten in strahlendem Sonnenschein unter blauem Himmel. Schlanke Palmen, die an makellos gepflegten Straßen standen. Diese Alleen waren mittlerweile verschwunden. Straßenerweiterungen hatten das Grün und die Bäume verschlungen, und die Stuckfassaden waren verschmutzt von den Abgasen und dem Dreck der Straßen, dem sie nun so viel näher gerückt waren. Kein Licht in den Fenstern, an denen sie vorbeikamen. Die Straßenlaternen standen weiter auseinander, ihre Lichtpfützen wurden seltener. Toni drückte sich eng an ihn.

Der Verkehrslärm ebbte ab. Nichts außer ihnen bewegte sich auf dieser Nebenstraße. Jax war klar, wie isoliert sie jetzt waren. Alle Häuser grenzten an den Bürgersteig, mit einem Tor in der Mauer, durch das man zur Eingangstür an der Seite der Häuser gelangte. Einige dieser Eingänge waren versperrt mit schmiedeeisernen Toren, mit Türen. Andere waren dunkle Öffnungen, tiefschwarz, ideale Verstecke – wer wußte, wofür? Jax grinste in die Dunkelheit. Nichts, das er zu fürchten hätte, soviel war klar.

Sie überquerten eine Kreuzung. Der Mond war kaum noch zu sehen. Nach einem halben Block sagte sie: »Hier sind wir.«

Ein schmaler, stuckverzierter Kasten, der sich von den anderen nur durch seine Hausnummer unterschied. Sie zog einen langen, flachen Schlüssel aus der Hosentasche – keine Börse, keine Handtasche, registrierte Jax – und schloß das hohe, metallverstrebte Tor zu ihrem Seiteneingang auf. Jax folgte ihr hinein. Über der Tür hing ein Lampensockel, die Birne fehlte.

»Tut mir leid, daß es so dunkel ist«, sagte Toni. »Die Birne fehlt, seit ich vor fünf Monaten hergezogen bin.«

»Hergezogen von wo?«, fragte Jax, nur um die dunkle Stille auszufüllen, nicht weil es ihn wirklich interessierte.

»Mittlerer Westen«, sagte Toni, »Chicago.« Mit dem gleichen

Schlüssel schloß sie auch die Wohnungstür auf. Sie trat zur Seite und ließ Jax eintreten.

Einmal drinnen, fand sich Jax in einer schmalen Diele, die in blassem Hellgrün tapeziert war. Einige Bilder in Rahmen, die ihm antik vorkamen, hingen links an der Wand, zu beiden Seiten der einzigen Tür auf dieser Seite. Rechts waren zwei weitere Türen.

Toni trat ein und schloß die Tür. Das Haus war warm und trokken. Ganz zart roch es nach undeutlichen Erinnerungen. Ein Dufttöpfchen, dachte Jax und verzog sein Gesicht angesichts der Nostalgie.

»Möchtest du etwas?« fragte Toni. »Ich habe kein... weißt du...« – ein kurzes Schnüffeln, während sie gleichzeitig den Kopf zurückwarf – »... aber ich habe Wein, Bier, Kaffee.«

Jax entschied sich, daß es das beste sei, gut in Form und nüchtern zu sein, wenn er die nächsen Stunden voll auskosten wollte. »Kaffee.«

»Das Wohnzimmer ist dort«, sagte Toni und nickte mit dem Kopf zur ersten Tür rechts hinüber. »Mach es dir bequem, während ich den Kaffee aufsetze.«

Sie verschwand durch die gegenüberliegende Tür. Jax konnte eine kleine, helle Küche erkennen, als sie auf ihrem Weg durch die Tür das Licht anmachte. Hinter ihr fiel die Tür ins Schloß. Er öffnete die Tür zum Wohnzimmer – eine Schiebetür, wie er nach einigem erfolglosem Gezerre entdeckte – und ging hinein.

Das Zimmer selbst war dunkel, aber in dem Licht, das von der Diele hereinfiel, sah er rechts neben sich eine Stehlampe und zog an der daran herabhängenden Kette. Gelbes Licht ergoß sich aus dem flachen, breiten Schatten der Lampe, verlieh dem Raum eine warme Tönung und warf schokoladenbraune Schatten.

Eigentlich ganz nett und freundlich, dachte Jax, überrascht von dem, was er für durchschnittlichen Mittelkassengeschmack hielt. Eine Couch an der linken Wand, niedrig und tief, ein Sessel an der gegenüberliegenden Wand, daneben ein schmaler Tisch, der mit Büchern bedeckt war. Hinter dem Tisch ein Kamin, offensichtlich nie benutzt, sein Sims ebenfalls eine Fundgrube für Bücher und Taschenbücher aller Formate, Farben und Formen. Zu beiden Seiten des Kamins stand je ein wandhohes, schmales Bücherregal, ebenfalls voll. Den Boden bedeckte ein dunkler Orientteppich mit schlitzäugigen Drachen. Dicke, braune Vorhänge umrahmten das einzige Fenster an der rechten Seite. Jax schloß sie nach einem kurzen Blick auf die Straße.

Er ging hinüber zum Kamin und beugte sich über den niedrigen Tisch, um sich die Titel der Bücher anzuschauen. Ganz unterschiedliche Themen, die nicht das geringste miteinander zu tun hatten. Trockene philosphische Folianten, die nicht zu dem Bild paßten, das er sich langsam von Toni Mercier machte. Schon vor Jahren erschienene Romane, von denen er nie gehört hatte. Insgesamt hatte man den Eindruck, daß es sich um die Art Bücher handelte, die man angeblich meterweise kaufen konnte, um irgendwelchen Platz auszufüllen.

»Nein, ich habe tatsächlich keines von ihnen gelesen.«

Jax drehte sich um. Toni stand in der Tür, die Hände über den Kopf erhoben, die Handflächen auf den Türpfosten, die Hüften nach rechts herausgestreckt, den Kopf nach links geneigt.

»Hm?«

»Ich habe sie nicht richtig gelesen«, wiederholte Toni. »Das ist das erste, was mich jeder fragt, wenn er meine Bücher sieht. ›Hast du die alle gelesen?‹ Habe ich nicht. Ich habe sie bloß irgendwie *gesammelt* im Lauf der Jahre.«

Sie kam herüber zur Couch, setzte sich und klopfte auf das Polster neben sich. »Der Kaffee wird wohl in ein paar Minuten fertig sein. Komm, setz dich.«

Jax ließ sich fast auf sie fallen.

Sie lächelte. »Hast du keine Angst, ich könnte dich beißen?«

Jax bellte ein Lachen heraus und sagte mit absoluter Überzeugung: »Nein. Du bist ja nicht der Werwolf-Mörder.«

»Und du auch nicht, wie auch immer ihr eure Band nennt.« Sie lehnte sich dichter an ihn. Die Rundung ihrer Schulter ließ den V-Ausschnitt ihres T-Shirts auseinanderklaffen. Jax heftete seinen Blick auf die blassen Halbkugeln, die im zarten Schatten verborgen lagen.

Toni beugte sich noch dichter zu ihm. Jax nahm ihr starkes Parfum wahr, das sich mit dem Kaffeearoma mischte, das von der Kücher herüberzog. Toni schob ihren linken Arm hinter Jax.

»Macht es dich nicht nervös, mit mir allein zu sein?« fragte Toni.

»Nein«, sagte Jax. »Ja, gut, ein wenig.« Er war sich nicht sicher, warum. Es war nicht Jax Ryker, der irgend etwas zu befürchten hatte.

Sie lachte, aber ohne jeden spöttischen Unterton. Jax hätte ihr eins aufs Maul geschlagen, wenn es anders gewesen wäre. Hätte sie bewußtlos geschlagen und den Abend beendet, wie es ihm verdammt noch mal gefiele. Nicht so befriedigend ohne ihre Reaktion, ihr Schreien – er mochte es besonders, wenn sie schrien –, aber besser als nichts.

»Ich mag dich, Jax. Ich bin sehr glücklich, daß du mich nach Hause gebracht hast.« Sie drückte ihre Lippen für einen Moment auf seine. Ein gutes Dutzend verschiedener Geschmacks- und Sinnesreize explodierte in Jax' Wahrnehmungszentren.

Toni lehnte sich zurück und rutschte auf die Kante der Couch. Ihr Hemd hatte sich etwas hochgeschoben und ließ ihren glatten, flachen Busen sehen. Jax langte hin, ließ seine Knöchel über ihre Haut gleiten und hängte seine Finger in ihren Gürtel.

»Ich schau mal nach dem Kaffee.«

»Toni...«

Sie setzte sich wieder auf die Kante. »Das ist das erste Mal, daß du meinen Namen gebrauchst, seit ich ihn dir gesagt habe, Jax«, sagte sie. Ihre Stimme verriet Freude über dieses unbedeutende Ereignis.

»Dieser Freund von dir«, sagte Jax. Endlich hatte er die Quelle seines Unbehagens ausgemacht, denn er verspürte keine Lust, unterbrochen zu werden. »Wenn er heute nacht zurückkommt...«

»Ich habe keinen Freund, Jax.«

Irgend etwas Kaltes streckte seinen dünnen, feuchten Finger aus und ließ ihn über das letzte halbe Dutzend Wirbel von Jax Rykers Rücken gleiten. »Du...?«

»Ich habe das erfunden. Tut mir leid. Ich wollte dich eigentlich nicht belügen, aber ich mußte sichergehen. Der Name eurer Gruppe, euer Stil. Ich wollte genau wissen, ob ihr...«

Ein Pfadfinder. Das Grinsen kehrte auf seine Lippen zurück.

Kein Frauenschänder. Kein Werwolf. Sie lachte wieder.

»Laß mich den Kaffee holen.«

Jax lehnte sich auf der Couch zurück, mit beiden Armen hinten aufgestützt, die Knie weit auseinander. Er lächelte in den leeren Raum zwischen seinen langen Schenkeln hinein, stellte sich vor, daß Toni dort kniete, daß sich ihr Kopf dort auf- und abbewegte. Stellte sich vor, wie sich ihr Haar in seinen Händen anfühlen würde, wenn er sie packen und ihren Kopf herunterdrücken würde. Die Frauen haßten die Kopfgrabscher. Deswegen machte es ihm Spaß, einer zu sein.

»Jax…«

Er drehte sich nach ihrer Stimme um, zur Tür hin. Sie stand da, wie sie vorher gestanden hatte, die Hände erhoben, die Hüfte herausgestreckt, den Kopf zur Seite geneigt.

Nackt.

Jax versuchte zu schlucken. Sein Mund war trocken. Heilige Scheiße… Ihr Körper war noch atemberaubender, als er es sich vorgestellt hatte.

Sie kam zu ihm auf die Couch. Ihre Augen spiegelten sich in seinen und nahmen ihn gefangen. »Du willst mich doch, Jax?« Es war eine Bitte, so als ob diese unglaublich schöne Frau – sie schien tatsächlich mit jedem dumpfen Schlag von Jax' Herz immer schöner zu werden – sich ihrer eigenen sinnlichen Wirkung nicht bewußt gewesen wäre.

»Ja«, sagte er. Ein kleines, dummes Wort, völlig unzureichend für die Gefühle, die es ausdrückte. Angesichts ihrer hinreißenden Weiblichkeit kam er sich in seinem Innersten auf merkwürdige Weise jungfräulich vor.

Ihr Körper war lang und geschmeidig. Die Rundungen fingen das sanfte Ockerlicht auf und formten daraus zarte Bogen und Schatten. Ihre Brüste waren groß, fest und hoch. Die Brustwarzen dunkle Türmchen. Ihr Bauch glitt nach hinten, während sie sich vorbeugte, und lief in ein dunkles ›V‹ dichtgelockter Haare aus, die vom gleichen Schwarz waren wie die üppige Pracht auf ihrem Kopf.

»Und du kannst mich haben, Jax. Ich will, daß du mich nimmst«, sagte sie, beugte sich über ihn, fast auf ihn, ohne sich mit den Armen abzustützen. Dann waren ihre Hände an seinem Gürtel, lösten ihn, öffneten die Jeans, zogen den Reißverschluß herunter.

Ihre Lippen senkten sich auf seine, Schmetterlingsflügel, die über empfindsames Fleisch streiften. Einmal, zweimal, ein drittes Mal, bevor sie ihren Mund über seinem schloß, ihre Zunge hindurchstreckte und um seine Zunge ringelte.

Jax war wie benommen. Seine Kraft verließ ihn. Er wollte seine Arme heben, sie drücken, sie zerquetschen. Vor allem wollte er seine Hände auf diese wundervollen Titten legen, den Druck der harten, dunklen Brustwarzen auf seinen Handflächen spüren, das üppige Fleisch zwischen Daumen und Fingern rollen.

Sie küßte ihn. Ihre Finger fuhren quer über seine nackte Brust. Ihr Mund löste sich und wanderte über seinen Hals, leckte und küßte sich die Wölbung seines Nackens entlang, entlang der Höhlung über dem Schlüsselbein.

»Sag, daß du das willst, Jax.« Sie sah in seine Augen. Jax fühlte den letzten Rest seiner Kraft dahinschwinden. Es kostete ihn alle Anstrengung zu sprechen.

»Ich will das. Ich will dich.«

Ihr Gesicht senkte sich wieder. Ihre Zähne knabberten an seinen Brustwarzen.

Sei streckte sich aus, hob ihre rechte Brust und führte die Brustwarze zu seinem Mund. Riesig. Jax war wieder ein Kind, das an der Brust der Mutter saugte. Alle Eindrücke dieser embryonalen Zeit strömten wieder in ihn ein. Er saugte fest, zog das geschmeidige Fleisch durch seine Zähne, gab es wieder frei, um es über die scharfen Schneiden seiner Vorderzähne gleiten zu lassen.

»Du willst alles, nicht wahr, Jax?« Ihre Stimme war anders. Jax sah auf in ihr Gesicht. Hatte sich irgend etwas in ihrem Mund verformt? Es sah aus, als ob sie die Zunge unter die Oberlippe geschoben hätte. Aber sie hätte nicht sprechen können, wenn sie das getan hätte. Und sie sprach. »Du willst alles, was ich dir geben kann, nicht wahr?« Sie sprach, ohne ihre Lippen zu öffnen.

Jax ließ die schöne Brust aus seinem Mund rutschen. »O ja«, sagte er, »o ja... bitte.« Es war dumm, es so auszudrücken, aber er hatte restlos die Kontrolle verloren. Er war ein kleiner Junge, der nach den besonderen Genüssen gierte, die diese blasse Frau ihm versprach.

Sie zog an seinen Kleidern, riß ihm die Hosen herunter, die Unterwäsche. Nur seine Stiefel blieben, wo sie waren, dunkle, lange Schatten, die am Rande seines Gesichtsfeldes auf- und abtauchten. Ihr Mund kehrte zu seiner Brust zurück, leckte, küßte, wanderte weiter nach unten, über die Ebene seines Bauches. Als sie zwischen seinen Beinen anlagte, gab es für sie dort wenig zu tun. HannsUlrich war voll aufgerichtet, gehärtet vom Blut aus Jax' klopfendem Herzen.

Toni beugte sich tief hinunter zwischen seine Schenkel und strich mit ihrer Zunge über die große, fette Ader, die in hartem, scharfem Relief hervortrat.

»Es war so nett von dir, daß du mich nach Hause gebracht hast«, sagte sie. »So nett von dir, daß du mich vor dem Werwolf beschützt hast.« Wieder klang ihre Stimme merkwürdig. Er dachte, das käme vielleicht daher, daß sie keine Pause zwischen dem Lekken und dem Sprechen machte, irgendwie beides zugleich tat, ihn kitzeln und necken, ihn springen und ihn erschaudern lassen. Und dabei sprach sie. *Was sagte sie da?*

»Schade, daß es gar keine Werwölfe *gibt*, nicht wirklich.«

Mit ihren Lippen nahm sie ihn nun tief in sich auf. Kühl. Er hätte gedacht, daß ihr Mund heiß sei, aber er war kühl, fast kalt.

»Keine Werwölfe, nur die, in die wir uns manchmal verwandeln«, sagte sie. Jax folgte ihren Worten nicht, das Universum stürzte in der Bewegung ihres Mundes zusammen, während ihre Hände an seinen nackten Flanken auf und ab strichen, kühl und liebkosend. So kühl. Nicht nur im Gegensatz zu seiner eigenen Hitze. Seine Haut brannte, aber ihre war Eis. »Selbst wenn die Leute schon begriffen haben, daß es Vampire gibt«, sagte sie, »ist es immer noch leicht genug, sie von etwas anderem zu überzeugen. Etwas, vor dem sich ein primitiver Geist noch immer fürchtet. Ein Mensch, der sich in einen wilden, reißenden Wolf verwandelt.«

Jax war völlig betreten. Er wußte nicht, wie lange sie ihn bearbeitet hatte – auf den Orientteppich gekniet, die Brüste gegen die Innenseiten seiner ausgebreiteten Schenkel gedrückt.

Er versuchte, seinen Kopf zu heben. Keine Kraft.

»Bringe den Leuten bei, an Werwölfe zu glauben«, sagte Toni von weit, weit her. »Und sie werden sich vor Werwölfen in acht nehmen, Werwölfe jagen. Sie bringen armselige Trottel um, die zuviele Haare haben, Augenbrauen, die zusammenwachsen wie deine, Jax.«

Jax konnte nicht denken, sich nicht konzentrieren. Der langsam aufsteigende Orgasmus drängte alles andere weit fort, bis hin zu den Grenzen der Schöpfung und darüber hinaus. Bis sein Rücken sich krümmte und die Welle über ihm zusammenschlug, wie er es niemals zuvor gefühlt hatte. Während er sich in Ekstase versteifte, fühlte er Tonis Zähne tief in sein blutgesättigtes Fleisch eindringen.

»Himmel, Heiland«, rief er. Irgendwoher bezog er die Kraft, seinen Kopf hochzureißen, um an der ganzen Länge seines zuckenden Leibes hinunter in Tonis Augen zu schauen.

Sie waren jetzt nicht mehr dunkel. Leuchtendes Rot – das Rot, das er aus den beiden Einstichen an den Seiten seines umsinkenden Pfahles heraussprudeln und -wallen sah. Toni öffnete den Mund, rosafarbener Schaum umgab ihre Zähne, ein Gemisch aus Samen und Blut. Blut troff heraus, zwei kleine Tröpfchen, einer aus jedem Mundwinkel, die eine dunkle Linie zurückließen und aus ihrem Gesicht die groteske Karikatur einer Bauchrednerpuppe machten.

»Es hat nie Werwölfe gegeben.« Die Verformung ihres Mundes lag an einer Vergrößerung ihrer Eckzähne. Sie waren ein Zoll lang und glänzten rein weiß – trotz des gelben Lichtes. »Wir haben sie erfunden. Haben sie erschaffen, so daß wir ungestört umherstreifen und jagen konnten. Die Leute suchen nicht nach Vampiren, wenn die Leichen auseinandergerissen sind, als ob wilde Tiere über sie hergefallen wären. Sie sehen die Zeichen, die alten Zeichen, die wir in ihre Gehirne gepflanzt haben, und sie denken: Werwolf.«

»Bitte... nicht...« Jax fehlte die Kraft, um den Rest auszusprechen.

Toni lächelte das furchtbare Lächeln, das ihre Reißzähne zeigte, kroch ganz an ihm herauf. Wie lang ihre Arme und Beine waren, wie skeletthaft. Sie küßte ihn. Jax schmeckte mit Blut vermischten Samen. Sein Blut. Seinen Samen.

»Du sagtest, du wolltest alles«, sagte Toni. Sie legte ihre Hand flach auf seinen Bauch und schob die langen Nägel unter dem Bogen seines Brustbeins hinauf. Sie bohrte ihre Finger tief hinein, legte sie um sein schlagendes Herz, drehte es.

Und diesmal *lag* Spott in ihrem Lachen.

THOMAS TESSIER

Der Liebe verfallen

»Dieser Mann, für den ich arbeite, ist sehr, sehr mächtig«, erklärte Mr. Garcia ernsthaft in seinem bedächtigen Englisch. »Das Cali-Kartell.«

»Ich verstehe, aber…«

»Sie wissen vom Cali-Kartell? Gut. Wenn ich also nach Kolumbien zurückgehe – peng, ich bin ein toter Mann. Peng, peng, peng. Sind meine Frau und meine Kinder ebenfalls tot.« Nun traute sich Mr. Garcia, einen Ellbogen auf die Schreibtischplatte zu legen, als ob er seine Argumente physisch unterstützen müßte. »Deswegen müssen wir hierbleiben.«

Neil Jensen sagte einen Moment lang gar nichts. Ihm war zumute, als ob sich ein gewaltiger Felsblock auf ihn gelegt hätte. Es gab einen Zeitpunkt am Nachmittag, da holte ihn die Arbeit des Tages ein, und sein Gehirn war wie betäubt vor Verzweiflung. Gleichgültig musterten Neils Augen den großen Saal. Ein Behördenschreibtisch neben dem anderen, alle gleichförmig, und an jedem von ihnen spielten sich die gleichen Miniaturdramen ab.

Schon zu lange, allzu lange. Neil fühlte, daß er langsam verbraucht war, von außen nach innen ausgetrocknet. Seit fast sechs Jahren arbeitete er im Amt für Einwanderung und Einbürgerung. Zuerst hatte er es nur als eine vorübergehende Stelle angesehen, etwas, das er nach seinem Schulabschluß annehmen wollte, um seinen Lebensunterhalt zu verdienen, bis er etwas Besseres im Wirtschaftssektor gefunden hätte. Aber dann hatte er gemerkt, daß er diese Arbeit ganz gern mochte. Es war eine Herausforderung: Man traf Leute aus aller Herren Länder und versuchte, ihnen bei der Lösung ihrer Probleme zu helfen.

Im Laufe der Jahre hatte Neil dann aber die verschiedenen emotionalen Stadien von der Anteilnahme bis hin zu einer verdrießlichen Gleichgültigkeit durchlaufen. Es gab einfach zu viele Leute, und sie alle hatten tragische oder furchtbare Geschichten zu erzählen. Aber Neil konnte kaum jemals etwas für sie tun. Die Hälfte seiner Arbeit war Papierkram, die andere Hälfte bestand darin, ihnen formelhafte Erklärungen zu geben, warum sie nicht bleiben konnten – warum sie, nachdem sie alle Eingabewege beschritten hatten, wieder zurück in ihre Heimat mußten, wo immer das auch sein mochte.

Man wurde diesen Leuten nicht wirklich gerecht. Man ließ sie einfach reden und wies sie dann zurück. Neil hatte Vertreter fast aller Nationalitäten und Berufe ablehnen müssen, Lehrer aus Tansania, Elektriker aus Irland, Bäcker aus Jordanien und Krankenschwestern aus Guayana. Jetzt würde er es mit einem nervösen kleinen Buchhalter aus Kolumbien genauso machen.

»Kolumbien ist eine funktionierende Demokratie«, sagte Neil. »Sie gründen Ihre Forderung nicht auf politische Unterdrückung, sondern Angst vor krimineller Verfolgung. Und ich fürchte, das kann aufgrund der Richtlinien der Vereinigten Staaten nicht für die Entscheidung herangezogen werden.«

Damit hatte Mr. Garcia gerechnet. Er war nicht ernsthaft beunruhigt, obwohl sich hoch auf seiner Stirn eine feine Linie von Schweiß zeigte. Er argumentierte höflich, so wie sie es am Anfang immer taten. Neil hörte zu und versuchte, mitfühlend zu erscheinen. Aber der Schmerz und ein Gefühl der Unerbittlichkeit beherrschten seinen Verstand. Er legte die ersten paar Seiten der offenen Akte auf seinem Schreibtisch um, so daß die beklemmenden Bilder von Mr. Garcias gutaussehender Frau und ihren quicklebendigen Kindern ihn nicht länger anstarrten.

Neils Wohnung war eine ausgebaute Mansarde in einem alten Ziegelbau auf der Lower East Side. Er hatte sie vor einigen Jahren ergattert, als die unmittelbare Nachbarschaft ein Niemandsland, ein Schlachtfeld von Drogen und Bandenkriminalität war. Aber frisches Geld strömte inzwischen in das Gebiet, und es war nicht mehr so schlimm, wie es einmal gewesen war.

Neil hatte die Küche, das Bad und das Wohnzimmer selbst renoviert, ohne Eile und so, wie es ihm seine Verhältnisse gerade gestatteten. Sein Schlafzimmer war als nächstes dran, danach das kleine zweite Schlafzimmer, das im Moment bis auf einige Kartons und Koffer leerstand.

Das eigentliche Zentrum von Neils häuslichem Leben war sein Wohnzimmer. Er hatte es mit nur einem Gedanken im Kopf neu hergerichtet: Musik, vor allem Rock'n'Roll. Die von ihm ausgesuchten Möbel waren weder zu steif noch zu schwülstig, und die Wohnung war nicht damit überfüllt. Die Wahl der Tapete hatte er sorgfältig auf die Akkustik des Raums abgestimmt. Und auf dem schimmernden Parkettfußboden lag nur ein einzelner, nicht übermäßig großer türkischer Teppich. An einer Seite des rechteckigen Raums stand die Stereoanlage mit den Lautsprechern, die Sitzgelegenheiten am anderen.

Neils Sammlung zählte zwischen sieben- und achthundert Alben und um die zweihundert Compact Discs. Er besaß auch einige Dutzend Cassetten, aber dabei handelte es sich überwiegend um Raubkopien, die in keiner anderen Form erhältlich waren. Neil hielt das Band für ein minderwertiges Medium und griff nur darauf zurück, wenn es sich gar nicht vermeiden ließ.

Trotz ihrer Größe umfaßte seine Sammlung nur einen kleinen Bereich. Neil war der festen Überzeugung, daß neunzig Prozent dessen, was im Rock'n'Roll Beachtung verdiente, britisch war, und entsprechend hatte er auch seine Sammlung aufgebaut. Es war eine unbestreitbare Tatsache – ohne daß er dafür eine Erklärung gehabt hätte, denn er stammte doch aus einem ziemlich ruhigen, verschlafenen, abseits gelegenen Städtchen im Bezirk Westchester –, daß die britischen Bands ihn in einer ganz anderen Weise ansprachen und erreichten als die meisten amerikanischen Gruppen. London, Liverpool, Manchester und Newcastle waren die heiligen Städte auf Neils trostloser Landkarte.

Denn Rock bedeutete ihm *alles*. Andere Leute kamen jeden Tag heim zu ihren Ehemännern oder -frauen oder Liebhabern oder Familien, er aber kam heim zu seiner Musik. Sie ließ ihn nie im Stich. Er brauchte sie nur aufzulegen, und schon ließ sie die schuppigen Verkrustungen von Schmerz und Wut dahinschmelzen, die sich während des Tages auf ihm abgesetzt hatten. Sie glättete alle seine Schwielen und wehte die giftigen Depressionen hinweg, die seinen Geist umwölkten. Nach der Arbeit war Musik sein Leben. Und immer mehr wurde es zu Neils einzigem Leben. Vor ein paar Jahren hatte er einmal Pete Townshend im Fernsehen gesehen, der erzählt hatte, daß die Leute ihm immer sagten, er könne nicht einfach aufhören, er müsse weiter Songs schreiben und neue Alben herausgeben, weil so viele Leute die Who brauchten und ohne sie nicht auskommen könnten. Höre auf sie, Pete, hatte Neils damals gedacht. Denn sie haben recht. Ich bin einer von ihnen. Wenn man nicht zu irgend jemand anderem heimkam, einem Liebhaber zum Beispiel, dann war die Musik eine ganz guter Alternative.

Es war nicht so, als ob Neil nicht versucht hätte, *irgend jemanden* in den inneren Bereichen seines Lebens heimisch zu machen. Zahllose Frauen waren im Laufe der Jahre in seiner Wohnung gewesen, und die meisten davon hatten sogar eine Stunde oder zwei in seinem Schlafzimmer zugebracht. Aber dann gingen sie – sie gingen immer –, und Neil war zumindest betrübt, wenn nicht sogar wirklich traurig. Frauen waren so seltsame Geschöpfe! Ihr Geist bewegte sich in einigen wenigen tiefen Furchen, und was nicht auf ihrem Weg lag, drang kaum zu ihnen durch. Sie kümmerten sich um ihre Jobs, ihre Karriere, ihre Körper und ihre Zukunft. Ja, gut, wer tat das nicht?

Die meisten von ihnen mochten Rock'n'Roll, aber ihr Interesse daran war normalerweise nicht mehr als oberflächlich. Man konnte sich nicht mit ihnen über die Dickens'sche Bandbreite der Kinks unterhalten, über die subtile Nutzung des Rhythmus bei New Order oder über die irischen Motive in der Musik von Thin Lizzy. Und die Frau, die in der Lage war, T.V. Smith zu erkennen, mußte ihm erst noch über den Weg laufen. Vielleicht hatte er einfach zu wenig Glück. Er wollte eigentlich nicht mehr, als ein Mädchen kennenlernen, das er lieben konnte, das ihn liebte und das seine tiefe Begeisterung für die Musik teilte. Er hätte sich sogar mit jemandem zufriedengegeben, der lernwillig war, der einfach nur lernwillig war.

Neil war sich nicht ganz sicher, was er von den Bombsite Boys halten sollte. Sie kamen aus Coventry, und die englische Rockpresse hatte begeistert über sie berichtet. Neil hatte sich ihr erstes importiertes Album, *Crossed Nails*, gekauft, und er fand, daß ihre Fähigkeit, Melodielinien zu schaffen und ätzende Texte zu schreiben, durchaus Talent erkennen ließ. Sie hatten noch nicht den großen, kommerziellen Durchbruch geschafft, aber das war Neils Meinung nach gut. Zuviel zu früh war normalerweise ein sicheres Rezept dafür, schnell am Ende zu sein. Und die Engländer waren bekannt dafür, eine Band schon als veraltet anzusehen, wenn sie gerade erst gestartet war. Er mochte die Bombsite Boys gerade genug, um ihre weiteren Fortschritte gelegentlich zu verfolgen. Und als die Gruppe ihren ersten Auftritt in New York hatte, in der Marquee West, war Neil dabei.

Im Amt war es ein harter Tag gewesen, so daß er nicht allerbester Laune war. Die Sache wurde nicht besser dadurch, daß sich die Bombsite Boys live nicht besonders gut machten. Die Stimmen gingen völlig unter, und es gab zu viele neopsychedelische instrumentale Abschweifungen, die nirgendwo hinführten. Während der Pause schlürfte Neil am Rande der Menschenansammlung an der Bar ein Bier und fragte sich, ob er die zweite Hälfte noch ertragen oder lieber nach Hause gehen sollte. Damit war er gerade beschäftigt, als er Cheryl sah.

»Wie findest du die Band?« fragte Neil.

»Sie taugt nichts.«

»Er ist es nicht wert.«

»Wer?«

»Der Bursche, nach dem du verrückt bist.«

»Woher willst du das wissen?«

»Wenn ich mir dich so ansehe, dann kann er es nicht sein.«

Neil hatte gelernt, daß dort, wo es üblich war, sich selbst zu entziehen und auszuweichen, alle direkten Komplimente oft als eine willkommene Überraschung hingenommen wurden. Cheryl gönnte ihm einen ersten kurzen Blick, und Neil erkannte Anzeichen dafür, daß sie anfing, sich etwas zu entspannen. »Gefallen dir die englischen Bands?« fragte Neil.

»Einige.«

»Zum Beispiel?«

Sie zuckte die Achseln. »Public Image, The The.«

Neil fühlte das Aufflackern einer gewissen Erregung. Wenn sie Gruppen wie diese schätzte, mußte sie über einige musikalische Intelligenz verfügen. Er lud sie zu einem Drink ein und ermahnte sich, seine Hoffnungen nicht zu hoch zu schrauben. Er hatte die Enttäuschung erlebt, jedesmal. Sie war so schmal wie ein Junge, aber sie zeigte wunderbare lange Beine unter einem unglaublich engen Mikrorock. Sie hatte auch ein ziemlich hübsches Gesicht, und ihr dunkles Haar war modisch zerzaust. Neil bugsierte sie in eine weniger umlagerte Ecke des Clubs. Sie sah noch immer zornig und verbittert aus. Ihre Augen musterten rastlos die Szene, und sie tat so, als erwiese sie Neil eine Gunst, indem sie mit ihm redete. Aber Neil blieb verhalten optimistisch.

»Schon was von T.V. Smith gehört?« wagte er schließlich zu fragen.

»Sicher. The Adverts. *Crossing the Red Sea.*«

Ein breites Lächeln hellte Neils Gesicht auf.

»Ich weiß nicht, warum ich das tue«, maulte Cheryl. »Es lohnt sich gar nicht, über ihn nachzudenken.«

Neil, der auf ihrem Weg das enge Treppenhaus hinauf zu seiner Wohnung einen Schritt hinter ihr war, wandte seinen Blick nicht von den wunderbaren Bewegungen ihres strammen kleinen Hinterns ab.

»Nicht ihn«, verbesserte sie sich, »ich meine dich.«

Neil entschied sich, auf ihre einigermaßen ernüchternde Bemerkung nicht zu antworten. Sie erreichten die dritte Etage, die ausgeräumt war und leerstand, in Erwartung einer vielleicht bald bevorstehenden Renovierung. Der unbekannte Besitzer bekam offensichtlich im Monat das Geld nicht zusammen. Je länger er dafür brauchte, um so besser, soweit es Neil anbelangte. Es bedeutete, daß er seine Musik so laut spielen konnte, wie er wollte, ohne irgend jemand zu stören. »Die nächste Etage ist meine«, sagte er Cheryl, während sie den Treppenabsatz passierten.

»Was ich meine, ist, daß du mich an meinen älteren Bruder erinnerst.«

»Ist doch in Ordnung«, sagte Neil und dachte, daß es der Situation eine gewisse Freud'sche Würze gäbe.

»Aber ich mag meinen älteren Bruder nicht. Er ist ein komischer Kauz, und ich hasse ihn«, sagte Cheryl.

»Nun ja, ich bin ja nicht er.«

Vor seiner Wohnung fischte er den Schlüssel aus der Hosentasche. Cheryl schien überrascht. »Hier in New York hast du nur dieses eine kleine Schloß vor der Tür?«

»Es ist nicht klein, und es ist das beste«, erklärte Neil. »Und so, wie ich diese Stahltür hier habe montieren lassen, muß jeder, der einbrechen will, erst die ganze Wand abbauen.«

»Wow.«

Das sagte sie noch einmal etwas später, als sie in Neils Wohnzimmer kamen. Sie streifte ihre Schuhe ab, ließ ihre Handtasche fallen und näherte sich ehrerbietig seiner Plattensammlung.

»Was möchtest du trinken?«

»Hast du Wodka?«

»Sicher.«

»Kannst dir die Gläser schenken«, sagte Cheryl. »Wir ziehen ihn aus der Flasche, abwechselnd.«

Das war nicht ganz Neils Stil, aber er dachte, es könne vielleicht lustig werden, während er sich zur Hausbar in seiner Küche aufmachte. Da war noch eine volle Flasche Stoli. Neil kehrte damit ins Wohnzimmer zurück; Cheryl hatte es sich inzwischen im Ledersessel bequem gemacht. Ihre Beine baumelten entzückend in der Luft. Gut, sie waren das beste an ihr und offensichtlich ihr ganzer Stolz. Und Neil verschmähte einen attraktiven Anblick durchaus nicht. Cheryl schnappte ihm die Flasche aus der Hand und nahm mit schmatzenden Lippen einen gesunden Schluck.

»Spiel was«, sagte sie.

Neil trank ein vorsichtig bemessenes Quantum Wodka und stellte die Flasche auf einen schmalen Tisch. Er sah, wie sie wieder danach langte, während er die Reihe seiner Alben durchging.

»Hörst du gerne Joy Division?«

»Wenn ich ein Schlafmittel brauche.«

Neil faßte das als Nein auf. »Was ist mit Morrissey?«

»Der ist eine noch lahmere Träne, eine größere Schlafmütze.«

»The Nipple Erectors... the Snivelling Shits... 999...«

Neil fuhr fort, Namen aufzusagen und wartete, daß Cheryl einen auswählte, den sie hören wollte. Aber sie ignorierte ihn. Ihre Aufmerksamkeit gehörte jetzt ganz der Wodkaflasche. Er war dennoch erfreut, festzustellen, daß sie sich inzwischen vom Sessel aufs Sofa begeben hatte.

»Horselips... Siouxsie... A Guy Called Gerald...« Gott, er durchmaß die gesamte musikalische Landschaft, und es gab immer noch keine Antwort von Cheryl. »Oder vielleicht ziehst du Dusty Springfield vor?«

Der Schlag saß.

»Was von Cure da?«

»Alles.«

»Die gehen«, sagte Cheryl und fügte überflüssigerweise hinzu: »Laut.«

»Was bin ich froh, daß du kein Schlafmittel wolltest«, dachte Neil, während er die Platte auflegte. Dann ermahnte er sich, Sarkasmen zu vermeiden – das kam bei Frauen nie gut an, aus irgendeinem unbekannten Grund. Er rutschte neben Cheryl auf die Couch, während die Musik das Zimmer zu füllen begann. Sie legte ihren Kopf auf seine Schulter und streckte ihre Beine aus.

»Großartiger Klang.«

»Danke.«

Cheryl bot ihm die Flasche, und Neil neigte sie vorsichtig an seine Lippen. Sie war eindeutig betrunken, kein Zweifel, und es war auch nichts dabei, aber er hatte vor, es mit dem Wodka langsam angehen zu lassen. Seine Erfahrungen hatten ihn gelehrt, daß nichts so öde war wie ein Schnellbesäufnis mit einer Fremden. Sich abzuschalten und dann am frühen Morgen aufzuwachen, ein Paar geprügelter Hunde, die einander noch nicht einmal kannten. Kein Sex, keine Begegnung, keine Zukunft, nichts, nur eine unbestimmbar schmerzhafte Erinnerung.

»Etwas an dieser Gruppe, ihr...«

»He«, unterbrach sie ihn und sprang von der Couch. »Du hast ja Ohrhörer.«

»Kopfhörer«, verbesserte Neil, »ja.«

Cheryl durchquerte schnell den Raum und nahm die Kopfhörer von ihrem Haken bei der Stereoanlage.

»Sie sehen teuer aus.«

»Sie sind es.«

»Ungefähr zweihundert Dollar wert«, erinnerte sich Neil. Ein Hauch von Extravaganz, da er sie selten benutzte. Aber es gibt Gelegenheiten oder Stimmungen, da kam nichts anderes in Frage als sich die verdammte Musik geradewegs ins Gehirn zu pumpen.

»Kann ich sie mal ausprobieren?«

»Sicher. Sie sind angeschlossen.«

»Wow. Die haben aber eine lange Schnur.«

»Ja, ich habe mir ein Acht-Meter-Kabel dafür besorgt, so daß es hier und in der Küche überall hinreicht.«

»Ich liebe Ohrhörer.«

»Sie können ganz nett sein«, gab Neil zu.

Cheryl wickelte die Kabelrolle hinter ihr ab, während sie zur Couch zurückkam. Sie ließ sich nieder, setzte die Kopfhörer auf und lächelte glückselig, während sie sich zurücksinken ließ. Als eine Art Nachtrag legte sie ihre Beine über Neils Schoß. Urplötzlich drückte sie sich so weit hoch, daß sie die Wodkaflasche erreichen konnte, nahm einen Schluck und ließ sich dann, die Wodkaflasche immer noch eng an sich gedrückt, wieder zurückfallen. Cheryl hatte jetzt einen soliden Rausch und verlor sich in der Musik.

Neil lächelte und versuchte, sich davon zu überzeugen, daß sie wirklich etwas Nachsicht wert war. Er legte eine Hand auf ihr Bein und tätschelte versuchsweise ihren Schenkel. Cheryl schien es nicht zu bemerken, also ließ er seine Hand weiter aufwärts gleiten. So viel Bein – sagenhaft. Aber sie reagierte immer noch nicht auf seine Berührung. Als Neil sich so setzte, daß er ihre Wangen und ihren Nacken streicheln konnte, öffneten sich kurz ihre Augen. Sie lächelte ihn kurz an – nicht ohne eine Spur von Spott, wie ihm schien – und driftete dann wieder ab. Neil wurde traurig. Er ließ seine Hand hinuntergleiten und suchte ihre Brust. Da war sie, fest, aber klein, mit einem niedlichen flachgedrückten Radiergumminübbelchen von Brustwarze.

So schlimm war es noch nie gewesen. Noch nie hatte er sich so einsam gefühlt, wenn er jemanden zu Besuch gehabt hatte. Sie hörten Musik, aber genaugenommen nicht zusammen. Sie waren wie zwei verschiedene Personen in zwei verschiedenen Welten, die nur durch dasselbe Stereosystem verbunden waren. So hätte es sich nicht entwickeln sollen. Ihren Körper so vertraulich zu berühren hätte eine Freude und ein Vergnügen sein sollen, und sie hätte zugleich ihn berühren sollen. So wie es jetzt war, fühlte Neil sich unbehaglich, als ob er sich an jemandem vergriffe, der im Koma lag.

Cheryl erschreckte ihn wieder, als sie plötzlich aufsprang. Sie nahm die Kopfhörer ab und lächelte Neil flehentlich an. Er fand es widerlich und ganz offensichtlich aufgesetzt, selbst als er noch gar nicht wußte, was sie wollte. »Weißt du, was ich wirklich, wirklich gerne hören würde?«

»Was?«

»Hast du ›Der Liebe verfallen‹?«

Neil seufzte. »Ja.«

»Ach bitte, bitte, spiel es für mich.«

»Na gut«, sagte Neil matt.

»Gott, ich liebe diesen Song.«

Er haßte diesen Song, und er konnte kaum glauben, daß Cheryl ihn hören wollte. Robert Palmer sprach nicht zu ihm, und er sang nicht für ihn, kein bißchen. Der einzige Grund, warum Neil ein Exemplar der *Riptide*-Disc besaß, die diesen Song enthielt, war, daß seine Mutter sie ihm geschenkt hatte. Die Platte hatte damals in den Hitparaden obenan gestanden, und irgendein Verkäufer hatte Mrs. Jensen überzeugt, daß sie die perfekte Wahl sei. Neil hatte sie einmal gehört, aus einem Pflichtgefühl heraus und auch, um sich zu bestätigen, daß es ihm nicht gefiel. Jetzt legte er die Disc ein, sah das Verzeichnis der Songs durch und drückte die Taste drei auf der Frontplatte des Spielers. Nur dieser eine Song, dachte er, und nur einmal.

»Nicht mit den...«

Aber als Neil sich umdrehte, sah er, daß Cheryl schon wieder die Kopfhörer aufhatte. Sie saß auf dem Boden, mitten auf dem türkischen Teppich, die Augen geschlossen, und wiegte sich im Takt der Musik. Das Schlimmste war, daß sie die Fernbedienung in der Hand hielt, denn das konnte nur bedeuten, daß sie den Song wiederholen wollte... Wieder und wieder.

Neil stampfte an ihr vorbei. Er setzte sich auf die Couch und trank ein großes Quantum Stoli. Keiner, der diesen Song mochte, konnte in der Lage sein, Public Image Ltd. zu verstehen. Soviel war sicher. Und er mußte es trotzdem ertragen, denn sie war sein Gast. Und natürlich vor allem, weil er überhaupt so ein Pechvogel war, die Aufnahme zu besitzen.

Als Cheryls Hand mit der Fernbedienung vorschnellte, entschied Neil, daß *er* nicht verpflichtet war, den Song ein zweites Mal zu hören. Also stand er auf und ging noch einmal quer durch den Raum zum Verstärker. Er stellte die Lautsprecher ab, so daß der verhaßte Song nur noch über die Kopfhörer kam. Die plötzliche Stille war wunderbar, aber als er die Flasche wieder in der Hand hatte, mußte er feststellen, daß Robert Palmers Stimme durch Cheryls ersetzt worden war.

Sie sang jetzt zu der Musik. Wie die meisten Leute, die von Kopfhörer genarrt werden, gab Cheryl bizarre Klänge von sich, ein dünnes, gequetschtes, hohes Wimmern. Entfernte Ähnlichkeit mit der Originalmelodie war das Äußerste, was man ihnen noch zubilligen konnte. Neil süffelte den Wodka, während Cheryl sich in ihrem eigenen kleinen Himmel wiegte. Dann ging er hin und legte die Flasche in ihre freie Hand. Es funktionierte. Das entsetzliche, erstickte Leiern wurde so lange unterbrochen, wie Cheryl brauchte, um sich einen Riesenschluck einzufüllen. Aber dann setzte es wieder ein, und sie behielt auch noch den Wodka.

Neil kniete sich hinter ihr auf den Teppich. Er küßte ihren Nakken, legte seine Arme um sie und schob seine Hände direkt unter ihre Brüste. Es wäre schön, wenn sie sich zurücklehnte, an ihn, und zufrieden schnurrte – aber Cheryl nahm seine Anwesenheit gar nicht zur Kenntnis. Ihr Körper wiegte und schüttelte sich mit der Musik, so daß Neil manchmal ihre Schulter, manchmal die Kopfhörer ins Gesicht bekam. Er zog sich zurück, ging in die Küche und goß sich ein Glas Bourbon ein.

Er war sehr enttäuscht. Sie hätte ihn fast über ihren Musikgeschmack getäuscht. Dann hatte sie ihn völlig kaltgestellt und sich in eine Trance mit Robert Palmer geflüchtet. Er konnte die Stecker der Kopfhörer herausreißen, oder er konnte einfach die Platte wechseln, aber das wäre grob. Es würde sie sicherlich verärgern, und dann würde sie gehen. Neil wußte, daß er sich noch schlechter fühlen würde, wenn sie ginge. In ihm stieg Zorn auf, wenn er nur daran dachte. Immer gingen sie.

Während Neil seinen Bourbon austrank, schlürfte er zurück ins Wohnzimmer. Das einzige, was sich geändert hatte, war der Pegel der Wodkaflasche, die Cheryl in der Hand hielt. Musik ist da, um sie zu teilen, dachte Neil, während er im Zimmer umherlief. Das war alles, was er wollte, etwas Musik mit ihr gemeinsam haben. Es war in Ordnung, daß sie da war, aber alles andere war falsch gelaufen.

Er war verärgert. Neil hob einige der sich auf dem Boden kringelnden Schlaufen des Kopfhörerkabels auf. Wenn er es von hier aus herausriß, würde er vielleicht den ganzen HiFi-Turm umwerfen. Das würde wohl zu ihr durchdringen, aber letzten Endes würde er damit nur sich selbst und seine Ausrüstung schädigen. Wie oft hatte sie diesen verdammten Song jetzt gehört? Viermal, fünfmal, sechsmal? Phantastisch. Er war so einsam. Es war empörend – vor allem, da sie, abgesehen von ihrem Verstand und von ihren Brüsten – ein recht angenehmes Paket abgab. Besonders ihre Beine waren phantastisch; es waren die besten, die er seit langem gesehen hatte.

Neil legte das Kabel über Cheryls Kopf und zog es um ihren Hals zusammen. Sie kreischte und bäumte sich auf, ließ die Flasche fallen und versuchte, ihn zu schlagen. Wild entschlossen hielt Neil fest. Die Kopfhörer rutschten herunter, und der dünne Klang dieses Songs zitterte in der Luft. Cheryls Beine bewegten sich in

Krämpfen – Gott, sie sahen so gut aus, wie sie jetzt zappelten und wild um sich schlugen. Neil konnte seine Augen nicht davon abwenden.

Es war so schön, heimzukommen und sie dort zu wissen. Wie sie so auf der Couch auf ihn wartete, ihren Kopf in eine Ecke zurückgelegt, als ob sie vor sich hindöste, ihre Beine ausgestreckt und gespreizt, ihr Hemd gewagt aufgekrempelt, war sie genau das, wofür man gerne nach Hause zurückkehrte. Neil ließ einen harten Tag, eine ganze Serie schwieriger Haitianer hinter sich, wenn er die Türe schloß und sie sah. Er legte die Smith auf und ließ »Girlfriend in a Coma« dreimal laufen. Na ja, es war schon ein komisches Lied zu diesem Anlaß.

Am ersten Tag zog Neil ihr die gemusterte Strumpfhose aus, und ihre Beine sahen noch besser aus. Am zweiten Tag zog er Cheryl das Hemd aus. Am dritten Tag hatte sie die Leichenstarre hinter sich, und es war nicht mehr schwierig, sie so auf der Couch zu arrangieren, wie es ihm gerade gefiel. Neil gab sich einige Mühe dabei. Er winkelte ein Bein am Knie ab und stützte es auf, aber es sah nicht so hübsch aus, wie er es erwartet hatte. Er riß ihr ihren zarten Slip herunter und legte sie so hin, daß sich ein Bein über die Sitzfläche erstreckte, während das andere schräg oben auf der Lehne der Couch auflag. Ja, das war mal eine freche Pose! Später legte Neil die Hand des Mädchens fest zwischen ihre Beine.

Als er am vierten Tag heimkam, hatte sie einiges von ihrem Charme eingebüßt und ließ Zeichen von Reife erkennen. Er wußte, daß es nicht möglich sein würde, sie aus dem Gebäude zu schaffen. Er ging nach unten, um die Decke der leerstehenden dritten Etage zu inspizieren. Sie war betoniert, wie er befriedigt feststellte. Hier mußte früher eine Zementmühle gewesen sein oder etwas ähnliches. Perfekt.

Wieder in seiner Wohnung, stand er in der Tür des leerstehenden Schlafzimmers. Er wußte, daß er etwas unternehmen mußte, damit er sie nicht eines Tages aufgedunsen und unerträglich ekelhaft vorfände. Schwierig, aber kein echtes Problem, dank der Müllentsorgungseinheit in der Küche. Und die breiten Dielenbretter würden leicht abzuheben sein.

Es war traurig. Neil hatte ihre Gesellschaft genossen, ihre so dekorative Gegenwart. Ihre Einstellung zu Joy Division war inzwischen viel besser geworden. Aber das Schlimmste war, daß die alte Einsamkeit wieder beginnen würde, in sein Leben hineinzukriechen, wenn *sie* erst einmal sicher verpackt war. Es war keine Frage, daß sich dieses Verbrechen nicht noch einmal ereignen durfte. Es konnte nicht, es durfte nicht. Aber zumindest der Ordnung halber begann Neil, als er mit dem Stemmeisen in den leerstehenden Schlafraum gegangen war, seine Arbeit in der hintersten Ecke des Raumes.

JOHN SHIRLEY

Flammende Telepathen

Beim ersten Mal sah er sie, weil sie unsichtbar waren.

Spaced fielen Löcher in der Menge auf. Stellen, an denen in dem vollgestopften Nachtclub niemand zu stehen schien – und trotzdem bewegten sich die Leute um diese Stellen herum, als ob dort jemand wäre. Vielleicht irgend etwas auf dem Boden, worauf niemand treten wollte. Ja gut, das war denkbar. Aber von diesen leeren Zwischenräumen schienen ziemlich viele da zu sein. Und sie waren so sonderbar – symmetrisch. Also machte er sich auf den Weg, um sie sich näher anzusehen. Das war typisch Spaced: Er war einer, der den Dingen auf den Grund ging. Einer, der Fragen stellte. Einer, der nicht nur mitmachte, sondern auch die Augen offen hielt. Das war es, was ihn vom Rest der Szene unterschied – und weshalb ihn die anderen so gut leiden mochten.

Wie jeden Samstag war das *Black Glass* bis zum Bersten voll. Das Licht war gedämpft, und die Wände, auf denen allerhand Chrom glänzte, waren mit beschlagenem, schwarzen Leder bespannt (dafür hatten sie ihr ganzes Geld ausgegeben, und deswegen hatten sie auch nur einen brauchbaren Erfrischungsraum – das war nur eine ihrer zahlreichen schändlichen Verletzungen der örtlichen Bestimmungen). Während kaugummikauende Roadies die Gitarren in ihre Ständer neben den Marshall-Türmen stellten und die Kabel verlegten, so daß die eher kleine Bühne für die erste Band bereit war, spielte der Disc Jockey einen Ausschnitt aus Motörheads *Orgasmatron* – Speed Metal, der den Boden, die Wände und die Decke erzittern ließ wie die monströse Verstärkung des Lärms einer Stahlgießerei, wie das Getöse einer finsteren und dumpf empfindenden Fabrik, die vor geschmolzenem Metall glühte.

Ein funkensprühender Kessel – weißglühende Lichtbögen: so gingen die Verszeilen, die Spaced dazu improvisierte. Er veröffentlichte Gedichte, aber seinen bescheidenen Lebensunterhalt verdiente er durch Rockrezensionen und Konzertkritiken für die Zeitschrift *Ear Spear*. Er war selber kein Musiker; selbst auf der Bühne zu stehen lag ihm nicht. Es gefiel ihm nicht, sich so genau betrachten zu lassen. »Die Schamanen der Rockbühne durchleben unsere Psychodramen für uns, treiben unsere Dämonen aus«, hatte er letzte Woche geschrieben. Und als Velcro Cunt das las, hatte sie gesagt: »Spaced, du siehst es zu intellektuell, um noch Spaß daran zu haben. Vielleicht bist du auch, also, als wenn du... Weißt du, ich will dich nicht verletzen, aber – vielleicht bist du zu alt oder so was, um tatsächlich dazuzugehören. Zur Szene.«

Einunddreißig? Zu alt? »Ich komme da schon rein, auf meine Weise.«

»Du bist zu... Ich weiß nicht... zu *Warhol*, Mensch.«

»Nein, o je, Warhol war eine Drohne, ein Schwätzer. Willst du nicht mit zu mir nach Hause kommen, damit ich dir zeigen kann, daß ich keine verdammte Drohne bin?«

»Eines Tages werde ich dich darauf festnageln, und dann wirst du dir vor Angst in die Hosen machen.«

Das war letzte Woche gewesen. In dieser Woche herrschte in Los Angeles Septemberhitze – und auch im *Black Glass* war es heiß, weil es so voll war. Die Iron-Ons waren heute abend die Zugnummer, und eine Band aus Texas, die Strokers, eröffnete das Konzert. Die Gefolgschaft der Iron-Ons war in der Intensität ihrer Hingabe schon fast blutrünstig. Während er sich durch den Saal vorarbeitete, zog Spaced schnuppernd die Luft ein, ließ die Eindrücke auf sich wirken, um die Atmosphäre des Abends zu erfassen. Wie ein Kojote, der an einem Wasserloch prüfend die Luft einzieht. Dieser Abend war wie eine straff gespannte Stahlfeder, deren Bruchfestigkeit bedenklich auf die Probe gestellt wurde. Die Luft war schwer vom Tabak- und Marihuanarauch; man mußte aufpassen, wo man Luft holte, wenn man sich keinen PCP-Rausch einhandeln wollte. Spaced machte Platz für einen Rauswerfer, der einen Ice-Raucher gegriffen hatte und ihn am Kragen vor sich herschob. Der Bursche ließ seine Glaspfeife fallen, die auf dem Boden zersprang, während er durch die Tür taumelte, mit Augen, die auf und ab sprangen wie die Karten eines Kartenspiels beim Mischen – berauscht von Ice, in der Pfeife gerauchtem Methedrin. Ice und Crack wurden hier nicht geduldet. Aber eigentlich war jetzt Acid wieder in, und Spaced sah einige der für LSD und MDA typischen Anzeichen, die leichte Erregbarkeit in einigen Gesichtern am Rand der Menschenmenge und die Bewegungsexzesse der Tänzer auf der Tanzfläche. Er beobachtete ein großes, magersüchtiges Mädchen in einem Neopren-

Bikini. Es bewegte sich wie die Hand eines Wildwest-Darstellers, der gerade versucht, mit seinem Ochsenziemer einen anständigen Knall zuwege zu bringen.

Aber der größte Teil des Publikums war einfach betrunken oder versuchte gerade, diesen Zustand zu erreichen.

Und wie immer waren die C&S-Leute da. *Clean* – kein Rauschgift, und *sober* – kein Alkohol. Am anderen Ende, an dem geöffneten Ausgang, wo die Luft am besten war, tanzten sie miteinander. Ein wachsendes Kontingent, die C&S – wie Spaced und Velcro Cunt, wie Gigger und Benny. Sie nahmen keine Drogen und sie tranken nicht. Ihre Rock-Ekstase kam von innen heraus in Gang.

Mehr als einmal hatte sich Spaced schon gefragt, wie er sich in diesem heißen, dunklen und klaustrophoben Klima der Selbstdarstellung eigentlich so hatte entfalten können. Und er hatte sich dann immer gesagt: Es mußte wohl das gleiche sein, als fragte man, warum man sich in der Vagina einer Frau so wohlfühlte, einem Platz, der ebenfalls heiß, feucht und aufgeschwollen in seiner Selbstdarstellung war?

Er drängte weiter durch die Menge und erreichte eines der Löcher, die Stelle, wo niemand gewesen war, um die alle einen Bogen machten – und da *war* etwas. Aus sechs, sieben Metern Entfernung konnte man den Burschen nicht sehen, obwohl er nicht besonders klein war. Ging man näher heran, war er plötzlich *da*. Der erste von ihnen. Auffällig war, daß er sich nicht bewegte, wie ein Betonpfahl in einer wogenden See stand.

Er war ein Mann mit käsigem Gesicht und dünnem Haar. Das Haar bildete zusammen mit kahlen Stellen eigenartige Muster. Es wuchs hier und da in Büscheln hervor, wie Gesträuch auf Grasland. Aus irgendeinem Grund machte das merkwürdige Haar auf Spaced wirklich Eindruck, obwohl der Club ein Anziehungspunkt für seltsame Frisuren aller Art war. Aber *diese* Haare waren so gewachsen, wie sie jetzt waren. Als hätte der Bursche irgendeine Krankheit. Und dann blickte der käsige Bursche zu Spaced hinüber – blickte ihn aus seiner in der Menge fixierten Nische heraus an wie ein Opossum, das Spaced einmal in einem Park gesehen hatte und das ihn aus einer umgeworfenen Mülldose heraus angeschaut hatte. Die Augen des Kerls traten leicht hervor, seine Lippen waren ein wenig zu rot. Er trug einen Anzug.

Der Anzug an sich war noch nicht so merkwürdig. Im *Black Glass* war Kleidung aller Art zu finden. Es gab Punk – neuerdings in der Form von Thrash und Speed-Metal, Abkömmlingen von Metallica –, es gab Head-Bangers und Neopsychedeliker, und es gab Leute, die an dem strengen Aussehen Gefallen fanden, das zu einer wirklich annalen und ernsthaften Art von Anzug gehörte – dem Eurotechnik-Look.

Aber diesem Burschen paßte sein langweiliger, weißer Anzug nicht richtig, und es war kein beabsichtigtes Nicht-Passen wie bei David Byrne. Also dachte Spaced: Muß wohl einer von der Alkoholkontrollkommission sein, vielleicht um zu überprüfen, ob hier an Minderjährige ausgeschenkt wird. Ich sollte Alfredo warnen.

Der Disc Jockey spielte »Waves of Mutilation« von den Pixies, während sich Spaced aufmachte, um den Besitzer des *Black Glass* zu finden und zu warnen, daß irgendeine Art von bürokratischem Deppen darauf aus sei, sich mit ihm anzulegen. Aber dann kam er nach dreißig Ellbogenstößen und grunzenden Püffen zu einem anderen Loch in der Menge. Mit einer Frau darin, einer Frau, die ein Kopftuch trug und die die Zwillingsschwester des ersten Deppen hätte sein können. Und Spaced sah Reverend Carlyle, immer zwischen ein paar Leibwächtern, der sich zu ihr vordrängte.

Ja, tatsächlich. Reverend Carlyle, der König von Kanal 47.

Carlyle war unheimlicher als Swaggart und unheimlicher als Jim Bakker, weil er gewiefter und gerissener war und keine Fehler machte. Er trug die gleiche Art von unbestimmt westernhaften Dreiteilern, die die Tele-Evangelisten alle trugen; der obligatorische Ölfilm auf seinem Haar hielt seine Tolle zurück, und sein strahlendes Lächeln und seine tiefliegenden Augen verströmten Sicherheit, so wie ein Zapfhahn Bier verströmt. Außerdem hatte er einen leichten südlichen Akzent, etwas Volkstümliches umgab ihn, seine Uhr war natürlich eine große, goldene Rolex und seine Frau eine von denen mit Haaren so steif und verkalkt wie das Gehäuse einer Schnecke. Bei seinen Auftritten war ihm der onkelhafte Ernst der Tele-Evangelisten eigen und ihre pfingstliche Gespreiztheit. All das war wie bei den anderen Tele-Evangelisten. Aber er *vermasselte es nicht*. Er wurde nie dabei erwischt, wie er seine Chorjungen bumste oder irgendwo Geld abgriff. Alle auf Recherchen spezialisierten Reporter in den Staaten hatten versucht, irgendeinen Schmutz über ihn auszugraben, und abgesehen von der auffälligen Kostspieligkeit seines Lebensstils – der notwendigerweise zu seinem Image zu gehören schien, ein Zeichen, daß Gott die von ihm Auserwählten belohnte – war dabei niemals etwas herausgekommen. Selbst das IRS mußte verlegen zugeben, daß Carlyle legal sauber sei.

Und jetzt war er hier, mittendrin im *Black Glass*. Wie ein Kruzifix im Sarg eines Vampirs.

»Van Helsing war ein verdammter Spielverderber«, murmelte Spaced, starrte Carlyle an und vergaß, daß er Alfredo, den Besitzer, hatte warnen wollen.

Gleichzeitig begann die erste Band zu spielen. Die Strokers zogen einen Südstaatenboogie mit einem Zacken Hard Rock und etwas Heavy Metal durch, in Gang gehalten durch Speed und Jack Daniels. Es war hart und schnell genug, und es kam gut an.

Spaced beobachtete Carlyle, der seinerseits die Band und das Publikum beäugte. Nach einer Weile spürte Spaced, daß jemand *ihn* beobachtete. Er sah sich um und bemerkte die haarlosen Deppen, deren Blicke starr auf ihn gerichtet waren. Ihm strich ein Geruch von verfaulendem Hundefutter durch den Schädel und ein Schmerz, der wie eine Migräne war, die sich selbst spüren konnte, ein Schmerz, der in Wellen von zwei Seiten kam.

Er taumelte davon und drängte sich rechts an der Bühne vorbei. Hier, in der Nähe der Lautsprecher, war die Musik derartig laut, daß es ihm vorkam, als müsse er sich durch das Medium verstärkten Schalls ebenso hindurchdrängen wie durch die Menge. Und dann war er hinter der Bühne, hinter den Lautsprechertürmen. Gary, einer der Skinheads, die sie als Rausschmeißer hatten, nahm ihn ins Visier, beruhigte sich aber, als er ihn erkannte. Er ließ Spaced durch und wandte sich wieder der selbstgemachten Tätowierung auf seinem Arm zu, an der er mit einem kleinen Messer, einem Tintenfaß und einem Fläschchen Alkohol zugange war. Das Muster wurde eingestichelt, irgend etwas in der Art eines ungeschlachten Zombiegesichtes; dann betupfte er die Punktionen seiner Haut mit der Tinte und rieb das Ganze mit Alkohol ab.

Spaced spürte, wie sein Kopf wieder klar wurde, während er sich durch das Wirrwarr hinter der Bühne bewegte, vorbei an den fragmentarischen Kritzeleien, die auf die Preßspanwände gesprüht waren, und überlegte, was zum Teufel das gewesen war? Das, was er da draußen gespürt hatte ... Spätwirkungen von Drogen? Er war jetzt sein Jahren clean...

Er fand Velcro Cunt, Benny und Alfredo, die in der überfüllten Garderobe mit dem Schlagzeuger der Iron-Ons herumsaßen; der Schlagzeuger und Alfredo – auf der Couch – tranken jeder an einer Flasche Dos Equis, aus einer Styroporkühlbox. Der Raum roch nach abgestandenem Bier, Schweiß, tagealtem Rauch und nach Urin, und der größte Teil des Gestanks ging von dem in sich zusammengesunkenen, farblosen Sofa aus, das keine Beine mehr hatte und kaum zwischen den Wänden Platz fand. An einer Wand lehnte ein gesprungener und größtenteils mit Farbe übersprühter Spiegel. Eine nackte Glühbirne unter der Decke, in pink und blau besprüht, gab dem Raum eine karnevaleske Tönung. Benny und Velcro tranken – selbstverständlich – Mineralwasser. Spaced war auch für eins dankbar und hockte sich neben sie auf den Boden. Die Strokers durchdröhnten die Wände, als seien Poltergeister anwesend, aber man brauchte nur ein bißchen zu schreien, um sich hier drinnen verständlich zu machen. »Ihr werdet verdammt nochmal nicht glauben, wer da draußen ist!« sagte Spaced. »Habt ihr ihn gesehen? Carlyle?«

Alfredo blinzelte zu ihm herüber, als wenn er ihn dadurch besser verstehen könnte. Er war ein rundlicher Spanier, so um die vierzig, mit dicht anliegendem schwarzem Haar und kleinen Mustern, die über seinen Ohren aus den Haaren ausrasiert waren – Gewehre überkreuzt mit Dollarzeichen. »Wassagste? Wer?«

»Der verfluchte Reverend Carlyle! Vom Fernsehen!«

»Mist!« Velcro Cunt fiel der Unterkiefer herunter und blieb so stehen. »Dummes Zeug!«

»Keineswegs dummes Zeug. Er ist es.«

Sie schüttelte den Kopf. Obwohl sie eine Weiße war, trug sie ihr Haar ›cornrowed‹ und hatte jede Reihe Haare anders eingefärbt. Ihr Gesicht war leichenblaß geschminkt, die Lippen schwarz, und sie war etwa so gekleidet wie Minnie Pearl. Ihr fehlte nur noch der Hut mit dem Quast. Und sie trug große, ausgebeulte Motorradstiefel, die an ihren dürren Beinen überdimensioniert wirkten. Sie hatte Spaced bei einer Veranstaltung – Anonyme Narkotiker – kennengelernt und ihn in die Szene des *Black Glass* eingeführt, wegen des ansehnlichen Kontingents der Clean & Sobers hier. Sie schirmten sich gegenseitig von Drogen und Alkohol ab.

Aber sie glaubten an Rock'n'Roll.

»Carlyle vom Fernsehen?« fragte sie ungläubig. »Du meinst den

Carlyle mit ›Rock'n'Roll ist der Bohrhammer des Teufels‹? Du meinst den Carlyle mit ›jeder Musiker in jeder Rockband ist ein lebendiger Teufel, als Mensch verkleidet‹? *Hier*?«

»Du hast es erfaßt.«

Der Schlagzeuger war betrunken und ausgemergelt, seine pickelige Brust nackt; auf dem sonst kahlen Schädel trug er zwei Irokesenbürsten, die er vorne so lang hatte werden lassen, daß sie über sein Gesicht bis hinunter zum Kinn herabhingen – die Fühler eines Nachtfalters. Er kicherte und rief: »Na gut! Der verdammte Carlyle! Ich werd' ihm seine verdammte Teufelsmusik geben, Maaaan!«

Alfredo stöhnte. »O Gott, nein. Es ist kein Witz. Er hat uns aus irgendwelchen Gründen herausgegriffen – er wird dafür sorgen, daß besorgte Eltern bei uns Posten aufstellen, daß die Polizei herkommt, daß hier Spitzel rumlaufen...« Er sagte noch mehr in seinem mürrischen Spanisch.

Benny runzelte in Gedanken die Stirn. Alle warteten darauf, was er sagen würde. Was immer Benny sagte, hatte etwas zu bedeuten. Benny trug hüftlanges Haar, zur Hälfte stumpf weiß, zur Hälfte glänzend schwarz. Außerdem einen Bart mit der gleichen Farbeinteilung. Wettergegerbte Wangen von der Arbeit in den Docks. Eine ärmellose schwarze Lederweste, morsche Levi's und Tennisschuhe, die sich in ihre Bestandteile auflösten. Verblaßte Motorradgang-Tätowierungen. Und außerdem hatte er einen Masters of Fine Arts der Universität Stanford.

»Drecksau«, murmelte er. »Carlyle. Es ist komisch, aber es ist eigentlich gar nicht komisch. Alfredo hat recht. Er wird hier seine Nummer mit uns schieben. Und einige von uns werden draufgehen.«

Er sagte das in seiner merkwürdigen, lässigen Art. So, als würde er es nicht nur vermuten. Als hätte er es irgendwie schon gesehen. Ab und zu machte er solch eine Bemerkung, und es kam immer so, wie er sagte.

Im gleichen Moment stürmte Gary herein. »Sie haben Fernsehkameras draußen!«

Der Türsteher hatte Carlyle nicht erkannt und natürlich gedacht, daß sich Alfredo über jede Art von Fernsehpublicity freuen würde. Und Carlyles Leute hatten sich schon in Position gebracht. Vertrottelte, schnurrbärtige Kamera- und Tonleute mit Ohrhörern und tragbaren Kameras. Die Ausrüstung vom Feinsten.

Carlyle war von vier Leibwächtern umgeben, die freundliche Manieren zeigten, aber unerschütterlich wirkten, freundlich lachende, große, muskulöse Burschen in T-Shirts mit der Aufschrift GOTT LIEBT DICH, DER TEUFEL HASST DICH. ENTSCHEIDE DICH! – REV. CARLYLE

Spaced und Velcro hatten etwas abseits Position bezogen und beobachteten, wie Alfredo über die Schultern einer Wand aus Fleisch hinweg argumentierte. Sie konnten durch das schwere Schallgewitter, das die Band produzierte, nicht viel verstehen, aber Spaced bekam mit, daß Alfredo gerade sagte, er habe von Gesetzes wegen das Recht, jeden hinauswerfen zu lassen, wenn es ihm gefiele, und Carlyle erwiderte: »Wenn Sie nichts zu verbergen haben, was haben Sie dann gegen die Kameras?«

Alfredo kehrte zu seinen Freunden zurück. Er wirkte niedergeschlagen. »Er sorgt auf jeden Fall dafür, daß es einen schlechten Eindruck macht, ganz gleich, was ich unternehme. Laß ihn machen, verdammt noch mal. Laß sie ihre Aufnahmen machen. Sollen sie doch selbst sehen, daß es um nichts anders geht als Tanzen und ein wenig Trinken. Meistens.« Er drehte sich zu Gary herum, der ihm nicht von der Seite gewichen war. »Schau mal in der Garderobe nach und paß auf, daß niemand da hinten anfängt zu bumsen. Und daß sich keiner auf der Toilette einen blasen läßt. Und daß nirgendwo Drogen auftauchen. Sag den Barkeepern, sie sollen sich von jedem den Ausweis zeigen lassen. Auch dann, wenn jemand grauhaarig und zahnlos ist.«

»Ich kenne einige achtzehnjährige Ice-Raucher, auf die diese Beschreibung irgendwie paßt«, sagte Velcro.

Spaced beobachtete Carlyle und seine Mannschaft. Die Kameraleute machten hier und da ein paar Aufnahmen, aber nur sporadisch und so, als wären sie gar nicht richtig bei der Sache. Und Spaced gewann den Eindruck, als ob Carlyle darauf wartete, daß sich etwas ganz Bestimmtes ereignete. Was glaubten die wohl, würde passieren? Die Tage der Slam-Dance-Orgien waren ja wohl vorbei. Im großen und ganzen jedenfalls. Dazu war das Publikum inzwischen viel zu inhomogen. Die Szene der frühen Neunziger war ein Gemenge verschiedener Gegenkulturen. Sie vermischten sich miteinander zur alternativen Musik, zum alternativen Bühnenspektakel. Man konnte erleben, daß eine radikale irische Folkgruppe den Abend für eine Country-Western-Punk-Band eröffnete und diese wiederum für eine Speed-Metal-Gruppe. Mope-Rocker eröffneten für Rap. Auf dem Strip gab es einige Clubs, die sich auf reinen Headbanger Heavy Metal spezialisiert hatten. Mit der ganzen Aufmachung von comichaftem Teufelskult, der dazugehörte – warum hatte Carlyle sich da ausgerechnet das *Black Glass* ausgesucht?

Es mußte wegen der Iron-Ons sein. Deren Lead-Sänger hatte vor kurzem einer Zeitung gesagt, daß er Carlyle für die Reinkarnation Adolf Hitlers hielte. Und der Sologitarrist hatte erzählt, die Band sei heidnisch und bete zu ›der Gottheit‹. Das war zwar weiße Magie, aber nicht für Carlyle.

All dies schoß Spaced blitzartig durch den Kopf wie die Spots eines Rockvideos, während er den Tele-Evangelisten beobachtete. Carlyle machte sich Notizen und lächelte mit gottgegebener Selbstgefälligkeit. Selbst jetzt erfüllt von dem Charisma, das ihn zu Gottes Alleinrepräsentanten für diese planetarische Konzession gemacht hatte – jedenfalls für Millionen von Zuschauern. Er wirkte zwar äußerlich leicht dümmlich, strahlte aber irgend etwas aus, das Anklang fand, entschied Spaced. So, als ob irgendeine Disney-Figur Daniel Boone spielen würde. Und vielleicht war da noch etwas. Eine durchscheinende Numiosität.

Aus beiden Lagern heraus beobachtete man sich nun. Alfredos Truppen und die von Carlyle. Es gab natürlich einige Grimassen für die Kameras. Und der erste, der sich damit hervortat, war natürlich Birne.

Er nannte sich selbst Birne, aber für Velcro und Spaced hieß er nur Sparbirne. Ein ausgemergelter Heavy-Metal-Rocker in einem abblätterndem Mötley-Crüe-T-Shirt und uralten schwarzen Lederhosen, die an den Nähten langsam auseinandergingen, mit langem, ausgetrocknetem schwarzen Haar, in das ein weißer Blitz hineingefärbt war, mit sechs Ohrringen in jedem Ohr, einem Schädel, den eine gewaltige Nase zierte, und mit Zähnen, die eher in den Wurzelbereich einer Sumpfzypresse gehört hätten. Seine Tätowierungen würden Carlyle sicherlich interessieren. Sparbirne wohnte gleich nebenan und hatte den Club zu seiner eigentlichen Heimat gemacht. Er zeigte manchmal Ausbrüche von Intelligenz und dann wieder lange Durststrecken geistiger Leere. In letzter Zeit hatte er sich Spaced und Velcro Cunt angeschlossen.

»Hi, Cunt!« rief er, während er von der Tanzfläche hergelaufen kam. Er roch nach Schweiß und nach Rauch von mannigfaltiger Herkunft. »Haste mal 'nen Stengel?« Ihm fiel die Doppeldeutigkeit von ›Cunt‹ und ›Stengel‹ gar nicht auf.

»Da bist du wohl bei einer Frau an der falschen Adresse« sagte sie. »Und nenn mich nicht ›Cunt‹. Das hab' ich dir schon mal gesagt. Das heißt Velcro Cunt oder Velcro. Nimm doch mal ein wenig Rücksicht.«

»Oh, ja, ja, 'tschuldigung. Du rauchst auch nicht, hm, Spaced? Nein. Na, was haltet ihr denn von diesem schwachsinnigen Carlyle-Mist, hm, ihr beiden?«

Velcro zog die Schultern hoch. Spaced blickte Sparbirne traurig an und dachte über Cliquen nach, über das Dazugehörigen und das Nichtdazugehören. Rein theoretisch lehnte Spaced Cliquen ab – und doch war er in eine hineingeraten. Und, ganz wie es der Cliquengeist vorschrieb, wollte er Sparbirne wirklich nicht dabeihaben. Der Kerl war ein sozialer Abszess. Er gehörte zu der Sorte Jungs, die sich mit dem Headbanger-Rock identifizierten, seiner leichten Heavy-Metal-Form, mit der ganzen Überfrachtung an pubertären Symbolen, die als Ersatz für ein eigenes Selbstbild dienten, die eine fettige, giftige Schutzhaut gegen die Moskitoschwärme des Selbsthasses bildeten.

Andererseits war das *Black Glass* gerade ein Platz für die Outsider, ein Platz, den sie aufsuchen konnten, um der Kälte draußen zu entgehen. Ein Platz auch für Sparbirne. Und wenn eine Band spielte, die etwas herüberbrachte, das allen etwas gab, dann war der im Gedränge tanzende Sparbirne sehr bald auf der gleichen Wellenlänge mit Spaced und Benny und Velcro…

Ja, Velcro. Velcro war Kunstmalerin; sie bewohnte eine baufällige Mansarde am Rande der Innenstadt von Los Angeles. Sie wußte, wer sie war, und ihre Aufmachung, ihr Aussehen, waren ein Spaß für sie und nicht mehr. Und die Musik war für sie ein Weg, in Ekstase zu geraten, in den wahren Rausch, über den die Clean&Sobers redeten. Sie war ein sehr vielschichtiger Mensch mit einem verschlungenen Netz aus hellen und dunklen Flecken in sich, die alle durch ihren Humor miteinander verwoben waren. Ganz insgeheim bewunderte Spaced sie.

»Sieh mal«, sagte Spaced ganz ruhig zu Velcro und zeigte auf eine der Stellen. »Siehst du das Loch im Gedränge? Geh doch mal hin und schau dir an, wer da ist.«

»Irgend jemand, der auf dem Boden sitzt? Oder ein Zwerg? Ein Punk-Kobold?«

Spaced lachte über die Vorstellung von einem Punk-Kobold. Er versuchte sich in irischem Englisch. »Glaub es, und die IRA wird an diesem schönen Frühlingsmorgen Anarchie über Großbritannien bringen!«

Sie lachten, und auch Sparbirne lachte; dabei blinzelte er verwirrt. Spaced fuhr fort. »Nein, tatsächlich – schau doch mal nach.«

Sie ging hin. Und kam wieder zurück. »Was war denn *das*? Das ist ja, als ob man ›Depp‹ im Wörterbuch nachschlägt und das Bild von *dem* Kerl dazu findet! Er hat mich so merkwürdig angeschaut! Gott! Ich habe mich irgendwie unwohl dabei gefühlt und...«

»Ja. Und kriegtest du auch so ein Gefühl ein, als ob...«

Aber genau in diesem Augenblick begann Carlyle mit seiner eigenen Show. Die Band hatte gerade ihre Zugabe beendet – eine bemühte Zugabe, die sie auf die Provokation hin gegeben hatten, daß nur sehr lasch applaudiert worden war –, und der Disc Jockey hatte irgendeinen Folk Rock von John Hiatt aufgelegt, damit sich die Ohren etwas erholen konnten, als Carlyle die Gelegenheit ergriff, so eine Art Einleitung zu seiner Sendung zu geben.

Die Maskenbildnerin war gerade dabei, sein Gesicht zu betupfen, aber er scheuchte sie davon und zeigte auf die Kamera. Sein Lächeln erschien so schlagartig auf seinem Gesicht, als hätte es jemand mit einem Schalter angestellt.

»Danke, Joey«, sagte er in sein Handmikrofon und blickte wohlwollend in die Kamera.

»Hä?« begann Velcro. »Joey?«

Spaced konnte es sich zusammenreimen. »Sie nehmen später eine längere Einleitung für ihn aufs Band, und irgend jemand sagt dann: ›Und hier ist er, der Retter der Nation – Reverend Jimmy Carlyle! Live von einem entlegenen Ort in... bla, bla, bla.‹«

»Aus einer ›Höhle der Teufelsanbeter‹«, sagte Velcro.

»Ja, *genaaauuuuu*!« krähte Sparbirne. »Teufelsan...« Den Rest verschluckte er, als Alfredo von hinten kam und seine Hand über Sparbirnes Maul klatschte.

»Halt die Klappe, *cabrón*. Es ist so schon schlimm genug.«

Nicht, daß Sparbirne eine echte Teufelsanbetung überhaupt erkannt hätte, selbst wenn er mit dem Arsch mittendrin gesessen hätte…

Carlyle erzählte etwas über seine Show, *God's Country*, die die Zuschauer heute aus der Ferne aus einem Nachtclub in einer sehr, sehr finsteren Ecke von Los Angeles erreiche. »Es ist merkwürdig, wie die Dinge, so wie sie im Jenseits sein werden, manchmal in dieser Welt schon ihre Schatten werfen«, sagte Carlyle ernsthaft, während sich sein trauriger Wir-reden-über-die-verloren-Seelen-Ausdruck auf sein Gesicht senkte. »Schauen Sie sich mit mir in diesem Nachtclub um. Die roten Lichter, die Finsternis des Ortes, die Gesichter, die so angemalt sind, daß sie wie die Geschöpfe eines Alptraums aussehen – Freunde, habt ihr jemals etwas gesehen, das der Hölle ähnlicher sah?«

Stöhnen, Spott, Pfiffe aus dem Publikum. Etwas Beifall. Velcro schrie: »Ja, Alabama-Man! Ja, das ist die Hölle!«

Noch mehr Gelächter. Alabama war Carlyles Heimatstaat.

Er fuhr fort, während er sich bemitleidend zu ihnen umdrehte. »Die Wahrheit ist schmerzlich, und Sie schreien dagegen an, auf Ihre eigene Art. Das ist ein Rock'n'Roll-Club – es stimmt, Reverend Jimmy Carlyle hat einen Rock'n'Roll-Club aufgesucht! Gott hat mich heute nacht als Zeugen hierher gebracht. Ich hatte eine Vision, einen Traum – so wie bei Hesekiel. Es kam über mich. Gott, meine Freunde, wird sich uns heute abend zeigen, so wie er sich in Sodom gezeigt hat, so wie er sich den Römern gezeigt hat, als er ihr Weltreich niederriß. Ich weiß das so sicher, wie ich weiß, daß ich für jede Seele beten will und beten muß, die hier… nun, sie nennen dies hier das *Black Glass*. Sehr zutreffend. Schwarzes Glas, wie die Blindheit der Sünde…« Er begann jetzt zwischen seinen Leibwächtern auf und ab zu gehen, vor und zurück, seine Krawatte zu lösen, sich selbst etwas in Schwung zu bringen. »Ich weiß nicht, was es für ein Zeichen sein wird… aber es erscheint heute nacht, Freunde, und es erscheint hier… und es erscheint, um ein neues Zeitalter zu verkünden, eine neue Ära. Brüder und Schwestern, wenn ihr jemanden habt, der euch nahesteht, und der vielleicht heute abend nicht zusieht, dann ruft ihn an und schreit es hinaus, daß sich ein Wunder vorbereitet, ein Wunder, das jedem gezeigt werden wird, der sich dafür entscheidet, Kanal 47 einzustellen… Schafft ihn vors Fernsehen, denn was er heute abend sehen wird, wird sein Leben ändern – und seinen Glauben festigen!«

Alfredo glotzte Carlyle mit weitgeöffneten Augen an. »Über was zum Teufel redet der Kerl eigentlich?«

Carlyle las jetzt aus der Bibel. Aus dem ersten Brief des Paulus an Timotheus, Kapitel 4, Vers 1. »...daß in den letzten Zeiten einige von dem Glauben abfallen werden und verführerischen Geistern...« Er machte eine Pause, um ein Mädchen vielsagend anzusehen, das einen Minirock aus Leder und ein extravagant geteiltes, rückenfreies, durch ein Nackenband gehaltenes Kettenpanzertop trug. »...und teuflischen Lehren anhängen...« Dann sah er von der Bibel auf und hob eine Hand, als wolle er Dämonen austreiben, setzte seinen theatralischen Auftritt fort und tat immer wichtiger, während er seine abgedroschenen Geschichten über die Verführung und das Verderbnis des Rock'n'Roll erzählte. Er sprach von Teenagern, die sich umgebracht hatten, während sie Heavy Metal hörten. Er erwähnte Heavy-Metal-Bands mit teuflischen Symbolen auf den Covern ihrer Alben. Ohne den geringsten Anflug von Humor redete er davon, daß man die Platten rückwärts laufen lasse, um die satanischen Botschaften zu hören, die insgeheim auf ihnen eingeprägt seien. Er erinnerte an – vorgeblich – soziologische Studien von christlichen Universitäten, die Rock'n'Roll mit Vergewaltigung, Pornographie, Minderjährigenschwangerschaften und Drogen in Verbindung brachten.

Er erklärte einfach und unzweifelhaft, daß Rock'n'Roll das bevorzugte Werkzeug der satanischen Dämonen sei.

Sparbirne konnte seine Freude kaum zurückhalten, und Alfredo war drauf und dran, ihn hinauswerfen zu lassen.

Und dann gesellte sich Benny zu Alfredo, und die kleine Gruppe – Alfredo, Velcro, Spaced und Sparbirne – wandte sich ihm zu, um zuzuhören. Auf Benny richteten sich die Leute aus, so wie sich die Eisenspäne nach einem Magneten ausrichten.

»Es liegt Gewalt in der Luft«, sagte Benny.

Alfredo sah sich um. »Eine Schlägerei? Ich glaube nicht, daß irgend jemand den Kerl ernst nimmt. Sie machen sich alle über ihn lustig...«

»Nein. Ich meine, *buchstäblich* in der Luft. Du solltest die Show besser abbrechen und den Laden dichtmachen. Es gibt...« Er wurde übertönt durch eine Explosion, die sich wie in Zeitlupe ereignete: Ein einzelner Akkord des Lead-Gitarristen der Iron-Ons, der wie ein Erdbeben wirkte. Es war – abgesehen vom schwarzen Lead-Sänger – eine weiße Band, die dabei war, sich in der neuen, von Living Colour geschaffenen stilistischen Nische – einer Kreuzung von weißem und schwarzem Hardrock – zu etablieren. Die Iron-Ons waren einen Zacken härter, mit einem Vibraphon à la Bad Brains. Schwarzes Leder gehörte bei ihnen noch dazu, und sie trugen lange, schwarze Seidentücher, die ihnen von den Handgelenken herabhingen. Eigens um Carlyle zu verhöhnen, hatte der Lead-Sänger sein Gesicht mit einem diabolischen Make-up versehen. Und gerade weil Carlyle heute dabei war, ließ das Publikum, das sich über Carlyles Bei-Uns-Daheim-Mythologie lustig machte, nun seine beste Imitation verdammter Seelen sehen, die in der Hölle tanzen. Carlyle zeigte kurz das Lächeln dessen, der insgeheim Bescheid weiß, und sein Kameramann grinste, während er das Spektakel aufnahm.

Alfredo schlug sich auf die Stirn und stöhnte.

Die Musik peitschte sich übergangslos zum nächsten Stück weiter, das noch leidenschaftlicher, noch rockiger war. Der Sänger schrie heraus, daß er jedes Mitglied des Kongresses höchstpersönlich arschficken werde, weil sie genau das mit dem Rest des Landes seit Jahren gemacht hätten... Carlyles Tonleute hatten diesen Zunder für einen Flächenbrand unter der moralischen Mehrheit des Landes natürlich sofort auf Band...

Benny sah sich in angestrengter Konzentration um. Nach diesen Löchern im Gedränge.

Plötzlich war Sparbirne mit einem Satz auf der Bühne. Mit dem den Rockwahnsinnigen eigenen Hang zu spontaner Publikumsbegeisterung tobte er dort oben herum, von der Band nicht weiter beachtet, wich den Roadies aus, machte das... oh, Mist... machte das Zeichen des Teufels mit der Hand... sah aus wie ein Richard Ramirez des Rock'n'Roll.

Scheiße! dachte Spaced.

Die Kamera drängte nach vorn, um Sparbirne besser draufzubekommen. Birne sprang von der Bühne zur Kamera hinunter. Die Menge lachte und wich um ihn herum etwas zurück, so daß er Platz für seinen Tanz hatte, während die Band ein Remake von Iggys altem Song ›TV Eye‹ spielte.

Jetzt war ein TV-Monitor von Carlyles Crew direkt neben Sparbirne, der in pseudodämonischen Zungen lallte und mit heimtückischem Blick sein Gesicht bis dicht vor die Kameralinse drängte. Er sah jetzt wie ein echter Esel aus und spielte Carlyle natürlich direkt in die Hände; mit einer anderen Kamera wurde gleichzeitig eine Nahaufnahme von Birnes Oberarmtätowierung mit dem nach unten zeigenden Teufelskopfpentagramm gemacht.

Und darüber die laute Stimme Carlyles, der seine Lesung aus der Offenbarung des Johannes fortsetzte: »... Und das Tier wurde gegriffen... und... die das Zeichen des Tieres angenommen und das Bild des Tieres angebetet hatten. Lebendig wurden diese beiden in den feurigen Pfuhl geworfen, der mit Schwefel brannte...«

Es lag etwas in der Luft... noch etwas anderes als der Marihuanarauch, der Tabak und der süße Schweiß...

Ein Druck. Eine gewisse Hemmung, ein Fernerrücken des Klangs. Ein unsichtbares Gewicht. Eine fühlbare, drohende Schwere. Obwohl das kaum möglich schien, wurde das Donnern der Band durch die schiere Dichtheit dieser Gegenwart gedämpft. Bis es sich zusammenzog... über Sparbirne. Sich auf ihn konzentrierte wie ein unsichtbares Spotlight.

Und er brach in Flammen aus.

Während Carlyle aus der Offenbarung des Johannes las: »... und es kam Feuer herab von Gott aus dem Himmel und verschlang sie...«

Schreie. Die Band stellte ihr Spiel ein. Spaced drängte sich zu Sparbirne vor, der sich in Flammen wand, auf dem Boden, die Arme um sich geschlungen, von blauem und rotem Feuer umgeben.

Spaceds erster Gedanke war, daß irgend jemand, irgendein Agent Carlyles Sparbirne mit Benzin übergossen habe. Aber es war kein Gas oder Kerosingeruch auszumachen, und irgendwie...

Irgendwie kam der Brand aus Sparbirnes Fleisch. Er brannte um seine Kleider *herum*, wenigstens zuerst; aus seiner Haut züngelten kleine Flammen hervor wie aus den Löchern der Gasbrenner eines Herdes, so daß sich sein Fleisch selbst verzehrte – es wurde rot, es wurde schwarz, es warf Blasen und zerbarst zu einzelnen teerartigen, an den Säumen schmutzig-rot schwitzenden Schuppen, und eine Linie roter Flammen hob die Tätowierung des Teufelskopfes besonders hervor...

Ein Kameramann drängte sich nahe zu ihm, um seine gierige Kamera mit alldem zu füttern.

Ein Teil der Leute lief schreiend zu den Ausgängen, während andere versuchten, die Flammen mit Wasser, das in Krügen herbeigeschafft wurde, zu löschen. Alfredo griff sich einen Mantel und warf ihn über Sparbirne.

Sparbirnes Augen... Walters Augen... das war sein wirklicher Name, wie Spaced wußte – Walter. Sparbirne war Walter Duffe. Walter Duffes Augen würden gleich aus seinem Schädel herauskochen. Nur noch ein einziger, tieferschütternd flehender Blick dieser Augen, und dann – kochten sie über.

Nichts konnte das Feuer aufhalten. Es brannte aus ihm heraus – es war ihm irgendwie eingepflanzt worden –, und es gab kein Entrinnen für ihn. Es verzehrte ihn, so wie eine Ameise von dem konzentrierten Sonnenlicht eines Vergrößerungsglases verzehrt wird. In weniger als einer Minute.

Der Lead-Sänger schrie ins Mikrofon, beschuldigte Carlyle, Sparbirne in Flammen gesetzt zu haben und rief die Menge dazu auf, sich Carlyle zu schnappen, ihn festzuhalten, seinen Arsch ins Zuchthaus zu bringen, ihn in die verdammte Gaskammer zu bringen...

Und dann brach der Lead-Sänger der Iron-Ons in Flammen aus.

Ein unmenschliches Schreien auf der Bühne. Die anderen Mitglieder der Band warfen ihre Instrumente hin – die Gitarren und der Baß gaben ein elektrisch verstärktes Klingen, Dröhnen und Wimmern von sich, so als ob die Instrumente eine sprachlose, elektronische Furcht hinausjammerten –, zogen ihre Jacken aus und liefen zu ihrem Sänger. Und als sie die Hände ausstreckten, um ihre Jacken über ihn zu legen, um zu versuchen, die Flammen zu ersticken, da fingen ihre Hände trotz der Jacken Feuer. Ein Chor des Schreiens, der hätte einstudiert sein können...

Sie wichen zurück – und die Flammen auf ihren Händen verlöschten. Sie standen da mit roten, blasenwerfenden Pranken, schüttelten sich, würgten und starrten hilflos auf den Lead-Sänger, der von innen heraus brannte. Er schien zu versuchen, irgendwie vor den Flammen davonzukriechen – so als ob sie sich auf seine untere Körperhälfte konzentriert hätten und seine obere Hälfte sich hin und her wand, um ihnen zu entkommen. Niemand kam nahe genug heran, um ihm helfen zu können.

Die Ausbuchtungen der Menge, in denen sich die Deppen aus der Hölle befanden, hatten sich nach außen vorgewölbt, und alles drängte vor den beiden zurück... wurde zurückgezwungen durch die wachsende Intensität des gleichen psychischen Drucks, der den Saal kurz vor dem Angriff durchlaufen hatte... Ja, soviel war sicher: Spaced wußte, daß es ein Angriff war. Und er wußte, woher der Angriff kam. Und als sich die Panik in der Menge ausbreitete und sie zu den Ausgängen trieb, die Tanzfläche leerfegte bis auf Carlyle und seine Crew und das dahingegangene Hell-Dunkel-Muster von Sparbirne, der jetzt nur noch ein Müllrest mehr auf dem Boden war – Sparbirne, der dort lag, ein Vertrockneter, verkohlter Mensch, der noch in versiegenden Flammen glühte, inmitten der Bierflaschen und zertretenen Plastikbechern und fragwürdigen Pfützen –, da war Spaced nicht allzu überrascht, daß die beiden Deppen ebenfalls noch da waren, nahe bei den Wänden, den Blick auf die Bühne gerichtet. Sie waren im Raum symmetrisch zueinander angeordnet, wie auf zwei Punkten des Pentagramms. Mit Carlyle und dessen Crew in der Mitte der Tanzfläche – im Zentrum des gewaltigen unsichtbaren Pentagramms. Welche nicht sichtbaren Wesen standen an den anderen Punkten?

Die Maskenbildnerin und die Leibwächter waren ebenfalls geflohen. Aus einer Urangst heraus, nahm Spaced an. Das hatten sie nicht mit unterschrieben. Und vielleicht hatten sie auch Angst, Gott würde einen Blick in ihre Seelen werfen und eine gewisse verdammenswerte Heuchelei... Die Kameraleute waren geblieben. So, als wenn sie durch einen höheren Willen als ihren eigenen festgehalten würden. Ein verräterischer Glanz in ihren Augen...

Der Lead-Sänger hatte sich auf der Bühne zusammengekrampft. Seine Bewegungen wurden schwächer. Er brannte aus, in einer Art beschleunigter Parodie dessen, was man von einem Rockstar ohnehin irgendwie erwartet. Er schwitzte Schmerz aus, so wie der Schrei eines Gitarrenfeedbacks.

Alfredo und Velcro waren irgendwo im Hintergrund, schrien die Barleute an, sie sollten Feuerlöscher und Rettungswagen herbeischaffen, und die Barleute riefen zurück, daß die Telefone nicht funktionierten...

Benny stieg jetzt auf die Bühne.

Die Kameraleute arbeiteten fieberhaft, um dies alles aufzuzeichnen, Gottes Bestrafung der Sünder durch den, den er auserwählt hatte, durch Reverend Carlyle...

Bis Carlyle Benny sah. »Stellt die Kameras ab«, sagte Carlyle sanft.

Benny kniete sich neben den Lead-Sänger. Er schob seine Hand durch die Flammen. Die Flammen wichen zurück, zurück in den Sänger hinein – waren verschwunden. Er hörte auf, sich zu winden und streckte sich aus. Erleichtert, befreit. »Es tut mir leid, daß ich mir meiner nicht ganz sicher war, solange es für dich noch nicht zu spät war«, sagte Benny zu dem Sterbenden. »Aber du wirst gut aufgenommen werden. Ich habe Jimi gebeten, sich um dich zu kümmern. Gehe denn...«

Der Gitarrensolist räusperte sich. »Hey... mein Mann...« In seiner Stimme lag Wiedererkennen. Und dann war er tot.

Benny stand auf und ging zu den Musikern. Berührte einen nach dem anderen. Sie starrten auf ihre Händen – die wieder heil waren. Geheilt. Dann wandte sich Benny um, dem Mikrofon zu. Carlyle sah ihm mit bleichem Gesicht zu; sein Mund arbeitete tonlos.

»Laß ab von deinen Beschwörungen, Satan«, sagte Benny zu ihm. Das war nicht gerade das, was man sonst von Benny zu hören gewohnt war.

Aber was zum Teufel wissen wir schon über Benny? dachte Spaced. Offenbar ein ehemaliger Motorradfan, der mit einem Motorradclub von New Orleans hergekommen war. Aber Alfredo hatte den Chef dieses Motorradclubs einmal danach gefragt, und der Bursche hatte sich geweigert, über Benny zusprechen. Wollte nichts sagen, überhaupt nichts. Drehte sich einfach um und ging davon, so als ob er versuchte, nicht erschreckt auszusehen.

Und Benny, der hing einfach rum, machte Witze, die niemanden verletzten, trank nur gelegentlich ein Glas Wein, wenn es sich nicht vermeiden ließ, und spielte manchmal am Baß oder am Schlagzeug mit irgend jemandem, der gerade da war...

Und er gab Anweisungen. Ohne recht zu verstehen, was eigentlich vorging, stellte man fest, daß man ihn um Rat fragte, und es kam auch immer genau hin, wenn man sich an seinen Rat hielt. Spaced erinnerte sich daran, daß er einmal...

Halt, einen Mo-ment mal.

Die Deppen zeigten mit ihren weit ausgestreckten Händen auf Benny. Benny lächelte zurückhaltend; von seinen tiefliegenden Augen war nichts zu sehen bis auf den gelegentlichen Schimmer von zwei winzigen Lichtpunkten, die tief aus den Höhlen zu kommen schienen.

Die Kameraleute, die inzwischen einem völlig fremden Willen gehorchten, hatten wieder angefangen zu filmen. Die Tonleute hatten ihre Geräte ebenfalls wieder eingeschaltet.

Mit schlafwandlerischen Bewegungen nahm die Band, die übriggebliebenen Iron-Ons, die Instrumente auf und begann, einen Rhythm & Blues im Viervierteltakt zu spielen.

Spaced erkannte es. Aus einem frühen Album der ZZ Top.

Und Benny begann, mit zurückhaltender, melancholischer Autorität zu singen.

Die Verse handelten irgendwie davon, daß Jesus gerade Chicago verlassen hatte; er geht nach New Orleans, verwandelt dort den Mississippi in Wein – und macht sich dann nach Kalifornien auf. Der Rest des Verses wurde unverständlich, weil an anderer Stelle im Saale ein anderer Ton anschwoll. Die Deppen. Ihre Münder öffneten sich weiter, als es bei irgendeinem menschlichen Wesen möglich gewesen wäre. Sie widersetzten sich, mit sirenenartigem Geheul, das von ihnen ausging, während sich ihre Köpfe auf den Hälsen drehten wie auf einem Plattenteller...

Kein unartikuliertes Geheul. Es war ein Wort. Ein Wort:

»Nieder!«

Wie in – niederdrücken. Haltet sie nieder. Wie in Niederschlagung.

»NIIEEEDEEEERR!«

Ein Strahl von schwarzem Licht ging von ihren ausgestreckten Armen aus, die Art von Energie, die sich selbst als Angriff, als Vergewaltigung, als Hammer der Unterdrückung offenbart, und die hier auf ihr eigentliches Wesen reduziert war...

Und jetzt die Bühne traf.

Auf der Bühne züngelten Flammen empor. Die Bühne fing Feuer...

Der Baßgitarrist schrie...

Aber spielte wie in Trance weiter...

Velcro kam von hinten zu Spaced gelaufen, griff seinen Arm und rief: »Lauf! Lauf! Laß uns hier rauskommen!« Aber er konnte nicht, und sie klammerte sich an ihn, und sie sahen zu, wie das Feuer um sich griff...

Aber Benny tanzte jetzt. Sonst nichts. Er tanzte, eine perfekte lebendige Offenbarung der Musik, die aus den Lautsprechern kam, während die Band weiterspielte. Benny beschwor selbst irgend etwas, und eine Bö frischer, frühlingshafter Luft ging von der Bühne aus – und erstickte sofort die Flammen.

Der Wind hielt an, blies in den Saal hinein, so daß sich Spaced und Velcro nur mit Mühe aufrechthalten konnten...

Und er wehte die Trugbilder fort, die die Deppen und Carlyle umgeben hatten. Der Wind blies ihre Tarnung hinweg wie Rauch. Jetzt waren sie zu sehen, enthüllt: Die Deppen waren widerliche Wesen, teils Mensch, teils Wurm, mit einem großen Loch im menschlichen Teil ihrer Gestalt, das einen schleimig heraus- und wieder hineinrutschenden, schmieriggrauen, boagroßen Wurm barg, und mit bloßliegendem, hervortretendem und pulsierenden Vorderhirn.

Auch Carlyle war enthüllt: Er war eine abscheuliche Kreatur, die merkwürdig in sich selbst zusammengedreht war, wie ein in Unordnung geratener, halbmenschlicher Oroborus – sein Rumpf in die Länge gezogen und allen Knochen zum Trotze verdreht, und die obere Hälfte des Rumpfes soweit nach unten gebogen, daß der Kopf dann buchstäblich durch den Arsch hindurchgeschoben und durch den ganzen Rumpf hindurchgesteckt war und schließlich aus einer großen Wunde unter den Achseln wieder zum Vorschein kam. Ein dämonisches, zähnefletschendes Gesicht, das Spaced schon einmal gesehen zu haben glaubte, bei einem Besuch in Paris – einer der Wasserspeier auf Nôtre Dame.

Das Ding, das einmal Carlyle gewesen war, kreischte vor Schmerz und Angst und zog seinen Kopf in seinen Leib zurück, so wie eine Schnecke sich in ihr Haus zurückzieht.

Die Band hörte auf zu spielen, und Benny sprach zu den Kameras gewandt ins Mikrofon. Er zeigte auf Carlyle und rezitierte aus der Bibel: »Wenn jemand zu euch sagen wird, siehe, hier ist der Christus, siehe, da ist er, so glaubt es nicht. Denn es werden sich erheben falsche Christi und falsche Propheten, die Zeichen und Wunder tun, so daß sie verführen würden...« Ein Vers aus dem Evangelium des Markus, erinnerte sich Spaced, in dem Jesus zitierte wurde.

Dann liefen und rutschten die Deppen, die flammenden Telepathen, zu der Kreatur hin, die Carlyle gewesen war. Verängstigte Kinder, die sich zu ihren Eltern flüchten, hinterließen sie auf ihrem Weg eine eklige Schleimspur. Carlyle und die Deppen umarmten sich, begannen, sich ineinander zu verklammern... sich einer in den anderen hineinzuziehen, als wenn sie sich durchbohrten, um sich jeweils in den anderen zu flüchten...

Bis Benny eine Geste machte und einen Namen aussprach und Carlyle und seine Geschöpfe in einer Flamme implodierten. In einer Flamme, die aussah wie in einem rückwärts abgespielten Film, einer Flamme, die sich in sich selbst erstickte, verschwand und Carlyle und die Deppen mit sich nahm. Sie implodierte. Ein letztes Aufleuchten, und sie waren dahin – nur noch ein schwarzer Schleimfleck auf dem Boden blieb übrig.

Benny wandte sich einer Kamera zu. Er schaute ernst hinein und sagte: »Der Teufel – der wirkliche Teufel – haßt Rock'n'Roll. Versucht, ihn durch seine falschen Propheten zu unterdrücken. Der Teufel haßt Rock'n'Roll, weil der Teufel die Freiheit haßt, die Freiheit des Ausdrucks und alles andere, was die Menschen vereinigt. Und Gott... Gott liebt die Musik. Alle Arten von Musik. Gott denkt in Musik. Und wenn Gott die Wahl hat...« Er machte eine Pause – dann grinste er und rief: *»Gott weiß, wie man Rock'n'Roll spielt!«*

Aus einem inneren Impuls heraus, einem göttlichen Instinkt, mit tränenüberströmten Gesichtern, donnerten die Musiker der Band plötzlich mit einer Rock'n'Roll-Nummer ganz eigener Art los, improvisiert und unbefleckt: eine unbefleckte Empfängnis.

Irgendeine versteckte Nebelmaschine ließ silbrigen Nebel vom hinteren Teil der Bühne vorwabern. Der Nebel erhob sich und legte sich wie eine Wolke um die Band, hüllte sie für einen Augenblick ein, umschloß Benny – und zog sich dann zurück... hinterließ eine wie von Schweißperlen glänzende Band, die immer noch spielte...

Und Benny war fort.

Natürlich hatte es niemals eine Nebelmaschine hinter der Bühne des *Black Glass* gegeben.

Die ganze Courage, von der Spaced bisher noch nicht einmal gewußt hatte, daß sie ihm fehlte, war plötzlich da, als Velcro ihn in ihrem alten Dodge Dart nach Hause fuhr. Also fragte er sie, was er sie immer schon einmal hatte fragen wollen.

Und die antwortete: »Gottverdammt, Spaced, ich dachte, du würdest niemals fragen. Ich habe zwei Jahre gewartet.«

»Ich habe oft gefragt.«

»Nein. Das war nicht das gleiche. Du hast nie so gefragt, als ob dir wirklich etwas an mir läge. Vorher, das war so à la ›na, woll'n wir's nicht auch mal probieren?‹ Laß uns zu mir fahren, dein Bett ist zu klein.«

Sie wendete den Wagen in voller Fahrt.

Und im Autoradio kam gerade mit der Art von Gleichzeitigkeit, die nie wirklich zufällig ist, ein Song von den Call. Er hieß »Let the Day Begin«. Es war ein Song über die Liebe, über Gott und über die Hoffnung. Und sein Beat war *rocksteady*.

PAUL DALE ANDERSON

Anderson, Ex-Vizepräsident der Vereinigung Amerikanischer Horrorschriftsteller (Horror Writers of America), hat zahlreiche Erzählungen für Horrorzeitschriften geschrieben. Einige davon sind in seinen Anthologien *Claw Hammer* und *Daddy's Home* erschienen. Er lebt in Illinois und hat dort an der Universität von Illinois ›Kreatives Schreiben‹ unterrichtet.

JOHN L. BYRNE

Byrne, der Autor des Horrorromans *Fearbook,* ist als Comictexter und -zeichner ein echter Veteran. Wir verdanken ihm unter anderem *X-Men, The Fantastic Four,* und das jüngste Comeback von *Superman*. Er lebt in Connecticut.

NANCY A. COLLINS

Collins' erster Roman, *Sunglasses after Dark,* wurde mit dem Bram-Stoker-Preis der Vereinigung Amerikanischer Horrorschriftsteller ausgezeichnet. Der zweite, *Tempter*, erschien 1990, und ein dritter der Serie steht bevor. Die Lieblingsbands von Collins, die in New Orleans lebt, sind die Residents und Throbbing Gristle, und sie nimmt für sich in Anspruch, die Gründerin der gefürchteten antimusikalischen weiblichen Band ›Vaginal Blood Fart‹ zu sein.

ALICE COOPER

Seine Aufmachung, die schwarzen Texte seiner Songs und sein empörender Bühnenauftritt waren bei Coopers Debüt 1970 auf Anhieb ein Erfolg. Songs wie »I Love the Dead«, »Prince of Darkness« und »Teenage Frankenstein« zeigen, daß sich Cooper seit jeher für Horror interessierte. Cooper hat in zwanzig Jahren einundzwanzig Alben aufgenommen. *Stoopid* aus dem Jahre 1991 war das letzte seiner langen Serie von Platinalben.

PETER DAVID

Der vor allem als Comic-Autor der Serien *The Hulk* und *Star Trek* bekannte David ist auch als Romancier sehr produktiv; neben dem Buch zu *Star Trek* – einem Bestseller – hat er mehr als ein Dutzend weiterer Romane geschrieben. Er arbeitet in New York.

DON D'AMMASSA

Don D'Ammassa von Rhode Island liest und rezensiert seit mehr als dreißig Jahren Science Fiction und Horrorliteratur, in letzter Zeit für *Science Fiction Chronicle* und *Mystery Scene*. Sein erster Roman, *Blood Beast*, erschien 1988, und seine Erzählungen sind in verschiedenen Horrorzeitschriften und Anthologien herausgekommen.

MICHAEL GARRETT

Garrett ist Mitherausgeber der Taschenbuchabteilung der Anthologiereihe *Hot Blood* und der Verfasser von *Keeper*. In seinem Heimatstaat Alabama führt er Autorenseminare durch.

RAY GARTON

Die letzten Bücher von Garton, dem populären kalifornischen Verfasser solch rasiermesserscharfer Horrorromane wie *Live Girls*, *Crucifax Autumn* und *Trade Secrets*, sind *Lot Lizards* und *Dark Channel*.

R. PATRICK GATES

Gates aus Massachusetts ist der Verfasser von *Fear*, *Grimm Memorials* und verschiedenen Horrorerzählungen. Sein dritter Roman, *Tunnelvision*, wird in Kürze erscheinen.

JEFF GELB

Gelb hat sein gesamtes Berufsleben in der Musikbranche zugebracht, zuerst beim Radio und momentan bei *Radio & Records*, einem Organ des Musikhandels. Er hat *Specters* geschrieben und ist Mitverfasser der *Hot-Blood*-Anthologien. Gelb lebt in Südkalifornien.

BRIAN HODGE

Hodge ist der Verfasser von *Oasis, Dark Advent* und *Nightlife.* Viele seiner Erzählungen sind in den besten Horroranthologien erschienen. Der Schriftsteller aus Illinois spielt gut genug Keyboards, um sich zu wünschen, er ›könne die Seele von Keith Emerson stehlen‹.

RONALD KELLY

Zu den Romanen von Kelly aus Tennessee gehören *Hindsight, Pitfall* und *Something Out There.* Er schreibt ebenso gern für kleine Horrorzeitschriften wie für die großen Sammlungen.

STEPHEN KING

King lebt mit seiner Frau, der Romanschriftstellerin Tabitha King, in Bangor, Maine.

GRAHAM MASTERTON

Vor seiner Zeit als Horrorschriftsteller war der Engländer Masterton ein Rockjournalist, dem es tatsächlich gelungen ist, Jimi Hendrix zu interviewen. Masterton sagt, daß *Voodoo Child* »nicht nur eine wehmütige Huldigung, sondern zugleich ein imaginärer Nachruf« sei, »der auf ein reales Zusammentreffen« zurückgehe. Masterton ist der Herausgeber der erfolgreichen Sammlung *Scare Care* und hat mehr als ein Dutzend Romane in den Bereichen Horror und Thriller geschrieben, darunter *Walkers* und *The Burning.*

RICHARD CHRISTIAN MATHESON

Matheson, der in eine Umgebung hineingeboren wurde, die wie keine zweite vom Schreiben geprägt war, ist seit mehr als zwanzig Jahren Berufsschriftsteller. Der Südkalifornier hat für mehr als ein halbes Dutzend Fernsehserien geschrieben, die Drehbücher für verschiedene Filme geliefert und mehr als fünfzig Erzählungen verfaßt. Sein erster Roman, *Created By*, erschien 1991.

REX MILLER

Miller aus Missouri hat vor kurzem die sechs Jack-Eichord-Serienmordthriller und den Vietnamroman *Profane Men* abgeschlossen und arbeitet jetzt an einem Thriller und einem Buch über polizeiliche Ermittlungsverfahren. In den sechziger Jahren gehörte Miller, der damals in Chicago ein populärer Disc Jockey war, zu den Top Ten der Rundfunkleute Amerikas.

BILL MUMY

Mumy ist ein Vollblutschauspieler, dessen Mitwirkung an der Science-Fiction-Fernsehserie *Lost in Space* aus den sechziger Jahren noch in guter Erinnerung ist. Außerdem stellt der Kalifornier eine Hälfte des Aufnahmeduos Barnes and Barnes, hat Anteil an dem Ruf, den *Fish Head* genießt, geht als Gitarrist auf Tour und schreibt Songs für America, David Cassidy und andere. »Die Schwarze '59er«, ein Gemeinschaftswerk mit Peter David, ist Mumys erste veröffentlichte Erzählung.

MICHAEL NEWTON

Der hyperproduktive Newton hat bereits neunundsiebzig Bücher veröffentlicht, dreizehn weitere sind vollendet und neun in Arbeit. Das war letzten Dienstag! Der Mann aus Illinois ist der wichtigste Autor des Verlages Mack Bolan Books. Außerdem hat er die VI-CAP-Serie über Massenmorde verfaßt, für die er – der Autor des Non Fiction-Titels *Hunting Humans* – als Experte gilt.

DAVID J. SCHOW

Schow, Gründungsmitglied von Splat Pack, schreibt für verschiedene Medien: Theaterstücke *(Grand Guignol)*, Filmdrehbücher *(Leatherface)*, Fernsehen *(Freddie's Nightmares)*, Nonfiction *(The Outer Limits Companion)* und Fiction *(The Kill Riff* und *The Shaft)*. Beim Schreiben hört der Kalifornier abwechselnd Heavy Metal und Tangerine Dream.

JOHN SHIRLEY

Der produktive Shirley schreibt Science Fiction und Horror in gleicher Menge, zum Beispiel *Dracula in Love, Cellars* und *Wetbones*. Shirley weiß, worüber er in einer Rock-Horror-Erzählung zu schreiben hat; er war der Lead-Sänger verschiedener Studiorockbands. Sein Thema zur Zeit: San Francisco's Panther Moderns.

THOMAS TESSIER

Tessier hat sieben Romane geschrieben, die den Schrecken und das Unwägbare behandeln, unter anderem *Nightwalker*, *Finishing Touches*, *Rapture*, und sein jüngstes Werk, *Secret Strangers*. Der eingefleischte Rockfan lebt in Connecticut und arbeitet zur Zeit an einem neuen Roman.

MARK VERHEIDEN

Der Kalifornier Verheiden ist der Verfasser solch populärer Comic-Serien wie *Predator*, *Aliens* und *The American*, außerdem Drehbuchautor verschiedener Filme. *Bootleg* handelt von seiner eigenen Sammelleidenschaft und ist seine erste veröffentlichte Horrorerzählung.

F. PAUL WILSON

Wilson ist der preisgekrönte Autor von dreizehn Romanen und einer Sammlung von Erzählungen. Sein letztes Werk, *Sibs*, ein Gruselroman, der einem das Blut in den Adern gefrieren läßt, spielt in Manhattan. Wahrscheinlich deshalb zieht Wilson es vor, in New Jersey zu leben, wo er am letzten Band der *Reborn*-Trilogie arbeitet.

Quellenverzeichnis

Vorwort © 1992 by Alice Cooper. Übers. Michaela Link.

Stephen King: *Verdammt gute Band haben die hier / You Know They Got a Hell of a Band.* Übers. Joachim Körber. © 1992 by Stephen King.

S. Paul Wilson: *Bob Dylan, Troy Jonson und die Speed Queen / Bob Dylan, Troy Jonson, and the Speed Queen.* Übers. Michaela Link. © 1992 by F. Paul Wilson.

David J. Schow: *Überdosis / Odeed.* Übers. Michaela Link. © 1992 by David J. Schow.

Nancy A. Collins: *Vargr-Regel / Vargr Rule.* Übers. Michaela Link. © 1992 by Nancy A. Collins.

Ronald Kelly: Blut ist im Schuh / Blood Suede Shoes. Übers. Michaela Link. © 1992 by Ronald Kelly.

Don D'Ammassa: *Dead Beat Society / The Dead Beat Society.* Übers. Michaela Link. © 1992 by Don D'Ammassa.

Graham Masterton: *Voodoo / Voodoo Child.* Übers. Michaela Link. © 1992 by Graham Masterton.

Paul Dale Anderson: *Frühlingsgefühle / Rites of Spring.* Übers. Michaela Link. © 1992 by Paul Dale Anderson.

Michael Garrett: *Ein Song für meinen Feind / Dedicated to the One I Loathe.* Übers. Michaela Link. © 1992 by Michael Garrett.

Brian Hodge: *Requiem / Requiem.* Übers. Michaela Link. © 1992 by Brian Hodge.

R. Patrick Gates: *Heavy Metal / Heavy Metal.* Übers. Michaela Link. © 1992 by R. Patrick Gates.

Rex Miller: *Bunky / Bunky.* Übers. Michaela Link. © 1992 by Rex Miller.

Bill Mumy und Peter David: *Die schwarze '59er / The Black '59.* Übers. Michaela Link. © 1992 by Bill Mumy and Peter David.

Richard Christian Matheson: *Groupies / Groupies.* Übers. Michaela Link. © 1992 by Richard Christian Matheson.

Michael Newton: *Motorradrocker / Reunion.* Übers. Michaela Link. © 1992 by Michael Newton.

Mark Verheiden: *Bootleg / Bootleg.* Übers. Michaela Link. © 1992 by Mark Verheiden.

Ray Garton: *Abartiger Auftritt / Weird Gig*. Übers. Michaela Link. © 1992 by Ray Garton.
John L. Byrne: *Versteckt vor aller Augen / Hide in Plain Sight*. Übers. Michaela Link. © 1992 by John L. Byrne.
Thomas Tessier: *Der Liebe verfallen / Addicted to Love*. Übers. Michaela Link. © 1992 by Thomas Tessier.
John Shirley: *Flammende Telepathen / Flaming Telepaths*. Übers. Michaela Link. © 1992 by John Shirley.